HEYNE BÜCHER

W0320772

SCIENCE FICTION

Herausgegeben
von Wolfgang Jeschke

STAR TREK in der Reihe
HEYNE SCIENCE FICTION & FANTASY

Vonda N. McIntyre, *Star Trek II: Der Zorn des Khan* · 06/3971
Vonda N. McIntyre, *Der Entropie-Effekt* · 06/3988
Robert E. Vardeman, *Das Klingonen-Gambit* · 06/4035
Lee Correy, *Hort des Lebens* · 06/4083
Vonda N. McIntyre, *Star Trek III: Auf der Suche nach Mr. Spock* · 06/4181
S. M. Murdock, *Das Netz der Romulaner* · 06/4209
Sonni Cooper, *Schwarzes Feuer* · 06/4270
Robert E. Vardeman, *Meuterei auf der Enterprise* · 06/4285
Howard Weinstein, *Die Macht der Krone* · 06/4342
Sondra Marshak & Myrna Culbreath, *Das Prometheus-Projekt* · 06/4379
Sondra Marshak & Myrna Culbreath, *Tödliches Dreieck* · 06/4411
A. C. Crispin, *Sohn der Vergangenheit* · 06/4431
Diane Duane, *Der verwundete Himmel* · 06/4458
David Dvorkin, *Die Trellisane-Konfrontation* · 06/4474
Vonda N. McIntyre, *Star Trek IV: Zurück in die Gegenwart* · 06/4486
Greg Bear, *Corona* · 06/4499
John M. Ford, *Der letzte Schachzug* · 06/4528
Diane Duane, *Der Feind — mein Verbündeter* · 06/4535
Melinda Snodgrass, *Die Tränen der Sänger* · 06/4551
Jean Lorrah, *Mord an der Vulkan Akademie* · 06/4568
Janet Kagan, *Uhuras Lied* · 06/4605
Laurence Yep, *Herr der Schatten* · 06/4627
Barbara Hambly, *Ishmael* · 06/4662
J. M. Dillard, *Star Trek V: Am Rande des Universums* · 06/4682
Della van Hise, *Zeit zu töten* · 06/4698
Margaret Wander Bonanno, *Geiseln für den Frieden* · 06/4724
Majliss Larson, *Das Faustpfand der Klingonen* · 06/4741
J. M. Dillard, *Bewußtseinsschatten* · 06/4762
Brad Ferguson, *Krise auf Centaurus* · 06/4776
Diane Carey, *Das Schlachtschiff* · 06/4804
J. M. Dillard, *Dämonen* · 06/4819
Diane Duane, *Spocks Welt* · 06/4830
Diane Carey, *Der Verräter* · 06/4848
Gene DeWeese, *Zwischen den Fronten* · 06/4862
Howard Weinstein, *Akkalla* · 06/4879
Carmen Carter, *McCoys Träume* · 06/4898 (in Vorb.)

STAR TREK: DIE NÄCHSTE GENERATION:
David Gerrold, *Mission Farpoint* · 06/4589
Gene DeWeese, *Die Friedenswächter* · 06/4646
Carmen Carter, *Die Kinder von Hamlin* · 06/4685
Jean Lorrah, *Überlebende* · 06/4705
Peter David, *Planet der Waffen* · 06/4733
Diane Carey, *Gespensterschiff* · 06/4757
Howard Weinstein, *Macht Hunger* · 06/4771
John Vornholt, *Masken* · 06/4787
David & Daniel Dvorkin, *Die Ehre des Captain* · 06/4793
Michael Jan Friedman, *Ein Ruf in die Dunkelheit* · 06/4814
Peter David, *Eine Hölle namens Paradies* · 06/4837
Jean Lorrah, *Metamorphose* · 06/4856
Keith Sharee, *Gullivers Flüchtlinge* · 06/4889
Carmen Carter u. a., *Planet des Untergangs* · 06/4899 (in Vorb.)

STAR TREK: DIE ANFÄNGE:
Vonda N. McIntyre, *Die erste Mission* · 06/4619
Margaret Wander Bonanno, *Fremde vom Himmel* · 06/4669
Diane Carey, *Die letzte Grenze* · 06/4714
J. M. Dillard, *Die verlorenen Jahre* · 06/4869

DAS STAR TREK-HANDBUCH:
von Ralph Sander · 06/4900

Diese Liste ist eine Bibliographie erschienener Titel
KEIN VERZEICHNIS LIEFERBARER BÜCHER!

HOWARD WEINSTEIN

AKKALLA

STAR TREK

Raumschiff ›Enterprise‹

Roman

Deutsche Erstausgabe

Science Fiction

WILHELM HEYNE VERLAG
MÜNCHEN

HEYNE SCIENCE FICTION & FANTASY
Band 06/4879

Titel der amerikanischen Originalausgabe
DEEP DOMAIN
Deutsche Übersetzung von Andreas Brandhorst

4. Auflage

Redaktion: Rainer Michael Rahn

Printed in Germany 1994
Umschlagbild: Pocket Books/Simon & Schuster, New York
Umschlaggestaltung: Atelier Ingrid Schütz, München
Satz: Kort Satz GmbH, München
Druck und Bindung: Ebner Ulm

ISBN 3-453-05395-8

Historischer Hinweis

Wer die bisherigen Abenteuer des Raumschiffs
Enterprise aufmerksam verfolgt hat,
sollte folgendes wissen:
Diese Mission findet einige Jahre nach den Ereignissen
statt, wie sie in den audiovisuellen Berichten
über die Begegnung der *Enterprise* mit V'ger geschildert
werden, etwa Sternzeit 7412.

KAPITEL 1

»Zum Teufel auch, wo bleiben die Bullen?«

Dr. Cynthia McPhillips stieß jedes einzelne Wort mit kaum unterdrücktem Zorn hervor. Sie strich sich über das dunkle kurzgeschnittene Haar, sah nach draußen und beobachtete die dichten Dunstschwaden. Kleine Tropfen rannen über das große Erkerfenster der wissenschaftlichen Föderationsstation auf Akkalla.

Dr. Naw-Rocki reagierte mit unübersehbarer Verwirrung, als er neben McPhillips am Fenster stehenblieb. »Bullen«, wiederholte der mehr als zwei Meter große Alien.

»Unbekanntes Wort. Neologie? Oder vielleicht umgangssprachlicher Ausdruck?« Bernsteinfarbene Facettenaugen blinzelten, und eine Hand tastete über die blaugrüne flaumige Haut.

»Eine alte terranische Bezeichnung für Polizei oder Angehörige von Sicherheitsorganisationen.«

»Oh, verstehe«, erwiderte Naw-Rocki mit einer Stimme, deren zimperlicher Klang gar nicht zu einem so großen Wesen zu passen schien. »Hilfe zweifellos erforderlich für Rückkehr zum Wohnbereich.«

Sie hörten, wie sich die Tür des Laboratoriums öffnete, und kurz darauf kam Dr. Enzo Piretti herein, das dritte Mitglied des Teams. Er streifte den Regenmantel ab, griff nach einem Handtuch und begann damit, das weiße Haar und den silbergrauen Bart abzutrocknen — Farben, die in einem auffallenden Kontrast zu seiner braunen Haut standen.

McPhillips beneidete ihn häufig darum, obgleich sie wußte, daß er sie größtenteils mediterranen Genen verdankte. Auf Akkalla brauchte man kaum einen Sonnenbrand zu befürchten, und Cynthia konnte es nicht mehr ertragen, jeden Morgen ihr aschfahles Gesicht im Spiegel zu sehen. Außerdem hatte sie genug davon, daß sich ihr Haar dauernd wegen der Feuchtigkeit kräuselte; gelegentlich hoffte sie, daß ihr nächster Einsatz an einem absolut trokkenen Ort stattfand.

»Haben die Instrumente interessante Daten geliefert, Enzo?«

»Ja, Boß«, antwortete Piretti. »Eine große Überraschung — es regnet.«

»Danke für den Hinweis. Ist mir überhaupt nicht aufgefallen. Wir sind jetzt seit vierhundertdrei Tagen hier, und an dreihundertneunundachtzig davon hat's geregnet. Aber wer zählt noch mit?«

»Soviel zu den Neuigkeiten von hinten«, brummte Piretti. »Wie sieht's vorn aus?«

»Sehen Sie es sich selbst an«, sagte McPhillips voller Abscheu und deutete zu den beschlagenen Fensterscheiben.

Piretti trat vor und bemerkte etwa hundert Akkallaner auf dem hohen Deich, der diesen Küstenstreifen vor Flut und Brandung schützte.

Sie blockierten den Weg, der von der wissenschaftlichen Station dorthin führte, wo die Magnetoboote vertäut waren. Viele Einheimische trugen Schilder, deren Parolen die Föderationsforscher aufforderten, den Planeten so schnell wie möglich zu verlassen. Transparente verurteilten die Außenwelter als Sünder und warnten sie vor einem recht unangenehmen Schicksal, falls sie weiterhin auf einer Welt blieben, die sie ganz offensichtlich nicht wollte. Demonstranten mit leeren Händen hoben wütend die Fäuste.

Piretti pfiff leise durch die Zähne. »Wird jeden Tag schlimmer.«

Naw-Rocki nickte ernst. »Zum erstenmal wird Abreise behindert.«

»Deshalb habe ich die Grolianische Wache verständigt«, sagte McPhillips. »Ich möchte offiziellen Schutz für uns. Andernfalls muß sich die Regierung auf einiges gefaßt machen, wenn die *Enterprise* eintrifft.«

»Warum *läßt* die so freundliche Grolianische Wache auf sich warten?« fragte Piretti.

»Keine Ahnung«, entgegnete Cynthia. »Ich habe schon zweimal angerufen, und wenn sich in fünf Minuten nichts rührt, melde ich mich erneut. Langsam werde ich richtig sauer.« Sie schritt vor dem Fenster auf und ab, behielt die ganze Zeit über das Geschehen draußen im Auge.

Piretti nahm in dem Ruhesessel an seinem Schreibtisch Platz. »Wir bilden eine seltsame Gruppe, nicht wahr? Ein siebzig Jahre alter Italiener...«

»Der von römischen Kaisern abstammt«, warf McPhillips ein.

»He, ich schwöre, das ist die Wahrheit!«

»Mhm.«

»... ein mehr als zwei Meter großer blaugrüner Bursche von Rannica III; und als Projektleiterin eine Ökologin, die sich während des letzten Jahrs jeden Tag — und zweimal am Sonntag — mit allen akkallanischen Behörden gestritten hat«, fügte Piretti hinzu. »Welche Ergebnisse können wir für die insgesamt vierhundertunddrei Tage vorlegen?«

»Wir haben überlebt«, meinte Naw-Rocki ironisch.

»Eine erstaunliche Leistung«, pflichtete ihm Piretti bei.

»Uns trifft keine Schuld«, sagte McPhillips. »Wir könnten weitaus mehr vorweisen, wenn uns die verdammte Regierung nicht dauernd an der kurzen Leine hielte.«

»Aber genügt das, wenn die *Enterprise* kommt, um unsere Arbeit zu bewerten?« fragte Piretti. »Wird unsere Mission verlängert — oder schickt man uns heim? Unter den gegebenen Umständen ist es vielleicht besser, wenn wir uns von dem Raumschiff nach Hause bringen lassen...« Er deutete mit dem Daumen nach draußen.

McPhillips schüttelte verärgert den Kopf. »Verdammt, Enzo, wir stehen dicht vor einer Bestätigung der fremden Lebensform! Ich weiß, daß wir nicht deshalb hier sind, aber es ist eine aufregende Sache. Ich möchte nicht die Chance verlieren, der Spur zu folgen.«

»Ich frage mich dauernd, warum uns die akkallanischen

Wissenschaftler und die Studenten des Kollegiums so sehr hassen«, murmelte Piretti.

Naw-Rocki hob einen spindeldürren Finger. »Wahrscheinliche Spekulation: Desinformationspolitik der Regierung.«

»Dem kann ich nicht widersprechen«, sagte McPhillips. »Aus welchen anderen Gründen sollten die Forscher des Kollegiums glauben, wir hätten uns *mit* der Regierung *gegen* sie verschworen? Auf einer Welt, deren Regierungsbehörden alle Kommunikationssysteme kontrollieren, Außenweltler an verschiedenen Orten unterbringen und nicht zulassen, daß wir mit den einheimischen Wissenschaftlern sprechen... *Verdammt!* Wenn wir doch nur zusammenarbeiten könnten...«

»Es gibt einige Aspekte von Akkalla, die ich nicht vermissen werde.« Piretti zögerte kurz. »Das Wetter, die Regierung... das Wetter... äh, das Wetter.«

»Naw, bitte beschreiben Sie uns noch einmal das Wetter Ihres Planeten.«

Der große Alien schloß die Augen und entfloh in Gedanken zu seiner Heimatwelt. »Große Auswahl. Wir bestimmen Klima und nehmen nach Belieben Veränderungen vor.«

Enzo lachte. »Damit ist alles klar. Sobald die *Enterprise* eintrifft, bitte ich den Captain, Kurs auf Rannica III zu nehmen. Ich wünschte nur, wir wären nicht so lange ohne einen direkten Kontakt gewesen.« Pirettis Lächeln verblaßte.

Cindy McPhillips riß in gespieltem Erstaunen die braunen Augen auf. »Was? Das Büro des Publikan hat uns versichert, alle unsere Mitteilungen seien über den Subraum-Kanal der Regierung an den Wissenschaftsrat der Föderation weitergeleitet worden. Darüber hinaus wurde uns mehrfach garantiert, daß wir alle eingegangenen Nachrichten umgehend erhalten haben. Zweifeln Sie etwa daran?«

Enzo knurrte eine skeptisch klingende Antwort auf Italienisch. McPhillips bedauerte, daß sie diese Sprache nicht verstand, aber der Tonfall übermittelte eine deutliche Botschaft.

»Wir hätten nicht zulassen dürfen, daß man unseren Subraum-Sender außer Betrieb setzt«, sagte Piretti.

»Negative Wahl in dieser Hinsicht«, kommentierte Naw-Rocki. »Ein mundartlicher Ausdruck existiert auf Rannica. Ich ihn angemessen finde.«

McPhillips und Piretti warteten einige Sekunden lang auf die rannicanische Maxime, aber Naw-Rocki schwieg. Seine spitze Zunge strich über die Lippen — Hinweis darauf, daß er nachdachte.

»Nun, wollen Sie uns den Ausdruck nicht verraten?« fragte Enzo. »Hat er einen Sinn? Oder klingt er ebenso verrückt wie die anderen, die Sie uns ab und zu anbieten?«

»Grund für mein Zögern ist: Suche nach richtiger Übersetzung.« Naw-Rocki holte tief Luft und beschloß, einen Versuch zu wagen. »Wenn Geißel sagt: ›Sei unbesorgt; ich fresse dich nicht sofort, erst später‹ — so sollte man sich Sorgen machen. Oh, Geißel ähnelt... Ihrem legendären Drachen. Existenz jedoch bestätigt.«

»Nicht schlecht«, lobte McPhillips. »Ihr Englisch wird allmählich besser.«

Der große Alien lächelte. »Dank zum Ausdruck ich bringe.«

»Nun...« sagte Cynthia. »Uns bleiben nur noch zwei Tage, um Ihren Wortschatz zu erweitern. Vorausgesetzt, die *Enterprise* ist pünktlich.

Enzo schüttelte den Kopf. »Würde man uns informieren, wenn sie sich verspätet? Ich bezweifle es.«

McPhillips lehnte sich an den Fenstersims und bewunderte das Chiaroscuro des akkallanischen Himmels, ein Gemälde, bei dem die Natur eine Palette aus Grautönen verwendet hatte, die von Finster bis Silbrig reichten. Wolken zogen mit dem Zorn von Stürmen über den Himmel und schwebten gleichzeitig sanft auf faserigem Dunst. »Dies könnte ein wirklich schöner Planet sein, trotz allem.« Sie warf einen kurzen Blick auf die Wanduhr. »Die fünf Minuten sind um. Ich setze mich noch einmal mit der verdammten Grolianischen Wache in Verbindung.«

Cynthia ging zur Kommunikationskonsole.

»Ankunft, Cindy«, verkündete Naw-Rocki.

Zwei schnittige, silbergraue Polizeiboote glitten durch die Lagune und näherten sich der Anlegestelle, die wie ein langer Finger aus dem Deich ragte. Das Licht von Suchscheinwerfern schnitt durchs Zwielicht, und eine dröhnende Lautsprecherstimme forderte die Demonstranten auf, von der Föderationsstation zurückzuweichen. McPhillips und ihre beiden Kollegen beobachteten, wie die Akkallaner langsam den Weg verließen. Einige Minuten später kam ein Wächter herein, gekleidet in einen leuchtend grauen Panzeranzug. Der Mann trug einen durchsichtigen Helm, und Cynthia begrüßte ihn mit einem verärgerten Knurren.

»Wird auch Zeit, daß Sie kommen. Seit einer Stunde werden wir hier belagert — das sind drei Ihrer Hexos. Schon zweimal mußte ich Hilfe anfordern. Wir repräsentieren die Vereinte Föderation der Planeten, zu der auch Akkalla gehört. Ich erwarte besseren Schutz für die Dauer unseres Aufenthalts.«

Der Wächter hörte höflich zu und antwortete durch den Mundschirm im Helm. »Wir könnten nur dann Ihren absoluten Schutz gewährleisten, wenn wir Sie in einem Sicherheitsgebäude unter Hausarrest stellen.«

»Womit Sie vermutlich ein Gefängnis meinen«, brummte Piretti. »Ich glaube, Ihr Publikan würde uns gern verhaften lassen — und nicht etwa, um uns zu *schützen.*«

»Ich bin kein Polizeileiter, Magister oder Oberherr der Kontinentalen Synode«, erwiderte der Wächter schlicht. »Ich erfülle nur meine Pflicht. Wenn Sie bereit sind, eskortieren wir Sie nun zum Wohnbereich.«

Dr. McPhillips wechselte einen Blick mit Piretti und Naw-Rocki. »Wir sind soweit.« Als sie die stählerne Wendeltreppe hinuntergingen und in den feuchten Abend traten, flüsterte Enzo seinen beiden Kollegen zu: »Ich hoffe, die *Enterprise* findet uns, wenn sie in die Umlaufbahn schwenkt. Vielleicht sucht sie vergeblich, wenn man uns in ein Gefängnis geworfen oder ... umgebracht hat.«

»Na schön, Sulu — was hat es mit der großen Liebe Ihres Lebens auf sich?« fragte Lieutenant Seena Maybri. Sie spitzte die langen, fuchsartigen Ohren und kniff die runden grauen Augen zusammen. Für einige Sekunden verlor sie ihre natürliche Unschuld und argwöhnte, daß sich Lieutenant Commander Hikaru Sulu, Steuermann des Raumschiffs *Enterprise*, schon seit einer halben Stunde über sie lustig machte. Verdrießlich wandte sie sich ab und blickte durch das breite Panoramafenster des Beobachtungsdecks. Dadurch entging ihr das Lächeln auf Sulus Lippen — ein Lächeln, das ihren Verdacht bestätigt hätte.

»Ah, die Unschuld der Jugend«, sagte der Steuermann weise.

Seena sah ihn an, doch jetzt zeigte Sulu wieder ein ausdrucksloses Gesicht. »So jung bin ich gar nicht. Und ich wette, es gab *nie* eine große Liebe in Ihrem Leben.«

»Als mir Ihr Bruder Sahji schrieb und darum bat, mich um Sie zu kümmern, wies er nicht darauf hin, daß Sie so zynisch sind.« Sulu lehnte sich an die weiche Rückenlehne der Couch und schmollte.

Maybri ließ sowohl die Ohren als auch ihre schmalen Schultern hängen. »Spielen Sie nicht den Beleidigten. Sie sind zu alt, um damit durchzukommen. Also hören Sie auf — so etwas klappt bei mir nicht. Außerdem wissen Sie, daß ich es nicht ertragen kann, wenn Sie verletzt wirken.«

Es hatte tatsächlich geklappt, und Sulus Miene erhellte sich. »Sie möchten die traurige Geschichte wirklich nicht hören?«

»Nein.«

»Soll ich Ihnen wenigstens den Namen nennen?«

Maybri zögerte und wollte gleichzeitig mit Ja und Nein

antworten. Statt dessen schwieg sie. Sulu nutzte die gute Gelegenheit.

»Na schön, wenn Sie nicht daran interessiert sind...«

Seena klopfte ungeduldig mit dem Fuß auf den Boden, und die normale rosarote Tönung der Haut verwandelte sich in ein dunkles Rot, das bei Erithianern auf Streß hinwies. Die Farbe entsprach fast der ihres Uniformpullis. »Heraus damit.«

»Es geht nicht um eine Person, sondern um ein... Ding.«

»Die große Liebe Ihres Lebens ist ein Ding. Mein Bruder hat immer wieder betont, wie seltsam Menschen sein können. Ich höre — dies ist Ihre letzte Chance, mir alles zu erzählen.«

Sulu senkte den Kopf, und Maybri folgte seinem Beispiel, um zu sehen, ob er schmunzelte. »Schokolade«, sagte er leise.

Seena blinzelte verwirrt. »Die große Liebe Ihres Lebens ist ein Nahrungsmittel?«

Sulu konnte sich nicht länger beherrschen. Maschinengewehrartiges Lachen platzte aus ihm heraus, laut genug, um im ganzen Aufenthaltsraum widerzuhallen. Andere Besatzungsmitglieder sahen auf und unterbrachen ihre Gespräche. Das Lachen des Steuermanns war ebenso ansteckend wie eine hochinfektiöse Seuche, zeichnete sich allerdings durch angenehmere Wirkungen aus — überall lächelten Männer und Frauen.

Sulu faßte sich wieder und stellte amüsiert fest, daß Maybri ernst zu bleiben versuchte. Ihre Hautfarbe kehrte zum normalen Rosarot zurück, und die Ohren standen nun auf Halbmast. Das fedrige Haar erzitterte, was häufig geschah, wenn Seena durch irgend etwas abgelenkt wurde. Sie schüttelte den Kopf wie ein kleines Kind, das Märchen erzählt. »Ein Nahrungsmittel...«

»Echte Ambrosia«, berichtigte Sulu.

Maybri zuckte mit den Achseln. »Auf Erithia kamen wir auch ohne zurecht.«

Der asiatische Steuermann musterte sie erstaunt. »Sie kennen Schokolade überhaupt nicht? Dann muß ich Ihnen sofort eine entsprechende Erfahrung ermöglichen.« Er senkte die Stimme zu einem verschwörerischen Flüstern, als er einen Riegel hervorholte und sorgfältig das Papier davon löste. »Zufälligerweise besitze ich einen geheimen Vorrat der besten Schokolade in der ganzen Galaxis. Stammt von Sharatoa IV. Verraten Sie es niemandem.« Sein Blick huschte nach rechts und links, als hielte er nach Spionen Ausschau. Er brach ein Stück vom Riegel ab und reichte es Maybri. »Kauen Sie es nicht. Genießen Sie den Geschmack.«

Seena beherzigte den Rat, schob das Stück im Mund hin und her. Schließlich schluckte sie und richtete einen fragenden Blick auf Sulu. »Und?«

»Das ist alles – und?«

Erneut hob Maybri die Schultern. »Vermutlich muß man sich erst an den Geschmack gewöhnen. Wie war es bei Ihnen?«

»Mich hat's schon vor der Geburt erwischt. Mein ganzes Leben lang habe ich großen Gefallen an Schokolade gefunden. Leute wie ich können überhaupt nicht mehr darauf verzichten.«

»Und die traurige Geschichte, die Sie mir angedroht haben?« erkundigte sich Maybri skeptisch.

»He, ich habe nicht übertrieben. Die traurige Geschichte ist: Ich liebte Schokolade mehr als das Leben, und deshalb neigte ich als Junge dazu, recht pummelig zu sein. Als Kind hatte ich zwei Spitznamen: strammer Hikaru und dicker Sulu.«

Maybri lachte. »Inzwischen gibt es keinen Grund mehr für solche Bezeichnungen. Was ist geschehen?«

»Menschliche Kinder können sehr grausam sein, und irgendwann hatte ich genug davon, daß mich die anderen Jungen dauernd verspotteten. Ich begann damit, Sport zu treiben, um mich zu beweisen. Ich wurde zum Star beim Wettlauf und Fechten, erzielte große Erfolge bei den Mädchen — was für einen Teenager sehr wichtig ist — und wurde wesentlich schlanker.«

»Daraufhin gab es keinen dicken Sulu mehr.« Maybri schürzte die dünnen Lippen. »Sind alle Terraner so sonderbar?«

Der Steuermann lächelte. »Sie sind nicht sonderbarer als Erithianer. Obwohl Ihr Bruder ständig betont, es liege daran, daß Ihr Volk auf einem Wüstenplaneten lebt.«

»Habe ich Ihnen schon gesagt, daß ich in der vergangenen Woche einen Subraum-Anruf von ihm bekam?«

»Nein. Wie geht's ihm? Und wo ist er jetzt?«

»Es geht ihm gut. Derzeit arbeitet er in der Marsbasis, und er läßt Sie grüßen. Er weiß es sehr zu schätzen, daß Sie die Rolle meines großen Bruders spielen. Und das gilt auch für mich.«

Sulu hob die Hände. »Freundespflicht. Wissen Sie, ich habe Sahji seit... Himmel, unsere letzte Begegnung liegt mindestens fünf Jahre zurück.«

Sulu wirkte nachdenklich, als er sich dem Panoramafenster zuwandte. Draußen, in der Schwärze des Alls, flackerten die Sterne wie Lichter an einer fernen Küste. »Das ist der große Nachteil, wenn man sein Leben im Weltraum verbringt und mit Warpgeschwindigkeit durch die Galaxis reist. Man vermißt gute Bekannte zu Hause, Freunde, die man mit einem Transporter-Transfer oder einem Shuttle-Flug erreichen könnte, wenn man auf dem gleichen Planeten wäre.«

Maybri berührte Sulu am Arm, um ihm Trost zu spenden. »Vermutlich ist dies alles zu neu für mich, um ähnlich zu empfinden. Erst seit zwei Monaten bin ich an Bord der *Enterprise*, und ich finde noch immer alles so aufregend, daß ich kaum an etwas anderes denke.«

Unbehagliche Stille folgte, und nach einer Weile befeuchtete sich Seena die Lippen. »Äh... könnte ich noch ein Stück von der Schokoladen-Substanz bekommen?«

Sulus Augen leuchteten auf wie die eines Priesters, der einen Bekehrten tauft. »Aha! Ich wußte, daß Sie danach süchtig werden!«

»Davon kann überhaupt keine Rede sein. Ich achte nur die Prinzipien eines guten Wissenschaftlers, möchte ein Experiment wiederholen und die Ergebnisse miteinander vergleichen.«

»Mhm.« Sulu brach ein weiteres dunkles Stück ab und gab es Seena.

Sie griff danach und betrachtete es abschätzend. »Es ist nicht sehr groß, Sulu.«

»Wie ich schon sagte: süchtig.«

Maybris Pupillen weiteten sich, als sie widersprechen wollte. Doch bevor sie protestieren konnte, summte das Interkom, und die Stimme des Kommunikationsoffiziers Uhura drang aus dem Lautsprecher. »Lieutenant Maybri, Sie werden im Konferenzzimmer erwartet.«

»Hier Maybri, Commander Uhura. Wissen Sie, worum es geht?«

»Es hat etwas mit Ihrem Einsatz auf Akkalla zu tun. Admiral Kirk möchte einige Änderungen in Hinsicht auf die Landegruppe mit Ihnen besprechen.«

Seena runzelte die Stirn. »Danke. Ich bin unterwegs.« Einige Sekunden lang blieb sie stehen und merkte, daß Sulu an ihre Seite getreten war.

»Machen Sie sich keine Sorgen«, sagte er.

Maybris Haar zitterte und verriet ihre Nervosität. Die Haut wurde wieder dunkler. »Ich kann nicht anders. Dauernd denke ich: Vielleicht stellt Admiral Kirk fest, daß jemandem ein Fehler unterlief und ich gar nicht hierher gehöre. Immerhin ist dies mein erster Auftrag.«

»Unsinn«, erwiderte Sulu und legte ihr den Arm um die Schultern. »Zuerst einmal: Es gibt nur wenige Biologen, die für eine solch ungewöhnliche Ökologie qualifiziert sind. Und Sie stehen in dem Ruf, besonders fähig zu sein.«

»Meine bisherigen Erfahrungen stammen nur aus Büchern und Computersimulationen.« Seena deutete zu den fernen Sternen, die jenseits des Panoramafensters schimmerten. »Dort draußen warten *echte* Planeten auf mich.«

»Und Sie sind eine echte Biologin. Zwar von Erithia und ein wenig seltsam, aber eine gute.«

Maybri rang sich ein Lächeln ab. Gemeinsam verließen sie den Aufenthaltsraum und gingen zum nächsten Turbolift. Die Doppeltür glitt auseinander und schloß sich hinter ihnen. »Deck 6«, sagte Sulu. Sofort setzte sich die Transportkapsel in Bewegung und sauste erschütterungsfrei durch ein Labyrinth aus Schächten und Beförderungsröhren.

»Hoffentlich muß ich meinen Platz keinem kompetenteren Kollegen überlassen«, sagte Maybri leise. »Akkalla ist einer der Planeten, die mir besonders gefallen.«

»Wie meinen Sie das?«

»Die Oberfläche besteht zu achtundneunzig Prozent aus Wasser. Solche Welten finde ich faszinierend.«

»Warum sollte sich jemand, der auf einem Wüstenplaneten geboren ist, ausgerechnet für Wasserwelten interessieren?«

»Weil sie eine Abwechslung bieten«, erklärte Maybri fröhlich.

Der Lift hielt auf Deck 6, und sie traten in den Korridor.

»Sulu?«

»Ja?«

Seena kaute nervös auf der Unterlippe und kam näher. »Äh, glauben Sie, ich könnte vielleicht...«

»Ja«, erwiderte der Steuermann mit einem toleranten Lächeln. »Ich überlasse Ihnen den Rest der Schokolade.«

Sie starrte ihn überrascht an. »Woher wußten Sie, daß ich eine solche Bitte an Sie richten wollte?«

»Weil Sie süchtig sind.«

Sulu drehte sich zufrieden um und schritt fort. Maybri hörte sein Lachen erst, als er außer Sicht geriet. »Süchtig«, murmelte sie und schüttelte den Kopf.

Maybri lief um eine Ecke und schnappte unwillkürlich nach Luft, als sie fast mit Dr. McCoy zusammenstieß. Verlegen murmelte sie eine Entschuldigung, und ihre Haut verfärbte sich zu einem besonders dunklen Rot.

McCoy lächelte beruhigend. »Schon gut. Ein alter Bordarzt sollte ausweichen, wenn junge Offiziere frei herumlaufen. Ich glaube, wir haben das gleiche Ziel.« Er zögerte kurz. »Wissen Sie, Lieutenant, die Veränderungen Ihrer Hautfarbe sind sehr ungewöhnlich.«

Das dunkle Rot hatte begonnen, sich wieder in eine normale Tönung zu verwandeln, doch jetzt kam es zu einer Unterbrechung in diesem Prozeß. »Sie sind auch eine große Belastung«, entfuhr es Maybri.

»Könnten Sie mir das erklären? Es sei denn, Sie sprechen nicht gern darüber...«

Seena seufzte, als sie den Weg zum Konferenzzimmer fortsetzten. »Nein, ich, äh, es ist nur... Wie würde es Ihnen gefallen, wenn man Ihnen auf den ersten Blick ansehen kann, daß Sie unter Streß stehen oder irgendwelche äußeren Reize zu einer Erhöhung der Körpertemperatur führen? Manchmal komme ich mir wie ein Neonfisch von Spyrion VII vor. Und ich fühle mich so *anders* als alle anderen an Bord.«

McCoy nickte verständnisvoll. »Aber auf Erithia haben Sie nicht auf diese Weise empfunden, oder?«

»Dort sind meine Reaktionen völlig normal.«

»Nun, auch bei uns Menschen gibt es äußere Anzeichen für den emotionalen Status einer Person.«

»Aber bestimmt sind sie nicht so offensichtlich«, sagte Maybri niedergeschlagen.

»Das glauben Sie, weil Sie nicht daran gewöhnt sind, derartige Hinweise zu deuten. Ich brauche einen Menschen an Bord dieses Schiffes nur anzusehen, um Streß, Verlegenheit oder Aufregung festzustellen. Dazu benötige ich keinen Tricorder.«

Maybris Kummer wich Interesse. »Tatsächlich? Welche Anzeigen meinen Sie?«

»Erröten, Schweiß, hin und her huschende Blick, rasche Atmung, trockene Lippen. Und viele andere. Woraus folgt: Sie sind auch kein offeneres Buch als wir anderen.«

»Vielleicht.« Seena lächelte. »Trotzdem wünschte ich,

die farblichen Veränderungen meiner Haut wären weniger auffällig.«

Sie erreichten das Konferenzzimmer. Chekov, Spock, Chefingenieur Scott und Admiral Kirk waren bereits anwesend. Kirk räusperte sich. »Ich schlage vor, wir kommen sofort zur Sache. Starfleet hat eine Veränderung unserer gegenwärtigen Mission angeordnet. Auf Vestra 5 herrscht eine kritische Situation, und die *Enterprise* soll Hilfe bringen. Mr. Spock?«

Der vulkanische Wissenschaftsoffizier schob eine Datenkassette in die Computerkonsole am Ende des Tisches, und kurz darauf zeigte der Wandschirm eine Sternenkarte. »Das vestranische System befindet sich in Sektor R-973, und dort gibt es nur einen bewohnten Planeten. Vestra V gehört zur Klasse M, und die dortige Zivilisation hat einen Entwicklungsstand von null Komma neun erreicht, Typ A...«

»Für die Nichtcomputer unter uns...« warf McCoy ein. »Was bedeutet das?«

Spock wölbte andeutungsweise die Brauen. »Rudimentäres Raumfahrt-Potential, fortgeschrittene technologische Kultur, eine Gesellschaft ohne große Konflikte. Vestra 5 ist kein Mitglied der Föderation, unterhält jedoch umfassende kommerzielle und andere Beziehungen mit nahen Föderationswelten. Man hat Vestra zweimal angeboten, Mitglied des interstellaren Völkerbunds zu werden, und die jüngsten Verhandlungen fanden vor elf solaren Monaten statt.«

»Warum haben sich die Bewohner noch nicht entschieden?« fragte Scott.

»Offenbar legen die Vestraner großen Wert auf ihre Unabhängigkeit«, antwortete Kirk. »Sie sind nicht sicher, ob ein Bündnis lohnt. Aber bei der zweiten Abstimmung sprach sich nur noch eine knappe Mehrheit gegen die Föderation aus, und wir glauben, daß sich die Vestraner beim nächstenmal *für* uns entscheiden. Der Föderationsrat *möchte* Vestra als neues Mitglied, und deshalb ist unsere

Mission so wichtig. Bitte erklären Sie die Situation, Mr. Spock.«

»Anomale Wetterstrukturen haben in den wichtigsten landwirtschaftlichen Regionen des Planeten zu einer Dürre geführt, die inzwischen drei Jahre andauert. Trotz großer Bewässerungsprojekte und wiederholter Versuche, unmittelbaren Einfluß auf die klimatische Entwicklung zu nehmen, sind die Vestraner bisher nicht in der Lage gewesen, den Reduzierungstrend in Hinsicht auf die periodischen Ernten umzukehren.«

McCoy rieb sich die Nase. »Mit anderen Worten: Eine Hungersnot bahnt sich an.«

»Ich glaube, darauf habe ich bereits hingewiesen. Als Folge davon hat man die Föderation um humanitäre Hilfe gebeten.« Spock betätigte eine Taste, und daraufhin veränderte sich die Darstellung im Projektionsfeld: Die Sternenkarte zeigte nun einen linearen Kurs zwischen der gegenwärtigen Position der *Enterprise*, Starbase 18, Vestra V und Akkalla. »Frachter transportieren Nahrungsmittel und spezielle Saat — sie wurde genetisch manipuliert, um rasch zu keimen und in einem trockenen Ambiente zu wachsen — zur Starbase. Unser derzeitiger Kurs führt sechs Komma drei Lichtjahre daran vorbei. Allerdings sind wir das nächste Schiff, und wir verlieren kaum Zeit, wenn wir zur Basis fliegen. Anschließend setzen wir die Reise nach Vestra fort und bringen Hilfe.«

Lieutenant Maybri sah die anderen Offiziere an, die alle älter waren. Sie überlegte, ob es ihr zustand, Fragen zu stellen, meldete sich jedoch zu Wort, bevor derartige Gedanken zu Schüchternheit führen konnten. »Sir, was ist mit unserer Mission auf Akkalla?«

»Das wissenschaftliche Ministerium benötigt nach wie vor eine Bewertung, und zwar so schnell wie möglich. Die Termine in bezug auf die Festlegung des Budgets fürs kommende Jahr drängen, und es sind Informationen darüber erforderlich, welche Projekte weiterhin finanziert werden müssen. Während wir uns im Raumdock der Starbase 18 befinden, begibt sich Mr. Spock mit einem Shuttle nach Akkalla und beginnt dort mit einer Analyse der gesammelten Daten. Die *Enterprise* nimmt das Bewertungsteam auf, sobald uns Vestra V nicht mehr braucht.«

»Sie erwähnen ein ›Bewertungsteam‹, Sir«, sagte Maybri. »Ich melde mich freiwillig dafür.«

»Ich muß Sie leider enttäuschen, Lieutenant. Nur ein anderes Besatzungsmitglied begleitet Mr. Spock – Mr. Chekov.«

Der junge Russe sah überrascht auf. »Danke, Admiral. Ich habe mich schon nach dem Grund für meine Teilnahme an dieser Einsatzbesprechung gefragt.«

Kirk lachte leise. »Dachten Sie vielleicht, ich würde Ihre Bitte ignorieren, mit wissenschaftlichen Aufgaben betraut zu werden?«

»Nun, ich war mir nicht sicher, Sir.«

Ein sehr zufriedener Chekov folgte dem Vulkanier, als Spock das Konferenzzimmer verließ. Maybri sah ihnen traurig nach und spürte, wie ihre Haut dunkler wurde. Sie gab keinen Ton von sich.

»Da wir gerade dabei sind, Jim – warum hast du *mich* hierherbestellt?« fragte McCoy.

»Weil ich dich auf Vestra brauche, Pille.«

»Ungenügende Ernten, Bewässerung, neue Saat... Ich bin Arzt, kein Landwirt.«

»Wir wissen nicht, wie schlimm die medizinische Situation ist. Starfleet hat sicher neue Informationen für uns, wenn wir die Starbase erreichen. Der Plan sieht vor, eine große Medo-Gruppe mit den zuständigen vestranischen Gesundheitsämtern zusammenarbeiten zu lassen, um etwas gegen die direkten Folgen der Unterernährung zu unternehmen. Du führst dabei die Aufsicht.«

»Meine Lieblingstätigkeit, Jim. Bestimmt treffen tonnenweise Berichte ein.«

»Tut mir leid, Pille. Bürokratie gehört nun einmal dazu.«

McCoy schnitt eine Grimasse und schüttelte den Kopf.

»Wir haben Papier durch Elektronik ersetzt, aber an den Schreibarbeiten hat sich kaum etwas geändert.«

»Scotty...« Kirk wandte sich an den Chefingenieur. »Schaffen Sie Platz für die zusätzliche Fracht, die in der Starbase auf uns wartet. Wenn wir in der vestranischen Umlaufbahn sind, muß alles reibungslos über die Bühne gehen. Wir setzen die Shuttles ein und benutzen auch den Transporter, um Personen und Container in verschiedene Regionen des Planeten zu beamen. Bitte kümmern Sie sich um die Organisation.«

»Aye, Sir. Ich sorge dafür, daß alles wie geschmiert läuft.«

Als Scott zur Tür schritt, stand McCoy auf. »Kann ich ebenfalls gehen, Jim? Oder kennst du noch eine bürokratische Folter, die du an einem alten Landarzt ausprobieren willst?«

Kirk hob den Daumen. »Verschwinde, Pille. Lieutenant, Sie...«

»Sir«, unterbrach Maybri den Admiral. »Ich möchte unter vier Augen mit Ihnen sprechen, wenn Sie nichts dagegen haben.«

»In Ordnung. Diese Gelegenheit ist so gut wie jede andere.«

McCoy trat mit Scott in den Korridor. »Wenn mich jemand sucht: Ich bin in der Krankenstation und spitze Bleistifte.«

»Was haben Sie auf dem Herzen?« fragte Kirk, als sie allein waren.

»Das Bewertungsteam für Akkalla, Sir...«

Kirk preßte kurz die Lippen zusammen. »Stellen Sie meine Entscheidung in Frage, Lieutenant?«

Jetzt ist es soweit, dachte Maybri, davon überzeugt, daß ihre Haut die bisher dunkelste dunkelrote Tönung gewann. *Ich habe den Admiral beleidigt, und das bedeutet: Es gibt nicht mehr die geringste Chance für mich, auf einem Planeten zu arbeiten. Ich sitze im Labor fest, bis ich hundert bin.*

»Entspannen Sie sich«, sagte Kirk. Er wirkte jetzt nicht mehr so streng, und in seinen nußbraunen Augen entstand ein amüsierter Glanz. »Ich habe nur Ihre Entschlossenheit getestet. Sie sind durchaus berechtigt, die Entscheidungen vorgesetzter Offiziere in Frage zu stellen — wenn Sie einen guten Grund dafür anführen können. Deshalb wirft Ihnen niemand Meuterei vor.«

»Nun, Sir, darum geht es mir eigentlich nicht — zumindest nicht direkt. Es ist nur... Ich kenne mich gut mit Planeten wie Akkalla aus.« Es gelang Maybri, ihrer Stimme einen festeren Klang zu verleihen. »Ich habe mich gründlich auf die Bewertung vorbereitet und glaube deshalb, daß *ich* Mr. Spock begleiten sollte — Sir.«

Kirk lehnte sich zurück und verschränkte die Arme. »Ihnen sollte noch etwas anderes klar sein, Lieutenant. Vorgesetzte Offiziere sind keineswegs dazu *verpflichtet*, ihre Entscheidungen zu erläutern. Sie können sich natürlich nach den Gründen erkundigen, und manchmal bekommen Sie Antworten — so wie jetzt. Chekov begleitet Spock, weil er mehr Erfahrung hat als Sie. Indem ich ihn wähle, stelle ich nicht Ihre Kompetenz in Frage. Übrigens: Ihr Freund Sulu hat mich mehrmals auf Ihre ausgezeichneten Leistungen an der Akademie hingewiesen.«

Maybri schloß verlegen die Augen. »Ich bringe ihn um.«

Kirk schmunzelte. »Bitte nicht. Ich brauche meine Senior-Offiziere als Ratgeber. Was ich bisher von Ihnen gehört habe, läßt vermuten, daß auch Sie eines Tages zu den Senior-Offizieren gehören werden. Wie dem auch sei: Ich weiß, daß dies Ihr erster planetarer Einsatz sein sollte, und ich verstehe Ihre Enttäuschung. Aber denken Sie daran: Aufgeschoben ist nicht aufgehoben. Wenn die *Enterprise* auf Vestra fertig ist, bekommen Sie die Chance, sich eingehend mit der akkallanischen Ökologie zu befassen. Bis dahin... Sie könnten Spock und Chekov helfen, die Bewertungsalgorithmen zu programmieren. Das ist ein Befehl, Maybri.«

»Ja, Sir. Und... danke.«

»Wegtreten.«

Kirk beobachtete, wie Seena zur Tür ging — in jeder Bewegung kam Eifer zum Ausdruck. Als sich das Schott hinter ihr schloß, dachte er an die vielen eifrigen Offiziere unter seinem Kommando: Chekov, Sulu, Uhura, Reilly — und viele andere Namen, an die er sich kaum mehr erinnern konnte. Er hatte gesehen, wie sie ihre Feuertaufe hinter sich brachten, wie ausgelassener Überschwang hart erarbeiteter Weisheit wich. Kirk dachte auch an die Offiziere, die unter seinem Kommando gestorben waren. Jene Namen würde er nie vergessen. Er entsann sich an den Wortlaut jedes Briefes, den er zu den betreffenden Heimatwelten geschickt hatte, wo trauernde Familienangehörige nach Erklärungen für das Unerklärliche suchten. *Ich bedauere sehr, Ihnen mitteilen zu müssen, daß... gestorben ist... Ein guter, tüchtiger Offizier, der sein Leben für unser Bestreben opferte, mehr Wissen zu sammeln und den Frieden zu wahren. Ein großer Verlust für uns alle, und er stimmt mich ebenso traurig wie Sie...*

Kirk schauderte und vertrieb jene düsteren Phantome, wenn auch nur vorübergehend. Je älter er wurde, desto öfter kehrten sie in sein Unterbewußtsein zurück.

»Solche Briefe möchte ich nicht mehr schreiben«, sagte er leise. Nach einer Weile überraschte er sich dabei, wie er mit den Fingerkuppen über den glatten Tisch strich, als erhoffe er sich Trost vom Herzen der *Enterprise*, von jener tapferen Dame, die ihm bei vielen schweren Prüfungen Gesellschaft geleistet hatte. Er wußte, daß er sie benutzte, um einen kühlen, dunklen Ort in seinem eigenen Herzen zu füllen, eine Leere, von deren Existenz er erst seit kurzer Zeit wußte. Aber vielleicht gab es sie schon seit Jahren, ohne daß er sie bemerkt hatte.

Warum befindet sie sich dort? Nur er selbst konnte diese Frage stellen.

James T. Kirk hatte praktisch alles erreicht, was ihm sein Schicksal versprochen hatte. Er bereute nichts: Im Rückblick betrachtet, erfüllte ihn sein Leben mit Zufriedenheit. Dennoch gab es eine leere Ecke in ihm, ein verborgenes Sanktuarium, und aus irgendeinem Grund brachte er nicht den Mut auf, es zu betreten. Er warf nur einen scheuen Blick hinein und sah dort eine geisterhafte Botschaft: *Nach Hause,* lautete sie. *Vielleicht wird es Zeit, nach Hause zurückzukehren...*

Bald. Aber jetzt noch nicht. Es wartete nach wie vor Arbeit auf ihn. Jim Kirk verließ das Konferenzzimmer und suchte einen Raum auf, in dem er keine Leere fühlte — die Brücke der *Enterprise.*

KAPITEL 2

CAPTAINS LOGBUCH: STERNZEIT 7823.6

Während Chefingenieur Scott den Transfer der Ausrüstungsgüter, Nahrungsmittel und des Personals von Starbase 18 zur *Enterprise* überwacht, kümmern sich der wissenschaftliche Offizier Spock und Lieutenant Chekov um die Vorbereitung des Scoutshuttles *Cousteau.* Sie brechen noch vor uns auf und fliegen nach Akkalla, um die von Dr. Cynthia McPhillips und ihren Kollegen während der vergangenen dreizehn Monate geleistete Arbeit zu bewerten. Aufgrund der ungewöhnlichen Ökologie ist Akkalla von beträchtlichem wissenschaftlichen Interesse. Es handelt sich um eine der wenigen Welten, deren Oberfläche fast völlig aus Wasser besteht und trotzdem eine normale Vielfalt von Flora und Fauna entwickelt hat, darunter auch intelligentes humanoides Leben. Alles deutet auf einen Routineauftrag hin, der zwei meiner besten Offiziere nicht mit besonderen Schwierigkeiten konfrontiert. Aber Starfleet Command hat uns auf mögliche Probleme hingewiesen. Erstens: Akkalla ist zwar Mitglied der Föderation, neigt jedoch dazu, unsere demokratischen Prinzipien zu mißachten — bei den politischen Entwicklungstendenzen gibt es autoritäre Aspekte. Zweitens: Mich besorgt der Umstand, daß es keinen direkten Kontakt mit dem McPhillips-Team gibt; die akkallanische Regierung hat uns nur zwei Nachrichten übermittelt. In dieser Hinsicht sind offizielle Proteste der Föderation ohne Wirkung geblieben.

Das Raumschiff schwebte in einem stationären Orbit, und die Entfernung zur Starbase 18 betrug etwa hundertsechzig

Kilometer. Die Form der Station erinnerte an eine Hantel, und an den beiden Enden des langen zentralen Zylinders — er enthielt zwanzig Decks mit Arbeits- und Wohnsektionen — befanden sich Raumdock-Module. Jedes von ihnen bot Platz für ein Dutzend unterschiedlich großer Schiffe; andere konnten im Parkorbit warten. Doch für gewöhnlich herrschte in diesem Quadranten nie sehr starker Verkehr, und derzeit war die *Enterprise* das einzige größere Raumschiff in der Nähe.

Kirk trommelte mit den Fingern auf die Armlehne des Kommandosessels. Seine Crew erledigte die ganze Arbeit, und deshalb blieb er zur Untätigkeit verurteilt, was ihm ganz und gar nicht gefiel. Er warf einen kurzen Blick auf das Chronometer in der Schalteinheit und betätigte dann die Interkom-Taste.

»Wie steht's, Pille?«

Einer der kleineren Wandschirme zeigte McCoy. »Nicht besonders gut«, erwiderte er verärgert. »Ich weiß nicht, was da unten los ist, Jim, aber die Basis scheint unfähig zu sein, Menschen und Fracht gleichzeitig zu beamen. Anders ausgedrückt: Solange die Ausrüstungsmaterialien transferiert werden, bleibt das Medo-Personal in der Starbase. Ich vertreibe mir die Zeit mit Däumchendrehen.«

»Hm.« Kirk unterbrach die Verbindung nicht und nahm Kontakt mit den unteren Frachtsektionen auf. Das Bild auf dem Schirm teilte sich: links der wartende Bordarzt, rechts Lagerkammern, in denen reger Betrieb herrschte. Doch von Scott war weit und breit nichts zu sehen. »Statusbericht, Mr. Scott.«

Nach einigen Sekunden trat der Chefingenieur in den Erfassungsbereich des Übertragungssensors und wischte sich Schweiß von der Stirn. »Aye, Sir. Hier Scott.«

»Dr. McCoy teilt mir mit, die Basis schickt das medizinische Personal erst, wenn unsere Frachtsektionen gefüllt sind.«

In Scotts Augen blitzte es, und er knirschte mit den Zähnen. »Ich fasse es nicht. Dazu sollten Shuttles eingesetzt werden. Der Plan sieht einen gleichzeitigen Transfer vor. Offenbar veranstalten die Burschen ein Picknick, anstatt sich um ihre Arbeit zu kümmern. Soll ich sie anrufen und auf Trab bringen?«

»Sie haben bereits genug zu tun. Verstauen Sie die Fracht. Wir lösen das Problem von hier aus.«

»Aye, Sir.« Scott verschwand vom Schirm, und McCoy brummte: »In der Starbase scheint jemand mit Organisationstalent zu fehlen.«

»Nun, ich bringe die Sache sofort in Ordnung. Bleib in Bereitschaft, Pille. Bald treffen Gäste bei dir ein.«

Kirk desaktivierte das Interkom und wandte sich an seinen Kommunikationsoffizier. »Uhura, versuchen Sie bitte, das bürokratische Durcheinander zu entwirren.«

Manikürte Fingernägel glänzten, als sie das Kom-Modul ans Ohr hob. »Bin schon dabei, Sir.«

Der Admiral drückte eine andere Taste. »Kirk an *Cousteau.* Wie weit sind Sie, Mr. Spock?«

Die Stimme des Vulkaniers drang aus dem Lautsprecher. »Hier Spock. Wir haben gerade die Bordsysteme überprüft.«

»Mr. Spock«, warf Chekov ein. »Alle Funktionen positiv. Der Computer meldet Startbereitschaft.«

»Danke, Mr. Chekov. Ich nehme an, Sie haben es gehört, Admiral.«

»Ja. Viel Glück. Die *Cousteau* soll ein gutes Schiff sein.«

»Wann wollen Sie uns von Akkalla abholen?«

»Derzeit weiß ich nicht einmal, wann wir die Starbase verlassen können. Nun, ich schätze, unsere Mission dauert nicht länger als zwei oder drei Tage.«

»Dann müßten wir eigentlich mit der Bewertung fertig sein.«

»Gut. Bis später, Spock. Wenn sich irgendwelche Probleme ergeben, hören Sie von uns. Kirk Ende.«

Spock und Chekov saßen nebeneinander in den Kontursesseln des Shuttles.

»Grav-Anker sind gelöst, Mr. Spock«, meldete Chekov, als er mit sicherer Hand die Navigationskontrollen bediente.

Auf dem breiten, gewölbten Bildschirm vor ihnen war zu sehen, wie die beiden Hälften des großen Hangarschotts auseinanderglitten — ein Wal schien sein Maul zu öffnen. Als der Abstand zwischen den beiden Stahlbarrieren auf das Sicherheitsminimum wuchs, wechselten die blinkenden roten Lichter an ihren Seiten zu einem beständigen Grün. Die Stimme einer Frau tönte aus dem Kom-Lautsprecher der *Cousteau.*

»Alles klar für den Start. Geben Sie gut auf das Ruderboot acht, Mr. Spock. Denken Sie daran: Es ist nur ausgeliehen. Gute Reise.«

»Danke, Starbase-Control«, erwiderte der Vulkanier. »Mr. Chekov, bringen Sie uns nach draußen.«

»Dort ist sie«, sagte Uhura und veränderte den Zoomfaktor des großen Wandschirms, damit die Brückencrew das Shuttle beobachten konnte. Die *Cousteau* war himmelblau, und an ihren Flanken, neben Name und Registriernummer, zeigten sich die Darstellungen springender Delphine. Sie diente in erster Linie zur Erforschung von Wasserplaneten und konnte ebensogut auf dem Meer landen wie auf festem Boden. Darüber hinaus ließ sie sich als U-Boot einsetzen. Im Weltraum wirkte sie irgendwie fehl am Platz, wie ein Tier, dem die Natur einen maritimen Lebensraum zugewiesen hatte.

Chekov veränderte die Flugbahn des Shuttles und steuerte es direkt an der *Enterprise* vorbei. Die Positionslichter beider Schiffe blinkten zum Abschied.

»Mr. Chekov, nehmen Sie Kurs auf Akkalla, Warp drei. Leiten Sie den Transit ein, wenn Sie soweit sind.«

»Der Kurs ist bereits programmiert. Warp drei.«

Er schloß die Finger um den Beschleunigungsregler und schob ihn nach vorn. Das Warptriebwerk nahm Energie auf, und einige Sekunden später verschwand das Shuttle im Hyperraum, begleitet vom vertrauten Regenbogen-effekt.

Spock wußte, warum man ihn zum Leiter des Bewertungsteams ernannt hatte, dessen Aufgabe darin bestand, die Arbeit der Föderationswissenschaftler auf Akkalla zu überprüfen. Immerhin war er der wissenschaftliche Offizier der *Enterprise* und verfügte außerdem über Kommando-Erfahrungen. Schon des öfteren hatte er unabhängige Projekte beurteilt und auch die Leistungen der wissenschaftlichen Abteilungen an Bord der *Enterprise* eingeschätzt. Es war also logisch, daß sich Kirk für ihn entschied. Trotzdem spürte er vages Unbehagen. Als Vulkanier basierten seine Bewertungen einzig und allein auf objektiven, nachweisbaren Entdeckungen der betreffenden Wissenschaftler. Er ließ die Daten von einem selbstentwikkelten Computerprogramm verarbeiten — in Hinsicht auf die Messung wissenschaftlicher Erfolge galt es als so leistungsfähig, daß man es überall in Starfleet und der Föderation benutzte.

Bei diesem Vorgang existierten keine subjektiven Faktoren, und die Ergebnisse waren unanfechtbar: Sie gründeten sich nur auf die Prinzipien statistischer Analyse. Bei Vulkaniern und anderen streng rationalen Völkern akzeptierte man die Resultate, ohne irgendwelche Einwände zu erheben. Unglücklicherweise gab es nach Spocks Meinung weitaus mehr maßlos irrationale Personen als rationale. Bei solchen Individuen führten negative Bewertungen — so objektiv sie auch sein mochten — häufig zu Reaktionen, die auf verletzten Stolz hindeuteten. Spock hatte unangenehme Situationen dieser Art häufig genug erlebt, um Einschätzungsaufgaben zu meiden. Andererseits wußte er nach einem halben Leben als Starfleet-Offizier, daß auch beschwerliche Pflichten zum Dienst gehörten.

Die *Cousteau* war ein recht kleines Raumschiff, aber sie konnte insgesamt acht Besatzungsmitglieder aufnehmen, und für nur zwei bot sie reichlich Platz. Chekov hatte den

Navigationscomputer auf Automatik geschaltet und schlief nun in der Heckkabine. Spock saß allein an den Kontrollen und nutzte die Ruheperiode, um sich noch einmal mit den Informationen über McPhillips, ihre Kollegen und Akkalla zu befassen. Er schob eine Datenkassette in den Scanner des Computers und wählte eine hohe Projektionsgeschwindigkeit.

Die leitende Wissenschaftlerin Cynthia McPhillips stammte von der Erde: geboren an der irischen Küste, auf Hawaii aufgewachsen. Nach dem Studium in der meeresbiologischen Fakultät und im Wal-Kommunikationszentrum der Universität von Hawaii — dort erwarb sie ihren Doktortitel — bekam sie ihr erstes Wissenschaftsstipendium von der Föderation. Seit sieben Jahren erzielte sie große Erfolge mit Vorschlägen und Anträgen, bei denen es um ökologische Studien ging, und in diesem Zusammenhang hatte sie schon vier verschiedene Planeten in der Galaxis besucht: eine namenlose Welt, in deren nährstoffreicher Ursuppe (den Vorläufern zukünftiger Ozeane) sich primitive Organismen entwickelten; Kochews Planet, ein kaltes Fossil, das sich im schwachen Licht einer sterbenden Sonne dem Ende seiner Existenz näherte; Ra-Menae III, der einzige bewohnte Planet in einem einzigartigen Tristern-System (dort dominierten riesenhafte Muschelwesen in einer seltsamen Version der irdischen Dinosaurier-Ära); und schließlich Akkalla, jene Wasserwelt, die es McPhillips erlaubte, zu ihrer ersten Liebe zurückzukehren, der maritimen Ökologie.

Interessanterweise war McPhillips jünger als ihre Kollegen. Dr. Enzo Piretti, auf der italienischen Insel Sizilien geboren, hatte bereits den dreiundsiebzigsten Geburtstag hinter sich, und Dr. Naw-Rocki — einziger Nicht-Terraner der Gruppe —, war hundertdreißig, was in seinem Fall jedoch nicht viel bedeutete: Rannicaner zeichneten sich durch eine Lebenserwartung von etwa dreihundert Jahren aus. Für Cynthia McPhillips begann gerade erst das fünfte Lebensjahrzehnt, aber in ihrem Fachbereich genoß sie einen so guten Ruf, daß man ihr die Leitung des Forschungsprojekts übertrug.

Was Akkalla betraf... Es handelte sich um den dritten Planeten von insgesamt sechs. Die zweite Welt, Chorym, hatte ebenfalls intelligentes Leben hervorgebracht. Die Chorymi waren sogar höher entwickelt und beherrschten die interplanetare Raumfahrt. Trotzdem hatten sie mehrfach darauf hingewiesen, daß sie nicht beabsichtigten, sich der Föderation der Vereinten Planeten anzuschließen.

Spock fragte sich, welche Logik hinter dem Bestreben der Föderation steckte, so viele Planeten wie möglich als Mitglieder zu gewinnen. Seiner Ansicht nach sollte die Qualität eine größere Rolle spielen als die Quantität. Zugegeben, es diente der Sicherheit, wenn in allen Ecken der Galaxis die Föderationsfahne wehte: Dadurch wurden militärische Abenteuer der Klingonen, Romulaner und anderer, weniger mächtiger Antagonisten unwahrscheinlicher. Aber einige Welten schienen einfach nicht bereit oder fähig zu sein, sich ganz in die interstellare Völkergemeinschaft einzufügen — obgleich sie geschworen hatten, die Föderationscharta in allen Punkten zu respektieren.

Spocks Kritik bezog sich keineswegs auf die kulturellen und sozialen Aspekte der jeweiligen Planeten. Er glaubte fest an die vulkanische UMUK-Philosophie: unendliche Mannigfaltigkeit in unendlicher Kombination. Aber das Schlüsselwort hieß *Kombination.* Um erfolgreich — oder auch nur möglich — zu sein, erforderte die Kombination von allen Beteiligten Toleranz in Hinsicht auf Unterschiede. Doch manche Welten nahmen das Geschenk der Toleranz, ohne es zu erwidern.

Leider sah sich Spock außerstande, für Probleme dieser Art leichte Lösungen anzubieten. Ganz im Gegenteil: Er hatte überhaupt keine. Aber er wäre in Hinblick auf den ganzen politischen Prozeß weitaus optimistischer gewesen, wenn sich die Verantwortlichen im Föderationsrat zumindest bereit gezeigt hätten, offensichtliche organisatorische Unzulänglichkeiten zu diskutieren.

Er überlegte oft, wie es seinem Vater gelungen war, so viele Jahre lang als Diplomat zu arbeiten und dabei ständig mit eklatanter Unlogik in politischen Beziehungen konfrontiert zu werden. Wie dem auch sei: Botschafter Sarek stand in dem Ruf, eiserne Disziplin und unerschöpfliche Geduld zu haben. Spock bewunderte seinen Vater dafür und zweifelte kaum daran, daß er mit dem eigenen Temperament keine derartigen Leistungen erzielen konnte, zumindest nicht in der Diplomatie. Nein, wissenschaftliche Bewertungsaufträge kamen jener feinen Linie zwischen Wahrheit und Takt nahe genug.

Ein leises Piepen wies darauf hin, daß alle Daten der Kassette projiziert worden waren. Auf dem gewölbten Bildschirm vor den Pilotensesseln wuchs ein blaugrauer Globus mit Eiskappen an den Polen und ausgedehnten Wolkenfeldern. Die Sensoren registrierten eine einzelne größere Landmasse, einen unregelmäßig geformten Kontinent in der Äquatorialzone. Hohe Berge bildeten ein von Norden nach Süden verlaufendes, rückgratartiges Massiv, und an der zerklüfteten Küste gab es viele Buchten. Flüsse bildeten ein komplexes Netzmuster, wie die Adern in einem Blatt. Im nördlichen und südlichen Polarmeer existierten mehrere unterschiedlich große Inseln, ebenso vor den westlichen Ausläufern des Kontinents. Einige andere waren weit vom Festland entfernt. Doch das Hauptmerkmal dieser Welt bestand aus einem endlosen Ozean.

»Akkalla, nehme ich an«, sagte Chekov und rieb sich Schlaf aus den Augen, als er den kleinen Kontrollraum betrat. »Fast nur Meer. Ich habe noch nie einen Planeten mit so wenig Land gesehen. Wen wundert's, daß es hier keinen Flugverkehr gibt?«

»In der Tat. Der Kontinent weist einen gut schiffbaren Strom mit Dutzenden von Nebenflüssen auf. Seine Größe läßt sich mit dem terranischen Australien vergleichen.«

»Und ich dachte, wir hätten viel Wasser auf der Erde.«

Spock nickte. »Siebzig Komma acht fünf drei eins Prozent nach den jüngsten Berechnungen, wobei die Gletscherschmelze ebenso berücksichtigt ist wie die Schlickansammlungen in den Delta-Regionen der großen Flüsse. Es ist einer der höchsten Wasser-Land-Quotienten in der bekannten Galaxis.«

Chekov deutete auf den Schirm. »Aber nichts im Vergleich mit Akkalla. Achtundneunzig Prozent...«

»Achtundneunzig Komma sechs eins eins, Mr. Chekov. Wir müssen bei unseren Daten auf maximale Genauigkeit achten.«

»Aye, Mr. Spock.« Der Russe seufzte und nahm sich vor, demnächst auch an die Stellen hinter dem Komma zu denken.

»Möchten Sie den Rest mit manueller Kontrolle fliegen?«

Chekov lächelte. »Sehr gern sogar. Dieses Shuttle ist ganz anders als die *Enterprise.*«

Spocks dünne Finger huschten über die Tasten und schalteten die automatischen Navigationssysteme aus. »In Ordnung, Lieutenant. Die *Cousteau* gehört Ihnen. Bringen Sie uns nach Akkalla.«

Ihr Ziel war Tyvol, die kontinentale Hauptstadt in der sogenannten Schutzbucht, einem gut abgeschirmten Hafen an der nordwestlichen Küste. Drei Flüsse strömten durch die Stadt und mündeten ins Meer. Des weiteren verfügte Tyvol über ein ausgedehntes Kanalsystem.

Die *Cousteau* war noch immer weit entfernt, und die Eigenrotation des Planeten trug den Kontinent außer Sicht. Die andere Seite Akkallas bot einen beeindruckenden Anblick: Nur einige wenige Inseln ragten aus dem weiten, blaugrauen Meer, vermutlich die Gipfel maritimer Berge und Vulkane. Sie wirkten wie winzige, verlorene Fragmente, die nach der Entstehung dieser Welt übriggeblieben waren.

»Auf dieser Seite gibt es nicht viel zu sehen«, sagte Chekov.

»So hat es den Anschein. Aber Ozeane sind dafür bekannt, daß sie interessante Dinge verbergen. Die Geschichte Ihrer Heimatwelt ist ein Beispiel dafür, daß man selbst nach Jahrzehnten und Jahrhunderten der Erforschung des Meeres viele Überraschungen erleben kann.«

»Ja. Ich habe einmal von einem Fisch gelesen, der im zwanzigsten Jahrhundert gefunden wurde, obwohl man glaubte, er sei seit Millionen von Jahren ausgestorben...«

»Sie meinen den Quastenflosser«, vermutete Spock.

»Es wäre vielleicht eine gute Idee, zunächst im Orbit zu bleiben und eine Sondierung vorzunehmen.«

Der Vulkanier nickte. »Bitte, geben Sie die Koordinaten ein.«

Chekov betätigte die Tasten der Navigationskonsole und veränderte den Kurs der *Cousteau.*

»Computer«, sagte Spock. »Beginne mit einem kompletten Scan des Planeten. Fertige eine Querschnittanalyse der Meeresbecken an und klassifiziere die Lebensformen.«

Das Scoutshuttle schwenkte in die Umlaufbahn und beschleunigte, um die Rotationsgeschwindigkeit des Planeten zu übertreffen. Die Sondierung begann auf der dunklen Hälfte Akkallas, aber das kleine Raumschiff näherte sich schnell dem Terminator, der die Nacht und den Tag auf der kontinentalen Seite voneinander trennte.

Chekov runzelte die Stirn und hob eine Hand zum Kom-Modul am Ohr. »Sir, ich empfange eine Nachricht.«

»Ursprung?«

»Der Planet – von einem akkallanischen Regierungskanal.« Der Russe nahm eine Schaltung vor, und daraufhin knackte es im Lautsprecher. Die förmlich klingende Stimme einer Frau ertönte.

»An das unbekannte Raumschiff in der akkallanischen Umlaufbahn. Sie werden aufgefordert, unser orbitales Territorium sofort zu verlassen. Kommen Sie nicht näher. Ich wiederhole: Kommen Sie nicht näher. Die akkallanische Regierung lehnt jede Verantwortung für Ihre Sicherheit ab, wenn Sie die Entfernung zum Planeten weiter verringern.«

Spock aktivierte die externe Kommunikation. »An die

akkallanische Regierung: Hier spricht Commander Spock vom wissenschaftlichen Föderationsschiff *Cousteau.* Unsere Ankunft wurde angekündigt, und ich bitte um Landeerlaubnis. Wir...«

Die Stimme unterbrach ihn und wiederholte die Mitteilung. »An das unbekannte Raumschiff in der akkallanischen Umlaufbahn. Sie werden aufgefordert, unser orbitales Territorium sofort zu verlassen. Kommen Sie nicht näher. Ich wiederhole: Kommen Sie nicht näher. Die akkallanische Regierung lehnt jede Verantwortung für Ihre Sicherheit ab, wenn Sie die Entfernung zum Planeten weiter verringern.«

»Wahrscheinlich eine automatische Sendung«, sagte Spock und hob eine Braue. »Justieren Sie das Kommunikationssystem auf den bereits autorisierten Kontaktkanal.«

»Aye, Sir.«

Um jedes Risiko zu meiden, reduzierte Spock die Geschwindigkeit, während Chekov die Code-Sequenz eingab. Einmal mehr erklang die schon vertraute Warnung aus dem Lautsprecher. »An das unbekannte Raumschiff in der akkallanischen Umlauf...«

Die Stimme verklang abrupt; das Knistern und Prasseln von Statik folgte. Chekov verzog das Gesicht, als er sich mit einer Hand das Kom-Modul aus dem Ohr riß und mit der anderen die Lautstärke verringerte.

Spock sah ihn an. »Haben Sie die Verbindung unterbrochen?«

Der Russe schüttelte den Kopf. »Nein, Sir.« Er hob das Kom-Modul wieder und versuchte vergeblich, die automatische Sendung zu empfangen. »Die Signale werden gestört, Mr. Spock.«

»Am Ausgangspunkt?«

»Nein, Sir. Die Ursache befindet sich zwischen dem Sender und uns.« Chekov öffnete andere Kanäle. »Es lassen sich keine Kommunikationskontakte mehr herstellen, Sir.«

Die *Cousteau* setzte den Flug fort und erreichte die Tagseite des Planeten. Im plötzlichen Glanz der akkallanischen Sonne sahen Spock und Chekov etwas, das sie nicht erwartet hatten: ein halbes Dutzend Raumschiffe. Fünf waren klein, schwirrten wie winzige Insekten um den riesigen sechsten Raumer, dessen Größe an die eines Schiffes von der *Enterprise*-Klasse heranreichte. Doch die Konfiguration hielt keinem solchen Vergleich stand. Das Gebilde schien rein auf Nützlichkeit ausgelegt zu sein, wirkte klobig und häßlich: ein breiter Bug, oben eine Kuppel, dicke Erweiterungen an den unteren Flanken; hinzu kam ein spitz zulaufendes Etwas, das sich in einem weiten Bogen wölbte und zu einem quadratischen Triebwerksgehäuse führte. Düsen ragten daraus hervor, und am Heck zeigten sich zwei größere Schubprojektoren.

Die fünf Einheiten der Eskorte, jede von ihnen kleiner als die *Cousteau*, erinnerten an geschliffene Diamanten: vorn lang und dünn, hinten etwas dicker und abgestumpft. Sie umgaben den großen Raumer in einer schützenden Formation, und Spock glaubte, daß es sich um Kampfschiffe handelte.

»Die Störsignale gehen von den Fremden aus, Mr. Spock.«

»Schalten Sie die Scanner um, Mr. Chekov. Wir brauchen möglichst viele Informationen über diese Raumschiffe.«

Die Flotte flog auf dem gleichen Kurs wie die *Cousteau*, und offenbar hatte sie das sich von hinten nähernde Shuttle noch nicht bemerkt. »Verringern Sie die Geschwindigkeit«, fügte Spock hinzu. »Konstanter Abstand.«

»Aye, Sir.«

»Computer, liegen genug Daten für eine Identifizierung vor?«

»Bestätigung. Die kleineren Einheiten sind militärische Kampfgleiter der Chorymi, und sie eskortieren ein Ernteschiff.«

Der Vulkanier hob erneut eine Braue, als er die Bezeichnung *militärische Kampfgleiter* hörte. »Faszinierend. Von

Feindseligkeit zwischen Chorym und Akkalla ist nichts bekannt.«

»Nein, Sir«, bestätigte Chekov. »Wenn ich mich recht entsinne, gibt es zwischen den beiden Welten mehrere Abkommen über friedliche Zusammenarbeit.«

»Warum befindet sich dann ein militärischer Konvoi der Chorymi im akkallanischen Orbit? Und warum warnt man uns mit einer Nachricht, deren Sendung durch unsere Präsenz in der Umlaufbahn ausgelöst wurde? Irgendwelche Empfehlungen, Mr. Chekov?«

»Wir sollten den gegenwärtigen Abstand wahren und den Schiffen weiterhin folgen, um festzustellen, was sie vorhaben.«

Spock nickte. »Einverstanden.« Er schaltete den Bildschirm auf maximale Vergrößerung, und das Mutterschiff füllte den ganzen Projektionsbereich. »Volle Energie auf die Deflektoren.«

»Aye, Sir.« Als Chekov die Schilde des Shuttles mit der Reserveenergie verstärkte, wurde es dunkler in der Pilotenkanzel. Kurz darauf glühten die Lichter der Notbeleuchtung. Oben auf der Instrumentenkonsole blinkte ein Indikator und machte den derzeitigen Status deutlich: Alarmstufe Gelb.

Der Konvoi setzte die Geschwindigkeit herab und schwenkte in eine polare Umlaufbahn. Spock paßte den Kurs der *Cousteau* entsprechend an, als die Chorymi-Schiffe hoch über dem akkallanischen Meer schwebten.

»Sehr interessant«, kommentierte der Vulkanier. »Das Manöver läßt einen bestimmten Zweck vermuten. Analyse, Mr. Chekov?«

Der Russe drückte einige Tasten der wissenschaftlichen Konsole. Wenige Sekunden später erschienen Sensordaten auf einem Monitor rechts von ihm. »Die Chorymi sind jetzt in einem stationären Orbit siebenhundert Kilometer über der Oberfläche, rund sechshundert Kilometer nördlich des Äquators. Die Entfernung zur Küste des Kontinents beträgt etwa fünftausend Kilometer.«

»Außerdem lassen die von unseren Sensoren ermittelten Informationen den Schluß zu, daß sie den Ozean scannen. Sie scheinen darin nach etwas zu suchen. Verwenden Sie ein Viertel unserer Ortungskapazität, um die gleiche Region zu sondieren.«

»Aye, Sir.« Chekov blickte in den Sichtschlitz des Beobachtungsinstruments, das zur wissenschaftlichen Station gehörte, und gleichzeitig wies er den Computer an, die Scanner neu auszurichten. Kurz darauf hob er den Kopf, als er spürte, wie das Shuttle den Kurs änderte und beschleunigte.

»Was auch immer die Chorymi suchen – anscheinend haben sie es gefunden«, sagte Spock, während er die *Cousteau* steuerte und darauf achtete, daß der Abstand zu dem Konvoi nicht zu groß oder zu klein wurde.

»Ja, Sir. Die Instrumente registrieren zahllose Lebensformen in jenem Teil des Ozeans. Es sind so viele, daß eine Analyse fast unmöglich ist.«

»Recorder auf Maximum. Wir untersuchen die Daten später.«

Die Chorymi-Schiffe stürzten dem Planeten so schnell entgegen, als planten sie einen Angriff. Das Shuttle folgte ihnen, und ein schwaches rosarotes Leuchten entstand am Bug, als die *Cousteau* in die obersten Schichten der Lufthülle eindrang. Zunächst ging es auf geradem Wege nach unten, und Chekov konzentrierte sich auf die Sensoren, als der Konvoi mit einem spiralförmigen Kurs begann: Er benutzte die Reibung der Atmosphäre, um langsamer zu werden.

»Höhe hundertdreißig Kilometer«, meldete er. »Geschwindigkeit achttausend Stundenkilometer.«

Korallenfarbener Glanz umhüllte die *Cousteau* und nahm bald eine feurige, orangerote Tönung an. Die Schwärze des Alls verwandelte sich zuerst in ein dunkles Indigo – die Sterne waren nach wie vor zu erkennen –, dann in Kobaltblau und schließlich Azur. Die Sterne flakkerten jetzt, verblaßten und wichen dem Licht der akkallanischen Sonne. Ein watteartiger Boden aus Wolken schien ihnen entgegenzurasen, und das Shuttle erzitterte einige Male, als es diese Schicht durchstieß und in eine von Horizont zu Horizont reichende Gräue eintauchte. Der breite Bildschirm zeigte nun dichte Regenschleier und dahinter das große Chorymi-Schiff.

»Höhe fünf Kilometer«, sagte Chekov. »Vier... drei... zwei...« Der Russe unterbrach sich und schnappte überrascht nach Luft. »Mr. Spock, dort unten sind zehn planetengebundene Schiffe und nähern sich dem gleichen Ort!«

Er beauftragte den Computer, nach Kommunikationssignalen zwischen den Chorymi und der Flotte auf dem Meer zu suchen. »Bei den Schiffen handelt es sich um akkallanische Patrouillenboote – und die Chorymi sind *nicht* willkommen.«

Chekov schüttelte verwirrt den Kopf, als der Monitor den neuesten Sensorbericht des Computers zeigte. »Unmöglich! Ich habe nie einen so starken, künstlich erzeugten magnetischen Strom gesehen. Er... geht von dem Mutterschiff aus.«

Spock beugte sich vor und sah ebenfalls auf den Monitor. »In der Tat, Mr. Chekov. Es wird nun zum Mittelpunkt eines Energiefelds. Vermutlich finden wir bald heraus, warum die Chorymi nicht willkommen sind.«

Die Wellen wurden immer höher, und zehn Schiffe tanzten darauf. Weit oben schien das Mutterschiff der Chorymi anzuschwellen, als es noch tiefer sank. Die akkallanischen Boote zeichneten sich durch eine stromlinienförmige Struktur aus, bestanden nur aus gewölbten Flächen, und es waren alle Luken geschlossen, so daß kein Wasser eindringen konnte. Trotzdem kamen sie immer schwerer voran. Die Wogen hoben und senkten sich nicht in einem normalen Rhythmus, sondern ragten ganz plötzlich auf, bildeten überall gleichzeitig Berge aus schäumendem Wasser. Je weiter sich das große Raumschiff dem Meer näherte, desto stürmischer wurde die See.

»Jetzt bewegt es sich nicht mehr.« Chekovs Stimme kam einem verblüfften Flüstern gleich. »Es... schwebt über dem Ozean.«

Auf dem Bildschirm war tatsächlich zu sehen, daß das riesige Raumschiff verharrte, etwa tausend Meter über dem aufgewühlten Meer, so ruhig wie ein Schiff im Auge eines Sturms. Aber er hatte den Sturm selbst erzeugt und war ganz offensichtlich immun gegen seine Auswirkungen.

Tief unten starteten die akkallanischen Verteidiger Boden-Luft-Raketen; jedes Boot feuerte zwei ab. Ihre Kondensstreifen wanden sich wie zornige Schlangen hin und her, als sie zum Mutterschiff emporrasten, und die diamantförmigen Kampfgleiter der Chorymi gaben ihre geometrische Formation auf, um den Angriff abzuwehren. Zwei von ihnen flogen den Raketen entgegen, und an ihren Unterseiten leckten blaue Mündungsflammen, als die Bordkanonen kleine Projektile spuckten.

Die drei anderen stiegen auf, glitten über das Mutterschiff hinweg und begannen dann mit einem Sturzflug, um das Feuer auf die Akkallaner zu eröffnen. Diese Attacke war zuviel für die Patrouillenboote, die von den hohen Wellen bereits sehr in Bedrängnis gebracht wurden. Sie gaben die fehlgeschlagene Verteidigung auf; jetzt ging es nur noch ums Überleben.

Spock betrachtete eine Infrarot-Darstellung vom Bereich in der Nähe und unter dem großen Chorymi-Schiff. Dichter werdende rote Spiralen drehten sich um einen schwarzen Kern; gelbe und orangefarbene Ranken gingen davon aus, wie die Arme einer Galaxis. Grüne und blaue Tupfer markierten niedrigere Temperaturen des Meerwassers, das weiter vom Zentrum der Turbulenzen entfernt war. Die Muster veränderten sich ständig, und der Vulkanier kniff die Augen zusammen, als sein Interesse wuchs. »Ausgesprochen raffiniert.«

»Was geschieht dort, Sir?«

»Das große Schiff erzeugt einen Miniatur-Hurrikan.«

Spock deutete auf die Infrarot-Karte. »Das Energiefeld hat den vorherrschenden Wind so kanalisiert, daß dicht über dem Meer kein Luftaustausch mehr stattfindet. Wenn die von der Sonne erwärmte Luft nach oben gesaugt wird, kühlt sie ab, wodurch die Feuchtigkeit in ihr kondensiert, und gleichzeitig erwärmt sie Luftmoleküle in der Nähe, die ebenfalls aufsteigen. Dadurch entsteht eine immer stärkere, nach oben führende Strömung. Die von der planetaren Rotation verursachte Coriolis-Beschleunigung lenkt den Wind ins Zentrum dieses rasch entstehenden Tiefdruckgebiets und sorgt dafür, daß es sich gegen den Uhrzeigersinn dreht.«

»Und das alles, um die akkallanischen Patrouillenboote abzuwehren?« fragte Chekov.

»Ich nehme an, dieser Vorgang dient auch noch einem anderen Zweck, obgleich er eine gute Luft-See-Waffe darstellt.«

»Was beabsichtigen die Chorymi?«

Es dauerte nicht lange, bis sie die nächste Phase des Angriffs beobachteten. Das Mutterschiff neigte sich ein wenig nach vorn und sank dem Meer entgegen. Der unnatürliche Sturm wurde immer heftiger und schuf noch höhere Wellen; mehrere Patrouillenboote drohten zu kentern.

Dann klappte der untere Teil des Ernteschiffes auf, wie der Rachen eines alptraumhaften Ungeheuers, das sich anschickte, ein hilfloses Opfer zu verschlingen.

»Mr. Spock, der Luftdruck in der Nähe des Raumschiffs sinkt.«

»Tatsächlich? Nimmt er auch weiterhin ab?«

Chekov blinzelte ungläubig. »Ja, Sir. Im Auge...« Er suchte nach einem geeigneten Ausdruck, gab es dann auf und zuckte mit den Achseln. »Im Zentrum des Sturms ist er gleich Null.« Er hielt einige Sekunden lang den Atem an, lehnte sich dann zurück und richtete einen fassungslosen Blick auf Spock. »Negativer Druck.«

Ein Trichter aus Meerwasser formte sich, brodelte und wuchs nach oben – das Energiefeld des Chorymi-Schiffes befreite ihn von den Fesseln der Gravitation. Er schwankte von einer Seite zur anderen, schien dabei fest im Ozean verankert zu sein. Das Ernteschiff sank noch etwas tiefer, bis es wenige Meter über den gischtenden Fluten schwebte. Plötzlich dehnte sich der Strudel und wurde ins offene Maul des großen Schiffes gesaugt, das nun langsam übers Wasser glitt und große Teile des akkallanischen Ozeans fraß.

Drei der Patrouillenschiffe waren inzwischen gesunken; die anderen versuchten, sowohl dem Sog des Energiefelds als auch dem Orkan zu entkommen. Sie sausten über hohe, schaumgekrönte Wogen hinweg, gerieten in plötzliche Gegenströmungen und wurden zum Spielball unberechenbarer Wellen.

»Analysieren Sie den Inhalt des Trichters, Mr. Chekov.«

»Meerwasser, Spurenelemente und... zahlreiche Lebensformen, von mikroskopischen Organismen bis hin zu fünfundzwanzig Meter langen, walgroßen Geschöpfen.«

Das Ernteschiff ignorierte die von ihm selbst freigesetzten destruktiven Kräfte und wurde seiner Aufgabe gerecht, indem es dicht über dem Ozean schwebte und Tausende von Tonnen Wasser aufsaugte. Spock und Chekov beobachteten, wie dieses Wasser anschließend durch Gitter unterhalb des ›Rachens‹ zurückströmte.

»Das große Schiff ist mit einem Filtriersystem ausgestattet«, sagte Chekov und las wieder die von den Scannern ermittelten Daten. »Es hält alle Lebensformen zurück.«

Der Chorymi-Raumer glitt noch zweimal übers Meer, stieg dann wie ein gesättigter Leviathan auf und flog einen weiten Bogen, als die Kampfgleiter zurückkehrten und erneut eine schützende Formation bildeten. Kurz darauf orteten sie die *Cousteau.* Zwei der kleinen, kantigen Einheiten entfernten sich vom Mutterschiff und rasten dem bisher unbemerkten Zuschauer entgegen.

Spock öffnete rasch einen Kommunikationskanal, doch aus dem Lautsprecher drang nur schrilles Pfeifen. »Die Frequenzen sind noch immer blockiert. Wahrscheinlich Interferenzen aufgrund des Energiefelds.«

»Was bedeutet: Wir können den Chorymi nicht mitteilen, wer wir sind.«

»Korrekt. Halten Sie sich für Ausweichmanöver bereit.«

Das wissenschaftliche Shuttle blieb zunächst auf Kurs und kippte dann plötzlich nach unten – die Kampfgleiter sausten darüber hinweg. Als Spock die Fluglage der *Cousteau* wieder stabilisierte, stellte er fest, daß die Distanz zu den kleinen Schiffen schnell wuchs. Er mußte damit rechnen, daß sie zurückkehrten, hoffte jedoch, daß sie den anderen Chorymi folgten und auf einen Angriff verzichteten. »Mr. Chekov, berechnen Sie einen direkten Kurs zum akkallanischen Kontinent.«

Der Vulkanier drückte den Schubregler nach vorn und beschleunigte auf maximale Atmosphären-Geschwindigkeit. Der Andruck preßte sowohl ihn als auch den Russen in die Kontursessel.

»Verdammt!« Chekov sah vom Scanner auf. »Sie kommen näher. Die Kampfgleiter sind für so etwas konstruiert – unser Shuttle nicht.«

Spock reagierte, indem er die *Cousteau* in eine enge Spirale steuerte und gleichzeitig versuchte, mehr oder weniger auf dem Kurs zur akkallanischen Hauptstadt Tyvol zu bleiben. Die Bordkanonen der Chorymi feuerten, und blaues Feuer zischte an den Flanken des Shuttles vorbei. Chekov projizierte das taktische Bild auf Spocks Schirm.

Die Angreifer näherten sich auch weiterhin.

Von einem Augenblick zum anderen riß Spock den Beschleunigungsregler zurück und reduzierte die Geschwindigkeit fast auf Null. Die beiden Kampfgleiter flogen weiter und versuchten zu spät, das Manöver der *Cousteau* zu wiederholen.

Chekov grinste von einem Ohr zum anderen. »Nicht schlecht, Mr. Spock.«

»Hoffentlich haben wir die Chorymi dadurch entmutigt.« Spock schaltete erneut auf volle Beschleunigung, und das Triebwerk stimmte ein protestierendes Heulen an. Weit vorn geriet der akkallanische Kontinent in Sicht: flache Küsten, von einem Ring vulkanischer Inseln vor dem Meer geschützt.

Doch der taktische Schirm zeigte, daß die Kampfgleiter nicht aufgaben. Innerhalb weniger Sekunden waren sie erneut bis auf Schußweite heran und eröffneten einmal mehr das Feuer. Spock drehte ab, aber nicht schnell genug. Chekov und er spürten, wie das Shuttle zweimal am Heck getroffen wurde. Das dumpfe Krachen einer Explosion erschütterte die *Cousteau*, und Rauch quoll vom unteren Deck hervor, brannte in den Augen. Das Licht in der Pilotenkanzel flackerte mehrmals und glühte dann weniger hell, als Chekov das Haupttriebwerk desaktivierte und auf die Batterien umschaltete. Beide Männer rochen chemischen Schaum, als das automatische Löschsystem reagierte.

Sie erwarteten eine vernichtende Salve von den Angreifern, doch die beiden Ortungsreflexe in der taktischen Darstellung kehrten nun zum Rest der Chorymi-Flotte zurück, die sich bereits in den obersten Schichten der Atmosphäre befand. Chekov kommentierte diese glückliche Fügung des Schicksals, indem er hingebungsvoll seufzte.

»Wir haben Glück, Sir. Ich dachte, sie würden uns endgültig erledigen.«

»Vulkanier glauben nicht an Glück, Mr. Chekov. Und selbst wenn das der Fall wäre: Ich sähe mich gezwungen, Ihre Schlußfolgerung in Frage zu stellen. Unser Triebwerk funktioniert nicht mehr, und die Batterien sind ebenso beschädigt wie das Navigations- und Steuerungssystem. Vielleicht haben wir nicht mehr genug Energie, um den Kontinent zu erreichen...«

Chekovs Miene erhellte sich. »Aber mit diesem Shuttle können wir auf dem Wasser landen.«

»Wir wissen nicht, wie groß die strukturellen Schäden sind. Möglicherweise ist dieses Schiff nicht mehr seetüchtig. Wenn wir auf dem Wasser ›landen‹, wie Sie vorschlagen, gehen wir vielleicht unter.«

Chekov kaute auf der Unterlippe und musterte den Vulkanier stumm. *Nun, von uns Russen erwartet man fatalistische Einstellungen,* dachte er. »Ich gehe nach unten und kontrolliere unsere Überlebensausrüstung.«

»Eine konstruktive Idee. Ich versuche unterdessen, möglichst weich zu landen.«

Chekov wandte sich von den Instrumenten ab, und im schmalen Zugang der Pilotenkanzel zögerte er kurz. »Auch wenn Sie nicht daran glauben – viel Glück, Sir.«

»Glück ist relativ, wie wir inzwischen wissen, Mr. Chekov.«

Es mochte relativ sein, aber wenigstens ließ es sie nicht ganz im Stich. Gemeinsam gelang es Spock und Chekov, das Shuttle manuell zu steuern und es in Sichtweite einer Insel vor dem Kontinent aufs Meer sinken zu lassen. Mit wie zum Gebet ausgestreckten Landekufen berührte die *Cousteau* das Wasser und hüpfte in der Art eines flachen Steins über die Oberfläche, bevor sie sich ganz dem nassen Element anvertraute.

Chekov betätigte einen Schalter, und daraufhin erklang ein hydraulisches Summen, gefolgt von einem lauten Zischen. »Die zusätzlichen Schwimmkörper sind unter Druck gesetzt.«

Spock benutzte die Sensoren, um sich einen Eindruck von den Umweltbedingungen zu verschaffen. »Temperatur dreiunddreißig Grad Celsius. Luftfeuchtigkeit einundachtzig Prozent.«

Chekov schürzte mißbilligend die Lippen.

»Solche Werte sind völlig normal«, erklärte Spock. »Immerhin sind wir in der Äquatorialzone.«

Chekov seufzte. »Russen waren nie dazu bestimmt, in Regenwäldern zu leben.«

»Wir werden uns natürlich bemühen, unseren hiesigen Aufenthalt auf das notwendige Minimum zu beschränken, Lieutenant. Nun, die Entfernung zur Insel beträgt eins

Komma zwei sechs Kilometer. Es erscheint mir vernünftig, das Schiff zu verlassen.«

»Ja, Sir.« Chekov nickte widerstrebend. »Ich gehe noch einmal nach unten und bereite das Rettungsboot vor. Außerdem verankere ich das Shuttle, damit wir es später wiederfinden, wenn die *Enterprise* eintrifft.«

»Ich sammle hier alle erforderlichen Dinge ein.«

Der jüngere Offizier löste die Sicherheitsgurte, kletterte aus der Pilotenkanzel und murmelte dabei: »Bestimmt ist die *Cousteau* seetüchtig.«

Spock verstaute Datenkassetten und konventionelle Karten in wasserdichten Beuteln. Kurze Zeit später hörte er, wie Chekov über die Leiter vom unteren Deck zurückkehrte. Er hatte einen skeptischen Gesichtsausdruck, und seine Hose war bis zu den Knien naß.

»Das Shuttle scheint doch nicht ganz so seetüchtig zu sein, Mr. Spock.«

»Ist es stark beschädigt?«

»Ich konnte die Lecks nicht finden, aber irgendwo dringt Wasser ein. Vielleicht schwimmt die *Cousteau* nicht mehr lange. Nun, ansonsten sind wir soweit. Mit dem Rettungsboot ist alles in Ordnung; es hängt bereits an der Winde.«

Der Vulkanier nahm zwei Beutel, zwei weitere reichte er Chekov. Sie sahen sich noch ein letztes Mal in der Pilotenkanzel um, bevor sie durch den schmalen Korridor zur äußeren Luke gingen. Das Rettungsboot baumelte an Kabeln, und sie kletterten an Bord. Chekov betätigte eine Taste der Fernbedienung, und daraufhin surrte ein Elektromotor: Die Winde ließ das kleine Boot die drei Meter zum Wasser herab. Als Spock nickte, löste der Russe die Leinen, und sofort trieben sie vom wissenschaftlichen Shuttle fort, das sich schon ein wenig nach Steuerbord geneigt hatte. Chekov benutzte die Fernbedienung noch einmal, um die Luke zu schließen.

Das Boot war nicht nur mit einem Motor ausgestattet, sondern verfügte auch über wasserdichte Fächer mit Nahrungsmitteln, Medo-Taschen, Zelten, Werkzeugen und anderen Dingen, die sie fürs Überleben brauchten. Spock öffnete ein Siegel, holte dann zwei Tricorder und Phaser hervor.

»Die Steuerung überlasse ich Ihnen, Mr. Chekov. Nehmen Sie Kurs auf die Küste; dort schätzen wir unsere Situation ein.«

»Aye, Sir.« Der Russe drehte den Geschwindigkeitsregler, griff nach dem Ruder und richtete den Bug auf die Berginsel, die vor ihnen aus dem Meer ragte. »Vielleicht finden wir dort tanzende Mädchen in Baströcken, die uns als Götter begrüßen.«

»Das bezweifle ich. Es wäre weitaus nützlicher, wenn wir Bewohner fänden, die uns nach Tyvol auf dem Kontinent bringen können.«

»Nun, warum sich nicht beides wünschen?«

Der Strand reichte wie eine schmale graue Schürze um die Insel. Das Rettungsboot ritt auf dem Kamm einer Welle, und Chekov schaltete den Motor aus, als der Kunststoffboden über den Sand knirschte. Bevor die Unterströmung sie ins Meer zurücktragen konnte, sprangen die beiden Männer ins knietiefe Wasser, griffen nach den Leinen und zogen das Boot aus den tastenden Fingern der kleinen Brecher, die an den Strand rollten und dort Schaumspuren zurückließen.

Der Sandstreifen erstreckte sich fast zwei Kilometer weit nach rechts und links, bis die Küste fortwich, aber er war recht schmal, und ein dichter Wald wuchs fast an der Wassergrenze. Algenfladen und Treibholz unmittelbar vor dem Grün wiesen darauf hin, daß der Sand bei Flut ganz unterm Wasser verschwand. Woraus folgte: Hier durften Spock und Chekov nicht ihr Lager aufschlagen.

Die hohe Luftfeuchtigkeit machte sich bei jedem Atemzug bemerkbar. Sie streiften die Uniformjacken ab und schoben sich die Ärmel der Pullis bis über die Ellenbogen hoch. Am Himmel teilten sich die Wolken, und Sonnenschein glänzte herab.

Der Russe war genetisch nicht auf ein äquatoriales Klima vorbereitet, und das galt auch für Spock. Seine Heimatwelt war für backofenartige Hitze bekannt, aber der größte Teil von Vulkan bestand aus trockenen Wüsten.

Um das Rettungsboot vor der Flut zu schützen, zogen sie es bis zum Rand des Strandes und banden es an zwei weit emporragenden Bäumen fest. Was auch immer sie beim bevorstehenden Erkundungsgang entdeckten: Sie wollten ihr einziges Transportmittel wiederfinden, wenn sie zurückkehrten. Spock strich mit der Stiefelspitze durch den Sand, und in einer Tiefe von einigen Zentimetern kamen dunklere Körner zum Vorschein.

»Vulkanisch.«

»Sind alle Inseln vulkanischen Ursprungs?«

»Ja. Sie entstanden durch jahrtausendelange Eruptionen. Wenn sich vulkanisches Material zersetzt, entsteht ein sehr nährstoffreicher Boden.«

»Glauben Sie, der hiesige Vulkan ist erloschen?«

Spock wölbte neugierig die Brauen, nahm einen Tricorder und sondierte Insel und Wald. Sie traten zurück, um über die Bäume hinwegzublicken. Dahinter neigte sich der Bergkegel nach oben: Unten trug er ein grünes Gewand aus dichter Vegetation, und die oberen Bereiche verschwanden im Dunst. »Das Gerät registriert gewisse Aktivität: heiße Luft, die im Innern des Kraters entweicht, Bewegungen im Magmakern.«

Chekov wirkte besorgt, und Spock fügte hinzu: »Aber nichts deutet auf einen Ausbruch hin, der vor kurzer Zeit stattfand und sich wiederholen könnte.«

Spock nahm an der Seite des Rettungsbootes Platz, holte eine Datenkassette hervor und schob sie in den Tricorder. Auf den Karten war die Insel mit dem Namen Shilu eingetragen. Es handelte sich um die größte von insgesamt sechs — ihr Durchmesser betrug mehr als hundert Kilometer —, und sie bestand im wesentlichen aus dem fünfhunderttausend Jahre alten Vulkan Shiluzeya. Seine letzte bekannte Eruption hatte vor zweihundert Jahren stattgefunden, aber er war nicht erloschen, schlief nur.

Shilu war etwa hundertsechzig Kilometer von der Küste des Kontinents und rund eintausendfünfhundert Kilometer von der Hauptstadt entfernt. Der Motor des Rettungsbootes verwendete Wasserstoff, den er direkt aus dem Meerwasser bezog, und deshalb gab es keine Beschränkungen der Reichweite. Außerdem konnte die Navigation nicht sehr schwer sein: Sie brauchten nur der Küste zu folgen. Andererseits... Das kleine Boot erreichte keine hohen Geschwindigkeiten, und darüber hinaus wußten sie nicht, welches Wetter sie auf dem Ozean erwartete. Wahrscheinlich benötigten sie mehr Zeit, um Tyvol zu erreichen, als die *Enterprise* für den Flug von Vestra V nach Akkalla.

Nur in Hinsicht auf die aktuelle Tageszeit konnten sie sicher sein: Es mochte noch drei Stunden dauern, bis die Sonne unterging – zu wenig Zeit, um mit einer gründlichen Erforschung der Insel zu beginnen. Spock schlug vor, den Wald in unmittelbarer Nähe des Strandes zu erkunden und anschließend die Nacht beim Rettungsboot zu verbringen.

Mit eingeschalteten Tricordern und schußbereiten Phasern durchdrangen sie den Vorhang aus Farnen, Lianen und Ranken, wagten sich tiefer in den Regenwald. Der Boden war weich, ein Teppich aus verwelkenden Blättern und verfaulendem Holz. Er dämpfte das Geräusch ihrer Schritte und ermöglichte es ihnen, nahezu lautlos voranzukommen. Aber vermutlich hätte sie ohnehin niemand gehört: In den hohen Baumwipfeln erklang eine laute Symphonie aus kreischenden, pfeifenden, zirpenden und heulenden Stimmen. Ohren und Tricorder bemerkten zwar deutliche Anzeichen von Leben, aber die Geschöpfe verbargen sich im Dickicht. Die einzigen sichtbaren Hinweise auf ihre Existenz stammten von Lianen, die hier und dort mit einem Rest von Bewegungsmoment zitterten, nachdem sie ein Tier benutzt hatte, um sich von einem Baum zum anderen zu schwingen.

Nach einigen Metern wurden die Abstände zwischen den Sträuchern und Büschen größer, und daraufhin kamen die beiden Starfleet-Offiziere leichter voran. Die Äste und Zweige der Bäume hielten direktes Sonnenlicht vom Boden fern, und deshalb wuchsen neben den dicken Stämmen kaum andere Pflanzen. Chekov sah zu den hellen Strahlen auf, die durchs Blätterdach filterten und im Halbdunkel schimmerten: Insekten flogen darin, wie winzige Tänzer im Scheinwerferlicht. Hier im Wald war es wesentlich kühler als auf dem Strand. Es duftete nach frischem Humus, der ständig erneuert wurde: Herabfallendes Laub zersetzte sich rasch in der Feuchtigkeit und gab den Bäumen Nährstoffe; dadurch vervollständigte sich der Lebenszyklus des Regenwaldes.

Elegant geschwungene Böden, geformt von ineinander verschlungenen Ästen, und das vom Sonnenschein verursachte Fleckenmuster ließen den Wald wie eine natürliche Kathedrale wirken.

»Hier wimmelt es von Lebensformen.« Chekovs Tricorder ortete jene Aktivität, die sie nicht beobachten konnten.

»Ja. Wenn Regenwälder zu einer planetaren Ökologie gehören, so bilden sie häufig ein besonders dicht bevölkertes Habitat. Auf Ihrer Welt wurden die entsprechenden Biotope im zwanzigsten und einundzwanzigsten Jahrhundert so rasch zerstört, daß die Hälfte aller bekannten Pflanzen- und Tiergattungen innerhalb von dreißig Jahren verschwanden. Seltsam: Während sich viele Wissenschaftler mit bereits ausgestorbenen Spezies beschäftigten, sorgten andere Menschen für ein in der terranischen Geschichte beispielloses Massensterben.«

»Ich wünschte, wir könnten einige der hier lebenden Tiere beobachten.«

»Vielleicht ist das möglich.« Spock deutete auf ein schattiges Etwas zwischen zwei Baumstämmen, und die beiden Männer näherten sich vorsichtig. Es schien eine Art Laube aus Ranken, Zweigen, Gras und Blättern zu sein, und die Höhe betrug etwa anderthalb Meter. Chekov richtete den

Leere. »Ach, die Sommer im Kaukasus oder am Schwarzen Meer. Wir brieten dekadente westliche Marshmallows...«

»Marshmallows? Diese Spezialität ist mir unbekannt.«

»Tatsächlich?« Chekov beugte sich vor. »Nun, sie sind... schwer zu beschreiben. Stellen Sie sich kleine Zylinder aus Zucker und Blätterteig vor.« Er versuchte, die Form mit den Fingern anzudeuten. »Man spießt sie mit einer langen Gabel oder einem zugespitzten Zweig auf und hält sie übers Feuer. Ein richtiges Feuer ist besser als so ein Ofen.«

»Und was geschieht dann?«

»Sie werden außen goldbraun und knusprig, während sie im Innern schmelzen. Dann ißt man sie entweder direkt vom Spieß oder bemüht sich, sie davon herunterzuziehen, ohne daß sie auseinanderfallen. Eine ziemlich klebrige Angelegenheit.«

»Trotzdem halten Sie Marshmallows für ein erstrebenswertes Nahrungsmittel?«

»Ja.«

»Nach den von Ihnen erwähnten Ingredienzen zu urteilen, sind sie nicht sehr nahrhaft.«

»Nein. Aber sie schmecken so gut, daß wir manchmal zu viele essen. Und dann wird uns schlecht.«

Spock neigte den Kopf zur Seite, als er darüber nachdachte. »Offenbar dienen Marshmallows keinem erkennbaren diätetischen Zweck.«

»Nein, Sir. Dennoch bedauere ich, daß wir hier keine haben. Sie würden mich bestimmt verstehen, wenn ich Ihnen eines anbieten könnte.«

»Vielleicht. Aber ich bezweifle es. Viele menschliche Vorlieben werden nicht unbedingt von Vulkaniern geteilt.«

»Schlafen vulkanische Kinder nie unter den Sternen? Singen sie keine Lieder an Lagerfeuern?« Chekov unterstrich seine Fragen mit einer ausladenden Geste, und während er sie formulierte, fiel es ihm schwer, sich so etwas vorzustellen.

Spock überlegte kurz. »Wir schlafen beim *Kahs-wan* im Freien, bei dem zehntägigen Überlebens- und Reifetest, den jedes vulkanische Kind gemäß den alten Traditionen ablegen muß. Doch Menschen würden in diesem Zusammenhang sicher nicht von ›Spaß‹ sprechen.« Er schüttelte den Kopf. »Nein, wir singen nie Lieder an Lagerfeuern. Aber im Hochsommer, wenn es besonders heiß ist, dürfen vulkanische Kinder und Jugendliche ihre Lehrer nach draußen begleiten, um die kühle Abendluft zu genießen.«

Chekov klatschte in die Hände. »Na bitte! Beobachten sie dabei den Sternhimmel?«

»Ja, ich glaube schon.«

»Und Sie sind *ganz* sicher, daß dabei keine Lieder gesungen werden?«

»In der Tat, Lieutenant.«

»Womit beschäftigen sie sich dann?«

»Die Lehrer befragen ihre Schüler nach Quantenmechanik und Astrophysik.«

Chekov sank an den Baumstamm zurück, von dieser unausweichlichen Realität enttäuscht. »Ich hätte es wissen sollen.«

Plötzlich flutete ihm blendendes Licht entgegen, und er versuchte, die Augen abzuschirmen. Spock und Chekov griffen gleichzeitig nach ihren Phasern, erstarrten jedoch, als eine Stimme donnerte: »Keine Bewegung! Hände über den Kopf! Auf die Knie!«

Statt dessen stand Chekov auf und tastete erneut nach seinem Phaser. Der Lohn dafür bestand in einem Schlag ans Kinn, wuchtig genug, um ihn taumeln zu lassen.

Spock bemerkte zwei Lichtkegel: Einer galt ihm, der andere Chekov. Offenbar wollte man sie blenden, damit sie die Angreifer nicht sehen konnten. Der helle Glanz strahlte direkt in die Augen der beiden Offiziere, als grobe Hände Spock und Chekov auf die Knie drückten, ihnen Phaser und Kommunikatoren abnahmen. Die Stimme kam aus einer anderen Richtung, *und das bedeutet, wir sind den Angreifern fünf zu zwei unterlegen,* dachte der Vulkanier.

Keine besonders guten Chancen. Es ging darum, zunächst die neue Situation einzuschätzen; sie konnten erst handeln, wenn sie wußten, aus welchem Grund man sie gefangennahm.

Nahe Schritte. Leises Rascheln, als jemand das Zelt durchsuchte. Flüsternde Stimmen, die sich berieten – so leise, daß selbst Spock kein Wort verstand. Chekovs Atem, erst schnell, dann langsamer, als er seine Furcht überwand... Andere Geräusche aus der Dunkelheit.

Jemand packte Spock an den Armen und zerrte ihn auf die Beine. Die Lichtstrahlen folgten der Bewegung und blieben aufs Gesicht gerichtet. Chekovs Brummen wies darauf hin, daß er jetzt ebenfalls stand. Abgesehen von einigen knappen Befehlen war kein Versuch unternommen worden, mit den Starfleet-Offizieren zu kommunizieren. Es gab zu wenige Informationen über die Widersacher, um auf ihre Absichten zu schließen. Spock hielt es für unwahrscheinlich, daß man ihn tötete, nur weil er sprach, und ganz gleich, welche Reaktion er damit hervorrief: Sie bot ihm Hinweise auf seinen und Chekovs Status.

»Wir mußten unser Schiff auf dem Meer zurücklassen und...«

Ein Fausthieb in die Magengrube unterbrach ihn, und er krümmte sich mehr aus Überraschung zusammen – die leichten Schmerzen ignorierte er. Es war kein sehr fester Schlag gewesen, und Spock richtete sich sofort wieder auf. Die scharfe Stimme erklang erneut, und diesmal knurrte sie.

»Sie bleiben still, bis man Antworten von Ihnen verlangt.«

Schließlich krochen die Lichtkegel fort und über den Boden. Spocks Augen gewöhnten sich innerhalb eines Sekundenbruchteils an das Halbdunkel, und er sah fünf Personen: drei Männer und zwei Frauen, in Tarnanzüge gekleidet, deren Farben denen des Regenwalds entsprachen. Weite Hosen, dicht über den Fußknöcheln aufgeschlagen, die Arme bis zu den Schultern nackt, Sandalen, kurzgeschnittenes Haar, bei den Männern ebenso wie bei den Frauen – es kam nur auf Nützlichkeit an, nicht auf Mode –, junge Gesichter, ihre Züge von Erfahrungen verhärtet. Mit einer Ausnahme. Der Anführer war wesentlich älter, alt genug, um der Vater seiner vier Begleiter zu sein. Seine Miene wirkte besonders hart: das Kinn vorgeschoben, in den Augen ein fanatischer Glanz. Spock verglich die blitzenden Pupillen mit Messerklingen, die das Licht widerspiegelten, kurz bevor sie zustachen.

»Sie sind Gefangene der Kap-Allianz«, sagte der ältere Mann. Er war hager, hatte ein wettergegerbtes Gesicht und schien recht kräftig zu sein. »Haben Sie etwas zu sagen?«

Spock maß den Anführer mit einem abschätzenden Blick. »Wie ich bereits zu erklären versuchte: Wir kamen hierher, weil wir unser Schiff aufgeben mußten. Wir sind nicht Ihre Feinde, Sir.«

»Das entscheide ich.«

»Ganz offensichtlich. Nun, da Sie diese Gruppe leiten, tragen Sie auch Verantwortung und sind daher verpflichtet, ein fairer Richter zu sein, der alle relevanten Fakten sorgfältig abwägt, bevor er ein Urteil fällt.«

»Mutige Worte für jemanden in Ihrer Lage. Wie heißen Sie?«

»Spock. Das ist Chekov. Haben Sie ebenfalls einen Namen?«

»Ja. Ich bin Zzev.«

»Darf ich fragen, welche Ziele die Kap-Allianz verfolgt?«

»Wir kämpfen gegen den Publikan Akkallas und seine illegale Regierung. Genug der Fragen, Spock. Ich erwarte jetzt Auskünfte von Ihnen. Ihre Ohren deuten darauf hin, daß Sie kein Akkallaner sind. Stammen Sie von Vulkan?«

Spock nickte kurz.

»Wo ist Ihr Schiff?«

»Es befand sich etwa einen Kilometer von der Küste, als wir es verließen.«

»Warum haben Sie es aufgegeben?«

»Es wurde beschädigt. Wir beobachteten eine Auseinandersetzung zwischen Ihren Verteidigern und einem Konvoi der Chorymi.«

»Es waren nicht *unsere* Verteidiger, Vulkanier«, höhnte Zzev. »Die Paladine dieses Planeten zählen kaum zu unseren Freunden. Wie kamen sie zurecht?«

»Sie mußten eine Niederlage hinnehmen. Gegen die Feuerkraft der Chorymi hatten sie keine Chance.«

Zzev lachte humorlos. »Kann ich mir denken. Nun, geschieht ihnen ganz recht. Sie haben die Chorymi eingeladen, in unseren Ozeanen zu ernten. Inzwischen sind regelrechte Überfälle daraus geworden, und Akkalla kann nichts dagegen unternehmen.«

»Zwischen Ihnen und den Chorymi gibt es also kein Bündnis?«

»Wir hassen die verdammten Chorymi, Vulkanier. Obgleich man Tieren nicht vorwerfen kann, daß sie ihren Instinkten folgen.«

Einer der jüngeren Rebellen ging zum Rettungsboot, kramte dort in den Fächern und kehrte kurz darauf mit einer kastanienbraunen Uniform-Jacke zurück. Zzev nahm sie entgegen. »Starfleet-Offiziere, wie?« zischte er. »Das beantwortet meine Frage, woher Sie kommen. Sie haben etwas mit der wissenschaftlichen Föderationsstation zu tun, stimmt's? Streiten Sie es nicht ab...«

»Wir gehören zur Besatzung des Raumschiffs *Enterprise* und sind hier, um die Arbeit der Föderationsstation zu bewerten...«

»Ein ganzes Raumschiff voller Mordhaie der Föderation, die über uns herfallen wollen. Sie werden eine Überraschung erleben, wenn sie hierherkommen. Ebenso wie der Publikan... Nun, jetzt wissen wir wenigstens, welche Verbrechen wir Ihnen zur Last legen können. Fesselt sie.«

Zwei von Zzevs Gefährten traten vor, um Spock und Chekov die Hände auf den Rücken zu binden.

»Wir haben keine Verbrechen begangen«, sagte Spock.

»Sie und Ihr Freund sind der Verschwörung schuldig.«

»Verschwörung mit wem?« entfuhr es Chekov.

»Mit dem Publikan. Um die Wahrheit vom akkallanischen Volk fernzuhalten. Wenn sich Ihre Wissenschaftler nicht mit ihm, sondern mit uns verbündet hätten, wären wir jetzt keine Gejagten.«

»Unsere Wissenschaftler mischen sich nicht in lokale Kontroversen ein«, erwiderte Spock.

»Weitere Föderationslügen, Vulkanier. Derzeit sucht man uns als Verräter, aber wenn der Publikan gestürzt ist und wir die Kontrolle der Kontinentalen Synode übernommen haben, sorgen wir dafür, daß hier auf Akkalla einiges anders wird. Nun, wir lassen Sie vorerst am Leben: Wenn Ihr Raumschiff kommt, sind Sie uns sicher von Nutzen. Aber wenn Sie sich als ebenso wertlos wie Faultang erweisen, stellt man Sie vor ein Revolutionsgericht. Und ich kann Ihnen schon jetzt verraten, daß man Sie zum Tod verurteilen wird.«

Die Rebellengruppe marschierte durch den Wald und wählte dann eine Stelle, um einige Stunden lang zu rasten. Als das erste Licht der aufgehenden Sonne rot über den indigoblauen Himmel blutete, brachen Zzev und seine Gefährten wieder auf. Eine lange Wanderung über die sanft geneigte Flanke des Shiluzeya begann. Um von oben nicht entdeckt werden zu können, blieben sie die meiste Zeit unter dem grünen Blätterdach des Waldes. Zweimal erreichten sie geologische Zonen, die sie daran erinnerten, daß diese Insel ihre Existenz einem großen Vulkan verdankte. Im Hang des Berges zeigten sich Risse: Dort war Lava aus dem flüssigen Kern des Planeten emporgequollen. Während der ersten Phasen seiner Geschichte hatte der Shiluzeya nur als eine Spalte in der planetaren Kruste existiert, doch im Lauf von Jahrmillionen sammelte sich durch die Eruptionen am Meeresgrund genug Material an, um eine Insel zu schaffen.

Die Risse erlaubten es Magmaströmen, zum Ozean zu kriechen. Jene alte Lava, über die Zzev und seine Begleiter nun schritten, bildete ein hartes, schwarzes Pflaster, in dem sich hier und dort goldene Flecken zeigten.

Es war fast dunkel, als die Rebellen an einem nach unten führenden Magmagraben entlangwanderten und sich dem Zugang einer Höhle näherten.

»Sollen wir dort hinein?« wandte sich Chekov an die junge Blondine, die neben ihm ging.

»Unser Stützpunkt auf dieser Seite des Berges«, entgegnete sie knapp.

Der Russe schluckte mehrmals, und das Herz schlug ihm bis zum Hals. Seine Hände wurden kalt und feucht, aber da sie auf den Rücken gebunden waren, konnte er sie nicht abwischen. Die Farbe wich aus Chekovs schweißfeuchtem Gesicht. Die Vorstellung, ins dunkle Innere des Berges vorzudringen, gefesselt, hilflos, ohne zu wissen, wann – und ob – er wieder ins Freie zurückkehrte, verwandelte seine Knie in Gummi. Spock bemerkte die kalkweiße Blässe des jüngeren Offiziers, als sie am Höhlenzugang stehenblieben.

»Fühlen Sie sich nicht gut, Mr. Chekov?«

»Oh, es geht mir bestens, Mr. Spock. Warum... warum fragen Sie?«

»Sie sind sehr blaß.«

Chekovs trockene Lippen teilten sich und deuteten ein schiefes Lächeln an. »Es ist nur... Ich halte nicht viel von Höhlen.«

»Nun, vielleicht sollte ich darum bitten, daß wir draußen bleiben können.«

Bevor Chekov Antwort geben konnte, raschelte es in den nahen Bäumen. Die Rebellen hörten das Geräusch, gingen hinter großen Felsbrocken in Deckung und stießen ihre beiden Gefangenen ziemlich unsanft zu Boden. Einer der jungen Männer hob seine Waffe und feuerte auf ein schemenhaftes Ziel jenseits der Lichtung. Ein dumpfer Knall ertönte, und Spocks Blick folgte dem Leuchtspurgeschoß, als es an Baumstämmen vorbeiraste und ein Geschöpf traf. Das Wesen schrie, zuckte und fiel von einem hohen Ast.

Der Zwischenfall dauerte nur zwei oder drei Sekunden.

Während Chekov und Spock flach auf dem Bauch lagen und warteten, näherte sich ihre blonde Eskorte vorsichtig dem Opfer. Die anderen blieben in Deckung und hielten ihre Waffen bereit.

Die Frau bückte sich. »Tot. Aber kein Paladin.« Sie richtete sich auf und hielt den kleinen Kadaver an einem Bein.

Zzev leuchtete mit der Taschenlampe in ihre Richtung. »Was ist es, Ttrina?«

Sie kehrte zur Gruppe zurück und zeigte einen pelzigen Primaten mit dünner, ledriger Haut, die sich zwischen Armen und Beinen spannte. »Nur ein Flieger.«

»Wir braten ihn«, schlug Zzev vor.

In Chekovs Magengrube krampfte sich etwas zusammen, als ihm Spock auf die Beine half, und er schwankte unsicher. »Diese Leute scheinen recht nervös zu sein, Sir. Vielleicht ist dies nicht der richtige Zeitpunkt, um über die Art unserer Unterbringung zu klagen. Ich werde schon damit fertig.«

Zwei der jüngeren Rebellen gingen voran, als sie die Höhle betraten, und das Licht ihrer Taschenlampen strich über rauhe Felswände. Jemand gab Spock und Chekov einen Stoß; hinter ihnen folgten Zzev und die anderen. Gelegentlich verharrten die beiden jungen Männer an der Spitze und entzündeten in Wandhalterungen steckende Chemo-Fackeln, die mit einem leisen Zischen brannten und unstete Schatten projizierten.

»Klaustrophobie ist kein sehr ungewöhnliches Problem, Mr. Chekov«, flüsterte Spock. »Es überrascht mich allerdings, daß sich dieses Syndrom nicht an Bord eines kleinen Raumschiffs bemerkbar macht.«

Chekov versuchte, etwas Speichel zu sammeln; er glaubte zu spüren, daß sich ein alkalischer Belag in seinem Mund gebildet hatte. »Es ist keine... Klaustrophobie. Meine Abneigung gilt nur... Höhlen. Sie geht auf ein sehr unangenehmes Kindheitserlebnis zurück. Damals, während eines Campingausflugs im Sommer...«

»Bei dem Sie Marshmallows brieten.«

»Ja. Einige andere Jungen meinten, sie wollten mir etwas Unheimliches zeigen, aber sie glaubten, ich sei nicht mutig genug, um sie zu begleiten. Ich widersprach, und sie erklärten sich bereit, mich mitzunehmen — unter der Bedingung, daß sie mir vorher eine Augenbinde anlegten.«

»Gingen Sie darauf ein?«

Chekov nickte. »Sie führten mich in eine Höhle, und dort blieb ich in der Mitte stehen, die Augen noch immer verbunden. Die übrigen Kinder schlichen auf leisen Sohlen fort, und am Ausgang warfen sie einen Stein, um die Fledermäuse an der Decke aufzuscheuchen. Die Biester flogen so dicht an mir vorbei, daß mich ihre Flügel streiften, und... Nun, ich war damals erst acht, aber ich hätte fast einen Herzinfarkt erlitten. Seit damals verabscheue ich alle Höhlen.«

»Aber jetzt sind Sie erwachsen, Mr. Chekov. Wird es nicht Zeit für Sie, Ihre Kindheitsängste zu überwinden?«

»Die logische Antwort darauf lautet: ja. Aber bei uns Menschen spielt der emotionale Faktor eine wichtige Rolle.«

»Das habe ich schon bemerkt.«

Der schmale Gang wurde breiter und mündete in eine dreieckige Kammer mit hoher, gewölbter Decke. Ein halbes Dutzend Fackeln brannte hier, und ihr Licht erhellte eine kathedralenartige Kaverne: Kristallene Stalaktiten hingen herab, und Stalagmiten wuchsen wie magische Säulen aus dem Boden. Im zentralen Teil der Höhle hatten tropfende Stalaktiten pagodenartige Pfeiler gebildet: unten breit und massiv, weiter oben dünn und spiralförmig gewunden. Irgendwo plätscherte Wasser in atonaler Harmonie.

Nach ihrer Einrichtung zu urteilen, stellte diese Grotte tatsächlich eine dauerhafte Guerillabasis dar. Abgesehen von weiteren Chemo-Fackeln gab es in der Hauptkammer schlichte Feldbetten aus Metall, diverses Kochgerät und Vorräte in versiegelten Behältern. Spock ließ den Blick durch die Kaverne schweifen und nahm alle Einzelheiten in sich auf. Anschließend drehte er sich um und musterte Chekov, der jetzt ruhiger wirkte.

»Diese Höhle bietet durchaus Komfort, Lieutenant. Denken Sie daran: Irrationale Furcht ist das Ergebnis eines undisziplinierten Intellekts.«

»Ich weiß, Sir.«

»Ich bin sicher, die Kaverne stellt für uns keine so große Gefahr dar wie Zzev und seine Gefährten. Es sei denn natürlich, der Vulkan erwacht, während wir uns hier aufhalten. In dem Fall könnte uns giftiges Gas innerhalb von wenigen Sekunden umbringen. Oder es kommt zu einer Eruption, was den Giftgasen auch noch Magmaströme hinzufügen würde.«

Chekovs stumme Antwort bestand aus einem sehr besorgten Blick.

KAPITEL 3

CAPTAINS LOGBUCH: STERNZEIT 7825.9

Wir haben die Hilfsmission auf Vestra beendet. Eine zurückgelassene Einsatzgruppe aus Katastrophenspezialisten unterstützt die Vestraner bei ihrem Bemühen, alle Folgen der langen Dürre zu überwinden. Zwar ist die Krise noch nicht vorbei, aber die von der Föderation geleistete Hilfe kam rechtzeitig genug, um das Schlimmste zu verhüten. Von jetzt an braucht auf Vestra niemand mehr zu verhungern. Die *Enterprise* nähert sich Akkalla, wo Wissenschaftsoffizier Spock und Lieutenant Chekov bereits damit begonnen haben, die von Dr. McPhillips und ihren Kollegen erzielten Forschungsergebnisse zu bewerten. Wenn wir den Planeten erreichen, beenden wir diese Aufgabe, und anschließend statte ich dem Publikan Abben Ffaridor, Oberhaupt der akkallanischen Regierung, einen Höflichkeitsbesuch ab. Ich rechne nicht mit Problemen.

»Ihre Leute haben nichts von sich hören lassen.« Cynthia McPhillips' Gesicht füllte den kleinen Bildschirm über Uhuras Kommunikationskonsole und zeigte die ernste Strenge einer Frau, die an Streß gewöhnt war.

Soviel zu meinem optimistischen Logbucheintrag, dachte Kirk. »Sind Sie während der beiden vergangenen Tage in Ihrem Laboratorium gewesen?«

»Unser Arbeitsplan sah das vor, ja. Außerdem wissen die von Ihnen gesandten Personen, wie man sich mit uns in Verbindung setzen kann, wenn wir uns im Wohnbereich aufhalten.«

»Mr. Spock verfügte über diese Information. Starfleet und den Leuten vom Wissenschaftsrat der Föderation fiel es sehr schwer, direkten Kontakt mit Ihnen aufzunehmen. Glauben Sie, daß Spock vielleicht ähnliche Probleme hat?«

McPhillips hob die Schultern. »Hier ist alles möglich, Admiral. Wir könnten Ihnen einige echte Horrorgeschichtebn erzählen. Was Ihre Leute betrifft, bin ich ebenso auf Mutmaßungen angewiesen wie Sie.«

»Von Mutmaßungen halte ich nichts«, erwiderte Kirk etwas schärfer. »Ich bin entschlossen, der Sache auf den Grund zu gehen. Geben Sie uns Bescheid, wenn Sie etwas in Erfahrung bringen. Wir bleiben in Kontakt. Kirk Ende.«

»Zum Teufel auch, wieso sind Spock und Chekov verschwunden, ohne eine Spur zu hinterlassen?« McCoy schritt hinter dem Kommandosessel auf und ab.

Kirk drehte sich erst nach links, dann nach rechts. »Bleib endlich stehen, Pille.«

Der Arzt verharrte auf dem Oberdeck, umfaßte mit beiden Händen das Geländer und beugte sich vor. »Wo *ich* stehe oder sitze, spielt keine Rolle. Wo sind die beiden Vermißten?«

»Laß uns zuerst herausfinden, wo sie nicht sind. Uhura.«

»Der direkte Kontaktkanal D-7 ist noch immer geöffnet, aber ich empfange nichts – nicht einmal Statik.«

»Sulu, nehmen Sie eine vollständige Sensor-Sondierung des Planeten vor. Halten Sie dabei nach etwas Ausschau, das der Konfiguration eines Scoutshuttles ähnelt.«

»Sir, ein ziemlich großer Teil von Akkalla besteht aus Wasser.«

»Das ist mir bekannt. Wenn Spock und Chekov eine Notlandung durchführen mußten, so hoffentlich auf *terra firma.* Scannen Sie zuerst das Land. Beginnen Sie mit dem Kontinent und erweitern Sie die Suchzone dann in konzentrischen Kreisen.«

»Was hast du sonst noch vor, Jim?« fragte McCoy und wartete hinter dem Admiral.

»Der Höflichkeitsbesuch beim Publikan.« Kirk stand

auf und ging zum Turbolift. »Möchtest du mich begleiten?«

»Ich sollte besser mitkommen. Vielleicht brauchst du jemanden, der dem doppelzüngigen diplomatischen Gerede einige unverblümte Bemerkungen hinzufügt.«

»Bitte keine interplanetaren Zwischenfälle, Doktor.«

Kirk und McCoy beamten sich in die Hauptstadt Tyvol und materialisierten auf einer breiten, grauen Marmortreppe, die zum Eingang eines beeindruckenden Gebäudes führte.

»Was ist das?« fragte McCoy.

»Der sogenannte Behütete Turm, die Residenz des Publikan. Hier finden auch die offiziellen Empfänge und dergleichen statt.«

»Wie das Weiße Haus oder der Buckingham-Palast.«

Kirk nickte. Das Bauwerk präsentierte sich als eine Mischung aus kühnen und eleganten Wölbungen; dünne Minarette ragten empor, und in der Mitte befand sich eine Kuppel. Den Architekten des Turms war es irgendwie gelungen, ein Gebäude zu errichten, das die Bewegungen der Wellen einfing, um der ruhelosen Kraft des auf Akkalla dominierenden Meeres symbolische Gestalt zu geben. Neben der Treppe erstreckte sich ein schimmernder Teich mit drei abstrakten Skulpturen, Wasser speienden Nachbildungen maritimer Lebensformen.

Der Turm erhob sich auf einem hohen Felsvorsprung, der einen weiten Blick über den Ozean gewährte. Die beiden Offiziere der *Enterprise* traten von den Stufen herunter, gingen zur Mauer am Ende des Platzes und beobachteten, wie dreißig Meter weiter unten hohe Wogen ans Ufer rollten. Von dieser Klippe aus – zusammen mit einer anderen bildete sie eine natürliche Abschirmung für den Hafen von Havensbay – konnte man die ganze Stadt sehen, ein Konglomerat aus Kurven, Sicheln und Spiralen: alle gewundene Konturen von fließendem Wasser. Die Straßen, Wälle, Häuser und größeren Gebäude – sie schienen eine Erweiterung des Elements zu sein, das auf Akkalla vorherrschte und die Welt nach seinem Abbild gestaltete.

Selbst Tyvols Geographie wurde von Wasser bestimmt. Ein breiter Fluß teilte die Stadt in zwei Hälften, und hinzu kamen kleinere Flüsse und viele Kanäle, entweder natürlichen Ursprungs oder von den Akkallanern geschaffen. Dadurch erweckte Tyvol den Eindruck, aus Hunderten von Inseln zu bestehen, untereinander durch Fähren und Tausende von Brücken verbunden.

Jenseits des Hafens, ebenfalls auf einem großen Felsen, stand eine massive Festung mit dicken Mauern und Zinnen. Im Gegensatz zum Rest der Stadt verkörperte sie keine Ästhetik, sondern Macht.

McCoy deutete in die entsprechende Richtung. »Und das dort drüben?«

»Vermutlich die Paladin-Zitadelle, Hauptquartier der kontinentalen Verteidigungsstreitkräfte.«

Erneut sahen sie über die Stadt und bewunderten ihre würdevolle Eleganz. Sie wurde ihrem Ruf durchaus gerecht, aber etwas störte McCoy. Nach einigen Sekunden begriff er, was Unbehagen in ihm weckte. Die schiefergrauen Gebäude, der düstere Himmel, das bleifarbene Meer mit den beständig rollenden Wellen... Akkalla schien eine monochrome Welt zu sein, die nur Platz für gedrückte Stimmungen ließ, für Trauer und Schwermut. McCoy fröstelte trotz der schwülen Luft.

»Was ist los mit dir, Pille?« Kirk mustere ihn und versuchte den Grund für die plötzliche Melancholie des Arztes festzustellen.

McCoy zögerte. »Keine Ahnung«, sagte er schließlich. »Irgend etwas an diesem Ort gefällt mir nicht. Ich hoffe, daß wir ihn bald wieder verlassen können. Es wäre schön, wenn Spock und Chekov beim Publikan auf uns warteten.«

Sie kehrten zum Behüteten Turm zurück und näherten sich einem Eingang, der aus zwei fast acht Meter hohen Toren bestand. Grolianische Wächter in silbernen Uniformen öffneten und empfingen die beiden Besucher in einem gewölbten Foyer.

»Bitte nennen Sie Ihr Anliegen«, sagte einer der Wächter. Er trug mehrere Medaillen und Ordensstreifen auf der Brust und hielt ein handtellergroßes Aufzeichnungsgerät vor Kirks Lippen.

»Admiral James Kirk und Dr. Leonard McCoy von der U.S.S. *Enterprise.* Wir möchten den Publikan besuchen und werden erwartet.«

Das kleine Instrument piepte zweimal – offenbar handelte es sich um einen Kommunikator, der sowohl senden als auch empfangen konnte. Kirk fragte sich, von wem das Bestätigungssignal stammte.

»Folgen Sie mir«, sagte der ranghöhere Wächter.

Stiefelabsätze klackten auf dem Parkettboden, und das Echo hallte von hohen Steindecken wider, als sie direkt zur Audienzkammer im rückwärtigen Teil des Turms schritten. Die hintere Wand bestand fast vollständig aus Glas und bot einen ungehinderten Blick auf den Ozean. Handgewebte Teppiche und Läufer mit stilisierten Meeresszenen lagen zwischen samtbezogenen Sesseln und Couchen auf dem Boden. An den Wänden hingen Tapisserien, deren Darstellungen sich vermutlich auf Geschichte und Religion Akkallas bezogen: Kämpfe auf dem Meer, gegen andere Akkallaner und Ungeheuer aus den Tiefen; Zeremonien unter der für diesen Planeten typischen dichten Wolkendecke, durch die himmlische Lichtbündel strahlten; lange Prozessionen in einer Stadt, die ähnlich aussah wie Tyvol, vom Turmplatz aus betrachtet.

»Bitte warten Sie hier«, sagte der Wächter und verließ den Raum.

McCoy legte die Hände auf den Rücken. »Wie begrüßen wir den Publikan? Ist er eine Königliche Hoheit oder etwas in der Art?«

Kirk schüttelte den Kopf. »Hier finden Wahlen statt. Der Publikan ist Vorsitzender der Mehrheitspartei in der Kontinentalen Synode – so heißt das hiesige Parlament.

Der Kontinent besteht aus zwölf Provinzen, und in jeder davon werden drei Repräsentanten gewählt. Ich glaube, man nennt sie Oberherren.«

»Gehört der Publikan zu ihnen?«

»Ja. Wir begegnen ihm also mit dem gleichen Respekt wie einem Staatsoberhaupt.«

»Gut. Ich hasse es, mich verbeugen und Kratzfüße machen zu müssen.«

Kirk lächelte. »Verbeugungen und Kratzfüße waren noch nie deine starke Seite, Pille.«

Sie drehten sich um, als sie das Knarren einer großen Holztür hörten. Zwei Akkallaner betraten die Audienzkammer, und einen von ihnen erkannte Kirk sofort als den Publikan Abben Ffaridor: ein älterer Mann, klein und dicklich, mit meliertem Haar und breitem Gesicht. Er hatte zivile Kleidung gewählt, einen schlichten schwarzen Anzug mit einem großen blauen Edelstein an einer Halskette. Eine Frau begleitete ihn, jung zwar, aber nicht jugendlich. Sie trug ebenfalls eine silberne Uniform, wie die Grolianischen Wächter, aber in ihrem Fall kamen Ausschmückungen hinzu: schwarzes Filigran am Kragen, schwarze Tressen an den Schultern, rote und blaue Medaillen rechts auf der Brust. Das dunkle, glänzende Haar reichte über die eine Stirnhälfte, war hinten zusammengesteckt und umrahmte ein aristokratisches, außerordentlich attraktives Gesicht, das zugleich sehr streng wirkte.

McCoy trat an Kirks Seite, als der Publikan seine beiden Gäste freundlich begrüßte und ihnen die Hand schüttelte. »Willkommen, willkommen, Admiral Kirk, Dr. McCoy. Ich bin Abben Ffaridor. Das ist Jjenna Vvox, Erster Brigadegeneral unserer Verteidigungsstreitkräfte. Bitte nehmen Sie Platz.« Er führte sie zu einer Sitzgruppe in der Ecke des Raums, unweit der Fensterwand. Kirk und McCoy setzten sich auf eine Couch, während der Publikan zu einem thronartigen Sessel auf einer kleinen Plattform ging. Seine Adjutantin ließ sich daneben auf einen gewöhnlichen Stuhl sinken.

»Im Namen aller Akkallaner übermittle ich Ihnen und Starfleet einen herzlichen Gruß«, sagte Ffaridor fröhlich. »Nun, soweit ich weiß, ist Ihr Raumschiff gekommen, um, äh ...«

»Um die wissenschaftliche Föderationsstation zu besuchen, Peer Ffaridor«, warf Vvox ein.

Der Publikan blinzelte, als hörte er diese Information nun zum erstenmal. »Ah, ja natürlich. Ich hoffe, die Arbeit der Forscher ist interessant und nützlich, sowohl für den Wissenschaftsrat als auch für Akkalla. Als Junge habe ich mich selbst mit den Wissenschaften befaßt. Viele Stunden verbrachte ich damit, die Wunder dieser Welt ...«

»Sir«, unterbrach ihn Vvox, »vielleicht sind Ihre Gäste durstig.«

»Ja, ja, natürlich, natürlich. Wie vergeßlich ich sein kann. Dürfen wir Ihnen Erfrischungen anbieten? Die Konditoren des Turms backen den besten Kuchen ...« — bei diesen Worten klopfte er sich auf den Bauch —, »... und unser süßer Algentee schmeckt ausgezeichnet, hm?«

Kirk war ein wenig verwirrt und fragte sich, wer hier die Entscheidungen traf. Das angebliche Oberhaupt Akkallas schien Anweisungen von seiner gar nicht sehr unterwürfigen Adjutantin entgegenzunehmen. Er nahm sich vor, später McCoy nach seinen Eindrücken zu fragen. »Danke, Sir, aber ich fürchte, dies ist mehr als nur ein Höflichkeitsbesuch. Wir müssen eine dringende Angelegenheit mit Ihnen besprechen.«

Der Publikan beugte sich vor. »Das tut mir leid, Admiral. Ich schlage vor, wir kommen sofort zur Sache.«

»Nun, mein Schiff wurde während der Reise nach Akkalla aufgehalten. Wir mußten einem Planeten, auf dem seit einigen Jahren Dürre herrscht, humanitäre Hilfe gewähren. Ich habe zwei meiner Offiziere mit einem Shuttle hierhergeschickt. Sie sollten damit beginnen, die Arbeit der Föderationswissenschaftler zu bewerten, und unsere Absicht bestand darin, sie unmittelbar nach dem Eintreffen der *Enterprise* abzuholen.«

»Kam es dabei zu einem Problem?«

»Leider ja. Allem Anschein nach haben die beiden Offiziere ihr Ziel nie erreicht.«

»Oh.« Ffaridor wußte offenbar nicht recht, was er von diesem Hinweis halten sollte. Brigadegeneral Vvox sprach, bevor er Antwort geben konnte.

»Ich verstehe Ihre Besorgnis. Wäre es nicht möglich, daß Ihre Leute während des Fluges hierher in Schwierigkeiten gerieten und gar nicht auf Akkalla landen konnten?«

»Nun, das ist durchaus möglich«, räumte Kirk ein. »Aber nicht wahrscheinlich. Wir haben den gleichen Kurs gewählt und unterwegs keine Anzeichen dafür gefunden, daß meine Offiziere während des Transfers mit Problemen konfrontiert wurden. In dem Fall hätten wir sicher Notsignale empfangen.«

»Und wenn der Bordkommunikator des Shuttles nicht funktionierte?« fragte Vvox. In ihren Augen blitzte es — sie schien es für eine Herausforderung zu halten, unwiderlegbare Möglichkeiten zu nennen.

»Es war auch mit Nachrichtenkapseln ausgestattet, die sich im Notfall selbst aktivieren.«

»Und wenn das Shuttle zerstört wurde, bevor die Besatzung eine Kapsel ausschleusen konnte?«

Kirk bemerkte McCoys wachsenden Ärger über Vvox' negative Einstellung. »Wenn wir vom schlimmsten Fall ausgehen, hätten wir Trümmer oder Strahlungsreste finden müssen. Nein, ich vermute, daß meine Offiziere Akkalla erreicht haben und hier in Schwierigkeiten gerieten — was sie daran hinderte, in Tyvol zu landen und sich mit Dr. McPhillips von der wissenschaftlichen Station in Verbindung zu setzen.« Der Publikan schwieg beim Wortwechsel mit Vvox, und Kirk überlegte einmal mehr, wer hier das Kommando führte.

Ffaridors Gesichtsausdruck deutete darauf hin, daß er sich fragte, wer antworten sollte.

Kirk beobachtete, wie das akkallanische Regierungsoberhaupt seine militärische Adjutantin ansah, und in ihren Augen leuchtete eine stumme Warnung. Ffaridor räusperte sich.

»Das ist alles sehr bedauerlich. Bestimmt wollen Sie so schnell wie möglich Aufschluß über das Schicksal Ihrer Offiziere gewinnen.«

»Wir freuen uns sehr darüber, daß Sie unsere Lage verstehen«, sagte McCoy rasch. Kirk bedachte ihn mit einem scharfen Blick, aber er achtete nicht darauf und fuhr fort: »Wir möchten sofort mit einer Suche beginnen, Ihre Erlaubnis natürlich vorausgesetzt. Als Arzt mache ich mir große Sorgen über den Zustand der beiden Vermißten – mögliche Verletzungen und so weiter. Das ist Ihnen sicher klar.«

»Oh, ja, Dr. McCoy. Was Ihr Anliegen betrifft: Eine Suche...«

»Ist völlig ausgeschlossen«, sagte Vvox fest und sah dabei nicht einmal zum Publikan auf. »Das stimmt doch, Ffaridor, oder?« Ihre letzten Worte waren keine Frage, sondern eine Feststellung.

»Ja, ja. Ich fürchte, Brigadegeneral Vvox hat recht, meine Herren. Unsere Gesetze sind recht streng, wenn es um die Aktivitäten von Außenweltlern auf Akkalla geht. Der Aufenthalt von Fremden unterliegt umfassenden Beschränkungen, wie im Fall der Föderationswissenschaftler.

»Wenn eine Suche stattfinden soll, so kümmern wir uns darum«, erklärte Vvox.

McCoy hob protestierend die Hand. »Aber, Sir, wir haben schon...«

Kirk unterbrach ihn sofort. »Der Doktor meint, daß wir schon mit den Vorbereitungen für die Suche begonnen haben. Sie brauchen sicher Zeit, um alles in die Wege zu leiten...«

»Die Paladine sind ständig einsatzbereit, Admiral«, erwiderte Vvox stolz.

»Aber mit den technischen Möglichkeiten eines Raumschiffs...« begann McCoy, bevor Kirk ihn daran hindern konnte.

»Wir sind durchaus imstande, eine Suchaktion auf unserem eigenen Planeten durchzuführen, Doktor«, sagte Ffaridor und hob den Kopf.

Kirk hätte McCoy am liebsten erwürgt und verzichtete nur darauf, um seine Würde zu wahren. Außerdem hatten derartige disziplinarische Maßnahmen jetzt keinen Sinn mehr. *Wir haben den Publikan und seine Adjutantin beleidigt, wenn auch ohne Absicht,* dachte der Admiral. Die Besprechung endete mit deutlich spürbarer Kühle, obgleich Vvox und Ffaridor versicherten, daß die akkallanischen Paladine jede Möglichkeit nutzen würden, um die *Cousteau* zu finden – wenn sie wirklich auf dem Planeten gelandet war.

Es gelang McCoy, den Mund zu halten, bis sie den Behüteten Turm verließen. Draußen kam ihm Kirk zuvor.

»Wolltest du dort drin den Friedensnobelpreis gewinnen, Pille?«

»Verdammt, Jim, ihre Haltung gefiel mir nicht!«

»Ich schätze, das beruht auf Gegenseitigkeit. *Unsere* Einstellung gefiel dem Publikan und seiner Adjutantin ebensowenig.« Sie traten die breiten Marmorstufen hinunter und gingen zur Straße, die sich am abgegrenzten Turmplatz entlangwand. »Du wolltest doch nicht etwa sagen: ›Wir haben schon begonnen, den ganzen Planeten mit unseren Sensoren zu sondieren.‹«

Dünne Falten bildeten sich in McCoys Augenwinkeln, und er lächelte dünn. »Das wäre eine ziemlich törichte Bemerkung gewesen, stimmt's?«

»Allerdings.«

»Dann wollte ich *das* bestimmt nicht sagen, Jim. Es erstaunt mich sehr, daß du glaubst, ich sei zu einer solchen Dummheit fähig.«

»Verzeih mir«, entgegnete Kirk trocken.

Sie erreichten die Straße und blickten zum Turm zurück. Zwei Grolianische Wächter auf der Treppe beobachteten sie. »Ich schätze, hier hält man nicht viel von Außenweltlern«, brummte McCoy.

»Kein Wunder, wenn sie ihnen praktisch Unfähigkeit vorwerfen«, antwortete der Admiral. Er klappte seinen Kommunikator auf. »Kirk an *Enterprise.* Beamen Sie mich und Dr. McCoy an Bord. Energie.«

Er hörte McCoys Stimme, als er das vertraute Prickeln des Transporterstrahls fühlte. »Diesmal habe ich nichts dagegen, daß meine Moleküle...«

»...auseinandergerissen und wieder zusammengesetzt werden«, beendete der Arzt den Satz, als sie im Transporterraum der *Enterprise* rematerialisierten. »Ich hoffe, dieser erste Abstecher auf den Planeten war gleichzeitig der letzte.«

»Mir geht es ähnlich – aber ich würde nicht darauf wetten.« Kirk nickte dem Transportertechniker zu und schritt in den Korridor, gefolgt von McCoy. »Weißt du, ich habe dich nicht nur aufgrund deines großen diplomatischen Geschicks mitgenommen.«

»Schmeichler...«

»Du *bist* Arzt, wie du immer wieder betonst.«

»Niemand war krank.«

»Ich möchte eine psychologische Diagnose. Wie schätzt du den Publikan und seine Adjutantin ein?«

McCoy hob und senkte die Brauen. »Nun, man konnte auf den ersten Blick sehen, wer das Regiment führte.«

»Es ist dir ebenfalls aufgefallen?«

»Man braucht kein Genie zu sein, um es zu bemerken.«

»Kannst du mir in groben Zügen die Psychoprofile beschreiben?«

»Ich denke schon. Ffaridor scheint zu Dingen gezwungen zu sein, die seinem eigentlichen Wesen widersprechen. Er ist offen und freundlich, aber ich habe auch den Eindruck, daß er nicht zögert, die von ihm selbst bestimmten Regeln zu verletzen, wenn es um etwas Wichtiges geht.«

»Und der kleine Thron, auf dem er saß?«

»Das hat mich ebenfalls gewundert. Nun, es ist ein bekanntes Symbol der Macht, wenn Herrscher einen höheren

Platz einnehmen, so daß alle anderen zu ihnen aufsehen müssen. Aber auf einer Welt, die von gewählten Repräsentanten regiert wird, sollte es so etwas nicht geben. Natürlich wissen wir kaum etwas über die akkallanische Geschichte; vielleicht gehört der Thron zur Tradition.«

»Ffaridor ging sofort zu der Plattform und schien sich dort recht wohl zu fühlen«, sagte Kirk.

McCoy nickte. »Ja. Wenn jemand anders auf die Idee kam, daß er auf einem Thron sitzen sollte... Der Umstand, daß er sich gefügt und angepaßt hat, könnte recht bedeutungsvoll sein.«

»Wie meinst du das?«

»Offenbar ist er bereit, das Drum und Dran der Macht zu akzeptieren. Vielleicht findet er sogar Gefallen daran, solange dies seine Position verbessert — selbst wenn es im Widerspruch zu den akkalanischen Bräuchen steht.«

»Na schön. Und Vvox?«

McCoy dachte einige Sekunden lang nach. »Eine gefährliche Frau.«

Kirk nickte und wandte sich ab. »Danke, Pille.«

McCoy hielt ihn an der Schulter fest. »Was ist mit Spock und Chekov, Jim? Ohne unsere Hilfe überleben sie vielleicht nicht. *Wenn* sie überhaupt noch leben. Wir haben keine Ahnung, in welcher Lage sie sich befinden.«

»Ob die Akkallaner mit einer Suche beginnen oder nicht, wir halten weiterhin Ausschau — worauf du Ffaridor und Vvox hinweisen wolltest.« Die beiden Männer lächelten reumütig, und dann zuckte Kirk mit den Achseln. »Auf dem Planeten könnten wir kaum mehr anstellen als von hier aus mit den Sensoren.«

»Was unternehmen wir, wenn die *Cousteau* gefunden wird und wir auf den Planeten müssen, um uns die Sache aus der Nähe anzusehen?«

»Darüber entscheiden wir, wenn es soweit ist.«

»Ich hoffe nur, daß uns der Publikan und seine Adjutantin nicht erneut dazwischenfunken.«

Es war feucht in der Höhle, und die einfachen Feldbetten erwiesen sich als recht hart. Chekov spürte eine Hand an der Schulter, erwachte, fühlte sich völlig steif und fröstelte. Als er den Kopf hob, sah er Ttrina und Spock. Das blonde Haar der jungen Frau wirkte sehr schmutzig, und Chekov sehnte sich plötzlich nach der Möglichkeit zu duschen oder ein Bad zu nehmen. Die Mündung der auf ihn gerichteten Waffe machte allerdings deutlich, daß es wichtigere Dinge gab als Sauberkeit.

»Stehen Sie auf, Chekov. Zzev will mit Ihnen reden.«

Spock erhob sich ebenfalls, aber Ttrina schwang sofort die Waffe herum. »Liegenbleiben. Sie kommen später an die Reihe.«

Chekov schnitt eine Grimasse, als er sich in Bewegung setzte. Ihm waren noch immer die Hände auf den Rücken gebunden, und seine Schultern schmerzten. Ttrina gab ihm einen Stoß, und er ließ sich gehorsam durch die Hauptkammer der Höhle führen.

Als sie einen schmalen Gang erreichten, blieb er stehen und spürte einen Anfall akuter Klaustrophobie. Inzwischen hatte er sich einigermaßen an die große Kaverne gewöhnt, aber dieser Ort bot nur wenig Platz, und Chekov schauderte unwillkürlich.

»Gehen Sie weiter!« befahl Ttrina und drückte ihm den Lauf der Waffe an den verlängerten Rücken.

»Wenn Sie nichts dagegen haben, möchte ich lieber hier draußen warten.«

»Ich *habe* etwas dagegen. Zzev will Sie dort drin – also los!«

Sie hob einen Stiefel, an dem Schlammbrocken klebten, gab dem Gefangenen einen heftigen Tritt.

Chekov taumelte durch den Zugang, fiel auf die Knie und schnappte nach Luft, als er mit dem Bein an einen scharfkantigen Felsen stieß. Aus einem Reflex heraus wich er zur Seite, doch unmittelbar darauf gelang es ihm, die emporquellende Panik zu unterdrücken – langsam sank er zu Boden. Ttrina stellte eine Laterne in die winzige Kammer und zog dann einen schweren Vorhang zu. Chekov blieb allein in einem improvisierten Kerker.

»Wenn Sie herauskommen, bevor ich Sie hole, werden Sie auf der Stelle erschossen«, erklang die vom Vorhang gedämpfte Stimme der jungen Frau.

Chekov hockte mit überkreuzten Beinen in der Zelle, die für zwei Personen zu klein gewesen wäre. »Verdammt!« murmelte er. »Nun, solange es hier keine Fledermäuse gibt...«

Zzev sah von seinem Bett in einer Ecke der großen Höhle auf und bot Spock eine Kiste als Sitzgelegenheit an.

»Etwas zu trinken?«

»Das ist nicht nötig«, erwiderte Spock ruhig.

Der Akkallaner schraubte den Verschluß einer Plastikflasche ab und goß bernsteinfarbene Flüssigkeit in einen verbeulten Metallbecher. Er trank einen Schluck und schmatzte genießerisch. »Wirklich gut. Sind Sie ganz sicher?«

»Ja.«

»Sie haben heute noch gar nichts getrunken, und ich möchte mir nicht vorwerfen lassen, Sie zu foltern.«

»Vulkanier können längere Zeit ohne Essen und Trinken auskommen. Was die Folter betrifft... Sensorische Deprivation fällt in diese Kategorie.«

»Wie bitte?«

»Wie lange wollen Sie Lieutenant Chekov in der Isolationszelle lassen?«

»Oh, das meinen Sie. Nun, Sie irren sich, Mr. Spock. Dabei geht es keineswegs um sensorische Deprivation oder ähnliche Gemeinheiten. Mr. Chekov ist mehrmals verhört worden. Ich will ganz offen sein: Er hat mehrere Verbrechen gegen das Volk von Akkalla gestanden.«

Spock blieb völlig gelassen. »Das glaube ich Ihnen nicht.«

»Oh, ich habe einen klaren Beweis — sein unterschriebenes Geständnis.« Zzev griff unters Feldbett und holte einen kleinen Computerausdruck hervor. Unten zeigten sich drei handgeschriebene Worte: *Pavel Iljitsch Chekov.*

Spock wußte, daß der mittlere Name Chekovs Andrejewitsch lautete. Es schien sich um Chekovs Handschrift zu handeln, aber der Vulkanier hielt den falschen Namen für ein Signal. Er beschloß, nicht darauf hinzuweisen — um Repressalien dem Russen gegenüber zu vermeiden. »Meine Einstellung bleibt unverändert — ich halte dies nicht für ein authentisches Geständnis. Immerhin haben wir keine Verbrechen gegen die Bewohner dieser Welt begangen.«

»Wie Sie meinen. Chekov kann es Ihnen bestätigen.«

»Es hat auch keinen Sinn, wenn Sie mich verhören.«

»Ich weiß. Zwar sind Sie der erste Vulkanier, dem ich begegne, aber ich habe viel über Ihr Volk gehört. Nein, wir beabsichtigen nicht, Sie zu verhören. Vielleicht möchten *Sie* einige Fragen stellen.«

»Das ist tatsächlich der Fall. Wofür tritt die Kap-Allianz ein?«

»Für viele Dinge, Spock. Ich weiß nicht recht, wo ich beginnen soll... Einer unserer großen Staatsmänner sagte einmal: ›Was nützt Ordnung ohne Freiheit, und Freiheit ohne Wahrheit?‹ *Dafür* treten wir ein: für Wahrheit als wichtigstes Prinzip, dann für Freiheit und schließlich Ordnung, in dieser Reihenfolge.«

»Ein ehrenwerter Grundsatz, Zzev. Aber heiligt der Zweck immer die Mittel?«

»Da Sie mich danach fragen, nehme ich an, daß Sie nicht daran glauben.«

»Nein. Die vulkanische Gesellschaft basiert auf Prinzipien, die logisch und daher für die überwiegende Mehrheit nützlich sind. Ein Mindestmaß an Ordnung ist notwendig: Dadurch bekommt die Gesellschaft Struktur — eine wesentliche Voraussetzung für ihr Funktionieren.«

»Oh, da gebe ich Ihnen recht.« Zzev gestikulierte vage und nickte zustimmend. »Doch wie soll man sich verhalten, wenn die Struktur durch und durch verfault ist? Respektiert man sie dann weiterhin, nur aus reiner Höflichkeit...« Er hob die Hände. »Oh, *bitte* entschuldigen Sie. Es tut uns *sehr* leid, aber *leider* müssen wir die verfassungsmäßig festgelegten Bürgerrechte außer Kraft setzen. Wenn wir Sie trotzdem zum Essen einladen dürfen...« Zzev schürzte die Lippen und schnaubte abfällig. »Oder ist es besser, die Struktur zu zerstören, wenn sie Wahrheit und Freiheit bedroht?«

Spock hob eine Braue und überlegte. »Eine derartige Zerstörung mag angebracht sein, wenn sie dazu dient, eine neue und bessere soziale Ordnung zu schaffen. Aber die Geschichte enthält viele Beispiele dafür, daß Revolutionäre häufig versagen, weil sie keine geeigneten Strategien als Ersatz dafür anbieten können, was sie zerstört haben. Wenn Sie einen Erfolg erzielen, Zzev: Wie wird die Geschichte dann über Sie urteilen?«

Das intellektuelle Duell wurde unterbrochen, als Stimmen im Zugang der Haupthöhle erklangen. Ttrina eilte in die zentrale Kammer; Schweiß strömte über ihr Gesicht, und sie war völlig außer Atem. Die anderen Guerillakämpfer kamen näher.

»Was ist los?« fragte Zzev.

»Paladine!« stieß die junge Frau hervor.

»Wo?«

»Ich bin zum... Beobachtungssims emporgeklettert.« Ttrina neigte den Kopf nach hinten und holte mehrmals tief Luft. »Sie sind am Nordstrand gelandet.«

»Es ist also soweit.« Zzev hob die Stimme. »Wir brechen auf und nehmen nur leichtes Gepäck mit.«

»Was müßten Sie im Fall einer Gefangennahme von den Paladinen erwarten?« erkundigte sich Spock.

»Im besten Fall würden sie uns ohne Gerichtsverfahren ins Gefängnis werfen«, antwortete Zzev.

»Und im schlimmsten?«

»Sie könnten uns einfach erschießen.«

Die *Enterprise* befand sich schon seit zwölf Stunden im Orbit von Akkalla, und bisher war keine Nachricht der

Regierung über das Schicksal der *Cousteau* und ihrer Besatzung eingetroffen. Doch Kirk hielt es für unangemessen, über die Kooperationsbereitschaft der Akkallaner zu urteilen: Auch bei der Sondierung mit den Sensoren ließen konkrete Ergebnisse auf sich warten. Die Bewohner des Planeten mochten stolz und xenophobisch sein, aber sie hatten eine gründliche Suche versprochen, und ein halber Tag genügte vielleicht nicht, um meldenswerte Spuren zu finden. Außerdem verlangte das Protokoll, daß Kirk dem Publikan die Möglichkeit gab, seinen guten Willen zu beweisen.

Andererseits: Der Admiral fühlte sich nur für eine gewisse Zeit ans Protokoll gebunden. Zwölf Stunden erachtete er nicht als besorgniserregend lange Zeitspanne. Wenn Spock und Chekov eine Notlandung überlebt haben, so war bestimmt alles in Ordnung mit ihnen. In dem Fall rechnete Kirk damit, daß sie sich früher oder später mit der *Enterprise* in Verbindung setzten oder gefunden wurden – bevor sie in eine kritische Lage gerieten. Immerhin konnte man Akkalla nicht als unwirtlichen Planeten bezeichnen.

Aber wenn er den Eindruck gewann, daß sich die akkalanische Regierung keine Mühe gab, um seine Offiziere zu finden – oder wenn sie länger als ein oder zwei Tage vermißt blieben –, war er bereit, das Protokoll zu vergessen.

Seit Admiral Kirk Spock und Chekov nach Akkalla geschickt hatte, nannte Sulu die Erithianerin Maybri ›Prompt Rot‹. Seena verbrachte jetzt viele Stunden am Computerterminal in ihrer Kabine, und als Sulu sanft darauf hinwies, daß man es auch übertreiben konnte, betonte sie ihre Absicht, alles zu lesen, was jemals über maritime Ökologie geschrieben worden war.

Später, als ihre Augen brannten und nach einer Ruhepause verlangten, wünschte sich Maybri, daß Sulu in der Tür ihres Quartiers erschien. Sie wartete vergeblich auf ihn. Als ihre Kom-Nachricht ohne Antwort blieb, glaubte

Lichtkegel einer kleinen Lampe auf die recht komplex anmutende Konstruktion und fand unten ein etwa dreißig Zentimeter durchmessendes Loch. Plötzlich ragte ein langer, spitzer Schnabel daraus hervor und klapperte mehrmals. Chekov und Spock waren so überrascht, daß sie sich nicht von der Stelle rührten, als das Wesen aus seinem Bau kroch: ein etwa neunzig Zentimeter großes, vogelartiges Geschöpf mit Augen an kurzen Stielen, langen Krallen an den Füßen und graugrüner Haut, die wie ein zerknitterter Mantel aussah. Es kreischte und sprang auf die Männer zu, die hastig zurückwichen und sicherheitshalber ihre Phaser hoben. Aber als sie sich entfernten, verharrte das Tier, zufrieden darüber, den Anspruch auf sein Territorium angemessen verdeutlicht zu haben. Es schüttelte sich mehrmals, hob stolz den Schnabel und klapperte noch einmal damit, bevor es zu seiner Laube zurückkehrte.

»Ein faszinierendes Exemplar«, sagte Spock.

»Aus einer respektvollen Distanz betrachtet«, fügte Chekov hinzu und bedachte den Vulkanier mit einem skeptischen Blick.

Sie justierten ihre Phaser auf energetische Emissionen geringer Stärke und begannen damit, am Waldrand eine Lichtung zu schaffen. Innerhalb kurzer Zeit entstand ein freier Platz, groß genug für eine Kochstelle und das Zelt. Während Spock sich ums Zelt kümmerte, öffnete Chekov den kompakten Ofen.

Kurze Zeit später aß der Vulkanier einen Gemüseeintopf. Chekov genoß kalten Borschtsch und ein mit Fleisch gefülltes Croissant. Zwischen den einzelnen Bissen summte der Russe eine melancholische Melodie, die Spock veranlaßte, eine Braue zu heben.

»Musik zum Essen, Mr. Chekov?«

Der jüngere Offizier lächelte. »Ich dachte gerade an die Lieder, die wir damals in den Jugendgruppen am Lagerfeuer gesungen haben.« Er lehnte sich an einen Baumstamm zurück, faltete die Hände hinterm Kopf und blickte ins sie, ihn beleidigt zu haben. Seena verdrängte ihre natürliche Scheu mit fester Entschlossenheit und machte sich auf die Suche nach Sulu.

Sie fand ihn am Schwimmbecken der *Enterprise:* Er sprang gerade vom Drei-Meter-Brett. Maybri lachte, als er nicht besonders elegant ins Wasser fiel, versuchte dann, sich zu beherrschen, als er wieder auftauchte. Trotzdem konnte sie ein leises Kichern nicht unterdrücken.

»Was ist so komisch?« rief der Steuermann, um die Stimmen einiger anderer Besatzungsmitglieder zu übertönen, die im flachen Teil des Pools planschten. Er schwamm zum Rand des Beckens und sah zu Maybri auf.

»Es überrascht mich, daß Sie so ungeschickt sein können, Sulu. Ich finde das wirklich erfrischend.«

»Ach, tatsächlich?« Er spritzte Wasser in Seenas Richtung, und sie wich zu spät aus. »Ich schwimme nur zum Spaß — etwas anderes habe ich nie behauptet.«

»Sonst hätten Sie sich jetzt als Lügner entlarvt.« Maybri breitete sich auf einen neuerlichen Spritzangriff vor. Sulu hob die Hand, Seena duckte sich — und beide lachten.

»Auch wenn es auf meine Kosten geht — ich freue mich, daß Sie wieder etwas lustig finden.« Sulu zog sich hoch und griff nach einem Handtuch.

»Ich dachte, Sie wären mir böse«, erwiderte Maybri, und ihre Haut wurde ein wenig dunkler. »Als Sie nicht auf meine Nachricht reagierten...«

»Tut mir leid. Ich wollte Ihnen nur Gelegenheit geben, allein zu sein, mit sich selbst ins reine zu kommen. Außerdem war ich sicher, daß Sie sich melden würden, wenn Ihnen die Schokolade ausgeht.«

Seena stieß ihm mit gespieltem Ärger in die Rippen. »Nun, Sie haben recht, in beiden Fällen. Möchten Sie noch ein wenig schwimmen?«

»Ja.«

»Gut. Ich ziehe mich nur rasch um.«

Es blieb Sulu gerade Zeit genug, um erfreut zu lächeln, bevor das Interkom piepte und Uhura Maybris Namen nannte. Sie eilte zum Anschluß an der Wand. »Hier Maybri.«

»Melden Sie sich in zwanzig Minuten im Transporterraum, Lieutenant. Sie gehören zur Gruppe, die der wissenschaftlichen Föderationsstation einen Besuch abstatten soll.«

»Fertig«, sagte Cynthia McPhillips. In den Handschuhen hielt sie ein Backblech mit Schokoladenkuchen, frisch aus dem Ofen der Laborküche.

Enzo Piretti berührte ihn. »Zu heiß. Komisch, Cindy: Kirk und seine Leute treffen jeden Augenblick ein, und Sie backen.«

McPhillips setzte das Tablett ab und begann damit, den Kuchen in einzelne quadratische Stücke zu schneiden. »Wenn ich nervös werde, backe ich. Wenn Sie nervös werden, Enzo, schlafen Sie. Jedem das seine.«

»Und Naw wird nie nervös«, sagte Piretti, als der ruhige, blaugrüne Alien auf einem Stuhl Platz nahm und einen unschuldigen Blick aus bernsteinfarbenen Augen auf ihn richtete.

»Aber Naw freut sich, wenn Kollegen nervös werden. Wenn schläft Enzo, freut sich Naw still. Wenn Cindy backt, freut sich Naw über leckeren Kuchen. Dem Angebot des Computer-Kochs weit überlegen.«

»Danke«, erwiderte McPhillips. »Glaube ich.« Sie nahm drei Stücke und reichte zwei davon ihren Mitarbeitern.

Naw-Rocki schob sich seins in den Mund. »Glücklicherweise kann der rannicanische Metabolismus nichts anfangen mit Kuchen. Angenehmer Geschmack bleibt daher ohne dicken Bauch.« Er strich mit einer flaumigen Hand über die Taille.

»Wessen dicken Bauch meinen Sie?« fragte Piretti eingeschnappt.

McPhillips biß vom dritten Stück ab. »Wenn Sie sich angesprochen fühlen...«

Das Summen des Kom-Schirms hinderte sie daran, den

Satz zu beenden. Die leitende Wissenschaftlerin betätigte eine Taste und sagte mit vollem Mund: »Hier Dr. McPhillips.«

»Hier ist die *Enterprise*. Die Bewertungsgruppe wartet im Transporterraum auf den Transfer. Sind Sie soweit?«

»Kommen Sie nur, Admiral.«

»In Ordnung. Kirk Ende.«

Als sich Cynthia umdrehte, begegnete sie den durchdringenden Blicken ihrer beiden Kollegen. In Naw-Rockis Augen sah sie eine stumme Bitte, in Enzos Pupillen eine direkte Herausforderung.

»Was ist *los* mit Ihnen?«

»Das wissen Sie genau, verdammt!« entgegnete Piretti.

»Verdammt genau«, sagte Naw-Rocki und verblüffte damit die beiden anderen Wissenschaftler.

McPhillips verzog das Gesicht. »So hat er nicht gesprochen, bis er *Sie* kennenlernte, Piretti.«

»Beantworten Sie die Frage.«

»Sie haben überhaupt keine gestellt.«

Enzo schnitt eine finstere Miene. »Wollen Sie Kirk von der neuen Lebensform berichten oder nicht?«

»Ich bitte Sie!« protestierte McPhillips. »Wir sind nicht sicher, ob ...«

»Wir *wären* längst sicher, wenn uns die verdammte akkallanische Regierung nicht dauernd bei der Arbeit behindern würde. Werden Sie Kirk wenigstens *darauf* hinweisen?«

»Himmel, ja, wir erzählen ihm alles«, zischte McPhillips und gab nach, als sie das Surren des Transporterstrahls hörte.

Als Kirk im akkallanischen Laboratorium materialisierte, sah er Dr. Cynthia McPhillips, die eine Schürze trug und ein Backblech in den mit Handschuhen geschützten Händen hielt. Die Wissenschaftlerin spürte seine Überraschung und errötete ein wenig.

»Wir wußten, daß Sie kommen, und deshalb habe ich einen Kuchen gebacken«, behauptete sie und hob das

Blech. Kirk, Maybri und McCoy murmelten einen Dank und griffen zu.

»Sie backen eine großartige Bestechung«, lobte McCoy und kaute.

Cindy McPhillips lachte, stellte das Backblech beiseite und nahm die Schürze ab. »So etwas liegt mir fern.«

»Leonard McCoy, Ma'am. Erster Medo-Offizier der *Enterprise.*«

McPhillips drückte seine ausgestreckte Hand. »Dr. McCoy.«

»Das ist Lieutenant Seena Maybri, unsere Ökologie-Spezialistin«, sagte Kirk. »Sie soll mir dabei helfen, die richtigen Fragen zu stellen.«

Maybri schüttelte Cynthia die Hand. »Ich habe Ihre Berichte gelesen, Dr. McPhillips. Sie leisten beeindruckende Arbeit.«

»Nicht allein. Meine Mitarbeiter, Dr. Enzo Piretti und Dr. Naw-Rocki.« Nach dem Begrüßungsritual führte McPhillips die Gruppe zu einem Konferenztisch am Erkerfenster, durch das man den Ozean sehen konnte. Der Kuchen begleitete sie, ebenso zwei Kannen mit Tee und Kaffee.

»Dr. McPhillips ist zu bescheiden, um es ganz offen zu sagen«, begann Piretti. »Wir beschäftigen uns mit einigen sehr wichtigen Dingen.«

»Wir sind hier, um das zu beurteilen«, erwiderte Kirk.

»Nun, was wir vorweisen können, hat nur wenig mit unserem eigentlichen Forschungsauftrag zu tun«, sagte Piretti.

McPhillips warf ihm einen mißbilligenden Blick zu, aber der weißhaarige Mann lächelte fröhlich.

»Ich glaube, wir haben jetzt die Neugier des Admirals geweckt, Boß.«

McCoy räusperte sich. »Wenn uns bitte jemand Einzelheiten nennen könnte...«

»Ich glaube, damit meinen Sie mich.« McPhillips' Tonfall machte deutlich, daß sie dieses Thema lieber auf eine andere Weise angesprochen hätte. »Wie Sie wissen, sind wir hierhergekommen, um die Interaktionen zwischen dem Leben und der Umwelt zu untersuchen. Akkalla ist eine ungewöhnliche Welt, deren Oberfläche zum größten Teil aus Wasser besteht. Es bringt gewisse Schwierigkeiten mit sich, Informationen über die tiefsten Gebiete des Meeres zu gewinnen. Selbst auf der Erde wurde erst der Weltraum erforscht, bevor man damit begann, sich gründlich mit den Ozeanen zu beschäftigen.«

»Ich habe den Eindruck, daß Sie um die Sache herumreden«, kommentierte Kirk.

»Das stimmt. Ich will auf folgendes hinaus: Selbst auf Welten mit hochentwickelter Technologie können maritime Ambienten weitgehend unerforscht sein. Ozeane enthalten manchmal Geheimnisse und Überraschungen, nachdem der Rest des Planeten so langweilig geworden ist wie der eigene Hinterhof.«

»Welches Geheimnis haben Sie entdeckt?«

Piretti stocherte mit einem Fingernagel zwischen den Zähnen. »Neues Leben.«

»*Enzo!*« McPhillips schlug mit der Faust auf den Tisch.

»Neues Leben?« wiederholte Maybri.

»Sie haben eine neue Lebensform gefunden? Eine *völlig neue?*«

McPhillips nickte ernst. »Wir sind ziemlich sicher, ja.«

Kirk hob kurz die Hände — eine Geste, die um Erläuterungen bat. »Können Sie sich etwas genauer äußern?«

»Na schön.« McPhillips seufzte. »Es gibt Hinweise darauf, daß in den akkallanischen Meeren ein Wesen lebt, das in den wissenschaftlichen Aufzeichnungen dieser Welt nicht erwähnt wird.«

»Hinweise?« fragte McCoy. »Ein Exemplar?«

McPhillips schüttelte den Kopf. »Nein, leider nicht. Einige Sichtungen in trübem Wasser...«

»Und Knochen haben wir«, warf Naw-Rocki ein.

Kirk sah wieder die leitende Wissenschaftlerin an. »Fossilien?«

»Sie sind nicht alt genug, um als Fossilien bezeichnet zu werden«, sagte Cynthia.

McCoy meldete sich zu Wort. »Welches Alter haben Sie berechnet?«

»Die Knochen stammen von einem Wesen, das innerhalb der letzten zehn Jahre gestorben ist.«

»Ich möchte Ihre Arbeit nicht herabsetzen«, sagte Kirk langsam und vorsichtig. »Ein Teil unserer Mission – und auch Ihrer – besteht darin, neue Lebensformen zu suchen.«

»Ja, das ist richtig«, bestätigte McPhillips.

»Warum sind diese neuen Wesen dann so wichtig?« erkundigte sich McCoy.

»Was zuvor nur interessant war, bekam eine ganz neue Bedeutung, als wir mit unserer Entdeckung an die Akkallaner herantraten.«

»Was geschah dabei?« fragte Kirk.

»Nun, die akkallanische Regierung reagierte auf unseren Bericht, indem sie uns die Erlaubnis entzog, die Forschungen in dem Gebiet fortzusetzen, wo wir die Knochen fanden.«

Kirk und seine Begleiter runzelten die Stirn, und eine Zeitlang herrschte Stille. Dann erklang Maybris Stimme. »Was ist mit den einheimischen Wissenschaftlern? Sie sind doch bestimmt interessiert gewesen...«

McPhillips zuckte mit den Schultern. »Wir wissen nicht einmal, ob sie davon erfuhren. Die akkallanische Gesellschaft ist Fremden gegenüber nicht gerade aufgeschlossen. Das bekamen wir sofort zu spüren, als wir hierherkamen. Aber wir hatten keine Ahnung, daß die Akkallaner Außenweltlern mit geradezu paranoiden Einstellungen begegnen – das gilt sogar für Repräsentanten der Föderation.«

»Während der ersten Wochen unserer Arbeit durften wir uns mit den hiesigen Wissenschaftlern treffen«, sagte Piretti. »Vorausgesetzt, wir gaben dem Büro des Wissenschaftsmagisters zuerst eine detaillierte Liste aller Diskussionspunkte. Darüber hinaus war bei allen Besprechungen jemand von der Regierung zugegen.«

»Bei *allen* Besprechungen«, betonte McPhillips spöttisch. »Insgesamt drei. Trotz dieser Beschränkungen gewann ich den Eindruck, daß es uns gelang, eine gute berufliche Beziehung zu Llissa Kkayn zu schaffen. Sie leitet das akkallanische Kollegium.«

»Kollegium?« fragte McCoy.

»Das wichtigste Universitäts-, Forschungs- und Wissenschaftszentrum des Planeten.«

Kirk trommelte mit den Fingern auf den Tisch. »Wann fand die letzte Besprechung statt?«

»Vor acht Monaten«, sagte McPhillips.

»*Vor acht Monaten?* Wieso?«

»Als wir die Knochen fanden, setzten wir die Diskussion darüber ganz oben auf die Tagesordnung der nächsten Konferenz — und plötzlich wurden weitere Besprechungen abgelehnt.«

Kirk schob den Stuhl zurück, stand auf und trat ans Fenster heran. »Das verstehe ich nicht. Weshalb haben Sie darauf verzichtet, sich an den wissenschaftlichen Rat der Föderation zu wenden?«

»Erlaubnis ohne«, sagte Naw-Rocki leise.

Piretti vermutete, daß die Besucher nicht mit der rannicanischen Syntax vertraut waren. »Wir mußten unsere Mitteilungen der Regierung schriftlich zur Prüfung vorlegen, und nur der gebilligte Text durfte gesendet werden. Was den Typen im Behüteten Turm nicht gefiel, wurde gestrichen.« Enzo untermalte seine Worte mit einer entsprechenden Geste. »Wir begriffen bald, daß wir auf den Bewertungsbesuch warten mußten, um unsere Entdeckung bekanntzugeben.«

Ein kleines Objekt flog von draußen heran und zertrümmerte die Scheibe des Erkerfensters. Kirk wirbelte instinktiv um die eigene Achse und hob schützend die Hände vors Gesicht. Der Gegenstand fiel auf den Boden und platzte auseinander; Flammen loderten, und brennende Flüssigkeit spritzte umher. Alle sprangen auf. Die drei Wissenschaftler verwendeten Löschgeräte und einen kleinen Teppich, um das Feuer zu ersticken. McCoy und Maybri gingen ihnen aus dem Weg und eilten zu Kirk. Innerhalb einer Minute erstarben die Flammen unter chemischem Schaum, der einen in den Augen brennenden Nebel zurückließ. Hinzu kamen dichte Rauchschwaden. Piretti schaltete die Klimaanlage ein, und Ventilatoren saugten rasch den Qualm aus dem Zimmer.

McCoy half Kirk zu einem Stuhl. »Alles in Ordnung, Jim?«

Der Admiral strich sich Splitter aus dem Haar und von der Kleidung. Das Sicherheitsglas war so zerbrochen, daß nur runde Fragmente ohne scharfe Kanten entstanden. »Ja, Pille. Was ist mit dir und Maybri?«

»Wir sind okay.«

»Jemand verletzt?« fragte McPhillips.

»Nein«, antwortete Kirk. »Meine Güte, was hat das zu bedeuten?«

»Das ist das nächste Kapitel der Geschichte«, sagte Cynthia. »Wir sind hier nicht besonders beliebt. Aus irgendeinem Grund glauben die akkallanischen Wissenschaftler und Studenten des Kollegiums, daß wir uns mit der Regierung gegen sie verschworen haben.«

»Lächerlich!« stieß McCoy hervor. »Sie haben uns doch gerade erzählt, daß die Regierung Sie seit dem Beginn Ihrer Arbeit schikaniert. Wissen die Leute vom Kollegium nichts davon?«

McPhillips ballte zornig die Fäuste und schüttelte sie. »Die Wissenschaftler trauen der Regierung nicht, aber sie ist ihre einzige Informationsquelle. Sie wissen nur, was ihnen der Behütete Turm mitteilt. Eins steht fest: Im Kollegium genießt der Publikan keinen sehr guten Ruf.«

»Dann hätten Sie und das Kollegium natürliche Verbündete sein sollen«, sagte Kirk, als er wieder am Tisch Platz nahm.

»Ja. Doch das durfte die Regierung nicht zulassen, und

deshalb hat sie diese Entwicklung gefördert.« McPhillips deutete zum Fenster und auf die rußgeschwärzten Stellen am Boden.

»Dafür sind die Wissenschaftler verantwortlich?« fragte Maybri.

Cynthia nickte, und ihre Wut verwandelte sich in Kummer. »Die Regierung hat sich große Mühe gegeben, die akkallanischen Wissenschaftler und Studenten davon zu überzeugen, daß wir nur Böses im Schilde führen.«

Maybri schüttelte den Kopf. »Warum sollten sie glauben, was die Regierung sagt?«

»Ihnen bleibt praktisch keine Wahl«, erwiderte McPhillips. »Der Publikan und seine Leute kontrollieren alle Informationswege. Auf subtile Weise manipulieren sie die hiesigen Ereignisse. Was sollen drei Föderationsforscher dagegen unternehmen?«

»Was ist mit direkten Kontakten zum Kollegium?« schlug Maybri vor. »Wäre es nicht möglich, sowohl die Zensur als auch die von der Regierung kontrollierten Medien zu umgehen?«

»Wir haben es versucht«, sagte Piretti. »Einmal. Wir trafen Vorbereitungen für ein geheimes Treffen mit zwei Professoren vom Kollegium. Irgendwie kamen die Grolianischen Wächter dahinter und verhafteten die beiden Akkallaner. Natürlich gab man den Wissenschaftlern zu verstehen, wir hätten die Wache benachrichtigt, und daraufhin glaubte das Kollegium, das Fiasko ginge auf unser Konto. Es vertraute uns nie wieder, und seitdem werden wir von der Regierung streng überwacht.«

McPhillips lachte ironisch. »Ja. Hhayd meint, diese Maßnahmen dienten nur zu unserem Schutz. Wie Sie gerade erlebt haben, kann ›Schutz‹ ein sehr relativer Begriff sein.«

»Wer ist Hhayd?« fragte Kirk.

Piretti schnaubte leise. »Vize-Brigadegeneral Rrelin Hhayd, Kommandeur der Grolianischen Wache.«

»Und die Grolianische Wache?« warf McCoy ein.

»Das Elite-Bataillon der akkallanischen Verteidigungsstreitkräfte. Sie patrouilliert in der Hauptstadt, bewacht den Behüteten Turm, die Residenz des Publikan, und führt überall auf dem Planeten Sondereinsätze durch. Die schmutzige Arbeit wird von den Paladinen erledigt. Man könnte sie als Landser bezeichnen.«

»Kommandeur Hhayd haben wir nicht kennengelernt«, sagte Kirk. »Bisher dachten wir, Brigadegeneral Vvox sei die Befehlshaberin der Verteidigungsstreitkräfte.«

»Das stimmt auch«, bestätigte McPhillips. »Sie ist der ranghöchste militärische Offizier, und Hhayd kommt direkt nach ihr. Zwar nimmt er Befehle von ihr entgegen, aber wie wir hörten, stehen sie sich ziemlich nahe.«

Piretti schüttelte den Kopf. »Meiner Ansicht nach geht die eigentliche Gefahr von Hhayd aus. Vvox muß auf die Politiker Rücksicht nehmen. Manchmal habe ich den Eindruck, daß sie selbst schon zu einer Politikerin geworden ist.«

»Und Hhayd?« erkundigte sich Kirk.

»Durch und durch Soldat«, sagte Piretti. »Wir haben ihn bei Empfängen im Turm gesehen. Er jagt mir Angst ein, Admiral. Ich hoffe, Sie bekommen es nicht mit ihm zu tun, solange Sie hier sind.«

»Sir«, wandte sich Maybri an Kirk. »Eine Sache erscheint mir sehr seltsam.«

»Welchen Aspekt dieses Durcheinanders meinen Sie?«

»Den ersten. Die neue Lebensform. Darf ich eine Frage stellen?«

»Sie sind die Ökologie-Expertin. Nur zu.«

Seena drehte sich zu den Wissenschaftlern um. »Wissen Sie, warum die Regierung so negativ reagierte, als Sie von Ihrer Entdeckung berichteten?«

McPhillips ließ zischend den Atem entweichen. »Die Antwort darauf ist nicht leicht. Die Akkallaner, mit denen wir darüber sprachen, waren plötzlich so verschlossen, daß wir überhaupt keine Informationen von ihnen bekamen. Irgend etwas in Hinsicht auf die neue Lebensform schien sie zu *entsetzen.*«

Maybri rümpfte die Nase. »Zu entsetzen? Ich verstehe nicht. Waren sie überrascht oder verblüfft?«

»Nein, das bezweifle ich. Nun, ich bin mir nicht ganz sicher, aber ich glaube, sie wußten bereits davon. Die Regierungsvertreter, meine ich. Aber unsere Schilderungen machten sie ziemlich nervös. Anschließend wurden wir vollkommen von der akkallanischen Gesellschaft isoliert.«

Kirk strich sich nachdenklich übers Kinn. »Was mag dahinterstecken?«

»Das fragen wir uns auch«, sagte McPhillips. »Wir möchten es gern herausfinden, aber dazu brauchen wir Ihre Hilfe, Admiral.«

»Wie könnte ich Ihnen helfen?«

»In uns sieht man nur drei unwichtige zivile Wissenschaftler. Aber Sie sind ein militärischer Repräsentant Starfleets und haben die *Enterprise*, um Druck auszuüben...«

Kirk unterbrach McPhillips mit einer kurzen Geste. »Einen Augenblick. Die *Enterprise* ist nicht dazu bestimmt, autoritären Regierungen zu drohen und sie zu veranlassen, die Dinge so zu sehen wie wir. Sie haben hier nicht die Freiheit, die Sie sich wünschen, Dr. McPhillips, aber denken Sie daran, daß dieser Planet den Akkallanern gehört. Wir müssen ihre Entscheidungen akzeptieren. Außerdem: Man hätte Sie leicht aus dem Verkehr ziehen können, und wie ich sehe, sind Sie noch immer gesund und munter...«

»Admiral, bitte«, drängte Cynthia. »Nur mit Ihrer Hilfe können wir feststellen, was die akkallanische Regierung vor uns verbergen will. Sie hütet ein Geheimnis, und die dabei benutzten Methoden deuten darauf hin, daß es ein *schmutziges* Geheimnis ist.«

»Ich bin ebenso neugierig wie Sie, Doktor, aber die Umstände zwingen mich, in erster Linie an die beiden vermißten Offiziere zu denken. Bis ich weiß, was mit ihnen passiert ist, muß ich mich auf den guten Willen der Regierung dieses Planeten verlassen. Ich möchte keineswegs den Unwillen des Publikan erregen.«

»Admiral Kirk...« McPhillips' Tonfall brachte fast so etwas wie Verzweiflung zum Ausdruck, während in Kirks Stimme Ungeduld erklang.

»Tut mir leid, Doktor. Sobald meine Offiziere gefunden sind, ziehe ich Ihr Anliegen in Erwägung...«

»Sie wollen es in *Erwägung* ziehen?«

»...doch machen Sie sich keine falschen Hoffnungen. Ich bin geneigt, Sie an Bord der *Enterprise* zu beamen und Akkalla zu verlassen. Meine Befehle lassen keine Einmischungen in die inneren Angelegenheiten eines Föderationsplaneten zu.« Kirk stand auf und hielt dieses Thema offenbar für abgeschlossen.

Aber McPhillips war nicht bereit, einfach so aufzugeben. Sie schritt um den Tisch herum und blieb dicht vor dem Admiral stehen. »Obgleich es auf einem dieser Planeten irgendein dunkles Geheimnis gibt und man ein akkreditiertes Wissenschaftlerteam bei der Arbeit behindert hat?«

Kirk wich dem Blick der blitzenden Augen nicht aus. Er hätte am liebsten laut geschrien, beherrschte sich jedoch und sprach betont sanft. »Wenn wir klare Beweise hätten, könnte ich vielleicht etwas unternehmen. Doch das ist nicht der Fall, und die akkallanische Regierung wird uns kaum die Möglichkeit geben, welche zu finden. Wenn Sie jetzt bitte so freundlich wären, Lieutenant Maybri Ihre Aufzeichnungen zu geben, damit die Bewertung beginnen kann...«

McPhillips schluckte ihren Zorn hinunter. »Natürlich«, entgegnete sie knapp.

»Sie kennen die Prozedur, Doktor«, sagte Kirk. »Zuerst werden die Daten gespeichert, und darauf folgen Gespräche mit Ihnen und Ihren Mitarbeitern.«

Die Wissenschaftlerin nickte. »Enzo?«

Piretti reichte Maybri eine Schachtel mit Computerkassetten. Kirk holte seinen Kommunikator hervor und klappte ihn auf, als McCoy und die Erithianerin neben ihm Aufstellung bezogen. McPhillips und ihre Kollegen wichen aus dem Erfassungsbereich des Transporterstrahls.

»Kirk an *Enterprise.* Transporterraum, Bereitschaft. Dr. McPhillips, bitte vermeiden Sie auch weiterhin Schwierigkeiten.«

»Wir geben uns alle Mühe«, erwiderte sie eisig.

Unmittelbar nach dem Retransfer im Transporterraum wandte sich McCoy an Kirk. »Glaubst du nicht, du bist ein wenig zu hart gewesen, soweit es McPhillips betrifft, Jim? Seit wann berufst du dich auf deine Befehle?«

»Seit Spock und Chekov auf dem Planeten vermißt werden, dessen Regierung mir immer unsympathischer wird«, gab Kirk scharf zurück. »Wir haben schon genug Sorgen, auch ohne die Akkallaner zu provozieren und zu riskieren, daß sie noch weniger Kooperationsbereitschaft als bisher zeigen.« Er bedachte Maybri mit einem warnenden Blick. »Sie sollten besser keine Einwände erheben. Ich habe meine Befehle, und Sie Ihre. Beginnen Sie mit der Bewertung. Ich möchte nicht eine Minute länger als unbedingt nötig im akkallanischen Orbit bleiben.«

»Ja, Sir«, sagte die Erithianerin kleinlaut und eilte fort. McCoy und Kirk verließen den Transporterraum ebenfalls. Der Arzt öffnete den Mund, um die verbale Auseinandersetzung fortzusetzen — und im gleichen Augenblick heulten die Alarmsirenen. Rote Lichter blinkten, und Sulus Stimme drang aus den Lautsprechern der internen Kommunikation.

»Alarmstufe Rot — dies ist keine Übung. Admiral zur Brücke. Gefechtsstationen besetzen. Ich wiederhole: Dies ist keine Übung!«

Kirk lief zum nächsten Turbolift, und McCoy stellte erleichtert fest, daß er nicht weit entfernt war. Er befand sich bereits zwei Schritte hinter dem Admiral und sprang in den Lift, als sich die Doppeltür schloß. »Brücke«, sagte Kirk.

McCoy versuchte, wieder zu Atem zu kommen, und dabei merkte er, daß Kirk unruhig auf den Zehen wippte, wie ein sich spannendes Katapult. Als sich die Lifttür öffnete, schleuderte es ihn über die Schwelle, doch nach einigen raschen Schritten blieb der Admiral so abrupt stehen, daß McCoy gegen ihn stieß. Beide Männer blickten zum großen Wandschirm, der den Grund für die Alarmstufe Rot zeigte: Ein großes Raumschiff, von einem Schwarm kleiner Kampfeinheiten umgeben, hielt genau auf die *Enterprise* zu.

Als Kirk die Brücke betrat, gab Sulu sofort den Kommandosessel frei und nahm wieder seinen Platz an den Navigationskontrollen ein. »Bericht, Mr. Sulu.«

»Die Schiffe kommen von Chorym...«

»Das ist der zweite Planet dieses Sonnensystems.«

»Aye, Sir. Wir orteten sie beim Orbitalanflug, identifizierten uns und forderten sie auf, ihre Absichten zu nennen. Sie ignorierten unsere Kom-Signale. Daraufhin hielt ich es aus Sicherheitsgründen für angebracht, Alarmstufe Rot anzuordnen.«

»Sie haben die richtige Entscheidung getroffen, Sulu.«

»Deflektoren sind aktiviert, Phaser mit Energie beschickt und feuerbereit, Sir.«

Kirk lehnte sich zurück und schlug die Beine übereinander. »Geben die Chorym zu erkennen, daß sie uns angreifen wollen?«

»Nein, Sir. Allerdings fliegen sie auf Kollisionskurs.«

»Na schön. Vorbereitung für Ausweichmanöver. Empfangen Sie etwas, Uhura?«

»Negativ. Ich versuche weiterhin, einen Kontakt herzustellen.«

Sulu sah auf den Computertisch. »Kollision in dreißig Sekunden... fünfundzwanzig... zwanzig...« Seine Stimme klang nun gepreßt.

»In Bereitschaft bleiben«, sagte Kirk.

Unmittelbar darauf verschwand die Anspannung aus den Schultern des Steuermanns. »Sie haben den Kurs geändert.«

Das riesige Chorymi-Schiff wuchs, bis es den ganzen Wandschirm füllte, kreuzte den Kurs der *Enterprise* und glitt unter ihr vorbei. »Ich glaube, man hat gerade versucht, uns zu bluffen.« Kirk wandte sich der wissenschaftlichen Station zu, wo eine junge, gertenschlanke Frau saß. »Wissenschaftsoffizier Greenbriar, Sensordaten über die fremden Raumschiffe.«

»Greenberger, Sir.« Sie strich sich eine blonde Strähne aus der Stirn, betätigte mehrere Tasten und rief die entsprechenden Informationen auf den Schirm. »Der große Raumer kommt mit einer Länge von zweihundertsiebzig Metern fast an die Ausmaße der *Enterprise* heran, ist jedoch wesentlich leichter, etwa dreißigtausend Tonnen. Die Sensoren stellen nur ein Impulstriebwerk fest; es sind also keine Warpmanöver möglich. Die innere Struktur besteht zum überwiegenden Teil aus leeren Kammern.«

»Leere Kammern?« wiederholte Kirk.

»Ja, Sir. Vermutlich Frachträume.«

»Waffen?«

»Offenbar keine, Sir. Aber bei den kleineren Schiffen der Eskorte scheint es sich um Kampfeinheiten zu handeln, die mit Projektilschleudern und Photonenkanonen ausgestattet sind. Ihre geringe Größe deutet darauf hin, daß sie uns nicht in Gefahr bringen können, Admiral.«

Kirk streckte die Hand nach der Schalteinheit in der Armlehne des Kommandosessels aus und aktivierte die interne Kommunikation. »Alarmstufe Rot wird hiermit beendet. Die Besatzung kann ihre Quartiere wieder verlassen.« Er schloß den Kom-Kanal und beugte sich vor. »Die Deflektoren bleiben stabil, Mr. Sulu. Und halten Sie auch weiterhin die Phaser einsatzbereit.«

Die Chorymi setzten den Orbitalanflug fort und ignorierten die *Enterprise* hinter ihnen. »Sie stoßen jetzt in die Atmosphäre vor, Sir«, sagte Fähnrich Greenberger und blickte durch den Sichtschlitz des Scanners.

»Gleichen Sie unsere Umlaufbahn an, Sulu. Greenberger, schleusen Sie eine Erkundungssonde aus. Mal sehen, was die Fremden anstellen.«

»Aye, Sir.« Die junge Frau gab den Start-Code ein, und

ein Pfeil raste aus einem kleinen Hangar in dem Stutzen, der das Diskussegment der *Enterprise* mit den Triebwerksmodulen verband. In den obersten Schichten der akkallanischen Atmosphäre glühte die Schutzhülle der Sonde rot auf, und sie hinterließ einen langen Kondensstreifen am Himmel des Planeten. Winzige Bremsraketen feuerten, um die Geschwindigkeit zu reduzieren, und der Schutzkokon teilte und löste sich. Die Sonde wirkte wie ein Schmetterling, der aus seinem Kokon kroch, als sie sich zur Einsatzkonfiguration entfaltete: Hinten entstand ein kleiner Parabolspiegel und vorn ein Sensorgitter.

Auf dem Bildschirm der wissenschaftlichen Station formte sich eine undeutliche Darstellung. Fähnrich Greenberger übermittelte dem Computer einige Anweisungen, und kurz darauf verschwanden die Streifen aus Interferenzen. Das Projektionsfeld zeigte nun ein klares Bild der Chorymi-Schiffe, als sie in weiten Spiralen tiefer sanken und zu beabsichtigen schienen, ins akkallanische Meer zu tauchen.

»Maximale Vergrößerung, Fähnrich — und auf den Hauptschirm.«

Daraufhin konnte die ganze Brückencrew beobachten, was unten geschah. Praktisch im letzten Augenblick veränderte das riesige Chorymi-Schiff seine Flugbahn und schwebte dicht über den Wellen.

»Sir.« Greenberger drehte sich zu Kirk um. »Ich habe versucht, mehr Daten über den großen Chorymi-Raumer zu ermitteln und festzustellen, warum er hierhergekommen ist. Der Computer identifiziert ihn als Ernteschiff.«

»Wo und was soll geerntet werden?«

»In den akkallanischen Ozeanen. Die Datenbanken enthalten Informationen über ein Abkommen zwischen Chorym und Akkalla. Es ist inzwischen hundert Jahre alt. Chorym bot Technologie an, und Akkalla die organischen Nährstoffe des Meeres. Auf dieser Grundlage wurde eine Übereinkunft getroffen: Die Chorymi dürfen ernten und sind verpflichtet, ihren Fang mit den Akkallanern zu teilen.«

»Gute Arbeit, Fähnrich. Aber wenn es einen Vertrag gibt, warum dann die kleinen Kampfschiffe?«

Bevor Greenberger antworten konnte, deutete Uhura zum großen Wandschirm. »Sehen Sie sich *das* an!«

Die Sonde lieferte perfekte Bilder vom Ernteschiff, das dicht über einem Ozean verharrte, der nun von einem Sturm erfaßt zu werden schien. Greenberger starrte wieder in den Sichtschlitz des Scanners, und gleichzeitig huschten ihre Finger über die Tasten, um weitere Daten zu korrelieren.

»Erstaunlich«, sagte sie. »Das Ernteschiff erzeugt direkt unter sich einen Hurrikan!«

Der Wandschirm zeigte die Resultate. Hohe Wellen schäumten und gischteten, ragten noch weiter empor. Schließlich neigte sich das Ernteschiff nach vorn, öffnete eine breite, rachenartige Schleuse und verschlang die brodelnden Fluten.

Kirk und seine Offiziere beobachteten den Vorgang verwundert und fasziniert, bis Greenbergers Stimme das Schweigen beendete. »Admiral... Ich orte planetengebundene Schiffe, die den betreffenden Bereich ansteuern.«

Sie änderte den Erfassungswinkel der Übertragung, und daraufhin war auf dem Wandschirm eine Flotte aus vier Schiffen zu sehen, die sich dem künstlich erzeugten Sturm näherte. Die Boote zeichneten sich durch unterschiedliche Formen und Größen aus, aber sie wirkten alle recht klein und gehörten nicht zum akkallanischen Militär. Den einzigen Hinweis auf ihre Identität boten Fahnen, die jeweils am Heck flatterten. Greenberger wies die Kamera der Sonde an, den Zoom auf ein Boot zu richten, und sofort rückte das Banner ins Zentrum des Wandschirms. Die junge Frau fror das Bild ein und kopierte eine vergrößerte Version auf den Monitor ihrer Konsole. Kirk drehte den Kommandosessel und betrachtete das Symbol auf der Flagge, daneben einige akkallanische Schriftzeichen.

»Können Sie das übersetzen?«

Greenberger nahm eine Computerauswertung vor, und

wenige Sekunden später erschien die Transkription am Bildschirmrand. »Kap-Allianz, Sir. Aber es liegen keine Informationen darüber vor, was dieser Name bedeutet.«

Kirk sah wieder auf den großen Wandschirm. Zwei diamantförmige Kampfgleiter der Chorymi verließen die Formation und begannen mit einem Sturzflug, als wollten sie angreifen. Inzwischen bestand kein Zweifel mehr daran, daß die Boote versuchten, die Erntemission des großen Raumschiffs zu unterbrechen: Sie manövrierten gefährlich nah an dem Wassertrichter, der bis ins ›Maul‹ des riesigen Raumers reichte. Die Kampfgleiter eröffneten nicht das Feuer, beschränkten sich darauf, dicht über die Boote hinwegzurasen. Keins davon schien beschädigt zu werden.

»Zum Teufel auch, was geht da unten vor?« brummte McCoy. »Gruppenselbstmord?«

Kirk schüttelte den Kopf und beobachtete stumm den Todestanz tief unter der *Enterprise*. »Ich glaube nicht, Pille.«

Nach einem chaotischen Zickzack drehte eins der Boote nach Backvord ab und hielt direkt auf den gewaltigen Strudel zu.

»Wenn das kein Selbstmord ist, Jim – wie nennst du es dann?«

Kirk hielt unwillkürlich den Atem an und wartete gespannt. Plötzlich schloß sich der Rachen des Ernteschiffs, und es stieg überraschend schnell auf. Sofort ließ der Sturm nach, und der Wassertrichter fiel in sich zusammen, als sei ein unsichtbares Stützgerüst fortgerissen. Die Kampfgleiter folgten dem riesigen Raumer, und die vier akkallanischen Boote kreisten unten, bis der Chorymi-Konvoi am Himmel verschwand. Die Besatzungsmitglieder an Bord winkten, umarmten sich und feierten einen Sieg.

Zwar vertraten die Brückenoffiziere einen neutralen Standpunkt, aber sie hatten mit der Zerstörung der Boote gerechnet und seufzten nun erleichtert.

»Ich verstehe das nicht«, murmelte Fähnrich Greenberger und lehnte sich langsam zurück. »Warum haben die Kampfeinheiten der Chorymi nicht geschossen, als sie Gelegenheit dazu hatten?«

»Und wenn es wirklich ein Abkommen zwischen Chorym und Akkalla gibt...« fügte McCoy hinzu. »Warum dann diese Konfrontation?«

»Uhura«, sagte Kirk. »Findet irgendeine Kommunikation zwischen den Raumschiffen und Booten statt?«

Die dunkelhäutige Frau schüttelte den Kopf. »Negativ, Sir.«

»Mr. Sulu, wie ist der Status unserer Suche nach der *Cousteau?*«

»Wir haben noch immer nichts gefunden, Sir.«

Der Admiral stand auf und ging zum Turbolift. »Sie haben das Kommando, Sulu. Halten Sie weiterhin nach Spock und Chekov Ausschau. Wenn Sie etwas entdecken — ich bin in meiner Kabine.«

Während der nächsten Stunde sah sich Kirk alle Sensordaten über die Begegnung mit den Chorymi an, und von Chefingenieur Scott ließ er sich die technischen Einzelheiten erläutern. Ständig hoffte er, daß ihn die Brücke mit guten Nachrichten bei der Analyse unterbrach. Nach der Besprechung mit Scotty kehrte er in den Kontrollraum zurück.

»Sir«, sagte Uhura, als der Admiral aus dem Turbolift trat. Ihre Stimme klang so ruhig wie immer, aber trotzdem hörte Kirk einen seltsamen Unterton. »Ich empfange eine Sendung der akkallanischen Regierung. Dabei wird ein globaler Kom-Kanal benutzt.«

»Sehen wir uns die Sache an, Commander. Auf den Hauptschirm.«

Uhura nahm eine Synchronisierung mit den Signalen vor: Der Publikan Abben Ffaridor saß an einem Schreibtisch, und an der Wand hinter ihm hing das stilisierte Wellensymbol des Planeten. Ffaridor sprach mit großem Nachdruck, fast zornig. »... erfolgen weitere Überfälle der

Chorymi, in arroganter Mißachtung aller Abkommen. Nein, das häßliche Gesicht des Verrats unseres Nachbarplaneten läßt sich nicht reinwaschen. Wir klagen die Chorymi an, und sie *werden* zur Rechenschaft gezogen. Aber heute bin ich gezwungen, das Gesicht eines anderen Feindes zu enthüllen, und es ist noch abscheulicher, weil es sich in unserer Mitte befindet. Bisher sind wir nicht imstande gewesen, diese unheilvolle Kraft zu entlarven, jene Personen, die für den Fast-Krieg zwischen unserer Welt und Chorym verantwortlich sind. Doch jetzt kennen wir die Identität dieser geheimen, verschlagenen Feinde. Sie behaupten, Gelehrte zu sein, Männer und Frauen der Wissenschaft und des guten Willens – aber sie verletzen die Verträge, die unserer Welt Reichtum brachten, die unser aller Leben besser und angenehmer gestalteten, uns halfen, zusätzliches Wissen zu gewinnen, das uns weitere Fortschritte ermöglicht. Wenn wir ihnen die Chance geben, würden sie uns die Zukunft rauben. Sie haben ihr Gift bereits ins akkallanische Lebensmeer geschüttet, aber wir können es aufhalten, bevor es das Herz erreicht. Wie nennen sich jene Dämonen? Die Kap-Allianz...«

Der Publikan zögerte kurz, lang genug für Kirk und die Brückencrew, sich an diese Bezeichnung zu erinnern. Dann fuhr der akkallanische Regierungschef fort:

»Sie alle haben vom Kap des Urteils gehört. Die Legenden berichten, daß sich unsere Vorfahren dort von den Entbehrungen des Lebens und ihren Sünden befreit haben, um ihre geläuterten Seelen dem Muttermeer anzuvertrauen und in ewigem Frieden zu leben. Die Feinde haben diesen heiligen Namen gestohlen, aber sie bringen keinen Frieden, sondern ewigen Krieg. Die Kontinentale Synode und ich, der Publikan, arbeiten rund um die Uhr an einer Überwindung der Krise, die unsere Existenz bedroht. Wir bitten um Ihr Vertrauen, um Ihre Wachsamkeit und Gebete. Mögen die Wellen des Muttermeers mit Ihnen sein. Danke, Mitbürger Akkallas.«

Das überaus ernste Gesicht des Publikan verblaßte und

wich dem Wellenzeichen der Regierung. Uhura unterbrach die Verbindung, und der Wandschirm zeigte wieder den wolkenverschleierten blaugrauen Planeten.

»Nun«, brummte McCoy, »jetzt wissen wir mehr über die Kap-Allianz als vor zwei Minuten. Vielleicht gewinnen wir endlich einen allgemeinen Überblick.«

»Aber wir haben noch immer keine Ahnung, wer die entsprechenden Personen sind und wofür sie eintreten«, erwiderte Kirk. »Außerdem kann ich mich nicht des Gefühls erwehren, daß noch immer einige Stücke des Puzzles fehlen — vielleicht sogar viele. Greenberger, wo befindet sich die Chorymi-Flotte?«

»Sie hat den akkallanischen Orbit verlassen und Kurs auf den zweiten Planeten genommen.«

Kirk erhob sich. »Uhura, nehmen Sie Kontakt mit dem Publikan auf. Bitten Sie um Erlaubnis... Nein, teilen Sie ihm einfach mit, daß ich in einer Stunde bei ihm eintreffe.« Er trat aufs Oberdeck der Brücke, und McCoy erwartete ihn am Turbolift. »Hast du ein bestimmtes Ziel, Pille?«

»Ich kann nicht zulassen, daß du dich allein in die Wirren eines interplanetaren Krieges wagst, Jim.«

Sie betraten den Lift, und hinter ihnen glitt die Doppeltür mit einem leisen Zischen zu.

KAPITEL 4

»Wir dürfen nicht noch mehr Zeit verlieren, Llissa. Du bist der Präzeptor, und das bedeutet, du mußt die Entscheidung treffen.«

Llissa Kkayn stand barfuß am Strand und spürte, wie die warmen Wellen von Havensbay über ihre Zehen rollten. Sie hörte den beschwörenden Klang von Nnikos melodischer Stimme und wandte sich aus reiner Höflichkeit dem Alten zu – eigentlich brauchte sie ihm gar nicht ihr Gesicht zu zeigen. Inzwischen war er fast blind, aber er benötigte keine Hilfe, um sich auf der Insel Freeland zu bewegen. Siebzig Jahre hatte er hier verbracht, und daher kannte er jeden Pfad, jeden Stein. Llissa drehte sich zu ihm um, weil sie seine ruhigen Augen sehen wollte, die sanft gewölbten Lippen unter dem Schnurrbart, der sich irgendwie die rötliche Tönung der Jugend bewahrt hatte, obgleich das dünne Haar längst weiß glänzte.

Nniko stützte sich auf einen Gehstock, dessen hellbraunes Holz ebenso knorrig und knotig war wie seine Hände. »Sei unbesorgt. Du triffst immer die richtigen Entscheidungen.«

Llissa lächelte schief. »Hast du das auch meiner Großmutter gesagt?«

»Ja. Schließlich glaubte sie mir. Schade, daß sie zwanzig Jahre vergeudete, um zu dieser Erkenntnis zu gelangen. Wenn du dich heute damit abfindest, hat es bei dir nur zehn Jahre gedauert. Dann beweist du, daß sich deine Familie von einer Generation zur nächsten verbessert hat.«

»Du bist ein wundervoller Lügner, Nniko.«

»Und du bist ein wundervoller Präzeptor. Nicht so gut wie deine Großmutter, aber es gibt Hoffnung. Wenn du die erbliche Neigung überwinden kannst, an meinen Worten zu zweifeln...«

»War sie der beste Präzeptor?«

»Sie hätte es sein können. Kkirin Kkayn ist ein Name, den man nicht vergessen wird, solange das Kollegium existiert.«

Llissas Stimme schien aus weiter Ferne zu kommen, als sie die nächste Frage formulierte. »Wie kann ich in ihre Fußstapfen treten?«

»Auch an den Namen Llissa Kkayn wird man sich erinnern.«

»Warum?«

Nniko starrte sie an. *»Warum?«* wiederholte er. »Weil du praktisch als Mädchen das Kollegium geleitet hast, während deine Großmutter im Sterben lag. Weil du der jüngste Präzeptor bist, der jemals gewählt wurde — mit nur wenigen Gegenstimmen. Weil du noch viele Jahre lang ausgezeichnete Arbeit leisten wirst.«

»Es sind nur zehn Jahre, Nniko. Woher willst du wissen, wie lange ich im Amt bleiben werde?«

»Ich weiß es. Vertrau mir.«

»Sei ganz offen. Gibt es noch immer Denker, die es bedauern, daß mein Vater das Kollegium verlassen hat?«

Nniko schnitt eine Grimasse. »Dein Vater und ich kamen nie sehr gut miteinander zurecht.«

»Ja, aber den Grund dafür verstehe ich noch immer nicht.« Mit einem hintergründigen Lächeln fügte Llissa hinzu: »Erinnerst du dich daran?«

Der Alte hob die Brauen. »Ich erinnere mich an *alles*, auch an deine Streiche als Kind. Also sei auf der Hut, junge Dame. Dein Vater konnte sich nie an Regeln halten. Er mußte immer seinen Willen durchsetzen, auch wenn er sich dadurch den Ärger der anderen zuzog. Er lernte nie, daß Großes in erster Linie durch Zusammenarbeit erreicht wird.«

»Nun, er arbeitete mit meiner Mutter zusammen, um mich zu zeugen«, entgegnete Llissa mit gelindem Spott. »Woraus folgt, daß er auch gute Seiten gehabt haben muß.«

»Oh, sicher. Er war ein hervorragender Theoretiker und

fiel seinen Kollegen mit intuitiven Sprüngen auf die Nerven, die sich später als richtig erwiesen.«

»Was ist daran so schlecht?«

»Er wollte nie die unangenehme Arbeit erledigen, um seine Theorien zu beweisen — das überließ er uns anderen. Und er konnte nicht lehren. Sein Genie war persönlicher Natur und ließ sich nicht auf irgendwelche Bauerntölpel aus der Provinz übertragen. Er brachte nie genug Geduld für sie auf — auch nicht für dich.«

Llissa nickte ein wenig traurig. »Ja, ich weiß. Wir standen uns nicht sehr nahe.«

»Was wohl kaum deine Schuld war. Du bist eine gute Tochter gewesen und hast ihn verehrt. Aber er behandelte dich wie einen begriffsstutzigen Schüler, der...«

»Das lag in seiner Natur, Nniko. Deshalb kannst du ihm keine Vorwürfe machen.«

»Nein, vielleicht nicht. Doch ich *werfe* ihm vor, dich so kurz nach dem Tod deiner Mutter verlassen zu haben. In jenem Jahr verlangte das Winterfieber viele Opfer — wir brauchten ihn. Aber nur Llaina hielt ihn an diesem Ort. Als sie starb, hatten er und deine Großmutter eine heftige Auseinandersetzung, die den Ausschlag gab.«

»Auch daran erinnere ich mich«, sagte Llissa. »Ich war damals fünfzehn, alt genug, um zu verstehen, was vor sich ging. Nun, ich weiß nicht einmal, ob mein Vater noch lebt. Seit Jahren hat ihn niemand mehr gesehen. Selbst seine damaligen Freunde haben nichts von ihm gehört.«

»Du kannst also sicher sein, daß sich ihn niemand an deiner Stelle als Präzeptor wünscht«, entgegnete Nniko. »Sei nicht so hart zu dir selbst. Gesteh dir ein, daß du verdammt gute Arbeit leistest.«

Llissa ging in die Hocke und betrachtete ihr Spiegelbild in einem kleinen, von der Morgenflut übriggebliebenen Tümpel. »Du leistest verdammt gute Arbeit, Llissa Kkayn. Der verrückte alte Denker Nniko hat das gesagt, und du weiß ja, daß er immer recht hat.« Sie sah auf und lächelte. »Na, wie war das?«

»Schon besser. Aber das mit dem ›verrückten alten Denker‹ solltest du weglassen. Ich gehe jetzt wieder zur Bibliothek...«

»Ist Eddran noch immer da?« fragte Llissa und fühlte sich von plötzlicher Unruhe erfaßt.

»Natürlich. Eddran hat sich nicht von der Stelle gerührt, seit du fortgegangen bist, um nachzudenken. Er hält belehrende Vorträge für alle, die bereit sind, ihm zuzuhören. Dir ist sicher klar, wofür er eintritt. Seiner Meinung nach sollten wir alle Beziehungen zur Regierung abbrechen, ihr Geld der Synode zurückschicken und uns der Kap-Allianz anschließen.«

Llissa rollte mit den Augen. »Großartig. Bis ich dort eintreffe, hat er wahrscheinlich den Denkerrat davon überzeugt, mich des Amtes zu entheben und ins Meer zu werfen.«

»Immer mit der Ruhe, Llissa. Niemand achtet auf Eddran — wie üblich.«

»Unterschätz ihn nicht«, erwiderte die Frau ernst. »Er glaubt wirklich an den Unsinn, den er seit einigen Wochen von sich gibt. Und nichts ist gefährlicher als ein wahrhaft Gläubiger.«

»Jetzt klingst du ganz wie deine Großmutter«, scherzte Nniko. »Und wir beide wissen, daß sie sich nie geirrt hat. Bestimmt wirst du mit Eddran fertig.«

Llissa stellte sich auf die Zehenspitzen, um dem Alten einen Kuß auf die Wange zu hauchen. »Danke für dein Vertrauen.«

»Beeil dich jetzt, Llissa. Ich halte die Stellung, bis du eintriffst.«

Sie umarmte ihn. »Danke, Nniko.«

»Wofür?«

»Weil du mein Vater bist, seitdem mich mein leiblicher Vater verlassen hat. Wenn du nicht gewesen wärst, hätte ich es hier vielleicht nicht ausgehalten.«

»Ach, Unsinn, Llissa! Du verdankst das, was du bist, deiner Großmutter. Ich habe nur einige Kanten glattgeschliffen. Hör jetzt auf, mich zu umarmen — sonst denken die Leute noch, zwischen uns spiele sich etwas ab. Bestimmt sagen sie, ich hätte gewartet, bis du wie deine Großmutter aussiehst. Das ist inzwischen der Fall, aber du bist viel zu jung für mich.«

»Du hast sie wirklich geliebt, nicht wahr?« Llissa zögerte und fügte dann hinzu: »Erinnerst du dich?«

»Natürlich erinnere ich mich«, brummte er. »Und natürlich habe ich sie geliebt.«

»Was hat euch an der Heirat gehindert?«

»Nach dem Tod deines Großvaters wollte sie nicht noch einmal heiraten. Sie waren erst einige Jahre zusammen gewesen, als er während eines Sturms ertrank. Und *ich* habe es *immer* abgelehnt, mich in einer Ehe zu binden. Mit meinen Schülern hatte ich mehr als genug zu tun. Ich wollte vermeiden, Nachwuchs zu zeugen, der meine schlechten Eigenschaften auf genetischer Basis teilt. Es kam einer weitaus größeren Herausforderung gleich, sie durch Verhaltensmodifikation zu verbreiten.«

»Haben sich meine Eltern geliebt?«

»Oh, ja, ich glaube schon. Dein Vater zeigte seine Gefühle auf eine seltsame Art und Weise, aber er vermißte deine Mutter sehr, als sie starb. Vermutlich verließ er das Kollegium auch aus diesem Grund — hier gab es zu viele schmerzliche Erinnerungen für ihn.«

Llissa runzelte die Stirn. »Bin auch ich eine ›schmerzliche Erinnerung‹ für ihn gewesen?«

Nniko dachte einige Sekunden lang nach. »Durchaus möglich. Übrigens: Ich weiß genau, warum du mir all diese Fragen stellst. Du willst nur Zeit gewinnen und die Entscheidung hinauszögern — schon als Kind hast du eine derartige Taktik benutzt. Fürchte dich nicht davor, Eddran und seinen Verbündeten gegenüberzutreten. Dein Vater liebte Konfrontationen zu sehr und du zu wenig. Zumindest in dieser Hinsicht könntest du etwas mehr wie er sein.«

Llissa sah dem Alten nach, als er über den Pfad humpelte. Für jemanden, der fast hundert Jahre alt war, bewegte er sich erstaunlich gelenkig, und der Gehstock fügte den Geräuschen seiner Schritte ein rhythmisches Pochen hinzu.

Die Frau bückte sich, um erneut ihr Spiegelbild im Tümpel zu betrachten, und sie sah ein Gesicht mit schlichten, blassen Zügen, würdevoll zwar, aber nicht besonders attraktiv. Bis auf die dunklen Augen. Sie war immer stolz darauf gewesen, auch auf das braune Haar, das ihr halb den Rücken hinabreichte. Sie griff über die Schultern, band das Haar geschickt zu einem Pferdeschwanz und überlegte, ob sie es kürzer und modischer schneiden sollte. Dann wechselten sie und ihr Spiegelbild ein Lächeln — nur junge Leute interessierten sich für Mode. Während ihrer Jugend hatte sie nicht auf solche Dinge geachtet, und jetzt, im mittleren Alter, war es zu spät dazu.

Der Präzeptor des Kollegiums muß sich um wichtigere Angelegenheiten kümmern, dachte Llissa spöttisch.

Ein ironischer Gedanke, aber er wurde der Wahrheit gerecht. Als sie übers Ufer wanderte, spähte die Sonne durch eine Lücke in der Wolkendecke. Die Wärme fühlte sich gut an, und Llissa ließ den Schal von den Schultern rutschen. Dennoch spürte sie darauf das Gewicht von Geschichte und Tradition, eine Bürde, die immer schwerer zu werden schien.

Llissa setzte sich auf den trockenen Sand direkt vor der Wassergrenze, an einem Ort, den sie als Kind häufig aufgesucht hatte. Jenseits der Bucht, im Westen, sah sie die Mündung des Bboun, jenes großen Flusses, der fast den ganzen Kontinent durchquerte und in den Ppaidianischen Bergen als kleiner, von der Schneeschmelze gespeister Bach begann. In eleganten Kurven wand er sich durch Täler, nahm das Wasser anderer Flüsse auf und fand dadurch genug Kraft, um im Lauf von Jahrmillionen die Zentrale Schlucht aus festem Gestein zu waschen. Schließlich wurde er zu einem breiten Strom, der die Hauptstadt in zwei Hälften teilte, bevor er in die Bucht und das Meer mündete.

Tyvol war vor über zweitausend Jahren als Handelshafen entstanden und wuchs zum Herzen von Havensbay heran, zur mächtigsten politischen Entität während der tausend Jahre langen Ära, als der akkallanische Kontinent aus zahlreichen verfeindeten Provinzen bestand. Doch die namenlose Insel in der Bucht mit ihrem dicken Mantel aus Wald und einem Gürtel aus unberührtem Sand blieb unbewohnt — bis zur Gründung des Kollegiums vor fünfhundert Jahren. Llissa bewunderte den Mut der ersten Siedler: Trotz einer von Waffen und Kriegern beherrschten Welt glaubten die Zwanzig Denker mit religiöser Hingabe, daß nur Wissen ihre Heimat aus dem dunklen Zeitalter des ständigen Kampfes führen konnte. Tollkühnheit mußte die Lehrer dazu veranlaßt haben, zur Wildnis in der Bucht zu rudern und dort mit ihren eigenen Händen das erste Schulgebäude aus Holz zu bauen.

Wenn die Kriegsherrn auf dem Festland überhaupt etwas bemerkten, so reagierten sie mit verächtlichem Lachen. Der Kriegsherr von Havensbay sah keinen strategischen Wert in der Insel — er brauchte sie nicht zur Verteidigung, und ihre Lage im festungsartigen Hafen bedeutete, daß kein Angreifer sie erobern und als Stützpunkt benutzen konnte. Aus diesem Grund unternahm er nichts, als die Zwanzig ihre neue Heimat zu neutralem Gebiet erklärten und ihr den Namen Freeland gaben.

Die Lehrer hatten dem Kriegsherrn von Havensbay praktisch eine Insel gestohlen. Sicher, er hielt sie für unwichtig, aber diese Leistung grenzte trotzdem an ein Wunder. Doch die Gründer des Kollegiums gaben sich nicht damit zufrieden. Gehörte ihre nächste Aktion zu einem mit aller Sorgfalt entwickelten Plan, oder improvisierten die Zwanzig, als sie ihrem einmal eingeschlagenen Weg folgten? Bis heute war es Llissa nicht gelungen, eine Antwort auf diese Frage zu finden. Gelehrte hatten sich jahrelang über die Motivationen und Absichten der Zwanzig gestritten, doch nur die Fakten blieben unwiderlegbar.

Einige Jahre nach dem Fällen der ersten Bäume auf ihrer

Insel boten die Zwanzig allen Kriegsherrn — nicht nur dem von Havensbay — einen Pakt an. Die sogenannte Vertragscharta des Kollegiums legte fest, daß Freeland für immer seine Neutralität wahrte und Schülern aller Provinzen offenstand. Darüber hinaus sollten die Kriegsherrn Gelehrten und Schülern auf dem Weg zum Kollegium freies Geleit durch feindliche Territorien gewähren sowie auf alle Versuche verzichten, das Bildungsinstitut und die Insel zu annektieren.

Die erstaunliche Übereinkunft bestätigte den Sonderstatus von Freeland und war das erste Abkommen zwischen den kriegerischen Clan-Oberhäuptern auf dem Kontinent. Die Kämpfe hörten deshalb keineswegs auf, aber die Existenz des Kollegiums verlieh den Provinzen eine erste friedliche Verbindung, die fester wurde, als das Zentrum des Wissens überlebte und wuchs. Man fügte der Schule weitere Gebäude aus Holz hinzu und errichtete dann Häuser aus Steinen vom Festland. Bürger von Provinzen, die gegeneinander Krieg führten, trafen sich auf Freeland, um gemeinsam zu lernen und zu studieren, und wenn sie als Gelehrte zurückkehrten, nahmen sie eine kosmopolitische Perspektive mit.

Nach und nach veränderten sich die Beziehungen zwischen den einzelnen Provinzen. Der Krieg wich dem Handel, und Schlachtfelder verwandelten sich in Äcker. Hundertfünfzig Jahre nach der Gründung des Kollegiums unterzeichneten die Kriegsherrn die Konvergenzerklärung, was zur Entstehung der Kontinentalen Synode führte. Eine Revolution, begonnen von einigen wenigen Idealisten, die das Wissen verehrten, trug ihre Früchte.

Unterdessen dauerte das Wachstum des Kollegiums an, und es schuf Niederlassungen auf zwei kleineren Inseln im Norden von Freeland. Andere Schulen wurden auf dem Festland gegründet, meistens von Gelehrten, die im Kollegium studiert hatten und Missionsdenker wurden, um sich den Leuten zu widmen, die nicht nach Freeland kommen konnten. Aber das Kollegium blieb ein hehres Zentrum, und bald nahm man dort nur noch die begabtesten Schüler auf.

Llissa war hier geboren und aufgewachsen, hatte schon als Kind die steinernen Hallen und Säle durchstreift. Man erzählte ihr von den Helden, die dem Kollegium mit der Kraft ihrer Hände Gestalt gaben, mit den Träumen ihrer Herzen und den Ideen ihres Verstandes. Die Pionier-Denker waren tapfere Männer und Frauen gewesen. Ganz gleich, was Nniko auch behauptete: Llissa hielt sich nicht für tapfer oder kühn.

Mein Vater hat mich immer mit einer Treibhausblume verglichen und mir vorgeworfen, daß ich Wissen allein aus Büchern sammle, ohne zu riskieren, in der realen Welt seelische Wunden zu erleiden – in der Welt außerhalb des Kollegium-Campus.

»Bücher sind nur leblose Theorien«, meinte er damals. »Keine Knochen, die man sich bricht. Kein Blut, das aus Wunden tropft. Keine zubeißenden Zähne, kein Geschmack oder Geruch, den man genießen kann.«

Vielleicht hatte er recht. Vielleicht werde ich jetzt zum erstenmal in meinem Leben wirklich auf die Probe gestellt. Zum erstenmal muß ich nun eine Entscheidung treffen, bei der es ums Überleben geht – und vielleicht versage ich wie ein ängstlicher Schüler.

Der kurzlebige Sonnenschein verblaßte, als dunkle Wolken über den Himmel zogen. Regentropfen fielen, langsam genug, um sie zu zählen, als sie wie Küsse auf Llissas Gesicht trafen. Der Regen war das Signal: Es wurde Zeit, vor den Rat zu treten. Sie hob den Schal übers Haar und wandte sich vom Strand ab.

Der Pfad führte am Hang eines Hügels empor und an hohen Bäumen vorbei. Als Llissa den gegenüberliegenden Waldrand erreichte, wurde aus den ersten, vereinzelten Tropfen ein feiner Nieselregen. Sie verharrte neben einem breiten Stamm, schloß die Augen und hielt den Atem an. Nach einer Weile hob sie die Lider und sah am Hauptgebäude des Kollegiums empor, das sich vor ihr auf dem

Hügel erhob. Licht glänzte hinter fast allen Fenstern, die dadurch wie Pupillen wirkten, erhellt von der Schöpfungsenergie. Überall in den Klassenzimmern, Vorlesungssälen und Laboratorien wurde gelehrt und gelernt. Llissa verspürte den Wunsch, die Räume nacheinander aufzusuchen und dort im warmen Strom des Wissens zu baden. Aber diese Möglichkeit blieb ihr verwehrt – zumindest jetzt. Sie mußte eine ganz bestimmte Kammer betreten, in der man sie erwartete.

Die Bibliothek beanspruchte vier Etagen im Kern des Gebäudes, doch das Konferenzzimmer befand sich im Erdgeschoß, auf der anderen Seite der bogenförmigen Tür. Llissa gab sich einen inneren Ruck, ging mit langen Schritten zu dem Bauwerk, schüttelte den Regen von ihrem Schal und passierte das Portal. Mmaddi, ein hübsches, schüchternes Mädchen mit einer Mähne aus bernsteinfarbenem Haar nahm den feuchten Überwurf des Präzeptors und reichte Llissa den traditionellen Umhang aus rotem Samt, gesäumt von kleinen Lederriemen.

Llissa streifte ihn über und deutete ein schiefes, ironisches Lächeln an. »Vermutlich sind sie nicht gegangen, weil sie es satt hatten, so lange auf mich zu warten, oder?«

Mmaddi schüttelte den Kopf. »Nein.«

»Dachte ich mir.« Llissa wanderte durch die Rotunde der Bibliothek, vorbei an sonderbaren Mustern aus Licht und Schatten, projiziert von den hohen Dachfenstern. Ihre junge Assistentin zögerte kurz, folgte ihr dann und zupfte am Ärmel des Präzeptors. Llissa blieb stehen. »Was...« begann sie scharf.

Mmaddis Finger zuckten so plötzlich zurück, als hätte sie sich an dem roten Samtumhang verbrannt, und ihre Wimpern zitterten furchtsam. Llissa griff nach der Hand des Mädchens, drückte sanft und tröstend zu.

»Entschuldige, Mmaddi. Ich wollte dich nicht so anfahren. Hast du etwas auf dem Herzen?«

»Dies ist sicher nicht der geeignete Zeitpunkt, um... darüber zu sprechen.«

»Über was?«

»Ich... ich habe herausgefunden, daß Sie mich zu einer Missionsdenkerin machen wollen«, hauchte Mmaddi.

»Ja. Und du wirst bestimmt eine gute.«

»Aber ich möchte nicht zu einer Provinz auf der anderen Seite der Welt reisen. Ich... ich möchte hierbleiben und Ihnen helfen.«

Llissa streichelte die Wange des Mädchens. »Du hast mir lange geholfen, fast seit dem Tag, an dem du hierhergekommen bist. Damals warst du ein kleines Kind und so verängstigt, daß du kaum zwei Worte hintereinander hervorbringen konntest.«

»Ich habe hier den größten Teil meines Lebens verbracht. Bitte schicken Sie mich nicht fort.«

»*Weil* du den größten Teil deines Lebens hier verbracht hast, *solltest* du Freeland verlassen, Mmaddi. Du brauchst Gelegenheit, um an anderen Orten Erfahrungen zu sammeln, andere Lebensarten kennenzulernen. Glaub mir: Ich weiß, wovon ich rede.« Sie hob Mmaddis Kinn und wischte eine Träne von ihrer Nasenspitze. »Wir reden später darüber. Zuerst muß ich mich den wilden Tieren dort drin stellen.«

»Wird auch Zeit«, schnaufte Eddran. Mit verschränkten Armen saß er am einen Ende des ovalen Hellholztisches und ließ die Beine über den Rand baumeln. Er war klein, reichte einer durchschnittlich großen Person kaum bis zur Brust. Kinn und Nase liefen spitz zu — und auch seine Zähne, wie Llissa vermutete, eine Meinung, die andere Mitglieder des Rats teilten. Allerdings öffnete sich Eddrans Mund nie weit genug, um diese Hypothese zu bestätigen. Er blieb immer ernst, und wenn er sprach — was recht häufig geschah —, teilten sich seine Lippen kaum, als befürchtete er, daß die Worte herausfielen, bevor er sie formulieren konnte. Die übrigen fünf Angehörigen des Rates setzen sich, aber Eddran hockte weiterhin auf der Tischkante.

»Zunehmendes Chaos herrscht in der Welt, aber Sie vergeuden wertvolle Zeit, um mit der Natur zu sprechen«, stieß er hervor.

»Hören Sie endlich auf, Skulptur zu spielen, Eddran«, sagte Nniko und versuchte nicht, seinen Ärger zu verbergen. »Nehmen Sie wie normale Leute auf einem Stuhl Platz.«

Der Zwerg sprang zu Boden und bedachte Nniko mit einem finsteren Blick. »Wie normale Leute? Was soll das bedeuten? Spielen Sie damit auf meine Deformität an, Alter?«

»Wenn Sie physische Deformität meinen — nein«, erwiderte Nniko. »Aber wenn es um geistige Deformität geht, so lautet die Antwort ja.« Er hob seinen Gehstock und schlug damit auf den Tisch, nur wenige Zentimeter von Eddrans Fingern entfernt.

Der kleine Mann riß die Hände zurück, gab einen erschrockenen Schrei von sich und fiel auf seinen Stuhl. Hier und dort erklang leises Kichern, und Eddran starrte die Anwesenden nacheinander an.

Llissa fragte sich, ob Nniko sorgfältig gezielt hatte — vielleicht konnte er besser sehen, als alle glaubten. Sie beschloß, ihn später danach zu fragen, nahm auf ihrem eigenen hochlehnigen Stuhl Platz und musterte ihre Berater. Die Farben der einzelnen Umhänge unterschieden sich voneinander und symbolisierten verschiedene Abteilungen. Ossage saß rechts neben Llissa, ein Mann der einige Jahre älter war als sie, mit fleckiger Haut und schweren Lidern, durch die er oft den Eindruck erweckte zu dösen; Rraitine, eine weißhaarige Frau mit hinreißenden grünen Augen und einem Mehrfachkinn; Nniko; Eddran; Ssuramaya, das einzige Ratsmitglied, das jünger war als Llissa, mit der dunklen Haut von Akkallanern aus der südlichen Wüstenprovinz; und Ttindel, ein korpulenter Mann mit krausem grauem Haar, das ein fleischiges Gesicht umrahmte.

Ganz gleich, welches äußere Erscheinungsbild sie boten

– alle hatten etwas gemeinsam. Mindestens zehn Jahre lang waren sie Denker des Kollegiums gewesen, und während dieser Zeit stellten sie sich als außerordentlich fähige Lehrer heraus. Des weiteren hatten sie sich bereit erklärt, ihre Erfahrungen in die Dienste des Präzeptors zu stellen. Sie gehörten zu den intelligentesten und klügsten Akkallanern auf dem Planeten, selbst Eddran.

»Ich habe nicht mit der Natur gesprochen, Eddran«, sagte Llissa kühl. »Ich war mit der gleichen Sache beschäftigt wie Sie alle – mit einer Einschätzung unserer Situation. Wir müssen rasch eine politische Entscheidung treffen.« Sie hob die Hand. »Bitte erläutern Sie mir Ihre Meinungen.«

»Die Sendung warf uns keine geheimen Absprachen mit der Kap-Allianz vor«, begann Rraitine, und ihre Kinne wackelten.

Ossage erwachte. »Aber es wurde angedeutet«, sagte er schleppend.

Ssuramaya sprang auf, und in ihren dunklen Augen blitzte es. Durch die abgehackte Sprechweise klangen ihre Worte noch drängender. »Und es ist nicht wahr. Wir müssen Abstand von der Kap-Allianz halten, um unsere Integrität zu wahren. Das Volk weiß, wofür wir eintreten.«

»Wir treten für nichts ein.« Eddrans Stimme brachte gut überlegte Verachtung zum Ausdruck. »Wir sitzen nur hier und debattieren – während uns der Publikan langsam die Schlinge um den Hals legt.«

Ttindel strich mit dicken Fingern über sein krauses Haar. »Ich stimme Eddran nicht gern zu, aber diesmal bleibt mir keine Wahl. Ffaridors heutige Ansprache war der bisher schlimmste Angriff auf uns. Er erwähnte ›Gelehrte‹, und fast hätte er hinzugefügt: ›Damit sind auch die Leute vom Kollegium gemeint.‹ Wahrscheinlich ist es nur noch eine Frage der Zeit, bis wir ganz deutlich genannt werden.«

Nniko ballte die Fäuste und schlug auf den Tisch. »Haben wir so wenig Vertrauen zu den akkallanischen

Bürgern?« knurrte er. »Wir sind nicht mit allen Aktionen der Kap-Allianz einverstanden, und darauf weisen wir auch hin. Ttindel, Ossage — glauben Sie wirklich, daß man uns nicht zuhört?«

»Lassen Sie es mich folgendermaßen ausdrücken«, erwiderte Ttindel. »Eine Nachricht von uns erreicht einige wenige Leute, aber der Propagandaflut aus dem Behüteten Turm kann niemand entkommen. Woran erinnern sich die Bürger später?«

»Und was ist mit dem Starfleet-Schiff?« warf Eddran ein und schob das spitze Kinn vor. »Halten Sie es für einen Zufall, daß hier ein Kriegsschiff der Föderation erscheint, während der Publikan so heftig zetert wie noch nie zuvor? Wir stehen dicht vor dem Totalitarismus, und das Raumschiff ist hier, um die Regierung zu unterstützen.«

Llissa gestikulierte ausladend. »Das wissen wir nicht.«

»Aber wir können es vermuten. Seien Sie nicht so naiv.«

»Naivität liegt mir fern. Ich teile nur nicht jede Ihrer Verschwörungstheorien, Eddran.«

»Nicht alle Verschwörungen sind Theorien«, sagte Ossage. Es klang schläfrig.

Ssuramaya beugte sich vor. »Ich schlage vor, daß Llissa den Turm aufsucht, um Ffaridor unsere Position und Besorgnis zu erklären. Wenn anschließend die Verunglimpfungen uns gegenüber fortgesetzt werden, haben wir den Beweis dafür, daß es sich wirklich um eine Verschwörung handelt.«

»Ein kühner Vorschlag«, kommentierte Eddran sarkastisch. »Und ich verteile scharfe Gegenstände, damit wir Selbstmord begehen können, wenn die Soldaten kommen, um uns als Mitglieder der Kap-Allianz zu verhaften.«

Llissas Lippen bildeten einen dünnen Strich. »Stimmen wir über Ssuramayas Vorschlag ab«, sagte sie gepreßt. »Wer ist dafür?«

Vier Hände kamen in die Höhe: Llissa, Ssuramaya, Rraitine und Nniko.

»Der Antrag ist gebilligt«, stellte Llissa nicht sehr erfreut fest. »Ich breche sofort auf und erstatte unmittelbar nach meiner Rückkehr Bericht.«

Eddran schnaubte abfällig. »Wenn wir bis dahin noch nicht im Gefängnis stecken oder von der politischen Polizei des Starfleet-Schiffes verschleppt wurden.«

Ssuramaya wirbelte um die eigene Achse und sah den kleinen Mann an. »Seit langer Zeit halten wir die Grolianische Wache von dieser Insel fern. Wir werden auch mit einem Föderationsschiff fertig.«

Jemand zog die Vorhänge der vom Boden bis zur Decke reichenden Fenster auf, doch eine dichte Wolkendecke trübte das Tageslicht, und Llissa glaubte zu spüren, wie sich Düsternis im Zimmer ausbreitete. Der Rat hatte ihr ein Handlungsmandat gegeben, und dafür war sie dankbar. Sie hielt sich von Natur aus für eine Vermittlerin, aber was mochte geschehen, wenn aus der Begegnung mit dem Publikan Ffaridor eine Konfrontation wurde? Sie schauderte bei der Vorstellung, daß die *Enterprise* wirklich gekommen war, um die Regierung zu unterstützen. Das Kollegium hatte bereits genug Feinde auf der Oberfläche des Planeten.

Als die Berater schweigend ihre Unterlagen einsammelten, verließ Llissa das Zimmer und floh in die angenehme Abgeschiedenheit der Rotunde. *Bei der Vernunft, was geht hier eigentlich vor? Und wieso glaube ich, imstande zu sein, die Gefahr von uns abzuwenden?*

Irgendwie mußte sie an der Zuversicht festhalten. Doch seit einiger Zeit war die Zuversicht kaum mehr als ein Rettungsseil im sturmgepeitschten Meer — ein Seil, das rasch zerfranste.

Zwei schimmernde Energiesäulen bildeten sich auf dem Platz am Behüteten Turm — Admiral Kirk und Dr. McCoy nahmen darin Gestalt an. Der Arzt wollte sofort zur Residenz des Publikan gehen, aber Kirk atmete die nach Salz riechende Meeresluft in tiefen Zügen, wandte sich statt dessen der Mauer am Rand des Platzes zu und blickte über den Ozean. Er beobachtete die Bucht samt den Fischkuttern und Frachtkähnen an den geschäftigen Molen von Tyvol. Andere Schiffe lagen unweit der Küste vor Anker oder segelten an den Klippen vorbei, die wie Wächter zu beiden Seiten der schmalen Hafenzufahrt standen.

»Erinnert dich dieser Anblick nicht an San Francisco?« fragte Kirk. Er betrachtete den wolkenverhangenen Himmel und spürte die feuchte Brise im Gesicht. »Sogar das Wetter ist ähnlich.«

McCoy kniff die Augen zusammen. »Leidest du an Heimweh, Jim? Seit wann ziehst du das Hauptquartier von Starfleet der *Enterprise* und dem Weltraum vor?«

Kirk wölbte die Brauen. »Wer hat etwas von Heimweh gesagt? Kann dich ein Ort nicht an dein Zuhause erinnern, *ohne* daß man sich nach der Heimat sehnt?«

»Unter gewissen Umständen, ja. Aber ich kenne dich zu gut, Jim. Schon seit Wochen läufst du mit einem verträumten Gesichtsausdruck herum.«

Kirk versteifte sich. »Das bildest du dir nur ein, Doktor. Komm.« Mit langen, ungeduldigen Schritten ging er die breite Treppe zur gläsernen Tür des Turms hoch. Die Wächter öffneten sie von innen.

»Bitte nennen Sie Ihr Anliegen«, sagte einer von ihnen und hielt erneut eine Mischung aus Aufzeichnungsgerät und Kommunikator vor Kirks Lippen.

»Admiral Kirk und Dr. McCoy vom Raumschiff *Enterprise.* Wir möchten den Publikan sprechen.«

Ein längeres Summen drang aus dem kleinen Lautsprecher des tragbaren Interkom, und der Wächter runzelte die Stirn. Er hob das Gerät und betätigte eine Taste an der Seite. »Instruktionen, Kommandeur?«

Der Mann neigte den Kopf zur Seite, und Kirk bemerkte, daß er einen kleinen Empfänger im Ohr trug. Der Wächter lauschte einige Sekunden lang und duckte sich unwillkürlich. »Ja, Sir. Natürlich, Sir. In den Nordflügel. Sofort, Sir.«

Er schob das Interkom in eine Tasche seiner Uniformjakke, sah dann Kirk und McCoy an. »Der Publikan ist sehr beschäftigt. Wenn Sie eine Unterredung mit ihm wünschen, müssen Sie warten.«

»In Ordnung«, erwiderte der Admiral. »Aber teilen Sie ihm und Brigadegeneral Vvox mit, daß es um sehr dringende Angelegenheiten geht.«

»Ich richte es ihnen aus, Sir.« Der Wächter gab seinem Kollegen ein Zeichen. Zwar kannte sich Kirk nicht mit den akkallanischen Uniformen aus, aber es war klar, daß der erste Soldat einen höheren Rang einnahm. »Nordterrasse.«

Der jüngere Wächter salutierte und musterte McCoy und Kirk, bevor er ohne ein Wort losging. Sein Vorgesetzter merkte, daß sich die beiden Männer nicht von der Stelle rührten. »Bitte begleiten Sie den Soldaten.«

Die Starfleet-Offiziere zögerten noch etwas länger — mit voller Absicht —, bevor sie ebenfalls durch den breiten Flur schritten. Kirk stellte fest, daß man sie jetzt in eine andere Richtung führte als bei ihrem ersten Besuch. Sie stiegen eine weit geschwungene Marmortreppe mit glänzendem Messinggeländer hoch.

Oben endete der Korridor an einer von breiten Fenstern gesäumten Veranda mit mehreren Korbstühlen.

»Man gibt Ihnen Bescheid«, sagte der Wächter, drehte sich mit paradeartiger Präzision um und marschierte fort.

Kirk stand an den Fenstern. Die Veranda ragte ein wenig aus der hohen Klippe heraus und bot einen spektakulären Blick auf die sich viele Dutzend Meter weiter unten erstrekkende Bucht.

»Kaum für jemanden zu empfehlen, der nicht schwindelfrei ist.«

Kirk ignorierte diese Bemerkung. Seine Aufmerksamkeit galt einem kleinen Boot: Es näherte sich dem Kliff, das den Behüteten Turm trug. McCoy folgte dem Blick des Admirals und sah eine scharlachrote Gestalt, die an der Burgreling stand und fast wie die Galionsfigur eines alten Segelschiffes wirkte.

»Noch ein ungebetener Gast zum Abendessen?« murmelte der Arzt.

Kirk zuckte mit den Schultern. »Sieht so aus, als sei das Boot hierher unterwegs.«

Die scharlachrote Gestalt sah zu der hohen Klippe empor, als ihr Pilot die Geschwindigkeit drosselte und das Boot zu einer freien Stelle am Kai lenkte. Wenn man sich ihm vom Meer näherte, wirkte der Behütete Turm noch gewaltiger, und im Vergleich zu ihm kam sich Llissa Kkayn völlig unwichtig vor — ein psychologischer Nachteil, der zu einer zusätzlichen emotionalen Belastung führte. Der Umstand, daß sie ohne Einladung an der Tür des Publikan erschien, genügte bereits, um ein flaues Gefühl in ihrer Magengrube zu schaffen und ihre Entschlossenheit wenigstens teilweise durch nervöse Unsicherheit zu ersetzen. Bei solchen Gelegenheiten wünschte sie sich, das Amt des Präzeptors jemand anders überlassen zu können und wieder eine schlichte Denkerin zu werden, verantwortlich nur für ihre Schüler und die betreffenden Klassenzimmer. Llissas Ansicht nach bestand der Reiz des Lebens im Kollegium vor allem darin, über den Horizont des gegenwärtigen Wissens hinaus vorzustoßen, zu erfahren, was sich in jenen unbekannten Gefilden verbarg, und anschließend davon zu berichten. An politischen Auseinandersetzungen hatte sie nie Gefallen gefunden, ganz gleich, ob es dabei um Angehörige der akkallanischen Regierung oder um andere Denker ging.

Die Fähre glitt dem Kai entgegen; der Pilot schaltete die magnetischen Feldgeneratoren aus, griff nach dem Vertäuungsseil und band es um einen Pfahl. Dann zog er daran, und die Seite des Bootes stieß sanft an die Polsterung der Anlagestelle. Llissa setzte einen Fuß aufs Dollbord.

»Sicher kehre ich bald zurück.«

Der Pilot nickte, und Llissa kletterte aus der Fähre. Auf dem Kai blieb sie stehen und hörte, wie die Wellen rhythmisch an den Rumpf des Bootes schlugen. Es spielte keine Rolle, was sich ihm in den Weg stellte: Das Meer wogte unablässig. Wie dumm von den Wellen, immerzu an Felsen zu klatschen – aber schließlich errang der Ozean den Sieg über hartes Gestein. Llissa beschloß, sich ein Beispiel daran zu nehmen.

Sie drehte den Kopf ein wenig zur Seite und beobachtete den steilen Hang, der fast hundert Meter weit nach oben reichte. Der Serpentinenweg, den man jahrhundertelang benutzt hatte, war noch immer sichtbar und wirkte wie eine unglaublich lange Schlange, die an der Felswand klebte. Glücklicherweise gab es jetzt einen Lift, der im Innern eines Stahlgerüsts an der Klippe emporkroch. Doch zuerst mußte Llissa unten am Wachhaus vorbei, wo drei gelangweilte Soldaten saßen. Als sich die Frau näherte, standen sie rasch auf und nahmen Haltung an. Von allen Wächtern des Turms nahmen diese Männer die anspruchsloseste Aufgabe wahr; sie wurden nur selten kontrolliert und hatten kaum Aussicht, befördert zu werden.

Der ranghöchste Uniformierte – ein breitschultriger Mann mit kurzem Oberlippenbart und einer langen Narbe auf der Wange – trat der Besucherin entgegen und versperrte ihr den Weg. »Wer sind Sie, und was führt Sie zum Turm?« Er hob ein Kommunikationsgerät, und die Frau sagte:

»Llissa Kkayn, Präzeptor des Kollegiums. Ich bitte um eine Audienz beim Publikan Ffaridor.«

»Wie lange sind wir jetzt schon hier?« fragte McCoy und ließ sich tief in die Kissen des niedrigsten Korbsessels sinken.

Kirk zuckte mit den Achseln. »Vielleicht eine Stunde.«

»Und es heißt immer, Ärzte ließen ihre Patienten warten.« Als sich Schritte von der Treppe her näherten, hob McCoy den Kopf. »Wird auch Zeit.«

Aber der junge Wächter kam nicht etwa, um die beiden Starfleet-Offiziere zum Publikan zu eskortieren. Statt dessen brachte er einen weiteren Besucher – die scharlachrote Gestalt, die sie zuvor im Boot gesehen hatten und sich nun als Frau erwies. Sie sah sich kurz auf der Veranda um und bedachte den Soldaten dann mit einem durchdringenden Blick.

»Ich dachte, Sie wollten mich zum Publikan führen.«

»Nein, Ma'am. Zum Wartezimmer.«

»Ich *habe* bereits in einem Zimmer gewartet.«

»Aber dies befindet sich wenigstens im Turm, Ma'am.«

»Und vermutlich soll ich dem Muttermeer dafür danken, daß wir gewisse Fortschritte erzielen, wie?« erwiderte die Frau scharf.

»Ja, Ma'am. Man gibt Ihnen Bescheid.« Der Soldat eilte fort.

»Sieht ganz nach einem Verkäufermarkt aus«, bemerkte McCoy.

Die Frau drehte sich zu ihm um, und in ihren dunklen Augen blitzte zusätzlicher Zorn. Der lange Samtmantel mit den dünnen Lederriemen verlieh ihr ein beeindruckendes Erscheinungsbild. »Was soll *das* denn heißen?«

McCoy schlüpfte in die Rolle des Georgia-Gentleman und zeigte sein freundlichstes Lächeln. »Nur ein Publikan und viele Leute, die ihn sprechen wollen – also übertrifft die Nachfrage das Angebot. Ich dachte immer, auf Akkalla gibt es keinen königlichen Adel.«

»Hmm?« Diese Bemerkung verblüffte die Besucherin.

»Wer in meiner Heimat roten Samt trägt, hat für gewöhnlich irgendeinen ererbten Titel und eine Menge Geld.«

Der Ärger verschwand aus den Pupillen der Frau, als sie mit den Fingerkuppen über den weichen Stoff strich. Dann löste sie die Brosche am Hals, streifte den Mantel ab und legte ihn sich über den Arm. Darunter trug sie schlichte, schmucklose Kleidung, und die einzige Farbe stammte vom Schal am Hals.

»Es tut mir leid, Sie enttäuschen zu müssen«, sagte sie. »Zwar habe ich einen ererbten Titel, aber er ist nicht königlicher Natur.«

»Spielt keine Rolle. Wie lautet er?«

»Präzeptor des Kollegiums von Akkalla. Ich bin Llissa Kkayn.«

Kirk hatte sich zurückgehalten und es McCoy überlassen, seinen Charme einzusetzen, doch jetzt trat er vor. »Sie leiten das Kollegium? Freut mich sehr, Sie kennenzulernen. Wir haben einige wichtige Dinge mit Ihnen zu besprechen.«

Kirks drängender Tonfall zog einen Schleier aus Vorsicht über Llissas Augen. »Und wer sind Sie?«

McCoy versuchte, die von Kirk beeinträchtigte freundlich-vornehme Atmosphäre wiederherzustellen. »Leonard McCoy, Arzt. Und das ist Admiral James T. Kirk. Wir kommen vom Raumschiff *Enterprise.*«

Llissa nickte. »Oh, Sie haben absolut recht. Es *gibt* wichtige Dinge, die wir besprechen sollten.« Sie hatte sich innerlich auf eine Konfrontation mit Ffaridor vorbereitet, war bereits in der richtigen Stimmung und sah nun eine Chance, ihre Entschlossenheit zu testen. »Sind Sie hier, um uns einzuschüchtern?« fragte sie scharf und vorwurfsvoll.

Kirk blinzelte verblüfft. »Um Sie einzuschüchtern? Wie kommen Sie darauf?«

»Aus welchem anderen Grund steuert ein Starfleet-Kriegsschiff diesen Planeten an, während die Regierung mit einem politischen Feldzug gegen Wissenschaftler, Lehrer und Schüler beginnt?«

»Wer selbst Schuld auf sich geladen hat, sollte es sich gründlich überlegen, ob er absurde Vorwürfe gegen andere Personen erhebt.«

»*Schuld?* Ich weiß nicht, woher Sie Ihre Informationen beziehen, Admiral, aber wenn Sie über absurde...«

»An der Zuverlässigkeit unserer Informationen kann nicht der geringste Zweifel bestehen. Wir haben vor kurzer Zeit einen grundlosen, heftigen Angriff von Leuten des Kollegiums beobachtet...«

»Wir sind Schüler und Lehrer, keine Terroristen. Wir halten nichts von Gewalt, aber es existieren viele Gründe für...«

»Einen Augenblick«, sagte McCoy laut genug, um sowohl Llissa als auch Kirk zum Schweigen zu bringen.

»Sie gehören zu *ihm«*, sagte der Präzeptor nach einigen Sekunden. »Warum sollte ich Ihnen zuhören?«

»Weil *wir* gut miteinander zurechtkamen, bevor *er* sich einmischte.« Mit einem Seitenblick auf Kirk fügte McCoy hinzu: »Und *ich* muß mir von *dir* gefallen lassen, daß du mein diplomatisches Geschick in Frage stellst, Jim.«

»Pille...« begann Kirk in einem warnenden Tonfall.

»Bitte den Admiral um Verzeihung, Admiral, Sir.«

Kirk breitete die Arme aus und kapitulierte.

»Danke«, sagte McCoy. »Nun, offenbar liegt hier ein Mißverständnis vor. Und es ist ebenso klar, daß wir beide auf den Publikan und seine Regierung sauer sind. Irgendwelche Einwände?« Er musterte Llissa und Kirk nacheinander. Seine beiden Zuhörer runzelten die Stirn, wirkten jetzt aber nicht mehr ganz so feindselig. »Gut. Jim, bitte verrate Spock nichts davon, aber ich halte es für *logisch*, daß sich in dem ganzen Durcheinander irgendwo etwas verbirgt, das uns verbindet. Wir sollten die Zeit nutzen, um es zu finden, solange uns der Publikan hier warten läßt. Einverstanden?«

Llissa ließ langsam den Atem entweichen, um sich zu entspannen, und Kirk zupfte am Saum seines Uniformpullis, strich ihn glatt. McCoy wußte, daß er sich auf diese Weise beruhigte.

»Schon besser«, sagte der Arzt, griff nach den Armen seiner Zuhörer und führte sie zu den Korbstühlen am Fenster. »Präzeptor Kkayn, ich schlage vor, Sie beginnen. Warum glauben Sie, die *Enterprise* sei hier, um Sie einzuschüchtern?«

Llissa geriet in Bedrängnis, als McCoy ein vernünftiges Argument verlangte. Sie verfluchte sich dafür, keine klaren Beweise auf der Zungenspitze zu haben. *Auf die Zungenspitze kommt es nicht einmal an,* dachte sie. *Das Gehirn ist viel wichtiger. Und auch dort fehlen Fakten.*

»Nun...« begann sie verlegen. »Es sind nur Indizien...«

Kirk hob den Zeigefinger und öffnete den Mund, aber McCoy kam ihm mit einem finsteren Blick zuvor. Llissa fuhr langsam fort:

»Ich weiß nicht, wieviel Ihnen über uns bekannt ist, aber das Kollegium stellt das beste Bildungsinstitut auf dieser Welt dar. Seit der Gründung vor fünfhundert Jahren vertreten wir einen neutralen politischen Standpunkt und ergreifen für niemanden Partei. Als dieser Kontinent aus vielen einzelnen Provinzen bestand, die untereinander Krieg führten, war das Kollegium eine Bastion für friedliche Lehre und Forschung. Wir sind kein Pöbel, aber seit einiger Zeit vergleicht uns die Regierung damit. Wir fürchten, daß uns die letzten Reste von Freiheit genommen werden sollen.«

Kirk winkte sanft. »Darf ich eine Frage stellen?«

»Natürlich, Jim — solange du auf irgendwelche Anklagen verzichtest.«

Kirk nickte. »Hat diese Sache etwas mit der heutigen Ansprache des Publikan zu tun?«

»Sie wissen davon?«

»Ja, wir haben die Sendung an Bord des Raumschiffs empfangen.«

»Dann kennen Sie auch den Grund für unsere Besorgnis.«

»Nicht unbedingt«, warf McCoy ein. »Gehören Sie zur Kap-Allianz?«

Llissa schnappte nach Luft. »Nein, natürlich nicht! Warum glauben alle, wir...«

»Schon gut, schon gut. Ich wollte überhaupt nichts andeuten. Wir wissen nicht einmal, was es mit der Kap-Allianz auf sich hat.«

»Allerdings haben wir sie in Aktion gesehen«, sagte Kirk.

»Wie meinen Sie das?«

»Wir konnten beobachten, wie sie eine Ernteflotte der Chorymi vertrieb...«

»Und dabei von Kampfgleitern angegriffen wurde«,

brummte McCoy. »Die Leute können von Glück sagen, daß sie noch leben.«

»Warum haben Sie die Chorymi nicht an dem Angriff gehindert?« fragte Llissa.

»Weil wir aus einem anderen Grund hier sind«, entgegnete Kirk. »Wir mischen uns nicht in die Konflikte eines Planeten ein.«

»Und was *hat* Sie hierhergeführt?«

Kirks Gesichtsausdruck verhärtete sich ein wenig. »Eine Mission, die ich zunächst für problemlos hielt — und die sich jetzt als sehr schwierig herausstellt. Zwei meiner Offiziere werden auf Akkalla vermißt. Ich bekomme keine klaren Antworten von der Regierung...«

»Da wir gerade bei klaren Antworten sind: Sie sind mir noch eine schuldig. Worin besteht Ihre ›problemlose‹ Mission?«

»Wir sollen die Arbeit der Föderationswissenschaftler bewerten, um zu entscheiden, ob die hiesige Forschungsstation weitere Zuschüsse bekommt oder geschlossen wird.«

Llissa sprang auf. »Und Sie behaupten, sich nicht in die Konflikte eines Planeten einzumischen? Das ist die größte Lüge, die ich jemals gehört habe.«

McCoy rollte mit den Augen, als sich Kirk ebenfalls erhob. Der Waffenstillstand zwischen dem Admiral und Llissa war vorbei.

»Präzeptor, das Forschungsprojekt der Föderation wurde gemäß den akkallanischen Gesetzen beantragt und gebilligt...«

»Gebilligt von wem? Vom Publikan? Das erklärt, warum die sogenannten Föderationswissenschaftler gegen uns Stellung bezogen haben und alle Maßnahmen der Regierung unterstützen. Sie weigerten sich, uns ohne vorher festgelegte Tagesordnung zu begegnen, und schließlich lehnten sie weitere Besprechungen ganz ab. Als wir versuchten, uns heimlich mit ihnen zu treffen, informierten sie die Grolianische Wache und ließen unsere Leute verhaften.«

»*Ihre* Leute belagern die Forschungsstation, werfen Brandbomben durch Fenster und sorgen dafür, daß die Wissenschaftler der Föderation praktisch im Laboratorium gefangen sind«, erwiderte Kirk scharf. »Sie können das Gebäude nur mit einer bewaffneten Eskorte verlassen.«

Die Ankunft des jungen Wächters unterbrach das verbale Duell. »Der Publikan ist nun bereit, Sie zu empfangen.«

Kirk drehte sich ruckartig zu dem akkallanischen Soldaten um. »*Wen* von uns?«

»Sie alle. Wenn Sie mich bitte begleiten würden...«

»Ist das nicht prächtig?« knurrte Kirk so leise, daß ihn nur McCoy verstand.

Die Stimmung des Admirals besserte sich nicht, als der Wächter sie in die Audienzkammer führte, in der sie schon einmal mit dem Publikan und dem Brigadegeneral gesprochen hatten. Der Publikan glänzte durch Abwesenheit, aber dafür waren Vvox und ein anderer akkallanischer Offizier zugegen, ein arrogant wirkender Mann. Er hatte welliges Haar, deutlich hervortretende Jochbeine und kalt blickende Augen. Kirk bemerkte sofort, daß er eine schmuckvollere Uniform trug als Vvox: Fransige Tressen zeigten sich auf den Schultern, und hinter dem breiten Ledergürtel steckten schwarze Handschuhe. Hinzu kam ein mit Edelsteinen besetzter Dolch an der Hüfte. An allen Fingern funkelten Ringe, und unter dem einen Arm hielt er ein Offiziersstöckchen.

Der erste Eindruck ließ den Schluß zu, daß dieser Offizier einen höheren Rang bekleidete als Vvox. Aber die Adjutantin des Publikan saß auf Ffaridors Thron, und der Mann stand neben ihr. Mit einer gebieterischen Geste forderte Vvox die drei Besucher auf, vor ihr Platz zu nehmen.

»Brigadegeneral...« begann Kirk. »Wir haben um eine Unterredung mit dem Publikan gebeten.«

»Eine Bitte, die leider unerfüllt bleiben muß, Admiral. Der Publikan ist ein sehr beschäftigtes Staatsoberhaupt, das sich derzeit um einige kritische Situationen kümmern muß...«

»Das ist mir durchaus klar. Aber Akkalla gehört zur Föderation, und die *Enterprise* kam im Auftrag der Föderation hierher. Ihre Regierung hat eine gewisse Verantwortung wahrzunehmen...«

»Die an mich delegiert wurde. Sicher gibt es Aufgaben an Bord Ihres Schiffes, die Sie anderen überlassen. Ich möchte Ihnen meinen wichtigsten Adjutanten vorstellen, Vize-Brigadegeneral Rrelin Hhayd. Er ist der oberste Befehlshaber der Grolianischen Wache. Wir beide haben das Kommando über alle militärischen Streitkräfte und Sicherheitsorgane Akkallas. Ich vermute, Ihre Probleme beziehen sich in erster Linie auf Fragen der Sicherheit, nicht wahr, Admiral?«

»Ja, aber...«

Vvox gab ihm nicht die Möglichkeit, ausführlich zu antworten. Sie wandte den Blick von Kirk ab und sah Llissa Kkayn an. »Was sie betrifft, Präzeptor: Publikan Ffaridor bat mich, Ihnen mitzuteilen, daß er Ihre Arbeit und auch die der anderen Gelehrten im Kollegium sehr zu schätzen weiß.«

»Warum versucht er dann, uns mit den Terroristen der Kap-Allianz in einen Topf zu werfen?«

Vvox hob die Brauen und gab sich überrascht. »Ich war bei ihm, als er heute seine Ansprache hielt. Ich habe jedes Wort gehört und kann mich nicht an eine derartige Bemerkung erinnern.«

Llissa biß die Zähne zusammen und klammerte sich an dem Zorn fest, den sie während der Auseinandersetzung mit Kirk gefühlt hatte. Aber die Wut verflüchtigte sich im grellen Licht der Realität. Vvox vertrat die Politik des Publikan und war ganz offensichtlich nicht zu Zugeständnissen bereit.

»Er erwähnte ›Gelehrte‹. Wollen Sie wirklich behaupten, daß er damit nicht auf das Kollegium anspielte?«

»Das ist Ihre Interpretation, Präzeptor. Dafür können

Sie den Publikan nicht verantwortlich machen. Ich kenne seine Absichten.«

Llissa spürte den Kloß der Niederlage im Hals und schluckte ihn hinunter. »Wenn wir diese Bedeutung in der Ansprache erkennen, so kommen andere Akkallaner zu dem gleichen Schluß. Wir haben nichts mit der Kap-Allianz zu tun und verurteilen ihre Methoden...«

»Aber nicht ihre Ziele?« warf Kommandeur Hhayd ein. Seine Stimme war ruhig und leise, aber die Worte hatten Dorne, die sich in Llissas bereits brüchig gewordene Selbstsicherheit bohrten.

Kirk musterte sie aus den Augenwinkeln und empfand fast so etwas wie Mitleid.

»Das ist nicht fair! Wir verurteilen die Absichten und Aktionen der Kap-Allianz. Wenn uns der Publikan wirklich nicht mit den Terroristen in Verbindung bringen will, dann sollten die Verfasser seiner Reden mit der Wortwahl vorsichtiger sein.«

Llissa zog sich den Mantel um die Schultern und verließ den Raum.

»Möchten Sie noch etwas anderes zur Sprache bringen, Admiral Kirk?« fragte Vvox.

»Ja, in der Tat. Es geht um meine beiden vermißten Offiziere. Wir haben Ihnen Gelegenheit gegeben, die versprochene Suche durchzuführen — ohne etwas von Ihnen zu hören.«

Hhayd trat einen Schritt vor. »Die Erklärung dafür ist ganz einfach: Bisher haben wir noch nichts gefunden.«

»Nicht einmal eine Spur?«

»Weder von Ihren Offizieren noch von dem Shuttle. Was vermuten läßt, daß sie nie auf Akkalla eingetroffen sind. Sie kamen im Weltraum ums Leben.«

»In dem Fall hätten wir Hinweise darauf entdeckt«, zischte McCoy. »Können wir Ihren Bemerkungen entnehmen, daß Sie die Suche beendet haben?«

»Ganz und gar nicht«, antwortete Vvox. »Wie der Admiral bereits betonte: Akkalla ist Mitglied der Föderation.

Selbstverständlich sind wir bemüht, unsere Verpflichtungen Staarfleet gegenüber zu erfüllen. Aber Sie müssen sich mit unseren Auskünften begnügen.«

»Was ist mit dem Schutz der wissenschaftlichen Station?« fragte Kirk.

»Die Grolianische Wache ist durchaus imstande, die Forschungsstation zu schützen«, erwiderte Hhayd gelassen.

Kirk wollte ihn aus der Ruhe bringen, ihn verärgern — die Selbstgefälligkeit des Kommandeurs ging ihm gegen den Strich. »Wie erklären Sie sich dann den am hellichten Tag durchgeführten Anschlag mit einer Brandbombe?«

»Fanatische Terroristen sind schwer aufzuhalten.«

»Ich bitte respektvoll darum, daß zusätzliche Sicherheitsmaßnahmen ergriffen werden, Kommandeur Hhayd. Andernfalls...«

»Wir geben uns alle Mühe, Kirk. Allerdings sind unsere Ressourcen begrenzt, und ehrlich gesagt: Die akkallanischen Verteidigungsstreitkräfte sind mit wichtigeren Dingen beschäftigt.«

»... andernfalls bin ich gezwungen, das Wissenschaftsministerium und den Föderationsrat auf die Mißachtung des Mitgliedschaftsvertrages hinzuweisen«, beendete Kirk den Satz. »Ich hoffe, Sie erklären dem Publikan meinen Standpunkt.«

Vvox nickte. »Gibt es sonst noch etwas?«

»Im Augenblick nicht, Brigadegeneral.« Kirk klappte seinen Kommunikator auf. »Kirk an *Enterprise*. Beamen Sie Dr. McCoy und mich an Bord.«

Der Transporterstrahl erfaßte die beiden Offiziere und entmaterialisierte sie. Als sie verschwunden waren, verschränkte Vvox die Arme und lehnte sich in die Kissen des Throns.

»Sie sind nicht besonders glücklich, Rrelin.«

Hhayd lächelte süffisant. »Kein Wunder: Wir haben nur wenig Kooperationsbereitschaft gezeigt. Was sieht dein Plan vor? Wie lange soll es auf diese Weise weitergehen?«

»Wie kommst du darauf, daß ich etwas *plane?«*

»Du planst *alles«*, erwiderte Hhayd, streckte eine große Hand aus und berührte die Frau sanft an der Wange. Er war nicht sehr muskulös, aber die knapp sitzende Uniform betonte seine schmale Taille und die breiten Schultern. Seine Bewegungen deuteten auf sehnige Kraft hin.

Jjenna Vvox griff nach Hhayds Hand und hauchte ihm einen Kuß auf die Finger. »Dann laß uns spontan handeln — wenn dich keine dringenden Aufgaben erwarten.«

»Selbst wenn das der Fall wäre — du könntest mir befehlen, dein Büro aufzusuchen. Immerhin bist du meine Vorgesetzte.«

Vvox nickte. »Das stimmt. Ich freue mich, daß du dich daran erinnerst, Kommandeur. Na schön — ich befehle dir, dich in meinem Büro zu melden.«

Hhayd nahm Haltung an. »Hier im Turm oder in der Zitadelle, Brigadegeneral?«

Jjenna leckte sich verführerisch die Lippen. »Hier im Turm. Ich möchte keine Zeit damit verlieren, mit einem Boot zur anderen Seite der Bucht zu fahren.«

Hhayds Wimpern erzitterten kurz. »Wann, Brigadegeneral?« fragte er und grinste.

Vvox rieb ihre Hand an seiner Wange. »Jetzt.«

Er wich einen Schritt zurück und salutierte. »Ich melde mich sofort in deinem Büro.«

»Gut, Kommandeur. Ich warte auf dich.«

Als Hhayd eintraf, hatte sich Vvox umgezogen und trug einen leichten Umhang, nur von einer dünnen Schärpe an der Taille zusammengehalten. Sie empfing Rrelin an der Tür und führte ihn ins kleine Schlafzimmer, das ans Büro grenzte — kaum mehr als eine Nische, die ein Bett, einen kleinen Glastisch und zwei Stühle enthielt. Eine Flasche mit klarem Wein stand auf dem Tisch, und Jjenna füllte zwei Gläser, reichte eines Hhayd und nippte an ihrem eigenen.

Aber er war gar nicht an dem Wein interessiert und umarmte sie. Nach einem langen Kuß nahmen sie auf der Bettkante Platz. »Ich frage mich, wie lange wir noch so weitermachen können«, sagte die Frau.

»Was ist mit Ffaridor? Du verlierst doch nicht die Kontrolle über ihn, oder?«

Vvox lehnte sich an einen Berg aus Kissen, zog die Beine an und lachte verächtlich. »Er bekommt nur die Informationen, die ich für ihn auswähle. Er sieht die Welt so, wie ich sie ihm zeige.« Jjenna zögerte kurz. »Wenn er aufsässig wird, lade ich ihn zu mir ins Bett ein.«

Hhayd stand abrupt auf und begann mit einer unruhigen Wanderung im kleinen Schlafzimmer.

»Sei nicht eifersüchtig, Rrelin«, tadelte Vvox. »Andererseits, wenn ich jetzt darüber nachdenke... Abben *ist* ein guter Liebhaber. Erfahrung hat eben Vorteile.«

Hhayd beugte sich übers Bett und schloß die Hand so fest um Jjennas Unterarm, daß sie zusammenzuckte. »Davon will ich nichts hören«, knurrte er.

Vvox befreite sich aus dem Griff, ging in die Hocke und richtete einen warnenden Zeigefinger auf Rrelin. »Laß uns eine Sache klarstellen: Ich nutze *jede* Möglichkeit, um unsere Macht zu festigen.«

»An gewissen Dingen bin *ich* nicht interessiert.«

Jjennas Lippen deuteten ein spöttisches Lächeln an. »Mag sein. Aber es gefällt mir, wenn du dich ärgerst.«

»Du treibst ein gefährliches Spiel mit mir, Jjenna«, brummte Hhayd. »Ich rate dir, sehr vorsichtig zu sein.«

Vvox stürzte sich auf ihn, bevor er reagieren konnte, saß auf seinem Bauch und fesselte ihn mit ihrem Gewicht ans Bett. »Droh mir nicht«, sagte sie, und es klang alles andere als scherzhaft.

»Von einer Drohung kann keine Rede sein. Aber so sorgfältig du auch planst: Irgendwann ändern sich vielleicht die Regeln. Und wenn das geschieht, bist du nicht mehr ganz oben.«

»Ich bin oben, wann immer ich es will, Rrelin. Das solltest du nie vergessen, wenn dir etwas an deiner Karriere liegt.«

Hhayd sammelte seine ganze Kraft, schob Jjenna beiseite, stand auf, kehrte zum Tisch zurück und nahm sein Weinglas. »Ich hätte nicht zulassen dürfen, daß du ihn verführst«, sagte er verdrießlich.

»Deine Erlaubnis habe ich nicht gebraucht«, entgegnete Vvox und lehnte sich erneut in die Kissen. »Der Umstand, daß du meine Entscheidung *akzeptiert* hast, machte es für uns beide leichter.«

»Es sollte nur vorübergehend sein – bis wir eine Möglichkeit finden, ihn zu stürzen und als militärische Herrscher an seine Seite zu treten. Nur deshalb war ich einverstanden...«

»Du bist einverstanden gewesen, weil dir gar keine andere Wahl blieb. Dein größter Fehler heißt Impulsivität. Sie bietet mir einen Ansatzpunkt, dich zu manipulieren.«

»*Dein* größter Fehler besteht darin, daß du zur Sklavin deiner Pläne und Regeln wirst.«

»Ich *bestimme* die Regeln«, sagte Vvox mit Nachdruck. »Und die Pläne, von denen du so wenig hältst, haben absolute Macht in unsere Reichweite gerückt. Innerhalb der beiden nächsten Wochen leiten wir den entscheidenden Schritt ein.«

»Aber nicht, solange die *Enterprise* hier ist.«

»Ich glaube, dieses Problem läßt sich recht einfach lösen. Sei unbesorgt. Und nun...« Jjenna lächelte und streckte die Arme aus.

Abben Ffaridor stand an der im Boden eingelassenen Wanne des Badezimmers, hielt die Zehen ins Wasser und prüfte die Temperatur. »Perfekt.« Als er den Umhang aus Samt überstreifen wollte, bemerkte er sein Spiegelbild an der gegenüberliegenden Glaswand. Eine Zeitlang betrachtete er es und kniff dabei kritisch die Augen zusammen. Er hob die Schultern, straffte seine Gestalt und stellte zufrieden fest, daß dadurch die Wölbungen und Falten an der Taille verschwanden. Der Oberkörper war einst sehr muskulös gewesen – er erinnerte sich an die langen Sommer seiner Jugend, an die Arbeit in den Docks von Tyvol – und schien jetzt erschlafft zu sein. Oder?

Vielleicht lag es nur daran, daß er zu oft am Schreibtisch saß. Nun, er hatte zugenommen und an den Hüften ein Fettpolster entwickelt – eigentlich völlig normal für sein Alter. Im großen und ganzen glaubte er, sich gut gehalten zu haben.

»Hast du noch Platz für jemanden, Abben?«

Als er die seidenweiche Stimme hörte, drehte er den Kopf und sah Jjenna Vvox. Sie trug einen Umhang, der seinem eigenen ähnelte. »Natürlich. Hier ist immer Platz für dich, Jjenna.«

Sie setzten sich nebeneinander auf die kleine Bank neben der Wanne. »Bedrückt dich etwas, Liebling?«

»Nun, ich habe mich gerade im Spiegel beobachtet und weiß nicht recht, was ich davon halten soll.«

Vvox begann damit, ihm die Schultern zu massieren. »Was hast du gesehen?«

»Einen alten Mann.«

»Du bist nicht alt, Abben.«

»Na schön. Aber ich habe die mittleren Jahre bereits hinter mich gebracht. Glaubst du, ich bin noch immer in Form? Sei ehrlich.«

Sie reagierte, indem sie sein Gesicht zwischen beiden Händen hielt und ihm einen leidenschaftlichen Kuß gab. »Genügt das als Antwort?«

»Ja, ich glaube schon.«

»Ich spreche natürlich nicht über unsere Beziehung, aber wenn das doch der Fall wäre, würde ich dich ohne zu zögern als besten Liebhaber bezeichnen, den ich je hatte.«

»Nun, so beende ich gern einen langen Tag. Du scheinst ebenfalls müde zu sein, Brigadegeneral.«

»Das bin ich auch. Ich habe gerade ein längeres Gespräch mit Kommandeur Hhayd geführt, und es ging dabei um Sicherheitsprobleme. Der Mann kann wirklich anstrengend sein.«

»Er bereitet mir nach wie vor Unbehagen. Vielleicht haben wir ihn zu schnell befördert.«

»Ganz und gar nicht, Abben. Er leistet mir gute Dienste.«

»Wie war deine Unterredung mit Admiral Kirk?«

»Nicht besser oder schlechter als erwartet. Es kam zu einer zusätzlichen Komplikation — Präzeptor Kkayn bat um eine Audienz, um sich für das Kollegium einzusetzen. Ich habe sie beide gleichzeitig empfangen.«

»Gibt es irgend etwas, das ich wissen sollte?«

»Nein. Du bist viel zu beschäftigt, um Zeit an diese kleinen Ärgernisse zu verschwenden. Ich frage mich, wie du zurechtgekommen bist, bevor du die unwichtigen Dinge mir überlassen hast.«

»Das frage ich mich auch, Jjenna. Manchmal glaube ich, daß ich dir nicht oft genug sage, wie sehr ich deine Hilfe schätze. Warum willst du nicht, daß ich mich an die Synode wende? Du hast öffentliche Anerkennung verdient. Kein anderer Brigadegeneral hat soviel geleistet.«

»Es genügt mir zu wissen, daß ich dir helfe, Liebling. Gute Arbeit hat bereits ihren eigenen Lohn.« Sie stand auf und legte den Umhang ab. »Laß uns nicht mehr über die Pflicht sprechen. Du hast es selbst gesagt: Ein langer Tag geht zu Ende. Vergnügen wir uns...«

»Noch eine Frage, Jjenna.« Ffaridor sah die Frau an. »Du kennst dich mit der Regierung besser aus als sonst jemand. Bin ich ein guter Publikan?«

»Der beste.« Sie küßte ihn. »Und jetzt in die Wanne, bevor das Wasser kalt wird.«

Jjenna Vvox klappte den Pelzkragen über die Ohren und vor den Mund, als sie die rollenden Wellen beobachtete. Sie saß allein auf dem Balkon ihres Quartiers in der Zitadelle. Jenseits des Hafens brannte noch immer Licht hinter den Fenstern des Behüteten Turms. Im Westen wirkten die langen Reihen der Straßenlampen — sie leuchteten an Hügelhängen und den vielen hundert Brücken Tyvols — wie glühende Halsketten, die jemand auf mitternächtlichem Samt ausgebreitet hatte. Tief unten an der Zitadellenkippe krächzten Seevögel sonderbare Melodien, als sie in ihre Nester krochen, um dort die Nacht zu verbringen.

Vvox fühlte sich erschöpft. Es fiel ihr nicht leicht, ständig das Ego von zwei eingebildeten Männern zu streicheln. War es die Mühe wert? Sie mußte sich um einen ganzen Planeten kümmern, und es erwies sich als immer problematischer, einerseits ihre wachsende Macht auszuüben und andererseits den Anschein zu wahren, daß Ffaridor alle wichtigen Entscheidungen traf. Es wurde Zeit, die Farce zu beenden. Als der Wind ihr offenes und nicht mehr zusammengestecktes Haar zerzauste, erlaubte sich Jjenna Vvox ein dünnes Lächeln. Sie wußte nun, worauf es ankam, um ihre Macht über Akkalla zu konsolidieren. Gleich am nächsten Morgen wollte sie mit Vize-Brigadegeneral Hhayd darüber sprechen; er half ihr bestimmt.

Wie üblich würde sie ihm keine andere Wahl lassen.

KAPITEL 5

Sulu drückte einige Tasten, und der Synthetisierer lieferte das bestellte Frühstück wenige Sekunden später. Der Steuermann sah sich in der Messe um und überlegte, wo er Platz nehmen sollte.

Seena Maybri winkte von einem Tisch, der neben einigen kleinen immergrünen Pflanzen stand, und Sulu trat näher.

»Guten Morgen«, sagte er und sah auf Seenas Tablett. »Sie sind fast fertig. Sie müssen heute als erste hiergewesen sein.«

»Die Bewertung macht mir großen Spaß«, erwiderte Maybri und strahlte. »Wenn eine Schicht endet, kann ich es gar nicht abwarten, daß die nächste beginnt.«

»Bestimmt legen Sie auch Überstunden ein.«

»Nein!« protestierte Seena und senkte dann verlegen den Blick. »Nun, vielleicht die eine oder andere. Wissen Sie, ich möchte den Admiral beeindrucken.«

»Was trinken Sie da?«

»Oh, nichts Besonderes«, entgegnete Maybri und hielt die Hand über den Becher.

Sulu beugte sich über das Tablett und schnupperte.

Seena spürte, wie ihr Gesicht ein dunkleres Rot gewann. »Na schön«, seufzte sie. »Kakao. Es ist Ihre Schuld, Sulu – Sie haben dafür gesorgt, daß ich süchtig werde!«

»Ach, es ist eine wundervolle Sucht«, sagte er und lachte leise.

Maybri trank einen Schluck und wirkte dabei ein wenig schuldig. Dann erhellte sich ihre Miene. »Heute beame ich mich noch einmal zur wissenschaftlichen Station auf Akkalla. Ich benötige weitere Daten.«

»Begleitet Sie niemand bei dem Transfer?«

»Nein.«

»Ich glaube, Admiral Kirk *ist* schon von Ihnen beeindruckt. Normalerweise läßt er jemandem beim ersten Einsatz nicht soviel Freiheit. Wann sind Sie mit der Bewertung fertig?«

»Morgen. Hoffentlich bekomme ich dann Gelegenheit zu eigenen Forschungen; Akkalla ist ein außerordentlich interessanter Planet.«

»›Interessant‹ ist nur *ein* Adjektiv, um die Welt unter uns zu beschreiben«, sagte Sulu und runzelte skeptisch die Stirn.

Maybri biß sich auf die Unterlippe, und ihre Haarbüschel zitterten. »Oh, tut mir leid. Manchmal komme ich mir so dumm vor. Ich bin ganz auf meine erste Mission konzentriert und habe Mr. Spock und Chekov vergessen.«

»Schon gut. Sie müssen vor allen Dingen an Ihre Arbeit denken.«

»Aber es sollte *ihre* Arbeit sein. Hat man irgendwelche Spuren von ihnen gefunden?«

Sulu schüttelte den Kopf. »Aber wenn die *Cousteau* einwandfrei funktionierte – und daran zweifeln wir nicht –, haben sie Akkalla erreicht. Ich bin sicher, daß sie noch leben. Früher oder später finden wir sie. Eins steht fest: Admiral Kirk bleibt so lange hier, bis Spock und Chekov wieder an Bord sind.«

Brigadegeneral Vvox stützte die Ellenbogen auf den dunklen Holztisch, blickte über die aneinandergepreßten Fingerspitzen hinweg und betrachtete die oberste von insgesamt sieben Ebenen des Yome-Spiels. Auf jeder Fläche standen bunte Figuren in kleinen, aneinandergrenzenden Dreiecken, und die einzelnen Plattformen ließen sich an einer zentralen Achse drehen.

»Manchmal glaube ich, daß du lieber Yome spielst als mit mir im Bett zu liegen«, brummte Rrelin Hhayd, als er Jjennas Büro betrat.

»Manchmal ist das tatsächlich der Fall«, erwiderte sie, ohne den Blick von der siebten Ebene abzuwenden. Ihre Hand schoß so plötzlich vor wie ein Raubtier, das sich auf ein Opfer stürzt, griff nach einer Figur und setzte sie auf ein Feld der sechsten Plattform. »Du bist dran«, sagte sie mit einem zufriedenen Lächeln.

»Berechnung des nächsten Zugs«, klang eine metallene Stimme aus der Computerkonsole, die so groß war wie ein dickes Buch und neben dem Spielgerüst stand.

»Schade, daß Computer kein Mienenspiel haben«, wandte sich Vvox an Hhayd, als er auf dem Stuhl neben ihr Platz nahm. »Sonst sähe dieser Apparat jetzt ziemlich verärgert aus.«

»Ein guter Zug?«

»Sogar ein ausgezeichneter – das wäre jedem Yome-Kenner auf den ersten Blick klar. Aber du hast davon keine Ahnung.«

Hhayd zuckte mit den Schultern. »Zu viele Regeln. Mir fehlt die Geduld dafür.«

»Ich weiß und habe oft darüber nachgedacht. Für einen militärischen Kommandeur kommt Geduld nicht nur einer Tugend gleich. Sie ist eine Notwendigkeit.«

»Da bin ich nicht so sicher. Außerdem: Deine Geduld reicht für uns beide.«

Vvox schüttelte den Kopf. »Du versteht nicht, Rrelin. Durch Geduld bekommt man die Kraft, den Feind nicht sofort anzugreifen, die Vorteile und Gefahren gegeneinander abzuwägen, mögliche Konsequenzen vorherzusehen und sich darauf vorzubereiten, so daß unangenehme Überraschungen ausbleiben. Zum Beispiel die kleine Aktion von heute morgen – lief alles wie geplant?«

Hhayd nickte. »Kirk dürfte einige Schwierigkeiten dabei haben, die Föderationswissenschaftler zu finden.«

»Gut.«

»Jetzt wird sich bald herausstellen, ob du die Konsequenzen richtig eingeschätzt hast.«

Die *Enterprise* umkreiste Akkalla in einer elliptischen Umlaufbahn, und Uhura kam schon nach kurzer Zeit zu dem Schluß, daß Planeten ohne große Landmassen sehr langweilig sein konnten. Während ihrer Jahre als Kommunikationsoffizier hatte sie viele Welten gesehen, ohne daß ihr Interesse nachließ. Sie war noch immer imstande, das Werk der Natur zu bewundern: komplex modellierte Küsten, Inselketten, das wogende Wolken-Kaleidoskop von Gasriesen. Aber Akkalla präsentierte sich als blaugrauer Ball ohne besondere Merkmale, und irgendwann begann Uhura damit, die Darstellungen auf dem großen Wandschirm zu ignorieren. Gelegentlich fragte sie sich, ob sie überhaupt gemerkt hätte, wenn der Planet plötzlich aus dem Projektionsfeld verschwunden wäre.

Sie drehte sich halb um, als sich die Tür des Turbolifts öffnete und Kirk die Brücke betrat. »Hat sich Lieutenant Maybri gemeldet, Uhura?«

»Ja, Sir. Sie ist bereit, sich auf Ihre Anweisung hin zur Forschungsstation zu beamen.«

»Gut. Wenigstens können wir die Bewertung heute beenden.« Der Admiral blieb neben dem Kommandosessel stehen, betätigte eine der in die Armlehne integrierten Tasten und aktivierte das Interkom. »Lieutenant Maybri, bitte begeben Sie sich in den Transporterraum.« Er richtete den Blick wieder auf Uhura. »Setzen Sie sich mit McPhillips in Verbindung, Commander.«

»Aye, Sir.« Uhuras Finger tanzten über die Konsole. »*Enterprise* an Dr. McPhillips...«

Kirk wartete, während es Uhura mit mehreren Frequenzen versuchte. »Probleme?«

»Keine Antwort, Sir.«

Der Admiral stützte einen Fuß auf die Kante des Oberdecks. »Handelt es sich vielleicht um einen technischen Defekt?«

»Hier bei uns funktioniert alles, und die Kom-Station auf Akkalla bestätigt den Empfang. Die Signale werden nicht blockiert oder durch Interferenzen gestört.«

»Dann ist niemand da, um auf sie zu reagieren.«

Sulu sah von den Navigationskontrollen auf. »Admiral, möchten Sie noch immer, daß sich Maybri hinunterbeamt?«

»Guter Hinweis. Aber diese Sache geht Sie nichts an, Mr. Sulu. Kümmern Sie sich um Ihre Station.«

»Entschuldigung, Sir. Ich wollte nur...«

»Ich weiß. Die Besorgnis eines Freundes ist kein Grund, um vors Kriegsgericht gestellt zu werden.« Kirk schaltete erneut das Interkom ein. »Sicherheitsabteilung. Schicken Sie zwei Ihrer Leute zum Transporterraum; sie sollen Lieutenant Maybri auf den Planeten begleiten.« Er wechselte den Kom-Kanal. »Transporterraum, ist Maybri bereits eingetroffen?«

Der Transfer-Offizier war eine junge Frau, die zu einer katzenartigen Spezies gehörte. Sie strich ihre Schnurrhaare zurück, bevor sie mit einem Krallenfinger die Interkom-Taste drückte. »Ja, Sssir, sssie ist hier.«

»Lieutenant...« drang Kirks Stimme aus dem Lautsprecher.

Bevor er fortfahren konnte, glitt die Tür des Transporterraums auf, und zwei Sicherheitswächter kamen herein, ein Mann und eine Frau. Maybri hatte sie mehrmals an Bord gesehen, kannte jedoch nicht ihre Namen. Der Mann war ein Fähnrich mit kindlichem Gesicht und auffallend breiten Schultern.

»Sind Sie Maybri?« fragte die Frau mit einem melodischen Tonfall. Sie hatte mahagonifarbene Haut, sanft geschwungene Jochbeine und kurzes, krauses Haar. »Ich bin Lieutenant Santana. Admiral Kirk hat uns befohlen, Sie nach Akkalla zu begleiten.

Seenas Ohren stülpten sich nach oben. »Admiral!«

»Ja, Lieutenant, hören Sie mich?«

»Warum beauftragen Sie zwei Sicherheitswächter, Kindermädchen für mich zu spielen? Ich habe doch bewiesen...«

»Lieutenant, wir...«

»Ich habe bewiesen, daß ich...«

»Lieutenant, ich versuche gerade, Ihnen zu erklären...«

»...daß ich durchaus fähig bin, auch allein...«

»Lieutenant Maybri!« donnerte Kirk. »Seien Sie still und hören Sie zu. Das ist ein Befehl.«

Die junge Erithianerin wich unwillkürlich einen Schritt zurück. »Ja, Sir«, sagte sie kleinlaut.

»Na schön. Abgesehen von der sehr bedauerlichen Neigung, Ihre Vorgesetzten nicht zu Wort kommen zu lassen, haben Sie gute Arbeit geleistet. Aber darum geht es nicht. Wir konnten keinen Kontakt mit der Forschungsstation herstellen. Angesichts der unsicheren politischen Situation auf dem Planeten müssen wir davon ausgehen, daß etwas Schlimmes passiert ist.«

»Zum Beispiel, Sir?« fragte Maybri kaum hörbar.

»Ich weiß es nicht. Zuerst wollte ich nur ein Sicherheitsteam nach unten schicken, aber inzwischen habe ich es mir anders überlegt. Ich möchte, daß Sie sich einen Eindruck von der Lage verschaffen und die Situation analysieren.«

Maybri wippe nervös auf den Zehen. »Danke, Sir. Ich werde mir alle Mühe geben.«

»Sie leiten die Landegruppe, Lieutenant. Das bedeutet, Sie sind auch für die Sicherheit Ihrer Begleiter verantwortlich.«

Der Fähnrich beugte sich zu Santana vor. »Das könnte Schwierigkeiten für uns zur Folge haben«, flüsterte er mit einem ausgeprägten slawischen Akzent.

»Verlassen Sie den Bereich der Forschungsstation nur mit meiner ausdrücklichen Erlaubnis«, sagte Kirk. »Überprüfen Sie zunächst das Laboratorium — es sei denn, es droht unmittelbare Gefahr. In dem Fall beamen Sie sich sofort wieder an Bord. Habe ich mich klar genug ausgedrückt?«

Maybri und die beiden Sicherheitsleute materialisierten auf einem Hof, etwa fünfzig Meter hinter der Forschungsstation und damit ein ganzes Stück von der Stelle entfernt, wo die föderationsfeindlichen Demonstrationen stattgefunden hatten. Kleine Regentropfen tanzten in der Brise und schienen sich nicht entscheiden zu können, ob sie fallen oder einfach nur umherfliegen sollten. Vom Transferort aus ließen sich keine Aktivitäten in der Nähe des Gebäudes feststellen.

»Gehen wir dort entlang«, sagte Maybri. Sie führte Lieutenant Santana und Fähnrich Wlastikowitsch über den Pfad, der bis zur Anlegestelle und der Kaimauer reichte. Die Sicherheitsleute zogen ihre Phaser und hielten sie schußbereit.

Aber es waren keine Waffen erforderlich. Als sie um die Ecke der Station spähten und zum Ufer blickten, sahen sie niemanden. Nichts — auch keine Boote.

»Vergessen Sie nicht etwas, Maybri?« fragte Santana.

In den großen Augen der Erithianerin glänzte plötzliche Besorgnis. »Tatsächlich?«

Wlastikowitsch hob seine rauhe Stimme um eine Oktave. »›Ich melde mich, sobald...‹«

»›... wir unten sind‹«, beendete Seena den Satz. »Oh, Himmel!« Sie klappte ihren Kommunikator auf. »Maybri an *Enterprise.*«

»Hier Kirk. Erstatten Sie Bericht.«

»Nun, Sir, draußen fällt uns nichts Verdächtiges auf. Es finden überhaupt keine Aktivitäten statt; hier scheint sich niemand aufzuhalten. An der Anlegestelle fehlen Boote. Sollen wir jetzt im Innern der Station nachsehen?«

»Handeln Sie nach eigenem Ermessen. Und seien Sie vorsichtig.«

Maybri fühlte sich plötzlich wie ein Kommandant und straffte zuversichtlich die Schultern. »Aye, Sir. Landegruppe Ende.« Sie sah die beiden Sicherheitsleute an. »Sie haben den Admiral gehört. Los geht's.«

Als sie sich dem vorderen Eingang des massiven Steingebäudes näherten, sahen sie, daß die Tür schief in den Angeln hing. Dieses Warnsignal gab Maybris Haut einen dunkleren Ton, aber sie verdrängte ihre düsteren Vorahnungen.

»Offenbar hat jemand nichts davon gehalten, zuerst anzuklopfen«, kommentierte Wlastikowitsch. Die Tür klemmte, schwang jedoch auf, als er mit der Schulter dagegenstieß. Hinter ihr führte eine finstere Wendeltreppe nach oben.

Santana schaltete die Taschenlampe ein, leuchtete nach oben und übernahm die Führung. Ihre Stiefelabsätze klackten auf den metallenen Stufen, so daß man sie schon von weitem hören konnte. Als sie das obere Ende der Treppe erreichten, schob sich Santana an eine Ecke heran, richtete den Lichtkegel der Lampe in den Laborbereich und pfiff leise durch die Zähne.

»Meine Güte! Der oder die Unbekannten halten vom Aufräumen ebensowenig wie vom Anklopfen.«

»Lassen Sie mich mal sehen.« Maybri stolperte an der letzten Stufe, und Wlastikowitsch stützte sie. Als Seena das Gleichgewicht wiedergefunden hatte, trat sie an den beiden Sicherheitsleuten vorbei. »Oh...«

Das Hauptlaboratorium erweckte den Eindruck, als sei ein Ernteschiff der Chorymi hindurchgerast: umgekippte Möbel, zertrümmerte Geräte, hier und dort geplatzte Datenkassetten. Auf einen solchen Anblick war Maybri nicht vorbereitet. Unsicher holte sie ihren Kommunikator hervor. »Landegruppe an *Enterprise*«, sagte sie. Ihre Stimme vibrierte, und die Ohrspitzen zitterten.

»Hier Kirk. Ich höre, Lieutenant.«

Seena schluckte und suchte nach den richtigen Worten. »Im Innern der Station herrscht ein heilloses Durcheinander. Jemand hat sich hier ausgetobt.«

»Ist alles in Ordnung mit Ihnen?«

»Ja, Sir, uns ist nichts zugestoßen.« Maybri begriff, daß die Frage des Admirals auch eine andere Bedeutung haben konnte, und fügte zaghaft hinzu: »Wenn Sie mich persönlich meinen, Sir: Ich bin okay.«

»Das dachte ich mir bereits. Droht unmittelbare Gefahr?«

»Ich glaube nicht, Sir.« Seena richtete einen fragenden Blick auf ihre beiden Gefährten. Wlastikowitsch deutete mit dem Daumen nach oben, als er zusammen mit Santana das Labor und die angrenzenden Zimmer durchsuchte. »Ich lasse einen meiner Begleiter draußen Wache halten, während wir uns hier gründlich umsehen.«

»Beeilen Sie sich, Lieutenant. Ich möchte keine weiteren Besatzungsmitglieder verlieren.«

Verdammt! dachte Kirk, als er sich mit verschränkten Armen im Kommandosessel zurücklehnte und die Beine übereinanderschlug. Die Tür des Turbolifts öffnete sich zischend, und McCoy kam herein. Wie üblich blieb er hinter dem Befehlsstand stehen.

»Maybri hat sich gerade gemeldet«, sagte Kirk. »Jemand hat das Laboratorium verwüstet.«

»Glaubst du, Präzeptor Kkayn hat gelogen, als sie abstritt, daß die Wissenschaftler des Kollegiums für die Aktionen gegen McPhillips verantwortlich sind?«

»Hast du einen anderen Verdacht? Wie beurteilst du die Situation, Pille?«

»Nun, den Regierungsvertretern, die wir bisher kennengelernt haben, würde ich nicht einmal trauen, wenn sie mir die Uhrzeit nennen.«

»Kann ich sehr gut verstehen.« Kirk stand auf und ging zum Turbolift. Als sich die Tür öffnete, zögerte er lange genug, um Uhura eine Anweisung zu geben. »Teilen Sie Maybri mit, daß ich selbst komme, um mir den Schaden anzusehen.«

Uhura setzte zu einer Antwort an, runzelte dann die Stirn und hob die Hand zum Kom-Modul am Ohr. »Admiral, ich empfange gerade...« Sie unterbrach sich mitten im Satz.

Kirk näherte sich ihrer Station. »Stimmt was nicht?«

»Es ist schon wieder vorbei. Ich habe die planetaren Kom-Kanäle überwacht. Jemand hat eine Sendung der Regierung überlagert und die entsprechende Frequenz benutzt.«

»Sind die Signale aufgezeichnet worden?«

»Ja.« Tasten klickten, und der Bildschirm über Uhuras

Konsole erhellte sich. Er zeigte Aufnahmen von McPhillips und ihren beiden Kollegen, gefolgt vom Emblem des Kollegiums. Die Stimme eines Mannes erklang und sprach mit zornigem Nachdruck. »Dies ist das Gift von Außenwelt, das als Wissenschaftler getarnt zu uns kam. Die angeblichen Föderationsforscher sind Feinde Akkallas, und unsere besorgten Gelehrten haben sie unter Arrest gestellt. Ein Volksgericht wird gegen sie verhandeln. Wir werden auch weiterhin mit unerschütterlicher Entschlossenheit für die Freiheit eintreten.« Interferenzen zerrissen das Bild; kurz darauf kehrte das Sendezeichen der Regierung zurück und bewies, daß die Kontrolle über den Äther wiederhergestellt war.

»Ein anklagender Finger deutet aufs Kollegium«, sagte McCoy. »Vielleicht sogar eine ganze Hand.«

»Da bin ich nicht so sicher.« Uhura blickte nachdenklich auf die Anzeigen ihrer Konsole. »Warum sollten die Entführer einfach so ihre Identität preisgeben?«

»Aye«, fügte Scotty hinzu. »Sie müssen doch mit sofortiger Verhaftung rechnen, oder?«

»Es sei denn, sie haben sich irgendwo versteckt«, sagte McCoy. »Das müßte sich leicht feststellen lassen, Jim.«

»Wir finden es heraus, Pille. Nun, *wenn* sie sich versteckt haben, wissen wir, wer McPhillips und ihre Mitarbeiter verschleppt hat. Vielleicht auch Spock und Chekov. Aber wenn sie sich nicht verstecken ... Dann trifft das Kollegium vielleicht gar keine Schuld. Möglicherweise war die Sendung ein Trick.«

»Was bedeuten würde, daß wir noch immer keinen Schritt weiter sind«, murmelte McCoy.

»Kommt ganz darauf an.« Kirk wandte sich an die junge Blondine, die Spock an der wissenschaftlichen Station vertrat. »Greenbriar ...«

»Greenberger, Sir.«

»Ja. Wie gut sind Sie als Detektiv?«

»Verhalte mich dabei wie ein Terrier, Sir. Gebe nicht auf.«

»In Ordnung. Nehmen Sie Uhuras Aufzeichnung und analysieren Sie die Daten auf jede Weise, die Ihnen und dem Computer einfällt. Ich möchte soviel wie möglich darüber wissen. Zerlegen Sie die einzelnen Signale; vielleicht bekommen wir dann einen Hinweis darauf, woher sie stammen.«

»Ja, *Sir.*«

Uhura betätigte einige Schalter, um ihre Konsole mit der wissenschaftlichen Station zu verbinden. »Daten sind transferiert, Sir.«

»Setzen Sie sich mit der Landegruppe in Verbindung. Teilen Sie ihr mit, daß wir sie jetzt wieder an Bord beamen.«

Llissa Kkayn und die anderen Mitglieder des Denkerrats saßen am ovalen Tisch in der Konferenzkammer des Kollegiums. Nur Eddran hatte noch nicht Platz genommen: Der kleine Mann marschierte zornig hin und her, und Llissa verglich ihn mit einem aufgezogenen Kinderspielzeug, das plötzlich Amok lief.

»Wir haben nichts damit zu tun!« stieß sie hervor. »Aber alle werden glauben, daß wir dahinterstecken, also macht es keinen Unterschied. Vielleicht *sollten* wir uns der verdammten Kap-Allianz anschließen! Wenn man uns schon wegen Hochverrat hinrichtet, so wenigstens aufgrund von Verbrechen, die wir *tatsächlich* begangen haben! Es ist ein Komplott – ein Komplott des gewissenlosen Publikan und seiner militärischen Schergen. Ich habe immer wieder davor gewarnt, aber hat jemand auf mich gehört? Nein!« Er blieb stehen und nahm eine herausfordernde Haltung an; seine schnabelartige Nase deutete nach oben. »Was unternehmen wir jetzt?«

Ssuramayas dunkle Haut glänzte. »Sie können doch nicht im Ernst vorschlagen, daß wir uns mit den Rebellen verbünden, Eddran.«

»Warum nicht?« fragte Ossage. Seine schweren Lider kamen so weit herab, daß er zu dösen schien. »Vielleicht bleibt uns gar keine Wahl. Zumindest in einem Punkt hat Eddran recht: Möglicherweise steht unser Überleben auf dem Spiel.«

Der alte Nniko klopfte ungeduldig mit seinem Gehstock auf den Boden. »Wir sind in Schwierigkeiten — daran kann kein Zweifel bestehen. Aber unsere Reaktion entscheidet über die nahe und ferne Zukunft des Kollegiums.«

»Das stimmt, Nniko«, sagte Rraitine sanft. Sie glättete ihre silbrigen Locken. »Es geht sowohl um unser Überleben als auch um den Fortbestand dieser Institution.«

»Ja, ja«, pflichtete ihr Ssuramaya bei und nickte heftig. »Wir dürfen auf keinen Fall das Kollegium in Gefahr bringen. Politische Krisen kommen und gehen, doch das Zentrum des Wissens muß für immer geschützt bleiben. Es ist ein Schatz, und wir sind seine Wächter.«

»Sehr pittoresk ausgedrückt«, höhnte Eddran. »Aber hochtrabende Worte ändern nichts an unserer Situation. Wenn wir tot sind, gibt es niemanden mehr, der den sogenannten Schatz bewachen kann. Es wird Zeit zu kämpfen. Andere haben uns den Weg gezeigt. Wenn wir uns auf ihre Seite stellen, reicht unsere gemeinsame Kraft vielleicht aus, um Akkalla vor dem Wahnsinnigen im Turm zu retten.«

Ttindel hob eine fleischige Hand und deutete auf Präzeptor Kkayn. »Haben Sie keine Meinung dazu, Llissa?«

Sie stand auf. »Ich ziehe mich jetzt in mein Zimmer zurück, um eine Entscheidung zu treffen. In drei Hexos finden wir uns wieder hier ein — und stimmen dann auf der Grundlage meiner Empfehlung ab.«

Eddran schlug auf den Tisch. »Und wenn wir mit Ihrem Vorschlag nicht einverstanden sind?«

»Dann trete ich zurück und gebe Ihnen die Möglichkeit, einen neuen Präzeptor zu wählen.«

Verblüfftes Schweigen folgte, wich dann einem lauten Stimmengewirr. Llissas Freunde baten sie, im Amt zu bleiben, ganz gleich, wie sehr ihre Gegner protestierten. Eddran übertönte den Lärm und rief: »Sie sollten schon *jetzt* zurücktreten!«

Mehr hörte Llissa nicht, als sie das Konferenzzimmer verließ.

Mit langen Schritten ging Llissa zu ihrem Quartier in einem Flügel des Gebäudes, durch Flure, an deren holzvertäfelten Wänden Gemälde von früheren Leitern des Kollegiums und der langsam größer werdenden Schule hingen. Kurz darauf erreichte sie die mit Schnitzmustern verzierte Tür, riß sie auf und warf sie hinter sich zu. Mit einem verärgerten Seufzen streifte sie den roten Samtmantel ab, ließ ihn einfach zu Boden fallen und setzte sich auf die Couch. Einige Sekunden später hörte sie ein zögerndes Klopfen an der Tür.

»Ich will jetzt nicht gestört werden.«

»Bitte«, lautete die leise Antwort. Llissa erkannte die Stimme ihrer jungen Assistentin Mmaddi. »Es... es ist sehr wichtig.«

Mit einem dumpfen Knarren öffnete sich die Tür einen Spalt breit, und Llissa sah krauses bernsteinfarbenes Haar, das ein blasses, besorgtes Gesicht umrahmte. Unsicher verharrte Mmaddi auf der Schwelle.

»Die *Enterprise* versucht, Kontakt mit Ihnen aufzunehmen.«

Llissa saß wie erstarrt und runzelte verwirrt die Stirn. Dann sprang sie plötzlich auf, eilte zu einem Schrank und schob das vordere Paneel beiseite. Dahinter kam ein modernes Kommunikationsgerät zum Vorschein, das gar nicht zu dem mit Antiquitäten eingerichteten Zimmer zu passen schien, zu den langen Regalen, in denen uralte Bücher standen. »Komm herein und schließ die Tür.«

Mmaddi gehorchte, durchquerte das Zimmer hastig und beobachtete, wie der Präzeptor eine Taste drückte. Daraufhin erhellte sich der Bildschirm mit einem matten blauen Glühen, und Kirks Gesicht gewann Konturen. Llissa stellte erleichtert fest, daß der Admiral nicht zornig wirkte; er bedachte sie nur mit einem ernsten Blick.

»Admiral Kirk.«

»Präzeptor Kkayn.« Er neigte kurz den Kopf – eine knappe Geste der Höflichkeit.

Llissa beschloß, in die Offensive zu gehen, und angesichts der Umstände fühlte sie eine seltsame Gelassenheit. *Der Friede, den die Unschuld bringt?* dachte sie. *Oder bin ich wie ein Lamm, das sich damit abgefunden hat, zur Schlachtbank geführt zu werden?* »Haben Sie die fingierte Sendung gesehen?«

»Fingiert?« wiederholte Kirk. »Sie leugnen also, daß Ihre Leute irgend etwas mit der Entführung unserer Wissenschaftler zu tun haben?« Er sprach in einem Tonfall, der unüberhörbare Besorgnis zum Ausdruck brachte.

»Wie ich Ihnen schon sagte: Wir sind keine Terroristen, sondern Lehrer, Forscher und Schüler«, erwiderte Llissa. »Entführung und Gewalt gehören nicht zu unseren Studienfächern.« Sie atmete tief durch. Mmaddi kam etwas näher, und der Präzeptor sah sie lange genug an, um ihr beruhigend zuzunicken. »Hören Sie, Admiral, wir können uns stundenlang streiten, aber das führt zu nichts. Sie bleiben skeptisch, wenn ich sage, daß wir keine Verantwortung für das Verschwinden Ihrer Wissenschaftler tragen, und ich kann kaum glauben, daß Sie nicht hier sind, um uns mit der Präsenz Ihres Raumschiffes einzuschüchtern. Seit wir uns im Behüteten Turm begegnet sind, hat sich nicht nur die Lage des Kollegiums verschlechtert, sondern auch Ihre. Können wir uns wenigstens auf diesen Punkt einigen?«

Kirk rang sich ein schiefes Lächeln ab. »Ich glaube schon.«

Mmaddi stand jetzt ganz dicht neben Llissa und flüsterte: »Was haben Sie vor?«

»Sei unbesorgt«, murmelte der Präzeptor und wandte sich wieder dem Admiral zu. »Wie Ihr Dr. McCoy sagen würde: Es ist logisch, daß wir nach Dingen suchen, die uns verbinden.«

»McCoy wäre sicher... überrascht darüber, wie sehr Sie seine Logik schätzen«, entgegnete Kirk. »Wie soll die von Ihnen vorgeschlagene Suche nach Gemeinsamkeiten stattfinden?«

»Indem wir uns treffen, nur wir beide. Ich vertraue meinen Instinkten, Admiral.«

»Na schön. Es ist Ihre Idee, Präzeptor. Leider gibt es keinen neutralen Ort für eine neuerliche Begegnung – Ihr Kollegium oder mein Schiff?«

»Hier könnten Sie in Gefahr geraten«, sagte Llissa.

»Sind Sie bereit, an Bord der *Enterprise* zu kommen?«

»Ich habe genug Vertrauen zu Ihnen. Und ich war noch nie in einem Raumschiff. Ich bin Lehrerin – eine solche Erfahrung ist bestimmt lehrreich.«

»Llissa!« zischte Mmaddi erschrocken. »Sie können doch nicht...«

Präzeptor Kkayn brachte das Mädchen mit einem scharfen Blick zum Schweigen. »Wenn sich jemand nach mir erkundigt – *verrate niemandem etwas.«* Llissa schloß die Hände sanft um Mmaddis Schultern und sah in ängstliche Augen. »Manchmal muß man einen Ort aufsuchen, von dem man nie geträumt hat – um die eigenen Träume zu *bewahren.* Verstehst du das, Mmaddi?«

»Nein... eigentlich nicht.«

»Nun, vielleicht ist es auch mir nicht ganz klar. Aber wir verstehen es bestimmt, wenn alles klappt.« Llissa richtete ihren Blick wieder auf den Bildschirm. »Ich bin soweit, Admiral Kirk. Äh, wie holen Sie mich an Bord? Was muß ich tun?«

»Nichts. Bleiben Sie einfach vor dem Kommunikator stehen. Wir haben den Transferfokus bereits auf Ihre Koordinaten gerichtet. Werden Sie jetzt zum erstenmal gebeamt?«

»Ja.«

Kirk schmunzelte. »Dann steht Ihnen eine weitere lehrreiche Erfahrung bevor.«

Llissa vergaß den Disput und gab sich der Aufregung über ein bevorstehendes Abenteuer hin. »Wie fühlt es sich an?«

»Sie spüren gleich ein Prickeln. Es ist recht angenehm... Fertig?«

Llissa Kkayn nickte. »Fertig.«

Mmaddi war viel zu verblüfft, um sich zu fürchten. Sie beobachtete, wie sich die Gestalt ihres Mentors in einem schimmernden Energiefeld auflöste. Energetische Funken leuchteten, und das Mädchen zwinkerte mehrmals. Dann ließ das Strahlen nach — und vom Präzeptor fehlte jede Spur! Llissa brauchte sich keine Sorgen zu machen: Mmaddi würde niemandem erzählen, wohin die Leiterin des Kollegiums verschwunden war. Sie wußte gar nicht, wie sie den gerade beobachteten Vorgang beschreiben sollte.

Einen subjektiven Moment später fand sich Llissa im Transporterraum der *Enterprise* wieder. Kirk trat hinter der Kontrollkonsole hervor, begrüßte sie mit ausgestreckter Hand und half ihr von der Plattform. Sie stützte sich kurz auf ihn und war so durcheinander, daß sie an der Stufe stolperte.

»Das passiert allen.« Kirk lächelte. »Willkommen an Bord der *Enterprise.*«

»Danke, Admiral.«

Er wandte sich der Transportertechnikerin zu. »Niemand soll erfahren, daß Präzeptor Kkayn bei uns ist, Fähnrich.«

Die Technikerin schnurrte, und ihre Barthaare neigten sich zurück. »Ja, Sssir.«

»Hier entlang, Präzeptor.« Kirk führte Llissa in den Korridor und zu einem Konferenzzimmer. Hinter ihnen schloß sich die Tür, und sie nahmen an gegenüberliegenden Seiten des Tisches Platz. »Ich vermute, Sie möchten nicht, daß jemand von Ihrem Besuch erfährt.«

»Sehr rücksichtsvoll von Ihnen. Andererseits: Wer weiß, wann ich noch einmal Gelegenheit bekomme, das Innere eines Raumschiffs zu sehen? Wenn wir uns nicht gegenseitig an die Kehle fahren, würde ich mich über eine Besichtigungstour freuen, bevor ich heimkehre.«

»Sehr gern. Darf ich Ihnen etwas zu essen oder zu trinken anbieten?«

»Ja, danke.«

Kirk trat an den Synthetisierer heran und gab eine Bestellung auf. Kurz darauf schob sich ein Tablett aus dem Ausgabefach, und darauf standen: eine Kanne mit dampfender Tülle, zwei Tassen sowie ein Teller mit Kuchenteilen und Obst. »Das ist Tee«, sagte der Admiral und trug das Tablett zum Tisch. »Wir haben ihn immer für ein sehr zivilisiertes Getränk gehalten, und daher erscheint er mir angemessen.«

Er schenkte ein, und diesmal setzte er sich direkt neben die Besucherin. Sie hob ihre Tasse. »Auf eine zivilisierte Diskussion, Admiral.«

»Auf eine zivilisierte Diskussion.« Sie stießen an, und Llissa setzte ihre Tasse an die Lippen. »Warten Sie!« platzte es aus Kirk heraus. »Lassen Sie den Tee erst etwas abkühlen...«

Llissa riß die Augen auf, als sie sich den Mund verbrannte.

»Tut mir leid«, sagte Kirk. »Ich hätte Sie warnen sollen — Tee wird immer heiß serviert.«

Der Präzeptor hob die Brauen und biß von einem Stück Kuchen ab. »›Starfleet-Admiral verbrüht Lehrerin‹«, zitierte die Akkallanerin eine imaginäre Schlagzeile. Kirk lächelte verlegen. »Nun, ›Starfleet-Admiral‹ — wie beenden wir unsere Kontroverse?«

»Ich schätze, wir sollten unseren jeweiligen Standpunkt erläutern und Beweise anführen.«

Llissa breitete die Arme aus. »Leider bin ich nicht imstande, Ihnen konkrete Beweise vorzulegen. Aber ich kann Sie mit der Geschichte des Kollegiums vertraut machen, um Ihnen zu zeigen, wofür wir seit fünfhundert Jahren eintreten.«

»Damit würde ich mich gern beschäftigen — aus reiner Neugier«, erwiderte Kirk. »Sie haben sich nicht versteckt, als ich versuchte, mich mit Ihnen in Verbindung zu setzen.

Und Sie waren bereit, sich an Bord der *Enterprise* beamen zu lassen. Das genügt mir als Beweis.«

»Danke, Admiral. Aber erwarten Sie nicht von mir, daß ich Sie so einfach davonkommen lasse.«

»Warum glauben Sie, daß sich die Föderationswissenschaftler mit dem Publikan und der Regierung gegen Sie verschworen haben?«

»Ich bin nicht sicher. Ich meine, dies ist keine Gerichtsverhandlung. Wenn ich wüßte, woran Ihre Forscher gearbeitet haben...«

»In Ordnung.« Kirk schnippte mit den Fingern und schaltete das Tisch-Interkom ein. »Lieutenant Maybri, bitte melden Sie sich im Konferenzraum 6B.« Er desaktivierte das Gerät wieder. »Was auch immer wir über die betreffende Arbeit wissen – Sie erfahren davon. Ich hoffe, die Informationen reichen aus.«

»Das hoffe ich ebenfalls. Sie und die *Enterprise* können Akkalla jederzeit verlassen, aber ich nicht, Admiral. Dieser Planet ist meine Heimat, und ich habe mein ganzes Leben dem Kollegium gewidmet. Wir müssen die derzeitigen Probleme unbedingt lösen – andernfalls droht das Chaos.«

»Sie haben recht: Dieses Schiff *kann* Akkalla jederzeit verlassen; ich brauche nur einen entsprechenden Befehl zu geben. Aber wir bleiben hier, bis wir herausgefunden haben, was mit meinen vermißten Offizieren und den drei Wissenschaftlern geschehen ist.«

»Vielleicht sind wir damit schon auf jene Dinge gestoßen, die uns verbinden.«

Die Tür glitt auf, und Lieutenant Maybri kam herein. Sie blieb abrupt stehen, verwirrt von der ungewöhnlichen Szene: Admiral Kirk schien eine private Teeparty zu geben. »Sir?«

»Lieutenant Maybri, das ist Llissa Kkayn, Präzeptor des akkallanischen Kollegiums.«

»Präzeptor...«

»Als meine beiden Offiziere vermißt wurden, beauftragte ich Maybri damit, die in der wissenschaftlichen Föderationsstation erzielten Forschungsergebnisse zu bewerten.« Kirk stellte fest, daß die junge Erithianerin noch immer steif vor dem Tisch stand. Er deutete auf einen Stuhl. »Was ist mit Ihrem Bericht, Lieutenant?«

»Ich habe eine erste Fassung fertig. Für die endgültige Version wollte ich Dr. McPhillips und ihren Mitarbeitern noch einige Fragen stellen, um zusätzliche Daten zu gewinnen. Aber dann... Nun, Sie wissen ja, was in der Station geschehen ist.«

»Bitte zeigen Sie Präzeptor Kkayn den Bericht.«

»Hier?« Maybri nickte in Richtung der Computerkonsole am Ende des Tisches.

»Hier.« Kirk schob seinen Stuhl zurück. »Wenn Sie jetzt am Computer Platz nehmen würden, Präzeptor...«

Die Akkallanerin setzte sich ans Terminal; Maybri und Kirk blieben hinter ihr stehen.

»Computer«, sagte Seena.

»Bereitschaft«, antwortete eine Sprachprozessorstimme.

»Ich bin Lieutenant Seena Maybri. Öffne Datei BEWERTUNG eins Doppel-A. Verifiziere Stimm-ID.«

An der Konsole blinkten Lichter in einer bestimmten Code-Sequenz. »Verifiziert und bestätigt. Dateizugang positiv.«

»Zeige ersten Entwurf des Berichts.« Als Worte auf dem Bildschirm erschienen, beugte sich Kirk vor.

»Wenn Sie nichts dagegen haben, lese ich zusammen mit Ihnen«, sagte er. »Ich sehe den Bericht nun zum erstenmal. Bitte leisten Sie uns Gesellschaft, Lieutenant — falls wir Fragen haben.«

»Aye, Sir.«

Stumm überflogen sie den Text — bis sie den Abschnitt mit der Überschrift *Neue Lebensform* erreichten. Kkayn saß zunächst zurückgelehnt, doch jetzt beugte sie sich so plötzlich vor, als habe sie einen elektrischen Schlag erhalten. Ihre Pupillen weiteten sich, als sie auf den Monitor starrte und jedes Wort mit faszinierter Konzentration las.

Sie schien sich die einzelnen Sätze fest ins Gedächtnis einprägen zu wollen und murmelte immer wieder: »Erstaunlich... Ich fasse es nicht...«

Schließlich wandte sie sich von der Konsole ab. »Seit wann wissen Sie von dieser vermuteten neuen Lebensform?«

Kirk kaute auf der Lippe. »Dr. McPhillips erwähnte sie bei unserer ersten Begegnung vor einigen Tagen. Aber die Einzelheiten blieben uns unbekannt. Maybri, woher stammen die zusätzlichen Informationen?«

»Aus den Datenbanken der Föderationsstation. Zunächst war mir nicht ganz klar, welche Bedeutung sie für die Bewertung hatten. Zwar enthielten die Speichermodule der Computer keine konkreten Anhaltspunkte, aber aufgrund der Hinweise gelangte ich zu folgendem Schluß: Diese Angelegenheit ist weitaus wichtiger als alle anderen Forschungen des Wissenschaftlerteams.«

Llissa Kkayn wurde sehr ernst. »Wir haben darüber nie mit Dr. McPhillips und ihren Mitarbeitern gesprochen. Es fanden drei Konferenzen statt, aber dieser Punkt fehlte auf der Tagesordnung.«

»Ich weiß«, sagte Kirk.

»Wie erfuhren sie davon?«

Maybris Ohren neigten sich nach vorn. »Ich verstehe nicht. Was meinen Sie mit Ihrer Frage? Wie erfuhren sie *was?*«

»Von unserer geheimen Arbeit.«

Kirk runzelte die Stirn. »Von *Ihrer* geheimen Arbeit?«

»Es ist eine lange Geschichte«, erwiderte Llissa. »Schon seit einer ganzen Weile beschäftigen sich akkallanische Wissenschaftler mit der Möglichkeit einer mysteriösen Lebensform in den Ozeanen. Verdammt! Warum haben uns Dr. McPhillips und ihre Leute nie darauf angesprochen?«

»Sie wollten es, aber nach einer Weile glaubten sie, die Wissenschaftler des Kollegiums lehnten ihre Präsenz auf dem Planeten ab.«

»Wie kamen sie darauf?«

»Was sollten sie sonst annehmen? Unsere Forscher strebten eine enge Zusammenarbeit mit Ihnen an, aber Sie legten Ihnen dauernd Hindernisse in den Weg.«

»Hindernisse?«

»Ja. Zum Beispiel verlangten Sie im voraus detaillierte Tagesordnungen und waren schließlich nicht mehr bereit, sich mit den Föderationswissenschaftlern zu treffen...«

»*Sie* haben sich geweigert, weitere Konferenzen stattfinden zu lassen...«

Kirk und Llissa schwiegen, als sie endlich begriffen, was längst offensichtlich hätte sein sollen. Der Admiral gab sich einen geistigen Tritt, weil er die Dinge bisher aus der falschen Perspektive gesehen hatte. »Wer hat Ihnen mitgeteilt, daß McPhillips eine Tagesordnung wünschte?«

Llissa preßte kurz die Lippen zusammen und schüttelte den Kopf. »Das wissenschaftliche Büro der Regierung — der Puffer zwischen uns und der Föderationsstation.«

Kirk nickte. »Wenn ich nicht völlig senil bin, so handelte es sich um die gleichen Personen, die McPhillips zu verstehen gaben, *Sie* stellten dauernd neue Bedingungen für eine Zusammenarbeit.«

»Ich glaube, wir haben jetzt unsere Differenzen überwunden, Admiral. Die Frage lautet: Ist es bereits zu spät, oder können wir noch etwas unternehmen?«

»Wie mein wissenschaftlicher Offizier häufig betont: Es gibt immer Möglichkeiten. Insbesondere jetzt. Wir sind nun imstande, unsere gemeinsamen Ressourcen in die Waagschale zu werfen, anstatt gegeneinander zu kämpfen.«

»Das ist vielleicht nicht so einfach.« Llissa erhob sich, wanderte vor dem Computer auf und ab. »Jene fingierte Sendung von der Regierung, die Sie ebenfalls empfangen haben, führte zu einer heftigen Auseinandersetzung im Rat des Kollegiums. Die Kontroverse läßt sich nur überwinden, wenn ich beweisen kann, daß Ihre Wissenschaftler an der gleichen Sache arbeiten wie wir.«

Maybri hob den Kopf. »Genügt der Bericht dafür?«

»Da bin ich mir leider nicht sicher. Wenn wir konkrete Beweise hätten, zum Beispiel Karten oder Artefakte...«

»Vielleicht gibt es so etwas«, sagte Maybri. »Sir, wir hatten nicht genug Zeit, um das Laboratorium gründlich zu durchsuchen. Wenn Sie mir erlauben, mich noch einmal zur Station zu beamen...«

»Von diesem Vorschlag bin ich nicht sonderlich begeistert, Lieutenant.«

»Aber er ist logisch, wie Dr. McCoy sagen würde«, warf Llissa ein.

Maybri blinzelte verwirrt. »Wie *Dr. McCoy* sagen würde?«

»Es ist eine lange Geschichte.« Kirk straffte die Gestalt. »Was die Rückkehr zum Laboratorium betrifft — wir begleiten Sie.«

Die Landegruppe rematerialisierte in der verlassenen Föderationsstation. Kirk beauftragte Santana und Wlastikowitsch, draußen Wache zu halten, während Uhura versuchte, die mit Code-Sequenzen geschützten Dateien des Laborcomputers zu öffnen. Der Admiral, Maybri und Llissa begannen unterdessen mit einer Suche nach Objekten, mit denen man die Existenz der neuen Lebensform beweisen konnte. Sie sahen überall nach, in jedem Winkel der Station, lösten sogar Dielen — ohne Erfolg.

Bis Maybris seidenweiche Stimme erklang. »Knochen!«

Kirk und Kkayn fanden die Erithianerin unter einer Spüle, in eine winzige Nische eingekeilt.

»Äh, ich könnte ein wenig Hilfe gebrauchen.«

Nur ihre Stiefel ragten aus der Öffnung. Kirk griff nach den Waden und zog Seena vorsichtig aus dem niedrigen, tiefen Vorratsschrank. Nach ihrer Befreiung zeigte Maybri stolz, was sie entdeckt hatte: zwei Knochen in einem Schutzbeutel.

Kirk half ihr auf die Beine. »Das müssen die Relikte sein, von denen uns McPhillips erzählte.«

Maybri öffnete den Beutel behutsam. »Sie ähneln den

Knochen, die wir gefunden haben. Unsere sind etwa neuntausend Jahre alt.«

Kirk runzelte die Stirn. »Aber Dr. McPhillips erwähnte ein Alter von nur *zehn* Jahren.«

»Dann dürfte es sehr interessant sein, diese Exemplare zum Kollegium zu bringen und einen Vergleich vorzunehmen.«

»Ich möchte Sie nicht beleidigen, Präzeptor, aber ich glaube, die Geräte an Bord der *Enterprise* erlauben eine genauere Altersbestimmung.«

»Mag sein. Doch unsere Forscher sollten sich die Knochen zuerst ansehen. Wenn sich ihre Authentizität herausstellt — es spielt dabei gar keine Rolle, wie alt sie sind —, so gewinnen Sie dadurch erheblich an Glaubwürdigkeit. Dann gelingt es mir sicher, den Rat davon zu überzeugen, daß wir zusammenarbeiten sollten.«

Ein beharrliches Piepen unterbrach das Gespräch. Der Admiral griff nach seinem Kommunikator und klappte ihn auf. »Hier Kirk.«

»Santana, Sir.« Die Stimme des Sicherheitsoffiziers klang drängend. »Zwei Boote nähern sich der Anlegestelle, und ihre Besatzungen bestehen aus akkallanischen Soldaten...«

»Gehen Sie in Deckung und lassen Sie sich hochbeamen. Kirk Ende.« Er wählte eine neue Frequenz. »Wir brechen auf. Kirk an *Enterprise.* Holen Sie uns zurück.«

McCoy hielt einen Knochen in der Hand und beugte sich über den Tisch im Hauptbesprechungszimmer. Kirk, Maybri und Präzeptor Kkayn hörten aufmerksam zu, als der Arzt von den Untersuchungsergebnissen berichtete.

»Sie stammen von einem Wesen, das vor etwa zehn Jahren gestorben ist. Zumindest diese beiden Knochen deuten nicht auf eine Krankheit oder Frakturen hin — natürlich habe ich keine Ahnung, wie es um die übrigen Teile des Skeletts steht, wo auch immer sie sich befinden mögen. Nun, ich glaube, das betreffende Geschöpf lebte im Meer und starb dort. Was seine biologische Struktur betrifft, kann ich nur spekulieren, aber eine hohe Wahrscheinlichkeit spricht dafür, daß es zur Gattung der Säugetiere gehörte.«

»Doktor...« meldete sich Llissa zu Wort. »Was könnten Sie durch einen Vergleich mit den anderen Knochen feststellen, die das Kollegium untersucht hat?«

»Schwer zu sagen. Es müßte sich eigentlich herausfinden lassen, ob sie von der gleichen Spezies stammen, ob die entsprechenden Individuen in einem ähnlichen Alter waren und so weiter.«

»Und ein Vergleich mit der Physiologie eines lebenden Akkallaners?«

»Solche Daten fehlen mir leider.«

»Aber Sie *haben* einen lebenden Akkallaner – mich. Ich bin eine gesunde, typisch akkallanische Frau.«

»Was hältst du davon, Pille?« fragte Kirk.

»Nun, es wäre durchaus nützlich. Der erste Schritt in komparativer Anatomie besteht darin, die Möglichkeit eines Vergleichs zu schaffen. Ich stelle Ihnen die ärztliche Untersuchung nicht einmal in Rechnung, Präzeptor.«

Die Sondierung mit den Scannern nahm nur wenig Zeit in Anspruch, und anschließend begann der diagnostische Computer damit, die Resultate zu verarbeiten. Kirk, Maybri, Llissa und McCoy trafen sich im Büro der Krankenstation, betrachteten die vom Doktor projizierten Diagramme und Schaubilder.

»Sieht beeindruckend aus, Pille – aber was bedeutet das alles?« fragte Kirk.

Der Bordarzt holte einen der beiden Knochen hervor. »Ich könnte damit Llissas Schienbein ersetzen...«

Kirk wölbte eine Braue. »Sprecht ihr euch neuerdings mit den Vornamen an?«

»Nun«, sagte Llissa, »er kennt mich jetzt nicht nur von außen, sondern auch von innen. Unter solchen Umständen kann man auf Förmlichkeiten verzichten.«

»Na schön. Was ist mit dem Schienbein?«

»Ich wäre in der Lage, es gegen diesen Knochen auszutauschen, und Llissa würde überhaupt keinen Unterschied merken — abgesehen davon, daß ihre Tibia etwas kürzer ist. Die Gelenkstrukturen sind miteinander identisch.«

»Obwohl der Knochen von einem unbekannten Wesen stammt, das im Meer lebte?« vergewisserte sich Kirk. »Erscheint dir das nicht seltsam?«

»Ja, allerdings. Kann ich es erklären? Nein — noch nicht.«

»Da wir jetzt auf der gleichen Seite stehen, sollte ich Ihnen erklären, was wir im Kollegium wissen«, sagte Llissa.

Kirk rieb sich die Hände. »Lösen Ihre Informationen das Rätsel? Oder stiften sie noch mehr Verwirrung?«

»Sowohl als auch.«

»Das habe ich befürchtet«, seufzte McCoy.

»Einige unserer Wissenschaftler glauben, daß die neue Lebensform in Wirklichkeit sehr alt ist. In diesem Zusammenhang fiel es schwer, Legenden von der Realität zu unterscheiden. Bis vor etwa zwanzig Jahren die ersten Hinweise gefunden wurden, glaubte man, die Geschöpfe existierten nur in unseren Mythen. Man nennt sie Wwafida.«

»Und jetzt?« fragte der Admiral.

»Inzwischen sind viele von uns sicher, daß sie tatsächlich existieren. In unseren neuntausend Jahre alten Fossilien sehen wir einen Beweis dafür.«

Kirk nahm das Schienbein und betrachtete es von allen Seiten. »Aber dies hier ist kein Fossil, sondern ein nur zehn Jahre alter Knochen.«

»Genau«, bestätigte Llissa. Aufregung vibrierte nun in ihrer Stimme. »Wenn sich herausstellt, daß er ebenso beschaffen ist wie unsere Fossilien, so können wir davon ausgehen, daß die ›mythischen‹ Wesen heute noch leben.«

Kirk hielt den Knochen in der Hand und wanderte umher. »Die Sache wird von Minute zu Minute komplizierter... Ich verstehe noch immer nicht, was das alles zu bedeuten hat. Warum ist diese Angelegenheit so umstritten? Warum muß jeder, der etwas über die mysteriös-mythischen Geschöpfe weiß, damit rechnen, in erhebliche Schwierigkeiten zu geraten?«

Llissa strich sich nervös übers Haar und löste eine Spange, woraufhin ihre dunklen Locken auf die Schultern fielen. »Der Streit um die mögliche Existenz der Wwafida hat zum Kriegszustand zwischen Akkalla und Chorym geführt.«

McCoy pfiff leise und überrascht. »*Jetzt* wird's langsam interessant.«

Kirk sah Llissa an. »Fahren Sie fort.«

»Einige von uns halten es für möglich, daß jene Wesen intelligent sind. Sie wollten weitere Ernteflüge der Chorymi verhindern, um Antworten auf die folgenden beiden Fragen zu finden. Erstens: Existieren die Wwafida? Und zweitens: Sind sie vernunftbegabt? Wenn sie wirklich dort draußen in den Meeren schwimmen, so stellen die Schiffe der Chorymi eine große Gefahr für sie dar.«

»Gehörte das Kollegium zu der Gruppe, die ein Ende der Erntemission forderte?« erkundigte sich Kirk.

»Einige von unseren Wissenschaftlern schlossen sich ihr an, ebenso wie unabhängige Forscher und Politiker.«

McCoy nahm den Knochen von Kirk entgegen und wikkelte ihn zusammen mit dem anderen in Schutzfolie. »Ich wette, an dieser Stelle kommt die Kap-Allianz ins Spiel.«

»Die Allianz gibt es schon seit Jahren, aber als sich das Kollegium weigerte, ihre Forderungen nach einem sofortigen Ende der Ernteflüge zu unterstützen, wurde sie radikaler und begann mit direkten Aktionen, indem sie Boote dorthin schickte, wo Ernteeinsätze stattfanden.«

»Wie reagierten die Chorymi?« fragte Kirk.

»Zuerst stiegen ihre Schiffe rasch auf, sobald sich Boote näherten. Sie verlangten von der akkallanischen Regierung ein hartes Durchgreifen gegen die Allianz, indem sie auf das Abkommen hinwiesen, das ihnen die Ernteflüge gestattete. In der Allianz beschloß man daraufhin, in den Untergrund zu gehen. Um sie zu zerschlagen, ließ sich der Publikan von der Kontinentalen Synode umfassende militärische Befugnisse geben.«

»Aber offenbar hat er damit kaum etwas ausrichten können«, sagte McCoy.

Llissa nickte. »Ja, das stimmt. Seit einem Jahr spitzt sich die Lage immer mehr zu. Die Grolianische Wache – von den Paladinen ganz zu schweigen – hat immer mehr Macht; Vvox und Hhayd mißbrauchen sie. Die Chorymi ignorieren das Abkommen und ernten ganz nach Belieben in unseren Ozeanen. Sie teilen den Fang nicht mehr mit uns, und das Militär steht ihnen praktisch hilflos gegenüber.« Llissas Stimme zitterte, und sie holte tief Luft, um sich zu beruhigen. »Die Kap-Allianz ist radikaler als jemals zuvor, und das Kollegium gerät immer mehr in Bedrängnis – vielleicht plant der Publikan bereits unsere Verhaftung. Und ich weiß nicht, was ich dagegen unternehmen soll.«

McCoy berührte die Akkallanerin am Arm, aber sie schob seine tröstende Hand beiseite, drehte sich um und betrachtete ihr Spiegelbild auf dem Monitor.

»Entschuldigen Sie«, fügte Llissa leise hinzu. »Zum erstenmal nenne ich all diese schrecklichen Ereignisse in einem Atemzug.«

Kirk schüttelte den Kopf. »Eins verstehe ich noch immer nicht. Warum liegt den Chorymi soviel an den Ernteflügen, daß sie deshalb einen interplanetaren Krieg riskieren?«

»Nun, eigentlich ist das Risiko nicht besonders groß. Die Chorymi sind technisch wesentlich höher entwickelt als wir: Wenn es zu einem Krieg kommt, so findet er auf dem Schlachtfeld namens Akkalla statt – und wir verlieren ihn.«

»Ob moderne Technik oder nicht«, sagte McCoy. »Sie scheinen sich erstaunlich viel Mühe zu geben, nur weil sie Lust auf Meeresfrüchte haben.«

»Den Chorymi bleibt gar keine andere Wahl. Vor mehr als einem Jahrhundert übersahen sie die Tatsache, daß in ihrer Heimat eine umfassende klimatische Veränderung begann. Blindlings folgten sie dem einmal eingeschlagenen Weg und plünderten die eigenen Ressourcen, während sich die Wüsten auf ihrem Planeten immer mehr ausbreiteten. Schließlich gerieten die Chorymi an den Rand der Verzweiflung, und nur unsere Ozeane boten ihnen Rettung. Schon seit einer ganzen Weile betrieben sie interplanetare Raumfahrt, und es fand Handel zwischen uns statt. Doch ihr Vorschlag ging weit darüber hinaus. Sie planten den Bau einer großen Ernteflotte und wollten nicht nur den Fang mit Akkalla teilen, sondern boten uns auch jenen einen Rohstoff an, den sie im Überfluß besitzen.«

»Was meinen Sie damit?« fragte Kirk.

»Es war etwas, das wir dringend benötigten — Rhipelium, ein Energieerz. Angesichts der geringen Landmasse unserer Welt fehlt es uns an leicht zugänglichen Mineralien, woraus folgt: Mit der hiesigen industriellen Entwicklung ging es nur langsam voran. Doch das Rhipelium der Chorymi erwies sich als Schlüssel für unsere Zukunft. Der akkallanische Lebensstandard verbesserte sich schlagartig: In den letzten hundert Jahren machten wir größere Fortschritte als während des halben Jahrtausends zuvor. Aus diesem Grund war es nicht besonders populär, kritische Fragen zu stellen, die unsere Errungenschaften in Gefahr bringen.«

»Die Fragen sind bereits gestellt«, sagte Kirk. »Akkalla kann sie nicht einfach ignorieren und muß Antworten finden.«

Llissa nickte, und Kummer zeigte sich in ihren Augen. »Ich glaube, das ist mir immer klar gewesen. Aber erst seit einigen Tagen bin ich bereit, diese Wahrheit zu akzeptieren. Die Antworten könnten unsere bisherige Gesellschaft zerstören — wir beobachten schon jetzt, wie das soziale Gebäude einstürzt. Wenn wir alles verlieren, was wir hier aufgebaut haben, so möchte ich wenigstens sicher sein, daß es einen guten Grund dafür gibt.«

Llissa holte tief Luft. »Wir müssen unbedingt herausfinden, ob die Wwafida wirklich existieren und intelligent sind. Wenn das der Fall ist, so appellieren wir mit der Wahrheit an die Völker von Akkalla und Chorym. Vielleicht müssen wir uns sogar an den Föderationsrat wenden, und wir brauchen eine externe Autorität, um uns durchzusetzen. Sind Sie bereit, uns zu helfen, Admiral Kirk?«

KAPITEL 6

Kirk stand hinter der Transporterkonsole und streckte die Hand nach den Schiebereglern aus. »Ich gebe Ihnen innerhalb einer Stunde Bescheid.«

»Und ich versuche, den Widerstand im Kollegium zu verringern«, erwiderte Llissa, als sie auf die Plattform trat. Sie lächelte schief. »Ich hätte nie gedacht, daß ich Ihnen dies sage: Vielleicht sind Sie unsere einzige Hoffnung. Nun, wie heißt das Wort?«

»Energie.«

»Ja. Energie!«

Kirk betätigte die Schalter, und das Transportersystem summte. Präzeptor Kkayn entmaterialisierte und kehrte heim, um sich dort den Konsequenzen ihrer Entscheidung zu stellen.

Der Admiral begab sich in sein Quartier und bat McCoy, Scott, Uhura, Sulu und Maybri in sein Büro. Der aromatische Geruch von frischem Kaffee veranlaßte alle, nach den bereitgestellten Tassen zu greifen – bis auf Maybri, die den Synthetisierer benutzte und sich Kakao bestellte. Sulu beobachtete sie und lächelte wissend.

»Ich wünschte, Spock wäre hier«, sagte Kirk.

McCoy hob empört eine Braue. »Was sind wir denn – unerfahrene Kadetten? Und außerdem: Wir hätten hier keinen Platz mehr für ihn.«

»Du hast recht, Pille. Und du bist kein grüner Kadett.«

»Ich vermisse ihn ebenfalls«, gestand McCoy ein. »Manchmal ist seine verflixte Logik recht nützlich.«

»Nun, Präzeptor Kkayn hält dich für jemanden, der sehr logisch denkt, Pille. Wie lautet deine Analyse?«

»Erwarte jetzt bloß nicht, daß ich dir Wahrscheinlichkeiten nenne. Es läuft auf folgendes hinaus: Uns bleibt gar nichts anderes übrig, als Llissa zu helfen.«

»Damit äußerst du deine Meinung«, entgegnete Kirk.

»Ich habe um eine Analyse gebeten.«

»Na schön. Wenn wir Llissa helfen und beweisen, daß die Wwafida tatsächlich existieren, so setzen wir die Regierung unter Druck — und das ist vielleicht unsere einzige Möglichkeit, die verschwundenen Wissenschaftler zu finden.

Außerdem sind wir moralisch dazu verpflichtet, uns auf die Seite des Kollegiums zu stellen.«

»Was ist mit Mr. Spock und Chekov?« warf Sulu ein. »Welchen Einfluß hat dies alles auf unsere Suche?«

Kirk nickte. »Eine wichtige Frage. Kommentare dazu?«

»Nun, Sir«, begann Maybri, »vielleicht kommen wir ein Stück weiter. Durch die Zusammenarbeit mit dem Kollegium könnten sich neue Informationsquellen ergeben.«

McCoy schnaubte leise. »Es spielt überhaupt keine Rolle mehr, ob wir den Ärger der akkallanischen Regierung herausfordern oder nicht.«

Kirk wandte sich an den Chefingenieur. »Was Ihre Untersuchung der Chorymi-Schiffe betrifft, Mr. Scott: Stellen sie eine militärische Gefahr für uns dar?«

»Nur wenn sie uns rammen, Sir.«

»Uhura, haben Sie inzwischen die mit Code-Sequenzen geschützten Daten der Föderationsstation ausgewertet?«

»Ich bin noch dabei, Admiral. Sie werden in den Computer der wissenschaftlichen Abteilung übertragen und dort korreliert. Auf Ihre Anweisung hin stelle ich sie auch dem Kollegium zur Verfügung.«

»Gut. Was ist mit der Ersten Direktive? Verletzen wir das Nichteinmischungsprinzip, wenn wir Präzeptor Kkayn helfen, die Existenz der neuen Lebensform zu beweisen?«

»Beeinflussen wir dadurch die normale Entwicklung der akkallanischen Gesellschaft?« brummte McCoy. »Diesen Vorwurf muß sich wohl eher die Regierung gefallen lassen: Immerhin behindert sie wissenschaftliche Forschungen.«

»Aye, Sir«, bestätigte Scott. »Wir bringen die Dinge nur wieder in Ordnung.«

Die übrigen Offiziere nickten, als Kirk sie nacheinander

musterte. »Der Publikan hat es sich selbst zuzuschreiben«, sagte McCoy.

»Das wär's dann. Danke. Kehren Sie auf Ihre Posten zurück.«

Alle gingen — bis auf den Bordarzt. »Reine Zeitverschwendung, Jim.«

Kirk reagierte, indem er unverbindlich mit den Achseln zuckte.

»Du hattest dich bereits entschieden.«

»Einigkeit kann nicht schaden.«

»Wirst du im Alter konservativ?«

Dünne Falten bildeten sich in Kirks Stirn. »Schwierige Situationen verlangen Vorsicht.«

Auf dem Weg zur Tür blieb McCoy noch einmal stehen und blickte über die Schulter. »Aber Vorsicht darf nicht zu Untätigkeit führen.«

Hinter ihm schloß sich das Schott, und Kirk blieb allein zurück. Er nahm am Schreibtisch Platz und drehte das Interkom. »Kirk an Brücke. Commander Uhura, stellen Sie eine Verbindung zum Publikan her. Ich spreche von hier aus mit ihm.«

Die dunkelhäutige Frau nickte. »Aye, Sir.« Ihr Gesicht verschwand vom Bildschirm.

Während Kirk wartete, dachte er an McCoys Bemerkung. *Werde ich alt und zu vorsichtig? Hätte ich mich vor einigen Jahren in einer solchen Situation anders verhalten? Bin ich weniger kühn — oder etwas weiser als damals? Ich glaube gern, daß ich im Laufe der Zeit einige zusätzliche Tricks gelernt habe, doch vielleicht neige ich nur dazu, Konfrontationen auszuweichen. Es kommt auf die Ergebnisse an, nicht wahr, McCoy? Verdammt — wo bist du, wenn ich mich mit dir streiten will? Aber möchte ich das überhaupt? Ich hatte Gelegenheit dazu, bevor du gegangen bist... Bin ich klug genug, um zu wissen, daß man nicht jedesmal kämpfen muß, wenn jemand den Fehdehandschuh wirft — oder fehlt es mir einfach an Kraft, um die Herausforderungen anzunehmen?*

»Brücke an Admiral Kirk.« Uhura erschien wieder auf dem Schirm.

»Ja, Commander?«

»Äh, ich habe keinen Kontakt mit dem Publikan herstellen können, Sir.«

Kirk schnitt eine finstere Miene. Er war nicht überrascht. »Vvox?«

»Aye, Sir.«

»Na schön.« Er straffte die Schultern, als das Bild wechselte und ihm die akkallanische Kommandeuse zeigte. Offenbar saß sie in ihrem Büro in der Zitadelle. An der Wand hinter ihr hingen einige beeindruckende Degen und Säbel. »Ich habe um eine Unterredung mit dem Publikan gebeten, Brigadegeneral Vvox.«

»Leider kann er derzeit nicht mit Ihnen sprechen, Admiral. Die gegenwärtige Krise erfordert seine ganze Aufmerksamkeit. Er hat mich ermächtigt, Akkalla in diplomatischen Angelegenheiten zu vertreten.«

Kirk widerstand der Versuchung, die Verbindung einfach zu unterbrechen. »Dann werde ich mich möglichst kurz fassen. Haben Sie unser vermißtes Shuttle gefunden?«

»Nein, keine Spur davon. Woraus ich bedauerlicherweise schließen muß, daß es wahrscheinlich irgendwo auf dem Meeresgrund liegt.«

Kirk spürte, wie er mit den Zähnen knirschte. »Setzen Sie die Suche fort?«

»Unser Militär wird für dringendere Aufgaben benötigt. Gibt es sonst noch etwas?«

»Wir bitten um Erlaubnis, mit einer eigenen Suche beginnen zu dürfen«, sagte Kirk.

»Abgelehnt.«

»Im Namen der Föderation fordere ich Sie auf, Ihre Angriffe auf die Wissenschaftler des Kollegiums einzustellen.«

Ärger blitzte in Vvox' Augen. »Unsere Innenpolitik geht Sie nichts an.«

»Vielleicht doch, wenn dadurch Personen in Gefahr geraten, für die ich verantwortlich bin.«

»Wen meinen Sie damit?«

»Die Wissenschaftler der Föderationsstation und meine vermißten Offiziere.«

»Wir haben nach Ihren Besatzungsmitgliedern gesucht«, sagte Vvox. »Derzeit wird ein ausführlicher Bericht vorbereitet. Ich bestätige die Angaben darin mit meiner Unterschrift und stelle Ihnen gern eine Kopie zur Verfügung. Was die Föderationsforscher betrifft... Sie wurden von den Renegaten des Kollegiums entführt. Es besteht nur dann Aussicht, sie zu befreien, wenn wir die Bewegung zerschlagen, die unsere Regierung stürzen will. Genau damit sind wir beschäftigt, Kirk. Wenn wir die Vermißten finden – und wenn sie noch leben –, so können sie zu Ihnen zurückkehren, sobald wir wissen, daß sie keine Verbrechen gegen den akkallanischen Staat begangen haben.«

»Und was geschieht, wenn Sie zu dem Schluß gelangen, daß meine Leute an derartigen ›Verbrechen‹ beteiligt sind?«

»Dann stellt man sie vor Gericht. Wenn sie für schuldig befunden werden, entscheidet die Synode über eine angemessene Strafe. Vielleicht beschließt man ihre Hinrichtung.«

»Einen Augenblick, Brigadegeneral. Damit verstoßen Sie gegen...«

Die akkallanische Kommandeuse unterbrach Kirk. »Wir verstoßen gegen überhaupt nichts, Admiral. Es ist völlig normal, daß Außenweltler an die Gesetze des Planeten gebunden sind, auf dem sie sich befinden.«

»Ich nehme an, Sie beharren auf diesem Standpunkt.«

»Ja.«

»Dann bleibt mir nichts anderes übrig, als dem Föderationsrat eine offizielle Beschwerde zu übermitteln, die sich gegen Ihre Regierung richtet. Sie und der Publikan müssen mit erheblichen Sanktionen rechnen.«

»Auf Wiedersehen, Admiral Kirk.«

Der Bildschirm wurde dunkel, und Kirk fluchte halblaut – ihm blieb nicht einmal die Genugtuung, das letzte Wort zu behalten. Bevor er das Feuer seines Ärgers löschen konnte, präsentierte ihm der Monitor einen aufgeregten Sulu.

»Wir haben etwas gefunden, Sir.«

»Die *Cousteau?*«

»Ich glaube schon. Greenberger bestätigt es gerade.«

»Ich bin unterwegs zu Ihnen. Kirk Ende.«

Als er die Brücke erreichte, zeigte der große Wandschirm eine schematische Darstellung des Planeten. Sulu und Fähnrich Greenberger saßen vor den Konsolen der wissenschaftlichen Station, und Kirk eilte zu ihnen.

Sulu deutete auf die Karte in einem kleinen Projektionsfeld. »Dort, Admiral — die Insel.«

Ein Punkt blinkte an der dem offenen Meer zugewandten Seite einer großen Insel, die nicht sehr weit von der südwestlichen Küste des Kontinents entfernt war. »Was genau haben wir gefunden?« fragte Kirk.

»Die *Cousteau*«, antwortete Greenberger. »Die Sensordaten deuten darauf hin, daß sie an den Strand gespült wurde. Ihre Bordsysteme funktionieren nicht, und es lassen sich keine energetischen Emissionen feststellen.«

»Irgendwelche Anzeichen von Leben?«

»Nur lokale Flora und Fauna, Sir«, sagte die junge Frau. »Keine Humanoiden in der Nähe.«

»Was ist mit dem Rest der Insel?«

»Die Scanner sondieren noch immer. Im Dschungel gibt es Primaten, die zunächst wie Humanoiden erschienen. Deshalb dauert die Suche noch eine Weile.«

Kirk nahm im Kommandosessel Platz und faltete die Hände. »Wenigstens haben wir jetzt einen Anhaltspunkt. Fokussieren Sie unsere ganze Sensorkapazität auf die Insel.«

»Das ist bereits geschehen, Sir.«

»Gut, Fähnrich Greenberger. Für diese Woche haben Sie sich Ihren Sold verdient. Mr. Sulu, sind Sie mit dem Terrain vertraut?«

Zwischendurch: [redacted] Kirk nahm im Kommandosessel Platz und faltete die Hände. „Wenigstens haben wir jetzt einen Anhaltspunkt. Fokussieren Sie unsere ganze Sensorkapazität auf die Insel.“ ... [redacted] Wie anders ergeht es da doch der Leserin oder dem Leser. Denn wer sich aus seinem Lesesessel erhebt, um sich eine kleine warme Mahlzeit für zwischendurch zu bereiten, geht vielleicht auch sensorisch vor, doch seine gesamte Sensorkapazität braucht er auf diese Tätigkeit nicht zu fokussieren. In Gedanken kann er ruhig im Kommandosessel Platz behalten – und sich zugleich eine kleine Zwischenmahlzeit zubereiten. Was wir meinen? Natürlich die ... [redacted]

»Soweit es aufgrund der ersten Erfassungen möglich ist, Sir.«

»Das genügt. Lassen Sie sich von Greenberger detaillierte topographische Daten geben und rüsten Sie eine Landegruppe aus: Sie, zwei Sicherheitsleute und Dr. Chapel, falls Sie Überlebende finden, die ärztliche Hilfe benötigen.«

Die vier Offiziere materialisierten auf dem Strang von Shiluzeya, etwa fünfzig Meter vom Shuttle entfernt. Sulu blickte kurz zum eisengrauen Himmel empor, der Regen versprach, führte seine Begleiter dann zur *Cousteau* und holte den Kommunikator hervor. »Landegruppe an *Enterprise.*«

»Hier Kirk. Berichten Sie, Sulu.«

»Das Shuttle scheint nicht in einem sehr guten Zustand zu sein, Admiral.« Einer der Sicherheitsmänner blieb zurück und sah sich aufmerksam um, während der andere zur gegenüberliegenden Seite der *Cousteau* ging, die klemmende Luke aufzog und in das kleine Raumschiff kletterte. Chapel folgte ihm.

Sulu strich mit der Hand über eine verbrannte Stelle am Heckbereich. »Offenbar sind Spock und Chekov angegriffen worden.«

»Vielleicht begegneten sie einer Ernteflotte der Chorymi, die keine Zuschauer wollte«, sagte Kirk.

»Das vermute ich ebenfalls, Sir. Wir nehmen eine Untersuchung mit unseren Tricordern vor und sammeln einige Proben von der Außenhülle – um festzustellen, womit wir es zu tun haben. Allem Anschein nach konnte eine kontrollierte Notlandung durchgeführt werden. Durch den Aufprall kam es nur zu geringfügigen Schäden.«

Christine Chapel und der zweite Sicherheitsmann kehrten aus dem Shuttle zurück; die Ärztin klappte ihren eigenen Kommunikator auf. »Hier Chapel, Admiral.«

»Ich höre, Doktor.«

»Wir haben uns in der *Cousteau* umgesehen und keine Hinweise auf Verletzungen gefunden. Nirgends gibt es Blutflecken, und das Medo-Material ist unbenutzt.«

»Haben Spock und Chekov das Shuttle in aller Ruhe verlassen?«

»Ich glaube schon, Sir«, erwiderte Chapel. »Ein Rettungsboot fehlt, ebenso ein Teil der Überlebensausrüstung.«

»Admiral«, warf Sulu ein, »offenbar hat das Shuttle Wasser aufgenommen, aber nicht genug, um zu sinken. Sicher kam es mit der Flut hierher. Bitte weisen Sie Greenberger an, Geschwindigkeit und Richtung aller Meeresströmungen im Bereich der Insel zu berechnen. Falls der Flugschreiber keine kompletten Daten enthält, können wir wenigstens schätzen, wo die Notlandung stattfand. Sollen wir uns noch weiter auf der Insel umsehen?«

»Negativ, Commander. Greenbergers Sensoren und Scanner konnten uns keine neue Informationen liefern. Führen Sie eine Sondierung mit den Tricordern durch und holen Sie den Flugschreiber. Beamen Sie sich anschließend an Bord.«

Kirk drehte den Kommandosessel und sah McCoy an, der hinter ihm am Geländer lehnte. »Keine schlechten Nachrichten sind gute Nachrichten.«

McCoy lächelte skeptisch. »Zumindest wissen wir jetzt, daß Spock und Chekov bei der Landung noch lebten. Ich kenne sie gut und bin sicher, daß sie auch jetzt noch am Leben sind — irgendwo.«

»Admiral«, sagte Uhura. »Präzeptor Kkayn meldet sich.«

»Auf den Schirm, Commander.« Kirk und McCoy blickten zum kleinen Monitor über der Kommunikationskonsole. Llissas Gesicht erschien dort.

»Ich habe eine erfreuliche Mitteilung für Sie«, begann die Akkallanerin. »Der Denkerrat lädt Sie hierher ein. Das gibt mir Gelegenheit, meinerseits eine Besichtigungstour zu veranstalten und Ihnen Freeland zu zeigen.«

Llissa wartete in der Rotunde des Bibliotheksflügels, umgeben vom Fleckenmuster des Lichts, das durch die hohen

Dachfenster filterte. Nachdenklich strich sie mit dem Fuß über den dicken Teppich und sah auf, als sie das Summen des Transporterstrahls hörte. Zwei Gestalten formten sich im energetischen Wabern.

»Admiral, Leonard — willkommen im Kollegium.«

»Danke«, sagte Kirk.

McCoy antwortete nicht, reckte den Hals, sah sich in dem großen, saalartigen Raum um und blickte beeindruckt zur hohen, gewölbten Decke empor. »Donnerwetter! Dies scheint eine Art Kathedrale zu sein.«

»Ich finde diese Bezeichnung durchaus angebracht«, erwiderte Llissa. »Es ist eine Kathedrale des Lernens und der Wissenschaft, unserer Zukunft gewidmet. Bitte kommen Sie.«

Die beiden Männer folgten ihr durch die Rotunde und einen kurzen Flur, der zum Konferenzzimmer führte. Llissa schob die schwere, mit Schnitzmustern verzierte Tür auf und überließ ihren Besuchern den Vortritt. Die Reaktionen der am ovalen Tisch sitzenden Denker unterschieden sich voneinander: Ttindels und Ossages Gesichter blieben ausdruckslos; Eddran machte kein Hehl aus seiner Feindseligkeit; Nniko und Rraitine wirkten hoffnungsvoll; Ssuramaya strahlte.

»Meine Berater«, sagte Llissa und wandte sich an ihre Kollegen. »Ich möchte Ihnen Admiral James Kirk und Dr. Leonard McCoy vom Raumschiff *Enterprise* vorstellen — zwei Männer, die mir bewiesen haben, daß man Außenweltlern vertrauen kann.«

Später wanderte Llissa zwischen Kirk und McCoy durch die holzvertäfelte Galerie mit den Gemälden zu beiden Seiten. »Ich hoffe, es war nicht zu anstrengend«, sagte sie.

»Nun«, brummte McCoy, »es hätte schlimmer sein können. Niemand hat mit faulem Obst geworfen.«

»Eigentlich hat es sich gut ausgeglichen«, kommentierte Kirk. »Die warme Freundlichkeit der positiven Gruppe überwog die kühle Feindseligkeit der negativen.«

Er blieb stehen und betrachtete die Porträts – ernste Gesichter, die aus der Vergangenheit starrten. Andere Bilder zeigten, wie das Insel-Sanktuarium im Laufe der Jahre gewachsen war.

»Unsere Ahnentafel«, sagte Llissa. »Ich komme oft hierher, um den Seelen derjenigen zu begegnen, die hier etwas Einzigartiges geschaffen haben.«

Kirk sah keine jungen Akkallaner und musterte die von harter Arbeit und Entbehrungen gezeichneten Gesichter. Aber ihre Augen blickten in die Zukunft und brachten jene Weisheit zum Ausdruck, die man durch Erfahrung gewinnt, wenn man sein Leben einer Sache widmet. McCoy merkte, daß Llissa vor dem Gemälde einer würdevollen Frau mit silberblondem Haar und dunklen, tief in den Höhlen liegenden Augen stehenblieb. Darunter stand der Name *Kkirin Kkayn.*

»Ihre Mutter?«

Llissa schüttelte den Kopf und wirkte melancholisch. »Meine Mutter starb, als ich ein kleines Mädchen war. Dies ist meine Großmutter. Sie bekleidete vor mir das Amt des Präzeptors und hatte den wichtigsten Einfluß auf mich.«

McCoy legte ihr die Hand auf die Schulter. »Scheint eine großartige Dame gewesen zu sein.«

»Ja. Wahrscheinlich der beste Präzeptor in der ganzen Geschichte des Kollegiums. Während ihrer Amtszeit herrschte hier ein goldenes Zeitalter. Und während meiner bricht all das auseinander, was sie bewahren wollte.«

McCoy drehte Llissa sanft zu sich um. »Wenn sie wirklich so fähig war, so käme sie bestimmt zu dem Schluß, daß Sie sich mit ganzer Kraft für ihre Ideale einsetzen. Wir kennen Sie noch nicht sehr lange, aber ich bin verdammt gut, wenn es darum geht, einen Charakter einzuschätzen – stimmt's, Jim?«

»Da hast du völlig recht, Pille.«

»Daher weiß ich, daß Sie Respekt verdienen. Sie haben *uns* davon überzeugt, mit Ihnen zusammenzuarbeiten, und das war sicher nicht einfach. Außerdem gibt es da etwas, das Sie über Jim Kirk und mich wissen sollten.«

Llissa schluckte. »Was meinen Sie?« fragte sie heiser.

»Wir lassen unsere Freunde nicht im Stich. Und wir verabscheuen es, eine Niederlage hinzunehmen. Nun, wenn das dort drüben ein Fenster ist und kein Bild...«

»Es handelt sich tatsächlich um ein Fenster.«

»...dann erleben wir etwas Wunderbares auf Ihrer Welt — Sonnenschein. Ich schlage vor, wir gehen nach draußen und genießen ihn. Zeigen Sie uns den Campus.« McCoy hakte sich bei Llissa ein und führte sie zur Tür am Ende der Galerie. Kirk schloß sich ihnen an.

Schatten tanzten auf dem Waldboden, als Sonnenstrahlen durchs Blätterdach glänzten. In den Baumwipfeln seufzte eine leichte Brise. »Wenn's nicht regnet, ist es hier ganz nett.« McCoy lächelte, ging noch immer Arm in Arm mit Llissa und zwang Kirk, ihnen über den Graspfad zu folgen.

»Wir halten den Regen keineswegs für deprimierend«, erwiderte Llissa. »Er gehört zum Lebenszyklus auf Akkalla. Wir verdanken ihm unsere Existenz.«

»Verstehen Sie mich nicht falsch«, sagte McCoy. »Auch in meiner Heimat ist der Regen Teil des Lebenszyklus. Aber er weckt in uns Gedanken an unerfüllte Träume und veranlaßt Menschen, traurige Lieder zu singen.«

»Ihr Volk scheint trübselig zu sein.«

»Manchmal.«

Der Pfad endete an einer Lichtung, auf der ein niedriges Holzgebäude stand. Es wirkte gleichzeitig alt und neu, ein Widerspruch, den Llissa erklärte: Vor fünfhundert Jahren war es als erste Schule des Kollegiums gebaut worden, und eine gründliche Renovierung hatte es in den ursprünglichen Zustand versetzt. Es diente nun als Museum und Studienzentrum, gab Auskunft über die Gründer und enthielt ihr Werk. Der Präzeptor führte ihre beiden Begleiter hinein. Kirk und McCoy sahen Regale mit alten Büchern, Vitrinen mit Dokumenten, Werkzeugen und Gegenständen des täglichen Lebens. In einem Glasbehälter lag eine vergilbte Schriftrolle: Der Text war per Hand in Ur-Akkallanisch geschrieben, und darunter bemerkten die beiden Starfleet-Offiziere ein Dutzend Unterschriften.

»Was ist das?« fragte McCoy und beugte sich über den transparenten Kasten.

»Der Vertrag, von dem ich Ihnen erzählt habe.«

»Oh, ich verstehe«, sagte der Arzt und fügte im Tonfall eines stolzen Schülers hinzu: »Das von den Kriegsherrn unterzeichnete Abkommen, in dem die Neutralität dieser Insel als Bildungsinstitution festgelegt wurde.«

»Es ist seltsam, wie schnell die Leute eherne Prinzipien vergessen, wenn sie nicht mehr ihren Zwecken genügen«, murmelte Llissa bitter.

Kirk sah durch ein Fenster, das einen guten Blick auf die Bucht gewährte. Die Akkallanerin trat an seine Seite, und ihre Miene erhellte sich wieder.

»Kommen Sie nach draußen. Ich zeige Ihnen den schönsten Platz auf der ganzen Insel.«

Mit Kirk und McCoy im Schlepptau verließ Llissa das Museum, ging den Hügel zum Strand hinab und deutete in Richtung Festland. Ein breiter Strom mündete in den Hafen von Havensbay.

»Das ist der Bboun. Als ich ein kleines Mädchen war und man mich nirgends finden konnte, hielt meine Großmutter immer hier nach mir Ausschau. Eines Tages nahm sie mich an diesen Ort mit und erzählte vom Bboun, von seinem Ursprung in den Ppaidianischen Bergen auf der anderen Seite des Kontinents. Dort entspringt er als kleiner Bach, kaum mehr als ein Rinnsal. Und doch erreicht er den Hafen als mächtiger Fluß. Sie meinte damals, so sei auch das Kollegium: Vor fünfhundert Jahren begann es als Rinnsal des Wissens, das immer breiter wird, während es in die Zukunft strömt. Ich hoffe nur...«

Llissa unterbrach sich, als laute Stimmen auf der Hügelkuppe erklangen. Mmaddi lief vom Museum her auf sie zu.

»Llissa, Llissa, es ist soweit!« Das Mädchen stolperte in die Arme des Präzeptors, und seine Brust hob und senkte sich, als es nach Luft schnappte. Die Dornen und Blätter in Mmaddis Haar sowie die Kratzer an Händen und Wangen deuteten darauf hin, daß sie geradewegs durch den dichten Teil des Waldes gelaufen war.

»Was ist los, Mmaddi? Warum bist du so aufgeregt?«

»Kriegsrecht!« stieß das Mädchen hervor, drückte die Hand an die Seite und krümmte sich zusammen. McCoy hielt Mmaddi fest und ließ sie vorsichtig auf den Boden sinken. Langsam kam sie wieder zu Atem.

»Das erste Stadium des Kriegsrechts?« fragte Llissa.

Mmaddi nickte. »Eine... Nachricht von... Hhayd... für Sie. Bitte... Sie müssen sofort... ins Hauptgebäude zurück. Dort braucht man Sie!«

»Geht nur«, sagte McCoy. »Ich helfe dem Mädchen. Wir kommen so bald wie möglich nach. Jim, wenn du dich ohne mich hochbeamen mußt... Sei unbesorgt. Ich habe meinen Kommunikator dabei.«

Llissa und Kirk verloren keine Zeit, eilten zur Hügelkuppe hoch und von dort aus durch den Wald. Die Mitglieder des Denkerrats warteten bereits im Konferenzzimmer des Bibliotheksgebäudes. Llissa zählte rasch – es fehlte jemand.

»Wo ist Eddran?«

Ssuramaya fluchte leise. »Als verdammter Feigling geflohen.«

»Was ist geschehen? Mmaddi hat eine Nachricht von Hhayd erwähnt.«

Rraitine reichte ihr einen Zettel, und Llissa las: *Auf Befehl des Publikan Abben Ffaridor wird hiermit das Kriegsrecht des ersten Stadiums ausgerufen. Aufgrund mutmaßlicher Komplizenschaft in Hinsicht auf terroristische Aktionen gegen die rechtmäßig gewählte Regierung Akkallas stehen die Denker und Schüler des Kollegiums unter Arrest, bis Paladine und Grolianische Wächter eintreffen, um sie zu verhören und gegebenenfalls offizielle Verhaftungen vorzunehmen. Kein Angehöriger des Kollegiums darf Freeland verlassen...*

Llissa zerknüllte den Zettel und warf ihn fort. »Offenbar schrecken die Mistkerle vor nichts mehr zurück. Weiß sonst noch jemand Bescheid?«

Nniko stützte sich auf seinen Gehstock. »Wir wollten keine Panik verursachen.«

»Wir könnten damit beginnen, Ihre Leute zur *Enterprise* zu beamen«, schlug Kirk vor.

»Wir haben hier zweitausend Lehrer und Schüler, Admiral«, sagte Llissa kummervoll. »Hhayds Truppen sind wahrscheinlich schon unterwegs. Uns bleibt also nicht mehr genug Zeit, um eine Evakuierung zu organisieren.«

»Es muß doch eine Möglichkeit geben, wenigstens einige von Ihnen in Sicherheit zu bringen.«

»Wie sollen wir die Auswahl treffen? Ssuramaya, geben Sie die Ausrufung des Kriegsrechts bekannt, und zwar *ruhig*. Es darf auf keinen Fall Chaos entstehen. Alle sollen sich in ihre Zimmer zurückziehen und dort bleiben, bis sie von mir hören.«

Ärger glühte in Ssuramayas Augen, aber ihre Stimme klang sanft. »Ja, Llissa.« Als sie ging, führte McCoy die humpelnde Mmaddi herein.

»Wir haben schon darüber gesprochen, bevor du eingetroffen bist, Llissa«, brummte Nniko. »Du darfst nicht hierbleiben. Geh mit Kirk.«

Sie starrte den Alten an. »Ich *muß* bleiben. Ich bin für das Kollegium verantwortlich. Wenn es zerstört wird, so besteht meine Pflicht darin, dabei zugegen zu sein.«

»Wir wissen nicht, ob dies das Ende für uns bedeutet. Vielleicht steckt man uns alle ins Gefängnis, doch ich weigere mich zu glauben, daß die Vernichtung des Kollegiums bevorsteht. Keine Regierung kann sich lange an der Macht halten, wenn sie die physische Realität der Welt leugnet. Auch in Zukunft braucht Akkalla Wissenschaft und Forschung, um zu überleben.«

»Vielleicht ist *diese* Regierung anderer Meinung«, entgegnete Llissa. »Du verläßt dich auf die Vernunft, aber seit einiger Zeit breitet sich der Wahnsinn auf Akkalla aus.«

»Na schön«, sagte Nniko und klopfte mit seinem Gehstock auf den Tisch. »Nehmen wir an, es kommt wirklich zum Schlimmsten. Nehmen wir an, die Soldaten setzen hier alles in Brand, und es bleibt nur Asche übrig. Es wäre ein sicheres Zeichen dafür, daß die Tyrannei nicht von Dauer sein kann. Es muß jemand überleben, der sich an alles erinnert – um die Vergangenheit zurückzubringen und damit unsere Zukunft zu sichern, um zu verhindern, daß Akkalla noch einmal den beschwerlichen Weg der Geschichte beschreiten muß.«

Tränen quollen Llissa in die Augen, als sie zurückwich und heftig den Kopf schüttelte. »Nein, ich kann nicht.«

»Da irren Sie sich.« Widerstandswillen funkelte in Rraitines grünen Augen. »Einige von uns werden entkommen. Einige von uns schließen sich dem aktiven Widerstand an. Andere verschwinden einfach, suchen verschiedene Regionen des Kontinents auf und sind verborgen, ohne sich zu verstecken. Wenn die Zeit reif ist, wenn der Ruf erklingt, werden wir antworten. Dann helfen wir beim Wiederaufbau.«

»Und das geschieht nur, wenn uns das Schicksal den schlechtesten aller denkbaren Pfade leitet«, sagte Nniko ruhig. »Vielleicht kommt es nicht dazu. Vielleicht können wir das Entsetzen bekämpfen und besiegen.«

Kirk und McCoy hatten abseits gestanden und still zugehört. Jetzt trat der Admiral vor. »Wir helfen Ihnen bei diesem Kampf – mein Schiff, meine Besatzung und die Föderation. Aber Ihre Kollegen haben recht, Präzeptor. Jemand von Ihnen muß frei bleiben, um den Widerstand zu koordinieren und zu leiten. Es geht um Ihre Welt. Zwar gibt es nie eine Garantie für etwas, doch Sie haben Akkalla noch nicht verloren.«

Llissa musterte die anderen Denker unsicher. »Wie wollen Sie entkommen?«

»Mit den wissenschaftlichen Unterseebooten«, antwortete Ossage. Die Krise sorgte dafür, daß er nicht mehr schläfrig wirkte. »Wir können den Bboun stromaufwärts fahren, zum Ödland.«

»Und die Strände dieser Insel erlauben eine Flucht mit Flößen«, fügte Ttindel hinzu und faltete die Hände auf dem vorgewölbten Bauch.

»Flöße und U-Boote... Wie viele von uns können sich auf diese Weise in Sicherheit bringen? Und wie sollen wir entscheiden, wer bleibt und wer Freeland verläßt?«

Nniko hob die Schultern. »Selbst wenn nur wenige den Soldaten entkommen, haben wir einen kleinen Sieg errungen. Und was die Auswahl derjenigen betrifft, die hierbleiben oder fliehen... Erst müssen wir feststellen, wieviel Platz die Flöße und Unterseeboote bieten. Anschließend trifft jeder von uns seine ganz persönliche Entscheidung. Wir dürfen uns nicht mit einer langen Diskussion aufhalten, und wenn die Zeit drängt, fällt es manchmal leichter, Probleme zu lösen.«

Rraitine legte den Arm um Llissas Schultern. »Aber *Sie* müssen *jetzt* aufbrechen. Begleiten Sie Admiral Kirk und Dr. McCoy zur *Enterprise.*«

Ssuramaya kehrte in die Konferenzkammer zurück. »Hhayds Patrouillenboote kommen. Ich habe sie auf der anderen Seite der Bucht gesehen. Sie dürfen nicht hierbleiben, Llissa.«

»Wir haben sie bereits überzeugt«, sagte Nniko. »Nicht wahr?« Sein weißes Haar schimmerte, als er sich zum Präzeptor vorbeugte.

Llissas Lippen bebten kurz. »Ja, ich denke schon.«

»Wir müssen jetzt los«, drängte McCoy sanft.

Die Akkallanerin nickte, und der Admiral klappte seinen Kommunikator auf. »Kirk an *Enterprise.* Drei Personen für den Transfer.«

Llissa musterte ihre Kollegen. »Ich weiß nicht, ob wir uns jemals wiedersehen. Es gibt noch so viel, das ich Ihnen sagen möchte...«

»Dies ist nicht der geeignete Zeitpunkt, um geschwätzig

zu werden«, tadelte Nniko. »Geh jetzt. Und denk bloß nicht, du seiest besser dran als wir. Es wartet viel Arbeit auf dich, und du mußt sie ganz allein erledigen. Wir hingegen bleiben zusammen und können uns gegenseitig helfen.«

Kirk und McCoy beobachteten, wie Llissa eine würdevolle Haltung annahm. »Möge euch das Muttermeer beschützen.«

»Und Sie ebenfalls«, lautete die mehrstimmige Antwort.

Kirk hob den Kommunikator. »Beamen Sie uns hoch, Mr. Scott.«

Vier gedrungene Landungsboote der Paladine pflügten durch die niedrigen Wellen und erreichten den Strand der Insel Freeland. Vize-Brigadegeneral Hhayd rief einen Befehl — hundert schwerbewaffnete und in blaugraue Kampfanzüge gekleidete Soldaten sprangen über die Seiten oder liefen die Rampen hinunter. Sie bildeten kleine Gruppen und standen bequem, bis der Kommandeur an Land kam und ihnen gegenübertrat — eine stutzerhafte Gestalt mit auf Hochglanz polierten Schaftstiefeln, schwarzen Lederhandschuhen, sorgfältig verknotetem Halstuch und einem edelsteinbesetzten Dolch an der Hüfte.

»Machen Sie nur dann von den Waffen Gebrauch, wenn Sie auf Widerstand stoßen. Ich vermute, daß die Gelehrten nicht genug Mumm haben, um sich uns zum Kampf zu stellen. Schießen Sie über ihre Köpfe, wenn die Gruppenführer das Zeichen geben. Wir haben es hier nicht mit Soldaten zu tun, sondern mit verängstigten Leuten, die der Panik nahe sind. Die einzige Gefahr besteht darin, daß wir von fliehenden Akademikern über den Haufen gerannt werden.« Hhayd lachte über seinen eigenen Witz, und einige Paladine grinsten. »Wir sind hier, um die Insel unter Kontrolle zu bringen. Die Gefangenen bleiben in unserem Gewahrsam, bis Brigadegeneral Vvox und Publikan Ffaridor entscheiden, was mit ihnen geschehen soll. Ich erwarte energische Entschlossenheit von Ihnen. Also los...«

Die einzelnen Abteilungen marschierten zielstrebig über den Strand und durch den Wald. Hhayd blieb in der Mitte und benutzte seine Truppen als lebenden Schild.

Auf der anderen Seite des Waldes schwärmten die Soldaten aus und näherten sich den Campus-Gebäuden. Nirgends rührte sich etwas. Eine seltsame Stille herrschte, und Hhayd sah sich immer wieder argwöhnisch um. *Wo stekken die Bewohner der Insel?*

Mit einer Gruppe drang er ins Gebäude der Hauptbibliothek vor, schritt durch die Rotunde und zum Konferenzzimmer. Als er die Tür aufstieß, sah er einige Denker und Schüler, die ruhig am Tisch und auf dem Boden saßen.

»Wie kleine Nagetiere, die sich voller Furcht in ihrem Bau verkrochen haben«, höhnte der Kommandeur. »Wer führt hier die Aufsicht?«

Nniko hob eine faltige und fleckige Hand. »Ich.«

»Name?«

»Nniko.«

»Wo ist der Präzeptor?«

Der Alte blieb gelassen und zuckte mit den Achseln. »Sie muß irgendwo im Haus sein.«

Hhayd holte blitzartig aus und rammte den Kolben seiner Waffe auf den Tisch. Mehrere Personen zuckten zusammen, unter ihnen auch einige Soldaten.

Der Kommandeur drehte sich um und verließ die Kammer. »Sie bleiben dort drin!« rief er über die Schulter. »Ich bin bald wieder da.«

Mmaddi strich sich eine Strähne ihres kastanienbraunen Haars aus der Stirn und sah zu Nniko auf. »Ssuramaya, Ossage und zwanzig andere sind mit den U-Booten entkommen«, flüsterte sie. »Die Flöße brachten dreißig weitere fort.«

Das Bild hatte als ruhige Meeresszene begonnen: Lange Reihen von Wellen, die an einen friedlichen Strand rollten, darüber ein blauer Himmel. Doch je öfter Abben Ffaridor den Pinsel zur Palette führte, desto häufiger wählte er Farben, die das Bild düster und melancholisch gestalteten. Einige wenige Sonnenstrahlen verblaßten neben finsteren Gewitterwolken, und die Wellen wurden höher, schlugen erbarmungslos ans Ufer.

Ffaridor hatte sich in sein Arbeitszimmer zurückgezogen, um der gedrückten Stimmung zu entfliehen. Er hoffte, sie überwinden zu können, wenn er seiner Kreativität die Möglichkeit gab, sich auf der Leinwand zu entfalten. Statt dessen wurde er immer schwermütiger und beobachtete, wie der Pinsel dem inneren Aufruhr offensichtlichen Ausdruck verlieh. Er merkte gar nicht, daß Brigadegeneral Vvox hereinkam.

»Eine überaus fröhliche Darstellung«, sagte sie.

Ffaridor wirbelte erschrocken herum. »Oh, du bist's.«

»Wer sonst weiß, wohin du dich zurückziehst, wenn du von Problemen Abstand gewinnen möchtest?« Jjenna massierte ihm den Nacken.

»Handeln wir richtig?«

»Wir konnten gar nicht anders handeln, um das Unheil von Akkalla abzuwenden.«

Abben schüttelte skeptisch den Kopf. »Die Synode scheint anderer Auffassung zu sein.«

»Wir sehen die Realität klarer und deutlicher. Warum regen sich die Oberherrn überhaupt so auf? Wir haben nur das Kriegsrecht des ersten Stadiums ausgerufen. Die Synode besteht nach wie vor und gehört zur Regierung. Ihre Mitglieder sollten endlich versuchen, Lösungen anzubieten, anstatt ständig zu kritisieren!«

Ffaridor griff nach Vvox' Händen. »Du erstaunst mich, Jjenna. Was ist mit der ruhigen, immer beherrschten Ratgeberin geschehen? Ich brauche keinen zornigen Soldaten.«

»Entschuldige, Abben. Aber die Idioten in der Synode machen mich wütend.«

Abben führte Jjennas Finger nacheinander an die Lippen und küßte sie. »Laß dich von ihnen nicht aus der Fassung bringen. Ich kümmere mich um sie.«

Vvox schwieg einige Sekunden lang und fluchte dann. »Wenn mir durch Gespräche über die Synode der Kragen platzt, vergesse ich manchmal, warum ich zu dir gekommen bin. Ich bringe gute Neuigkeiten.«

Der Kummer in den Augen des Publikan wich Interesse. »Wie lauten sie?«

»Das Verhör der Terroristen, die sich bereits in Haft befinden, hat sich ausgezahlt — Verhöre, die du verbieten wolltest«, fügte Vvox vorwurfsvoll hinzu.

»Ich habe nichts gegen Verhöre, obgleich ich den Ausdruck ›Befragungen‹ vorziehe. Ich wollte nur vermeiden, daß jemand gefoltert wird. Um des Meeres willen: Die Leute stammen aus unserem Volk und sind Mitbürger, keine feindlichen Soldaten.«

»Genau in diesem Punkt irrst du dich. Sie stellen unsere Lebensweise in Frage und gefährden die Gesellschaft — dadurch werden sie zu Feinden. Außerdem: Wir foltern niemanden. Wir... überzeugen die Häftlinge nur davon, daß es besser ist, wahrheitsgemäß Auskunft zu geben.«

»Was hast du herausgefunden?«

»Genug, um einen Renegaten-Kader in Shiluzeya auszuheben. Unter den Gefangenen befinden sich zwei besonders interessante Personen. Du solltest sie kennenlernen.«

»Hier? Jetzt?«

Vvox nickte. »Sie warten unten. Zieh den Kittel aus.« Sie trat hinter ihn und löste den Knoten, woraufhin Ffaridor die lange Mantelschürze abstreifte. Gemeinsam verließen sie das Arbeitszimmer und begaben sich in die Audienzkammer. Dort standen sechs Grolianische Wächter in einer Ecke, vor zwei Männern in schmutzigen schwarzen Hosen und zerrissenen Pullis — Kleidung, die ganz offensichtlich nicht von Akkalla stammte. Dem Publikan fielen die spitzen Ohren des größeren Fremden auf. *Ein Vulkanier.*

»Das sind die beiden vermißten Offiziere von der *Enterprise.* Sie heißen Spock und Chekov.« Ein arrogantes Lächeln umspielte Jjennas Lippen. »Sie könnten uns nützlich sein.«

Ffaridor zog sie beiseite. »Ich will nicht, daß sie gefoltert werden«, sagte er leise und fest.

»Man wird ihnen kein Leid zufügen, aber ich muß in der Lage sein, alle zur Verfügung stehenden Mittel zu nutzen, um Informationen von ihnen zu bekommen. Diese beiden Gefangenen sind ein Trumpf, den wir gegen Kirk ausspielen können, wenn er uns unter Druck zu setzen versucht. Du weißt ja, wie versessen er darauf ist, seine vermißten Offiziere zurückzubekommen. Man gewinnt leicht die Oberhand, wenn man etwas hat, das jemand anders will.«

Ein junger Turmwächter kam herein, salutierte zackig und knallte die Hacken aneinander. »Kommandeur Hhayd bittet um Erlaubnis, eintreten zu dürfen.«

Der Publikan setzte zu einer Antwort an, doch Vvox sprach zuerst. »Erlaubnis gewährt.«

Hhayd hatte draußen im Flur gestanden, schritt nun durch die Tür und nahm respektvoll Haltung an, als er sah, daß auch andere Personen zugegen waren. Unter diesen Umständen mußte er sich an das militärische Protokoll halten. »Kommandeur Hhayd meldet sich, um Bericht zu erstatten, Publikan Ffaridor.« Er trug ein Bündel unter den Arm geklemmt.

»Ja, schon gut, Hhayd. Sagen Sie uns, was passiert ist.«

»Wir haben den Einsatz im Kollegium erfolgreich beendet.«

Jjenna lächelte, doch Ffaridors Gesicht zeigte eine Mischung aus Erleichterung und Besorgnis.

»Sind Sie auf Widerstand gestoßen?« fragte Brigadegeneral Vvox.

»Hier und dort.« Hhayd konnte lügen, ohne zu erröten, und er war froh über diese Fähigkeit. »Aber wir haben die Insel unter Kontrolle gebracht, ohne Blut zu vergießen.«

»Sehr lobenswert, sehr lobenswert«, sagte Ffaridor.

»Ist Präzeptor Kkayn verhaftet?« erkundigte sich Vvox.

Hhayd mied ihren Blick für einen Sekundenbruchteil. »Äh, nein. Wir fanden sie nirgends. Da sie unmöglich geflohen sein kann, vermuten wir, daß sie sich nicht auf der

Insel befand, als unsere Aktion begann. Wie dem auch sei: Sie ist von ihren Leuten und den Einrichtungen des Kollegiums isoliert. Ohne Hilfe hat sie weder Macht noch Einfluß. Der Präzeptor stellt somit kein Problem mehr für uns dar.« Hhayd legte das Bündel auf den Lampentisch und begann damit, die Schutzfolie zu lösen.

»Was ist das?« fragte Ffaridor.

»Eine besondere Trophäe.« Der Kommandeur richtete sich auf und hob drei fossile Knochen, deren braune Tönung auf hohes Alter hinweis. »Danach haben wir gesucht. Angeblich stammen sie von Wwafida.«

Der Publikan schnaubte verächtlich. »Die Wwafida existieren nur in Legenden. Es können also keine echten Relikte sein.«

»Aber es wäre möglich, daß man sie gegen uns verwendet«, gab Vvox zu bedenken. »Von geschickten Schwindlern verbreitete wissenschaftliche Lügen lassen sich nur schwer aus der Welt schaffen. Ich schlage vor, wir zerstören die Knochen — dann stehen die Lügner mit leeren Händen da.«

Ffaridor nickte nachdrücklich und winkte Hhayd fort. »Ja, ja, ja — kümmern Sie sich unverzüglich darum.«

»Wegtreten, Kommandeur«, sagte Vvox. »Ich werde dafür sorgen, daß Sie für die Mission ausgezeichnet werden.«

Publikan Ffaridor klopfte Jjenna auf die Schulter. »Dies ist ein großer Tag für uns, Brigadegeneral. Später müssen wir ihn angemessen... würdigen.«

»Selbstverständlich, Sir. Ich treffe alle Vorbereitungen.«

Abben rieb sich die Hände, als er zu den Grolianischen Wächtern und ihren beiden Gefangenen ging. »Nun, wie verfahren wir mit diesen Männern?«

»Wenn ich sprechen darf...« sagte Spock.

»Oh, ja. Natürlich. Sie sind...«

»Commander Spock, Erster Offizier der U.S.S. *Enterprise.* Ihren früheren Bemerkungen entnehme ich, daß die *Enterprise* inzwischen eingetroffen ist. Wir waren mit einer von Akkalla genehmigten Mission beauftragt, als wir von der sogenannten Kap-Allianz gefangengenommen wurden, und daher bitte ich Sie, uns sofort die Rückkehr zu gestatten. Ihre Regierung ist gesetzlich dazu verpflichtet.«

»Ja, ja, Commander Spock. Ich versichere Ihnen unsere Bereitschaft, Ihren Wunsch so schnell wie möglich zu erfüllen. Aber noch ist es nicht soweit. Inzwischen wissen Sie sicher, daß wir auf Akkalla mitten in einer ernsten Krise stecken — es gibt sowohl äußere als auch innere Feinde. Ich fürchte, wir müssen Sie und Ihren Kollegen um ein wenig Kooperationsbereitschaft bitten. Sie wurden von einer Chorymi-Flotte angegriffen und gerieten anschließend in die Gefangenschaft der Renegaten — ausführliche Informationen darüber könnten uns sehr helfen. Dieses Anliegen trage ich als Regierungschef von Akkalla an Sie heran.«

Spocks Brauen wölbten sich ein ganzes Stück nach oben. »Dürfen wir uns mit dem Raumschiff in Verbindung setzen und dem Kommandanten mitteilen, daß wir leben?«

»Darum kümmern wir uns, Commander. Seit Sie vermißt wurden, stehen wir in ständigem Kontakt mit Admiral Kirk. Ich weiß, wie besorgt er und die Besatzungsmitglieder des Schiffes sind. Ich selbst werde ihm mitteilen, daß es Ihnen gutgeht, und anschließend bitte ich um seine Erlaubnis, Sie in Hinsicht auf Ihre, äh, unglücklichen Abenteuer zu befragen. Unterdessen hoffe ich, daß Sie meine persönliche Gastfreundschaft hier im Behüteten Turm akzeptieren. Brigadegeneral Vvox, führen Sie diese Herren ins Gästequartier, damit sie sich dort waschen können. Wenn Sie sich ausgeruht haben, ist es mir eine Ehre, Sie als meine Gäste beim Abendessen zu empfangen.«

»Nun gut«, erwiderte Spock. »Wir nehmen Ihre Einladung an, wenn Sie Kirk sofort von unserem Status berichten.«

Vvox wandte sich an den Gruppenführer der Grolianischen Wächter. »Soldat, eskortieren Sie Spock und Chekov zum Gästequartier. Sorgen Sie dafür, daß sie alle notwendigen Dinge bekommen, um sich frisch zu machen, darunter auch neue Kleidung.«

»Ja, Brigadegeneral.« Der Uniformierte sah die Starfleet-Offiziere an. »Hier entlang.«

Ffaridor blickte Spock und Chekov mit einem onkelhaften Lächeln nach. Dann drehte er sich zu Vvox um. »Ich weiß jetzt, was wir mit ihnen anfangen können«, sagte er in dem aufgeregten Tonfall eines Mannes, der nun eine Möglichkeit entdeckte, die Katastrophe zu vermeiden.

Vvox kniff mißtrauisch die Augen zusammen. »Wie meinst du das?«

»Ich muß verhindern, daß die Synode noch unruhiger wird und sich gegen mich wendet. Das Kriegsrecht bedroht die Macht der Oberherrn, und sie sind wohl kaum bereit, auf ihren Einfluß zu verzichten. Es genügt nicht, daß ich an die Gefahr erinnere, die von den akkallanischen Terroristen und den Ernteflotten der Chorymi ausgeht. Jetzt kann ich beweisen, daß auch die Föderation gegen uns Stellung bezogen hat.«

»Wie?«

»Indem ich die beiden Starfleet-Offiziere als Spione von Außenwelt darstelle, die mit den Wissenschaftlern des Kollegiums zusammenarbeiten, um unsere Regierung zu stürzen.«

»Aber damit wird sich die Synode nicht begnügen«, sagte Vvox. »Die Oberherrn wollen sicher Fragen stellen. Und ich bezweifle, ob Commander Spock vor die Versammlung tritt und zugibt, ein Spion zu sein.«

»Dann lassen wir eben keine Fragen zu. Seit wir das Kriegsrecht ausgerufen haben, verlangen die Oberherrn, daß ich zu ihnen komme und eine Erklärung abgebe. Jetzt erfülle ich ihnen diesen Wunsch und präsentierte Kirks Offiziere als stummen Beweis.« Der Publikan wanderte umher und murmelte vor sich hin: »Ja, ja, es klappt bestimmt.«

Das Gästequartier war geräumig, und es enthielt nur wenige, dafür aber recht geschmackvolle Einrichtungsgegenstände. Dicke Teppiche mit komplexen Mustern und bunte Tapisserien an den Wänden boten das einzige Zeichen von Luxus. Spock lag auf dem Bett, ein Kissen unter dem Kopf, die Hände auf der Brust gefaltet. Er dachte über den auffallenden Gegensatz zwischen freundlicher Behandlung und der unleugbaren Tatsache nach, daß Chekov und er die Freiheit noch immer nicht zurückgewonnen hatten. Jetzt befanden sie sich im Gewahrsam einer zweiten Gruppe, die einen erbitterten Kampf gegen die erste führte. Zwar handelte es sich eindeutig um Gegner, doch beide Seiten versuchten, mit den Starfleet-Offizieren strategische politische Vorteile zu gewinnen.

Auf den ersten Blick betrachtet, schien sich Spocks und Chekovs Lage unter dem Schutz der Regierung verbessert zu haben, aber die Logik wies darauf hin, daß dies nur ein Aspekt einer höchst komplizierten Situation war – vergleichbar mit einer Seite eines Polyeders, dessen Gesamtstruktur sich erst offenbarte, wenn man Gelegenheit bekam, ihn aus verschiedenen Perspektiven zu betrachten. Das galt auch für die jüngste Entwicklung der Ereignisse. Spock benötigte mehr Informationen, um über sein Verhalten zu entscheiden. Ein Klopfen an der Tür unterbrach ihn bei seinen Überlegungen, und er setzte sich auf.

»Herein.«

Die Tür schwang auf, und Chekov trat über die Schwelle, gekleidet in eine weite, bequeme Hose und einen Pullover. Er trug ein Tablett, auf dem eine Karaffe mit lavendelfarbener Flüssigkeit und zwei Gläser aus geschliffenem Glas standen. »Man hat mir das hier gebracht, Sir, und ich wollte nicht allein trinken.«

»Ich hoffe, Sie planen keinen von Alkohol induzierten Rausch...«

Spock deutete auf einen Stuhl mit hoher Rückenlehne, der neben dem Bett stand. »Danke, Mr. Chekov.«

Sie griffen nach den gefüllten Gläsern, und der Russe hob seins. »Auf die Freiheit.«

»Ein Trinkspruch, den ich für angemessen halte.« Spock nickte.

Chekov nahm einen Schluck und verzog das Gesicht. »Nicht annähernd so gut wie Wodka.« Er setzte das Glas erneut an die Lippen und leerte es zur Hälfte. »Mr. Spock, sind wir Gäste oder noch immer Gefangene?«

»Über diese Frage habe ich nachgedacht, als Sie hereinkamen. Da wir nicht zur *Enterprise* zurückkehren können, muß ich annehmen, daß wir nach wie vor gefangen sind.«

»Nun, als Gefängnis ist dieses Quartier gar nicht so übel«, sagte Chekov und sah sich im Zimmer um.

»Für an Freiheit gewöhnte, intelligente Wesen sind selbst komfortabel erscheinende Einschränkungen der Bewegungsfreiheit letztendlich ebenso unerträglich wie der Aufenthalt in einem finsteren Kerker.«

»Admiral Kirk läßt nicht zu, daß man uns hier längere Zeit festhält. Wir haben keine Verbrechen begangen.«

»Zumindest keine, von denen wir wissen. Aber vielleicht ist der Admiral nicht in der Lage, unsere Freilassung zu erwirken. Möglicherweise hat er nicht einmal Kenntnis von unserer hiesigen Präsenz.«

»Glauben Sie, der Publikan hat gelogen, als er meinte, er würde der *Enterprise* Bescheid geben?«

»Nun, Lieutenant, das ist eine Möglichkeit, die wir berücksichtigen müssen — bis wir einen klaren Beweis dafür haben, daß Admiral Kirk tatsächlich eine Mitteilung bekommen hat.«

Chekov trank sein Glas aus und füllte es wieder. »Vielleicht erlaubt man uns die Rückkehr, wenn wir alle Fragen beantwortet haben.«

»Wir sollten mit unseren Auskünften sehr vorsichtig sein, Mr. Chekov. Leider wissen wir nur wenig über den Faktenhintergrund des gegenwärtigen Konflikts auf Akkalla. Daher halte ich es für besser, nicht den Eindruck zu erwecken, für jemanden Partei zu ergreifen.«

Erneut klopfte es.

»Herein«, sagte Spock. Die beiden Starfleet-Offiziere standen auf und traten vor. Brigadegeneral Vvox öffnete die Tür.

»Der Publikan bat mich, Sie zu fragen, ob Ihnen das Abendessen gefiel. Wenn Sie etwas brauchen...«

»Alles ist zufriedenstellend«, erwiderte Spock. »Abgesehen von der Ungewißheit darüber, wie lange wir an diesem Ort bleiben müssen.«

»Ah, ja – auch deshalb bin ich gekommen. Der Publikan möchte Sie morgen der Kontinentalen Synode vorstellen.«

»Zu welchem Zweck?«

»Damit Sie einige Fragen beantworten, weiter nichts. Anschließend unterhalten wir uns hier im Turm, und dann schicken wir Sie zum Raumschiff. Einverstanden?«

»Ja«, sagte Spock.

»Ausgezeichnet. Man holt Sie morgen früh ab. Schlafen Sie gut.«

»Es ist wirklich nett von Ihnen, daß Sie mich hierher eingeladen haben, Leonard.« Llissa Kkayn beugte sich vor und schnupperte an einigen rosaroten und purpurn blühenden Magnolien. Dann schlang sie die Arme um sich selbst und wirkte wie ein glückliches Kind, das den Duft und die vielen Farben eines Zauberwalds bewunderte. »Ich kann kaum glauben, daß es so etwas an Bord eines Raumschiffs gibt!«

McCoy beobachtete die Akkallanerin und lächelte. »Technisch ausgedrückt ist dies unser botanisches Konservierungs- und Beobachtungslaboratorium. Aber ich nenne es ›Park‹. Einerseits dient es dazu, Pflanzen von verschiedenen Welten zu untersuchen, und andererseits bekommt die Besatzung dadurch Gelegenheit, während ihrer Freizeit zur Natur zurückzukehren.«

»Wie heißen diese Blumen?«

»Magnolien.«

»Und von welchem Planeten stammen sie?«

»Von der Erde. Um ganz genau zu sein: Sie sind aus Dixieland, meiner Heimat.«

»Dixieland... Eine seltsame Bezeichnung für eine Stadt.«

»Nun, äh, es ist ein Spitzname. Ich komme aus einer Region, die man Georgia nennt.« McCoy fragte sich, ob Llissa an terranischer Geographie interessiert war. »Und eigentlich wachsen die Magnolien an einem anderen Ort namens Mississippi. Trotzdem: Es sind meine Lieblingsblumen.«

Die Akkallanerin folgte dem Verlauf des kurvenreichen Pfads. »Der Park scheint sehr groß zu sein. Wie können Sie soviel Platz dafür erübrigen?«

»Er ist nicht so groß, wie es den Anschein hat. Struktur der Anlage und Art der Anpflanzung schaffen den Eindruck von weiten, offenen Bereichen. Vor langer Zeit gab es gute wissenschaftliche Gründe, warum Raumschiffe Pflanzen mitnahmen. Sie dienten nicht nur zur Entspannung, sondern sorgten auch dafür, daß die Luft an Bord atembar blieb, indem sie Kohlendioxid aufnahmen und Sauerstoff produzierten.«

»Daran werde ich denken — falls Akkalla jemals die Raumfahrt entwickelt.«

»Oh, früher oder später ist das bestimmt der Fall.«

Zweifel trübte den Glanz in Llissas dunklen Augen. »Derzeit würde ich nicht gerade darauf wetten.«

»He, was ist mit dem Lächeln passiert?«

»Ach, Leonard, wie kann ich lächeln, wenn ich genau weiß, was auf Akkalla geschieht? Ich sollte jetzt dort unten sein und meinen Kollegen helfen. Statt dessen wandere ich hier durch einen... Park und genieße Sicherheit, während alle anderen um ihr Leben fürchten müssen...«

»Sie sind hier, weil Sie nur auf diese Weise helfen können. Nun, es ist nicht verkehrt, sich ein wenig schuldig zu fühlen, aber übertreiben Sie es nicht, in Ordnung? Ich muß jetzt zur Krankenstation zurück; dort wartet noch

Arbeit auf mich, bevor ich für heute Schluß machen kann. Kommen Sie, ich bringe Sie zu Ihrem Quartier.«

»Ich würde gern noch eine Weile hierbleiben. Darf ich?«

»Natürlich. Verirren Sie sich nur nicht im Wald.«

»Gute Nacht.«

Llissa sah dem Arzt nach, als er hinter mehreren hohen Büschen und Sträuchern verschwand, drehte sich dann um und ging weiter. Kurze Zeit später fand sie eine Sitzbank aus Holz, nahm Platz, schloß die Augen und konzentrierte sich mit ihren restlichen Sinnen auf die Gerüche und Geräusche.

»Es ist nicht erlaubt, auf Parkbänken zu schlafen, Präzeptor.«

Llissa hob die Lider und sah einen schmunzelnden Kirk. »Setzen Sie sich, Admiral.«

»Wie haben Sie diesen Ort entdeckt? Lassen Sie mich raten... McCoy.«

»Woher wissen Sie das?«

»Nun, er erinnert mich dauernd daran, daß er nur ein alter Landarzt ist«, sagte Kirk und ahmte dabei den Akzent seines Freundes nach. »Dies ist sein Lieblingsplatz an Bord des Schiffes. Manchmal glaube ich, daß er mit seiner Krankenstation ins botanische Laboratorium umziehen möchte.«

Llissa lachte. »Was führt Sie so spät hierher?«

»Um ganz ehrlich zu sein... Es ist auch mein Lieblingsplatz. Hier finde ich Ruhe und Frieden. Ich komme ebenfalls aus einer ländlichen Gegend, bin auf einer Farm in Iowa groß geworden. Selbst wenn jemand seine Heimat verläßt — er nimmt sie mit. Das gilt auch für mich. Übrigens: Wo ist der gute Doktor?«

»Er meinte, in der Krankenstation warte noch Arbeit auf ihn. Ich wollte noch ein wenig hierbleiben, um allein zu sein.«

»Oh, tut mir leid.« Kirk stand auf, aber Llissa hielt ihn am Arm fest und zog ihn auf die Sitzbank zurück.

»Nein, gehen Sie nicht, Admiral. Ich freue mich über Ihre Gesellschaft.«

»Worüber denken Sie nach?«

Llissa hob und senkte die Schultern. »An verschiedene Dinge; zum Beispiel: Meine Sturheit verleitete mich zu dem Fehler, Ihnen zu spät zu vertrauen. Vielleicht habe ich dadurch zur Katastrophe beigetragen.«

»Das ist doch lächerlich, Präzeptor.«

»Bitte nennen Sie mich Llissa, Admiral.«

»Obgleich ich Sie nicht von innen kenne?«

»Oh, ich bin sehr aufgeschlossen.«

»Na schön. Und Sie nennen mich Jim.«

»Abgemacht.« Sie schüttelten sich die Hände. »Da wir jetzt auf Förmlichkeiten verzichten... Warum halten Sie meine Überlegungen für lächerlich?«

»Weil ich ebenso stur gewesen bin wie Sie. Wenn es in diesem Zusammenhang so etwas wie Schuld gibt, teilen wir sie. Ich glaube allerdings, daß wir ohnehin keine Möglichkeit hatten, die Situation zu verändern. Die Ereignisse waren bereits in Bewegung, ohne daß wir sie kontrollieren konnten.«

Llissa ließ den Kopf hängen und seufzte tief. »Ich möchte nicht den Rest meines Lebens im Exil verbringen, Jim.«

»Das wird auch nicht der Fall sein«, erwiderte Kirk. »Sie müssen versuchen, die Dinge positiv zu sehen. So wie ich mir Mühe gebe, daran zu glauben, daß ich sowohl meine vermißten Offiziere als auch die entführten Föderationswissenschaftler wiederfinde — gesund und munter.«

»Bitte entschuldigen Sie.« Llissa schüttelte den Kopf. »Ich bin zu sehr mit meinen eigenen Problemen beschäftigt — *mir* droht wenigstens keine Gefahr. Ich fühle mich wie eine Närrin, weil ich gar nicht mehr an Ihre Leute gedacht habe. Wie sind sie? Ich meine die beiden vermißten Offiziere...«

»Nun, Pavel Chekov ist intelligent, neugierig und sehr tüchtig. Ich bin sein erster kommandierender Offizier gewesen und habe ihn schon als Fähnrich kennengelernt, der kaum alt genug war, um sich zu rasieren. Was nicht heißen soll, daß er jetzt alt ist. Ich bin sicher, ihn erwartet eine große Zukunft; er könnte in Starfleet jeden Rang bekleiden, den er möchte.«

»Und Mr. Spock? Er ist Vulkanier, nicht wahr?«

»Ja, allerdings.« Kirk lachte leise. »Komische Sache: Eigentlich ist er nur ein halber Vulkanier. Seine Mutter stammt von der Erde – wir nutzen jede Gelegenheit, ihn daran zu erinnern. Inzwischen kenne ich ihn seit mehr als zehn Jahren. Er ist immer da, wenn ich ihn brauche; ich kann immer auf seine Hilfe zählen.«

»Ein guter Freund von Ihnen?«

Kirk schwieg einige Sekunden lang. »Früher wäre es mir schwergefallen, diese Frage zu beantworten. Vulkanier sind nicht sehr... offen, wenn es um ihre Gefühle geht. Aber ich bin sicher, daß Spock der beste Freund ist, den sich ein Mann wünschen kann. Nie habe ich jemanden mit mehr Integrität, Intelligenz und Kraft kennengelernt. Oh, er hat natürlich seine Fehler, doch es gelingt uns häufig, den Menschen aus ihm herauszulocken – das schafft einen gewissen Ausgleich.« Kirk lächelte und blickte dann ins Leere. »Er gäbe sein Leben, um die *Enterprise* und ihre Besatzung zu retten – daran kann überhaupt kein Zweifel bestehen. Er würde nicht zögern, wenn er eine derartige Entscheidung für ›logisch‹ hielte. Wenn ich jemals das Kommando über dieses Raumschiff aufgebe... Spock ist der einzige, dem ich es anvertrauen würde.«

Kirk sah sich um, doch sein Blick galt nicht den Pflanzen, sondern der *Enterprise*.

»Wenn Ihnen das Kommando so wichtig ist – warum sollten Sie es dann aufgeben?« fragte Llissa.

Jim Kirk zuckte mit den Achseln. »Irgendwann verspürt jeder den Wunsch, nach Hause zurückzukehren.«

»Ich hoffe, auch ich bekomme eine Chance dazu«, sagte Llissa leise.

Admiral und Präzeptor lächelten traurig, als die Schatten des künstlichen Zwielichts durch den Park krochen.

KAPITEL 7

Spock und Chekov warteten in einer schmalen Galerie hoch über dem rundem Amphitheater der Synodenkammer und beobachteten, wie sich die Oberherrn auf die Sitzung vorbereiteten. Die Sessel und Tische in der Kammer bildeten vier konzentrische Kreise, die sich zu der gegenüberliegenden Seite hin öffneten. Dort stand eine schlichte Kanzel und reichte etwa drei Meter weit über das Bodenniveau. Neben ihr hingen akkallanische Fahnen von grauen Wandringen herab und zeigten geometrische Wellenmuster auf blauem Grund. Durch die Bogenfenster über den obersten Sitzen fiel von allen Seiten Tageslicht in die Kammer.

Die achtzig Oberherrn – Männer und Frauen aller Altersgruppen – saßen entweder an ihren Tischen und blätterten in Unterlagen oder bildeten kleine, lebhaft diskutierende Gruppen. In dem allgemeinen Durcheinander fiel den Starfleet-Offizieren ein Delegierter auf, der die Kammer zielstrebig durchquerte und zur Kanzel schritt, dort die kurze Treppe hochging. Er war groß und hager, hatte langes weißes Haar und ein überraschend jugendliches Gesicht. Auf der Plattform griff er nach einem Hammer und hob ihn.

»Oberherrn, Oberherrn!« rief er, und seine Stimme hallte ohne elektronische Verstärkung durch die Kammer. Der Tonfall wies darauf hin, daß die Worte bereits zur Tradition geworden waren. »Diese Sitzung der Kontinentalen Synode findet statt, um Angelegenheiten zu besprechen, die unser vom Muttermeer gesegnetes Land betreffen. Ruhe im Saal, Ruhe im Saal. Ich, Ddenazay Mmord, führe den Vorsitz.«

Die Abgeordneten beendeten ihre Diskussionen und nahmen an den Tischen Platz. Als es still wurde, räusperte sich Mmord. »Ehrenwerte Peers, Sie alle wissen, daß wir uns heute morgen zu einer besonderen Sitzung eingefunden haben. Der Publikan Abben Ffaridor entspricht unserem Wunsch und wird persönlich das Wort an uns richten.« Der weißhaarige Mann drehte sich um und blickte zur Treppe. »Peer Ffaridor, die Synode ist bereit, Sie zu empfangen.«

Als Abben Ffaridor ans Rednerpult herantrat, kam Brigadegeneral Vvox zur Galerie. »Commander Spock, Lieutenant Chekov – der Publikan stellt Sie gleich den Oberherrn vor. Begleiten Sie mich. Wenn er Sie ruft, gehen Sie in die Kammer und bleiben neben ihm auf der Kanzel stehen.«

Die Starfleet-Offiziere folgten Vvox über mehrere Rampen, die zum Bodenniveau führten. Dann schritten sie durch einen Flur zur gegenüberliegenden Seite des Saals, erreichten schließlich ein Foyer hinter dem Pult und hörten die aus dem Stehgreif gehaltene Rede des Publikan.

»...verstehe ich Ihre Sorge über die Proklamation des Kriegsrechts. Deshalb bin ich selbst gekommen, um Sie zu beruhigen – und um Sie davor zu warnen, die Krise zu unterschätzen. Erst gestern haben unsere Streitkräfte einen Terroristenkader auf Shiluzeya ausgehoben. Dort unterhielten die Rebellen mehrere Stützpunkte, schürten das Feuer des Krieges zwischen Akkalla und Chorym und planten den Sturz der Regierung. Damit ist auch Ihre Entmachtung gemeint, Peers der Synode...«

Spock und Chekov standen hinter Vvox, schoben sich ein wenig vor und blickten zum Publikan, der allein am Rednerpult stand. Er sprach selbstsicher und in einem aufrichtigen Tonfall, der seinen eindringlichen Worten Glaubwürdigkeit verlieh. »Er hat erhebliches rhetorisches Talent...« murmelte der Vulkanier.

»...gelang es auch, zwei Gefangene zu befreien, nach denen wir gesucht haben, seit sie bei einer wissenschaftlichen Mission verschwanden. Es handelt sich um Offiziere des Föderationsschiffes *Enterprise,* und ich möchte sie Ihnen nun vorstellen. Meine Herren?«

Brigadegeneral Vvox winkte die beiden Männer in den Saal. »Commander Spock und Lieutenant Chekov«, sagte der Publizier, als sie die Stufen hochgingen und neben ihm verharrten. »Bitte bestätigen Sie Ihre Identität vor den versammelten Oberherrn.«

Spocks Blick wanderte durch die Kammer. »Der Publikan hat die richtigen Ränge und Namen genannt.«

»Man hat Sie hierhergeschickt, um mit den Wissenschaftlern der Föderationsstation in Tyvol zusammenzuarbeiten, nicht wahr?«

»Ja.«

»Danke. Das ist alles. Sie können wieder nach unten gehen.«

Spocks gewölbte Brauen verrieten seine Überraschung über den kurzen Auftritt bei Ffaridor. Chekov rührte sich nicht von der Stelle und wartete auf ein Zeichen des Vulkaniers.

Der weißhaarige Mann, der die Sitzung eröffnet hatte, näherte sich der Kanzel, straffte die Schultern und starrte zum Publizier hoch. »Mit welchem Recht verhindern Sie eine Debatte?« donnerte er. »Die Synode möchte diesen Männern einige Fragen stellen.«

»Ich berufe mich auf das in der Konvergenzerklärung und den Artikeln der Kontinentalen Synode festgelegte Recht«, entgegnete Ffaridor.

»Ich kann Beweisstücke vorführen, ohne eine Diskussion darüber zuzulassen – und ohne daß die Oberherrn Einwände erheben dürfen. Das weiß auch der Lordmagister.«

Chekov runzelte verärgert die Stirn. »Beweisstücke!« flüsterte er. Nur Spock hörte ihn.

Ddenazay Mmord verschränkte die Arme und nahm eine herausfordernde Haltung an. »Dem Lordmagister ist auch bekannt, daß der Publikan seine Proklamationsmacht mißbraucht. Im Interesse der Harmonie zwischen Synode und Turm beantrage ich, daß Sie auf Ihr Recht einer diskussionslosen Präsentation verzichten und den

Peers erlauben, ihre Neugier in Hinsicht auf diese Angelegenheit zu befriedigen.«

»Sie wollen Ihre Neugier befriedigen? Mein Wort sollte genügen, um alle Zweifel auszuräumen.«

»Ich fürchte, das ist nicht der Fall, Peer Ffaridor. Billigen Sie den Antrag?« Mmords Frage klang fast drohend.

»Ich stehe hier nicht nur als Mann, der zufälligerweise Regierungschef und Publikan Akkallas ist. Ich muß jene Macht schützen, die alle zukünftigen Publikane benötigen — wenn wir eine Zukunft haben wollen. Brigadegeneral, bringen Sie die beiden Starfleet-Offiziere fort.«

Vvox forderte Spock und Chekov mit einer stummen Geste auf, Kanzel und Kammer zu verlassen. Überraschtes Murmeln breitete sich im Saal aus und wurde rasch lauter. Lordmagister Mmord reagierte, bevor eine Flutwelle des Zorns daraus werden konnte: Er hob seinen Hammer und schlug damit auf den nächsten Tisch.

»Billigen Sie den Antrag?« wiederholte er mit einem Nachdruck, der alle anderen Oberherrn zum Schweigen brachte.

Ffaridor beugte sich über den Rang der Kanzel und hob trotzig den Kopf. »Nein. Und meine Ansprache ist noch nicht zu Ende. Ich habe Ihnen die beiden Männer als Beweis dafür vorgestellt, daß die *Enterprise* der angeblich wissenschaftlichen Föderationsstation helfen soll, die akkallanische Regierung zu unterminieren. Das Raumschiff ist gekommen, um unsere törichten Gelehrten dabei zu unterstützen, jenes Gleichgewicht zu stören, das Akkalla eine Wiedergeburt ermöglichte und uns einen Fortschritt brachte, von dem wir nicht einmal zu träumen wagten!«

Dutzende von Stimmen erklangen in der Kammer und versuchten, sich gegenseitig zu übertönen. Ffaridor lächelte zufrieden, als er das Rednerpult verließ, und Mmord eilte auf ihn zu. »Wir haben das Recht und die Pflicht, den Starfleet-Offizieren und Ihnen Fragen zu stellen. Sie stehen nicht über dem Gesetz, Abben.«

»Ich *bin* das Gesetz, Ddenazay.«

»Sie zwingen uns, eine Mißtrauensklage gegen Sie vorzubringen. Sie riskieren nicht nur die Amtsenthebung, sondern auch ein Verfahren.«

Der Publikan spürte sehr deutlich, daß Mmord ihn weit überragte. Er richtete sich zu seiner vollen Größe auf und streckte die Brust heraus, wie ein Kampfhahn, der sein Gefieder sträubte. »Setzen Sie diesen Punkt ruhig auf die Tagesordnung, wenn Sie mutig genug sind. Dann werden Sie bei der Abstimmung eine Niederlage hinnehmen müssen. Was mag mit Ihrem Einfluß geschehen, wenn die Oberherrn feststellen, daß Sie den Publikan entmachten wollen, während eine schwere Krise auf Akkalla herrscht?« Mit würdevoller Verachtung schritt Ffaridor an Mmord vorbei und aus der Kammer.

Der Lordmagister drehte sich um und sah das Chaos im Saal: Die Oberherrn waren aufgesprungen, ruderten mit den Armen und schrien, verwandelten das Parlament in einen anarchischen Hexenkessel. Mmord unterdrückte die eigene Wut, stieg die Treppe zur Kanzel hoch und begann mit der schwierigen Aufgabe, die Ordnung wiederherzustellen.

Die dunkle Fassade der Zitadelle blickte wie ein ernstes, düsteres Gesicht auf den schattigen Hof. Diesem Gebäude fehlte die Eleganz des Behüteten Turms: Es gab nicht vor, etwas anderes zu sein als eine häßliche Garnison mit dikken, hohen Schutzwällen. Als Vvox und sechs Grolianische Wächter Chekov und Spock zur Festung eskortierten, schürzte der Russe skeptisch die Lippen. »Dieses Hotel gefällt mir nicht sonderlich, Mr. Spock«, murmelte er.

Einer der Soldaten öffnete die gepanzerte Tür und stemmte sich mit seinem ganzen Gewicht dagegen, um sie aufzuschwingen. Sie betraten eine dunkle, zugige Eingangshalle, in der es muffig roch. Brigadegeneral Vvox blieb plötzlich stehen und drehte sich zu den Starfleet-Offizieren um. »Sie begleiten die Wächter.« Zwar sprach sie ruhig, aber es konnte kein Zweifel daran bestehen, daß sie einen Befehl gegeben hatte.

»Man hat uns die Rückkehr zum Raumschiff versprochen«, sagte Chekov.

»Wir lassen Sie frei, sobald Sie einige letzte Fragen beantwortet haben, Lieutenant Chekov. Ich komme gleich zu Ihnen.« Vvox ging eine breite Steintreppe hoch und verschwand durch eine Tür.

»Bitte kommen Sie mit«, sagte der Gruppenführer.

Chekov versuchte, seinen Blick einzufangen, aber die Augen des Soldaten verbargen sich im Schatten unter dem Helmvisier. Das galt auch für die anderen.

»Ich glaube, derzeit bleibt uns kaum eine Wahl«, meinte Spock.

Die gesichtslosen Wächter umringten sie, als wollten sie damit die Bemerkung des Vulkaniers bestätigen. Dann führten sie die beiden Außenweltler durch einen fensterlosen Korridor, eine schmale Treppe hinunter und zu einer offenen Stahltür. »Dort hinein«, brummte der Gruppenführer.

Chekov zögerte und spielte mit dem Gedanken, in die andere Richtung zu gehen, überlegte es sich jedoch anders, als er sah, wie die Zeigefinger der Wächter nach den Abzügen ihrer Waffen tasteten. Selbstmord war keine sehr nützliche Alternative, und deshalb folgte er Spock in ein Zimmer, das über ein vergittertes Fenster, schmucklose Holzmöbel und keinen zweiten Ausgang verfügte. Die Soldaten wichen zurück und schlossen die Tür; kurz darauf klickte ein Verriegelungsmechanismus. Trübes Licht fiel durchs kleine Fenster und strich über den fleckigen Boden.

Chekov seufzte. »Im Behüteten Turm hat es mir besser gefallen.«

Hhayd und Vvox standen sich am hell erleuchteten Kampfbecken gegenüber, das sich zwischen den steinernen Wänden eines Raums in der Zitadelle erstreckte. Sie trugen hauchdünne graue Anzüge, die den Körper von den Zehen bis zum Hals bedeckten und wie eine straff gespannte zweite Haut wirkten: Deutlich zeichneten sich darunter alle Wölbungen und Muskeln ab. Beide hielten eine Waffe in der Hand, die wie ein Dolch aussah, bei dem ein dünner, durchsichtiger Zylinder die Klinge ersetzte. Sie verneigten sich voreinander und aktivierten die kleinen Erd-Pakete an den Gürteln. Eingeschaltet leiteten sie Energie durch kaum sichtbare Fäden in der Kleidung, die daraufhin blauweiß glühten. Der Glanz sparte jedoch gewisse Körperteile aus: Brust und Unterleib, Leisten, Bizeps und Oberschenkel. Dort gab es keine Fäden, nur einfachen Stoff.

Vvox drehte den Griff ihrer Waffe, hüllte sie damit in ein blauweißes Energiefeld. Sie hielt den transparenten Zylinder an eine leuchtende Stelle ihres Anzugs, und bei jedem Kontakt blitzte es stroboskopartig. »Bist du soweit, Rrelin?« rief sie übers Becken und legte ein Stirnband an, um nicht von ihrem Haar gestört zu werden.

Hhayd nickte, und beide sprangen ins Wasser, das tief genug war, um ihnen über den Kopf zu reichen. Sie bewegten sich wie in einem langsamen Ballett und warteten darauf, daß sich der Gegner eine Blöße gab. Nach mehreren Scheinangriffen stießen sie mit ihren Waffen zu und parierten, begannen mit einem Duell, das in Schwerelosigkeit und drei Dimensionen stattfand. Es kam dabei nicht nur auf Intelligenz an, sondern auch auf körperliches Geschick: Man mußte die Körperstellen treffen, die nicht von den glühenden Fäden geschützt wurden. Mit Armen und Beinen stießen sich die Duellanten von den Wänden und dem Boden des Beckens ab, und Hhayd erzielte den ersten Treffer an Vvox Oberarm. Der magnetische Schlag schmerzte, aber nicht so stark, daß sie die Orientierung verlor. Jjenna schwamm fort und trat ihrem Gegner dabei in die Magengrube. Doch bevor sie mit einem Gegenangriff beginnen konnte, tauchte Hhayd, täuschte einen Schlag nach ihrer Brust vor und zielte dann auf den Oberschenkel – *Treffer!* Diesmal zuckte Vvox so heftig zusammen, daß sie fast den Mund geöffnet und dadurch ihren kostbaren Sauerstoffvorrat verloren hätte. Der lähmende Effekt vertrieb das Gefühl aus dem Bein – sie konnte nicht entkommen. Rrelin nutzte die gute Gelegenheit zu einer neuerlichen und entscheidenden Attacke: Er richtete die Waffe auf Jjennas Herz.

Sie wand sich verzweifelt zur Seite und wehrte den Arm mit ihrer freien Hand ab. Der Impulsgeber löste sich aus Rrelins Fingern und sank zum Boden des Kampfbeckens. Der überraschte Hhayd zögerte – ein fataler Fehler. Vvox schwamm mit dem Rücken zur einen Wand, zog die Beine an, stieß sich mit aller Kraft ab und sauste dem Kommandeur entgegen. Rrelin wandte sich zur Flucht, aber es war bereits zu spät. Jjennas Waffe traf ihn hart an der Brust und entlud ihre ganze magnetische Energie an der ungeschützten Stelle. Verblüfft und schmerzerfüllt riß Hhayd die Augen auf. Blasen perlten ihm von den Lippen, als er benommen auftauchte, nach Luft schnappte und schrie.

Mit einem dumpfen Stöhnen zog er sich aus dem Wasser, blieb am Rand des Beckens liegen und keuchte. Vvox kam vom Boden des Kampfbeckens empor, schwamm auf dem Rücken und füllte ihre Lungen mit frischer Luft.

»Ich... hätte dich... fast erwischt«, schnaufte Hhayd. »Du kannst den Atem... nicht mehr so lange anhalten... wie früher. Wirst... langsam alt.«

»Ich habe trotzdem gewonnen.«

Jjenna verließ das Becken, breitete eine weiche Decke aus und winkte Rrelin zu sich. Einige Sekunden später lagen sie dicht nebeneinander und ruhten sich aus.

»Was ist heute morgen in der Synode geschehen?« fragte Hhayd nach einer Weile.

Vvox rollte voller Abscheu mit den Augen. »Ich hätte verhindern sollen, daß Abben dort eine Rede hielt. Verdammt, ich wußte, daß es den Oberherrn nicht gefallen würde, so deutlich auf ihre Machtlosigkeit hingewiesen zu werden.«

»Und nach der Ansprache? Wollen die Abgeordneten Ffaridor zur Rechenschaft ziehen?«

»Sie sind ziemlich sauer. Abben könnte der erste Publikan sein, den man während seiner Amtszeit ins Gefängnis wirft. Meine Agenten haben mir berichtet, daß Mmord kochte, als Ffaridor hinausmarschierte. Und Mmord neigt nicht zu leeren Drohungen.«

»Wie viele Oberherrn bringen genug Mut auf, um etwas gegen den Publikan zu unternehmen?« erkundigte sich Hhayd.

»Bis heute nur wenige. Wenn der Furchtlose Ffaridor nicht beschlossen hätte, vor der Synode zu sprechen und sie zu beleidigen, gäbe es kaum Probleme für uns.«

»Aber jetzt...«

»Jetzt?« wiederholte Vvox. »Die Zeit wird knapp.«

»Du meinst, *unsere* Zeit wird knapp.«

»Sehr aufmerksam von dir, Rrelin.«

»Mehr fällt dir dazu nicht ein? Glaubst du etwa, die gegenwärtige Situation mit spöttischen Bemerkungen ändern zu können? Wir müssen etwas *unternehmen.* Offenbar verlierst du die Kontrolle über Ffaridor.«

»Nein«, erwiderte Jjenna scharf.

»Wie würdest du es nennen?«

Vvox rückte von Hhayd fort, legte sich ein Handtuch um die Schultern und saß mit überkreuzten Beinen. »Zank bringt uns nicht weiter.«

»Dein sorgfältiges Planen auch nicht.«

»Na schön. Du bist ja so klug, Rrelin: Ich nehme deine Vorschläge gern entgegen.«

»Räum ihn aus dem Weg«, sagte Hhayd eisig.

»Wie meinst du das?«

»Bring ihn um.«

»Nein!«

Rrelin grinste anzüglich. »Lehnst du diese Möglichkeit ab, weil du auch weiterhin zu ihm ins Bett kriechen und deinen Körper dem mächtigsten Mann auf diesem Planeten anbieten möchtest?«

Vvox holte aus und versetzte ihm eine schallende Ohrfeige.

»Damit löst du nicht unser Problem, Jjenna. Nenn mir einen guten Grund dafür, warum du Ffaridor am Leben lassen willst.«

»Wir brauchen ihn, um dieser Regierung Legitimität zu geben — bis wir die Macht übernehmen.«

»Glaubst du, daß er diesem Zweck heute morgen gerecht geworden ist? Hat er der Regierung Legitimität gegeben?«

»Wir benötigen ihn trotzdem als Strohmann — um die Oberherrn von uns abzulenken. Er und die Synode halten sich gegenseitig beschäftigt, während wir alles in die Wege leiten.«

»Und wenn die Synode beschließt, ihn des Amtes zu entheben?«

»Sie bekommt keine Chance dazu.«

Hhayd kniff argwöhnisch die Augen zusammen. »Warum nicht?«

»Weil wir die Oberherrn verhaften und ins Gefängnis stecken werden, bis wir Ffaridors Platz einnehmen.«

Rrelin musterte Jjenna aus halb geschlossenen Augen. Dann lachte er leise; es klang wie ein freudloses Knurren. »Die Verhaftung der Oberherrn?«

»Ja. Wir gehen vom ersten Stadium des Kriegsrechts direkt zum dritten über. Na, was hältst du davon?«

»Laß mich darüber nachdenken. Holst du vorher die Genehmigung des Publikan ein?«

»Natürlich. Schließlich ist er der Regierungschef. Und durch seine Unterschrift wird alles völlig legal, soweit es die Artikel der Synode betrifft.«

»Bist du sicher, daß er die Anordnung unterschreibt? Wie willst du ihn überzeugen? Zwischen einer verbalen Auseinandersetzung mit Mmord und der Inhaftierung aller Abgeordneten besteht ein großer Unterschied.«

»Als Mmord mit einer Mißtrauensklage drohte, wurde die Synode zu einer Gefahr für Ffaridor. Wahrscheinlich glaubt er nicht, daß die Oberherrn tatsächlich solche Maßnahmen gegen ihn ergreifen, aber wenn ich ihm sage, daß seine Amtsenthebung unmittelbar bevorsteht...«

»Er glaubt dir immer, nicht wahr?«

»Ja«, schnurrte Vvox. »Immer. Wenn er es von mir hört, ist er bestimmt zu allem bereit, um sich zu schützen. Er wird die neue Proklamation unterschreiben, verlaß dich drauf.«

»Denk daran, Jjenna: Was ihn bedroht, stellt auch eine Gefahr für uns dar.«

In Vvox' Augen blitzte es zornig. »Es ist nicht nötig, daß du mich ans Offensichtliche erinnerst...« Sie wollte aufstehen, aber Hhayd griff nach ihren Schultern und drückte sie grob auf den Rücken.

»Du brauchst nicht nur Ffaridor, sondern auch *mich*«, zischte er.

Einige Sekunden lang leistete Vvox Widerstand und versuchte, sich aufzurichten. Dann entspannte sie sich und lächelte verführerisch. »Natürlich brauche ich dich, Liebster. Wie kannst du nur daran zweifeln.«

»Oh, du irrst dich. Ich zweifle keineswegs daran.«

Jjenna lachte hohl. »Ich verstehe.«

»Gut.« Sie küßten sich. Eine Zeitlang wich ihre Machtgier einer anderen Begierde, die sich schneller und leichter befriedigen ließ.

Lordmagister Ddenazay Mmord beugte sich müde auf der Kanzel vor und blickte ins Plenum der Synodenkammer: Eine Oberherrin sprach weitschweifig über die Verstöße des Publikan gegen die guten Sitten der Regierung. Als sie kurz zögerte, um Luft zu holen, schlug Mmord rasch mit dem Hammer aufs Pult. »Danke, Peer Llutri. Wir haben heute lange und hart gearbeitet, dabei sogar auf die Mittagspause verzichtet. Ich schlage vor, wir unterbrechen die Sitzung bis fünfzig-vier. Es ist bereits spät genug für die Abendmahlzeit. Im Anschluß daran setzen wir die Debatte fort – und ich hoffe, daß wir noch heute eine Resolution verabschieden können. Es muß sofort gehandelt werden. Wenn wir warten, sind wir vielleicht nicht imstande, mit den Konsequenzen fertigzuwerden. Einwände? Nein, keine Einwände«, fügte Mmord hastig hinzu, bevor sich jemand zu Wort melden konnte. Erneut knallte der Hammer aufs Pult. »Die Sitzung ist bis fünfzig-vier vertagt«, brummte er und wischte sich erleichtert den Schweiß von der Stirn. Der Lordmagister nahm auf dem Kanzelstuhl Platz, zu erschöpft, um die Treppe hinunterzugehen. Die anderen Oberherrn sammelten ihre Unterlagen ein und brachen auf: Einige benutzten die Ausgänge der einzelnen Sitzebene; andere kamen am Rednerpult vorbei und verließen die Kammer durchs Foyer dahinter.

Kurze Zeit später klangen laute Stimmen aus jener Richtung, und mehrere Oberherrn stolperten in den Saal zurück, fielen über andere, die nicht schnell genug auswichen. Mmord stand auf und blickte über den Rand der Kanzel, als bewaffnete Paladine in graublauen Kampfanzügen und mit Helmen hereinmarschierten. Die Unruhe breitete sich aus, und Mmord stellte fest, daß die Abgeordneten auch an den anderen Ausgängen zurückgedrängt wurden. Bald hörte man nur noch das Geräusch von Schritten. Es ertönten keine Stimmen mehr, und im Saal des akkallanischen Parlaments herrschte eine seltsame, unnatürliche Stille. Fast aus einem Reflex heraus griff Mmord nach dem Hammer, schlug ihn aufs Rednerpult und rief: »Was geht hier vor?«

Alle Bewegungen erstarrten. Alle Blicke richteten sich auf die Kanzel. Ein Soldat näherte sich ihr, schob den Helm aus der Stirn und starrte zum Lordmagister hoch. »Auf Befehl des Publikan wird hiermit das Kriegsrecht des dritten Stadiums ausgerufen. Sie und Ihre Kollegen stehen unter Arrest.«

Ddenazay Mmord blinzelte verblüfft. Zum erstenmal in seinem Leben fehlten ihm die Worte.

Das letzte Licht eines grauen, wolkenverhangenen Nachmittags fiel durchs vergitterte Fenster der Zelle. Spock saß ruhig und gerade, während Chekov auf und ab ging.

»Ich fasse es nicht«, brummte der Russe. »Seit heute

morgen sind wir hier, und niemand ist gekommen, um uns Fragen zu stellen oder zu erklären, was dies alles zu bedeuten hat. Man ignoriert uns! Nein, ich *fasse* es einfach nicht. Manchmal glaube ich, in der Höhle sind wir besser dran gewesen.« Er blieb abrupt stehen und überlegte. »Nein, vergessen Sie das mit der Höhle.«

»Mit ihrer ziellosen Wanderung erreichen Sie nichts, Mr. Chekov.«

»Das stimmt. Aber ich kann nicht ruhig dasitzen und meditieren, so wie Sie.«

»Anstatt Sie von nervöser Anspannung zu befreien, scheint Ihre derzeitige Aktivität die gegenteilige Wirkung zu haben: Sie bewahren Ihren Zorn und intensivieren ihn sogar.«

»Ich *möchte* zornig sein, Mr. Spock. Ich möchte meine ganze Wut auf diese Kosaken konzentrieren! Uns wie gewöhnliche Verbrecher einzusperren...«

Ein Schlüssel drehte sich im Schloß. »Zurücktreten!« erklang eine laute Stimme, und die Tür öffnete sich. Ein Wächter trat mit schußbereiter Waffe ein, sah die beiden Gefangenen und bedeutete einem weiteren Uniformierten, jemanden hereinzuführen. Es handelte sich um einen großen, hageren und weißhaarigen Mann mit krummen Schultern. Er wirkte verwirrt und desorientiert, drehte den Kopf immer wieder von einer Seite zur anderen. Die Wächter gingen, und hinter ihnen fiel die Tür zu.

Chekov musterte den Neuankömmling. »Ich habe Sie in der Synode gesehen. Sie sind der Lordmagister!«

Der Weißhaarige atmete tief durch, taumelte und schien gegen die Ohnmacht anzukämpfen. »Ja, ja, das stimmt.«

Spock stand auf. »Wir sind die Offiziere vom Raumschiff *Enterprise*.«

Der Mann nickte. »Ich weiß.« Er straffte die Gestalt und gewann einen Teil der Würde zurück, die er auf der Kanzel gezeigt hatte. »Offenbar hat man uns im gleichen Netz gefangen.«

»Warum sind Sie hier?« fragte Spock.

»Bitte erlauben Sie mir zunächst, mich zu setzen.« Er ließ sich auf die abgenutzten Polster eines Sessels sinken. »Unser hochgeschätzter Publikan hat das Kriegsrecht des dritten Stadiums ausgerufen.«

Chekov runzelte die Stirn. »Welche Folgen ergeben sich daraus?«

»Er ist jetzt unumstrittener Militärherrscher über ganz Akkalla. Er gab den Befehl, die Synode aufzulösen und alle Oberherrn zu verhaften. Als Lordmagister genieße ich noch immer gewisse Privilegien, und daher hat man mich hier bei Ihnen untergebracht. Meine Kollegen müssen sich mit einem weitaus weniger komfortablen Quartier zufriedengeben, in den Kellergewölben der Zitadelle. Dort fehlen so angenehme Dinge wie Kissen und Fenster.«

Chekov schluckte. »Mr. Spock, ich glaube, wir sind in größeren Schwierigkeiten, als wir bisher annahmen.«

Der hochgewachsene Mann streckte den Arm aus und hielt die Handfläche nach oben. »Ich bin Ddenazay Mmord, einstiger und vielleicht auch zukünftiger Lordmagister der Kontinentalen Synode.«

»Lieutenant Pavel Chekov.« Unsicher wiederholte er die Geste und wußte nicht recht, wie er sich verhalten sollte. Mmord nahm Chekovs Hand und drückte sie auf seine.

»Und ich bin Spock, Erster und wissenschaftlicher Offizier der *Enterprise*.« Der Vulkanier blieb ruhig stehen und nahm nicht an dem Begrüßungsritual teil.

»Das klingt so, als seien Sie ein wichtiger Mann.« Mmord vollführte eine umfassende Geste. »Wir alle sind wichtig – immerhin befinden wir uns hier in der besten Zelle.«

»Warum hat der Publikan Sie und Ihre Kollegen unter Arrest gestellt?« fragte Spock.

»Weil wir seine Macht bedrohen. Wir waren so dumm, ihm die Amtsenthebung anzukündigen. Dadurch bekam er Zeit genug, sich zu schützen. Ich vermute allerdings, daß Brigadegeneral Vvox dahintersteckt. Ffaridor hat nie so...

energisch durchgegriffen, bevor er sich mit jener Frau einließ.«

Spock zog einen Stuhl heran und nahm vor Mmord Platz. »Welche Beziehungen existieren zwischen Ffaridor und Vvox?«

»Sie betreffen alles, was unter den Wolken möglich ist. Der Publikan hört nur noch auf den Brigadegeneral. Vvox kontrolliert, was er sieht und hört. Außerdem kursieren Gerüchte – sie sollen ein Liebespaar sein. Er ist der Regierungschef, aber es hat den Anschein, daß Vvox alle wichtigen Entscheidungen trifft.«

»War es von Anfang an so?« warf Chekov ein.

»Oh, nein, nein, nein. Als wir Ffaridor zum Publikan ernannten...«

Chekov beugte sich erstaunt vor. »Als ihn *wer* zum Publikan ernannte? Ich dachte, es hätte eine demokratische Wahl stattgefunden.«

»Ja, das stimmt. Anschließend wird der Vorsitzende der Mehrheitspartei Publikan. Wir schlossen eine Art Kompromiß, als wir uns für Ffaridor entschieden. Der frühere Vorsitzende trat nach längeren parteiinternen Auseinandersetzungen zurück, und deshalb suchten wir nach jemandem, der nicht so viele politische Gegner hatte. Wir fanden Abben Ffaridor, einen gutmütigen, harmlosen und nicht besonders fähigen Mann. Offen gestanden: Wir entschieden uns für ihn, weil wir glaubten, ihn leicht beeinflussen zu können.«

Mmord lachte bitter. »In dieser Hinsicht haben wir uns nicht getäuscht – aber leider unterliegt er nicht unserem Einfluß.«

»Kennen Sie Publikan Ffaridor schon lange?« fragte Spock.

»Oh, ja. Wir wurden zusammen in die Synode gewählt. Ich nahm meine dortigen Aufgaben immer sehr ernst, aber Abben ... Er hielt die Politik mehr für ein Hobby, mit dem er sich die Zeit vertrieb, während er auf etwas Interessanteres wartete.«

»Wie gelang es Brigadegeneral Vvox, so starken Einfluß auf ihn auszuüben?«

Mmord zuckte mit den Achseln. »Weil sie ständig in seiner Nähe weilt. Vermutlich war sie schlau genug, eine gute Gelegenheit zu erkennen — und so skrupellos, sie zu nutzen.«

Chekov stützte die Ellenbogen auf die Rückenlehne von Spocks Stuhl. »Was wollen Sie jetzt unternehmen?«

»Im Augenblick sind meine Möglichkeiten sehr beschränkt. Seltsam: Die jüngste Entwicklung überrascht mich nicht. Ich habe die Veränderung in Ffaridors Gebaren gesehen. Es geschah nicht über Nacht, aber ich kannte ihn gut genug, um die subtilen Veränderungen zu bemerken und zu erkennen, daß Vvox immer größere Kontrolle ausübte.«

»Trotzdem haben Sie einfach abgewartet?« fragte Spock.

Mmord rieb sich die blutunterlaufenen Augen. »Wissen Sie, man glaubt immer, daß nur andere Leute Fehler machen, doch irgendwann stellt sich heraus, daß man nicht dagegen immun ist. Mir unterlief ein sehr großer Fehler, und vielleicht bezahle ich dafür mit dem Leben.«

Abben Ffaridor stand am Fenster des Audienzzimmers und beobachtete, wie die untergehende Sonne dem Himmel rote und goldene Töne verlieh. Er versuchte, sich die Form der Wolken einzuprägen, auch die Beiläufigkeit, mit der ihnen die Pinsel der Natur flüchtigen Glanz gaben. Als er Schritte im Flur hörte, drehte er sich um und sah Ddenazay Mmord, der von zwei Grolianischen Wächtern in förmlichen Zitadellen-Uniformen hereingeführt wurde.

»Warten Sie draußen«, sagte Ffaridor zu den Soldaten. Dann deutete er auf zwei Stühle und nahm zusammen mit dem Gefangenen Platz. »Ich bedauere sehr, daß es dazu kommen mußte, Dden.«

»Nein, Sie empfinden keine Reue. Es sei denn, Vvox hat Ihnen dazu ›geraten‹.«

»Das glauben Sie also? Sie halten mich für Vvox' Marionette?«

»Alles deutet darauf hin.«

Ffaridor schüttelte traurig den Kopf. »Erscheint es Ihnen absurd, daß der Brigadegeneral und ich die gleiche Zukunft für diese Welt wünschen?«

»Vvox strebt eine Militärdiktatur an und will die ganze Macht für sich. Ist das auch Ihr Ziel?«

»Nein, nein, da irren Sie sich.«

»Sie kennen doch das Motto der Konvergenzerklärung, nicht wahr?« fragte Mmord.

»Natürlich. ›Was nützt Ordnung ohne Freiheit und Freiheit ohne Wahrheit?‹ Jedes akkallanische Kind hört in der Schule von diesem Prinzip.«

»Hören und verstehen sind zwei verschiedene Dinge, Abben.«

»Verstehen Sie *diesen* Grundsatz: Was nützen Freiheit oder Wahrheit ohne Ordnung?« Ffaridor richtete einen beschwörenden Blick auf Mmord. »Die Ordnung kommt an erster Stelle, mein Freund. Wir benötigen eine feste Struktur für unsere Gesellschaft. Begreifen Sie denn nicht das Ausmaß der Gefahr, die uns allen droht? Wir werden von den Chorymi angegriffen, von unseren eigenen Wissenschaftlern — und jetzt auch von der Föderation.«

Bevor Mmord antworten konnte, klackten militärische Stiefel im Flur, und Brigadegeneral Vvox betrat das Audienzzimmer. »Bitte entschuldigen Sie die Verspätung, Sir.«

»Schon gut, schon gut. Ddenazay und ich brauchten einige Minuten, um allein miteinander zu sprechen. Nun, was wollten Sie sagen, Dden?«

»Spielt es eine Rolle?« Mmord sah auch weiterhin Vvox an, die seinen Blick kühl erwiderte.

»Ja, ja, es *spielt* eine Rolle! Ich möchte dieses Problem lösen und die Oberherrn so schnell wie möglich freilassen.«

Mmord wandte sich wieder an den Publikan. »Ich würde es gern glauben.«

»Ist das unsere Absicht, Jjenna?«

»Selbstverständlich, Sir.«

»Nun«, brummte Mmord, »wenn nicht, riskieren Sie einen regelrechten Aufstand, Abben. Sie kontrollieren die offiziellen Nachrichtenmedien, aber es gibt auch andere Informationskanäle. Ihre Macht hat Grenzen.«

»Unterschätzen Sie uns nicht«, sagte Vvox gepreßt.

»Jjenna...« tadelte Ffaridor. »Ddenazay, ich lege großen Wert auf eine funktionsfähige Synode. Dies ist eine kleine Welt. Angesichts der derzeitigen Krise müssen wir alle zusammenarbeiten.«

»Warum dann das arrogante Theater mit den Starfleet-Offizieren? Weshalb durften wir ihnen keine Fragen stellen?«

»Ich... ich hielt das nicht für erforderlich.«

»Dann haben Sie die Situation falsch eingeschätzt. Legen Sie Beweise vor, wenn wir glauben sollen, daß Ihre Vorwürfe gegen die Föderation und das Wissenschaftlerteam in Tyvol gerechtfertigt sind. Erlauben Sie uns, die Starfleet-Offiziere zu befragen. Wenn Sie vor der Synode ein Geständnis ablegen, kann ich Ihnen unsere Unterstützung fast garantieren.«

»Wir weisen Ihre Forderungen zurück«, sagte Vvox.

»Darüber haben nicht Sie zu entscheiden«, erwiderte Mmord scharf. »Er ist der Publikan, und Sie nehmen Anweisungen von ihm entgegen — Brigadegeneral.«

»Ich bin seine Beraterin.«

»Sie sind sein *Teufel*!« entfuhr es Mmord. »Sie stellen das Schlimmste dar, das ihm und der Regierung zustoßen konnte. Die einzige Hoffnung Akkallas besteht darin, daß er Sie durchschaut, bevor es zu spät ist!« Der Lordmagister stand auf.

»Wie können Sie es wagen, das Mandat des Publikan in Frage zu stellen!«

»Wie können Sie es wagen, die ganze Synode zu verhaften! Sobald wir uns wieder versammeln, wird man Sie beide wegen Hochverrats anklagen!«

Das Geschrei brachte die Wächter ins Audienzzimmer zurück, doch sie blieben stehen, als der Publikan die Hand hob. Der verbale Kampf dauerte an.

»Wieso glauben Sie, daß sich die Oberherrn noch einmal versammeln werden, Lordmagister?« fauchte Vvox.

Ffaridor trat zwischen Jjenna und Ddenazay. »Das genügt! Auf diese Weise lösen wir nichts!«

»Es gibt nichts zu lösen.« Mmord sprach jetzt ruhig.

»Ich habe gehofft, daß Sie vernünftiger sind«, entgegnete Ffaridor kummervoll. »Wächter, bringen Sie den Gefangenen in die Zitadelle zurück. Jjenna...« Er hätte sie fast gedutzt. »Bitte gehen Sie. Ich möchte allein sein.«

»Ja, Sir.« Sie folgte den Wächtern durch die Tür, und im Flur sagte sie leise: »Sperren Sie ihn im Kellergewölbe bei den anderen Oberherrn ein.«

Die Uniformierten gaben Mmord einen Stoß und führten ihn durchs Portal nach draußen. Vvox sah ihm nach. »Es wird sich bald herausstellen, wen man wegen Hochverrats anklagt«, murmelte sie.

Die Zellentür öffnete sich knarrend, und Brigadegeneral Vvox sah herein. »Commander Spock, Lieutenant Chekov — ich wollte mich nur vergewissern, daß Sie bequem untergebracht sind.«

»An Bord der *Enterprise* hätten wir es bequemer«, meinte Chekov.

»Zweifellos. Leider können wir Sie noch nicht zum Raumschiff zurückschicken. Was halten Sie von einem gemeinsamen Spaziergang?«

»Bleibt uns eine Wahl?«

»Nein, Mr. Chekov, eigentlich nicht.« Vvox drehte sich um, und die beiden Starfleet-Offiziere standen auf, um ihr zu folgen.

Der Korridor bot kaum genug Platz, um es zwei Personen zu gestatten, Seite an Seite zu gehen. Die Zitadelle war sicher sehr alt, aber durch das helle Licht wirkte dieser Bereich nicht unbedingt wie ein Kerker. Vvox führte ihre beiden Begleiter eine kurze Treppe hinunter und zu einer gewölbten Kammer mit antiquierten Foltergeräten. Das dominierende Merkmal des Zimmers bestand aus zwei modernen, durchsichtigen Becken, die Wasser enthielten. Sie mochten etwa drei Meter hoch und zwei Meter breit sein. Über jedem befand sich eine Winde, und Chekov riß entsetzt die Augen auf, als er einen nackten Mann in einem der Tanks sah: Er hing mit dem Kopf nach unten, ruderte mit den Armen und versuchte, an die Wasseroberfläche zu gelangen. Wenn sich bei seinem Bemühungen ein Erfolg abzeichnete, betätigte ein Wächter die Kurbel der Winde, zerrte den Gefangenen nach oben und ließ ihn einige Sekunden lang an den Beinen baumeln, bevor er ihn wieder ins Wasser tauchte.

In Spocks Mundwinkeln zuckte es kurz, und Chekov beobachtete seine Reaktion. Zum erstenmal sah er fast so etwas wie Ärger in den sonst immer maskenhaft starren Zügen des Vulkaniers. »Bisher habe ich geglaubt, daß die Akkallaner zivilisiert genug sind, um auf Folter zu verzichten, Brigadegeneral.«

»Oh, von Folter kann keine Rede sein, Commander. Es ist nur eine Verhörmethode, die den Widerstandswillen des Gefangenen reduziert und seine Kooperationsbereitschaft gewährleistet.«

»Genau das hat Mr. Spock gemeint«, sagte Chekov verächtlich. »Folter.«

Vvox überhörte diese Bemerkung. »Jedes Luft atmende Wesen fürchtet sich vor dem Ertrinken. Das Becken stimuliert die Furcht, ohne die betreffende Person in Gefahr zu bringen. Derartige... Behandlungen sind sehr wirkungsvoll und nie fatal – es sei denn, wir *wollen* den Gefangenen töten.«

Spock verschränkte die Arme und wandte sich von dem Tank ab. »Ich vermute, diese Demonstration dient einem bestimmten Zweck.«

»Ja«, bestätigte Vvox. »Wir möchten, daß Sie und der Lieutenant vor der akkallanischen Öffentlichkeit Ihre

Komplizenschaft mit den Föderationswissenschaftlern und der Kap-Allianz gestehen.«

»Tatsächlich? Wie haben Sie sich das vorgestellt?«

»Mr. Spock!« platzte es aus Chekov heraus.

Der Vulkanier warf ihm einen kurzen Blick zu.

»Nun, Sie sollen erklären, wie die Föderationsforscher mit der Allianz zusammenarbeiteten, um falsche Informationen zu verbreiten und das seit vielen Jahren bestehende Ernte-Abkommen zwischen Chorym und Akkalla zu verletzen, mit dem Ziel, einen Krieg auszulösen und die akkalanische Regierung zu stürzen.«

»Und wann benötigen Sie diese Auskünfte?«

Chekov starrte Spock ungläubig an.

»Wie wär's mit morgen?« erwiderte Vvox. »Heute abend könnten wir den Text zusammenstellen, und morgen früh gehen Sie damit auf Sendung — einige Stunden später lassen wir Sie frei. Ihr Geständnis würde dem Publikan helfen, die Oberherrn zu überzeugen und den Streit mit der Synode zu schlichten. Sie leisten Akkalla einen großen Dienst, indem Sie das ganze Volk hinter dem Publikan vereinen.«

Als Chekov diese Worte hörte, konnte er sich nicht länger beherrschen. »Sir, wie können Sie auch nur in Erwägung ziehen ...«

»Wenn Sie mir gestatten würden, den Vorschlag zu beantworten, Lieutenant ... Brigadegeneral Vvox. Sie bitten uns, den Bürgern von Akkalla Lügen zu präsentieren. Das ist ausgeschlossen. Wir werden nicht mit Ihnen kooperieren.«

Vvox schüttelte den Kopf. »Vernünftige Kooperation ist für uns beide weitaus angenehmer als der Tank.«

»Vulkanier haben die Fähigkeit, ihren Körper in eine Art Trance oder Stasis zu versetzen. Dabei sinkt die Atemfrequenz auf ein kaum mehr meßbares Maß — mehrere Tage lang brauchen wir keinen zusätzlichen Sauerstoff. Wenn ich mich länger im Wasser befinde, sterbe ich und bin demzufolge nicht mehr in der Lage, das von Ihnen gewünschte Geständnis abzulegen.«

»In dem Fall bleibt mir Lieutenant Chekov.«

Der jüngere Offizier verzog spöttisch das Gesicht. »Russen sind ebenso zäh wie Vulkanier. Sie können mich nicht zwingen, für Sie zu lügen.«

»Vielleicht haben Sie recht. Es wird sich erweisen, wenn wir Sie ins Becken tauchen. Ich gebe Ihnen noch etwas Zeit, um in der Zelle über meinen Vorschlag nachzudenken.«

Als der Türmelder summte, sah Kirk von dem Tischcomputer auf. »Herein.« Das Schott glitt beiseite, und Lieutenant Maybri trat ins Zimmer, begleitet von Fähnrich Greenberger. Beide brachten Dutzende von Ausdrucken, Datenkassetten, Fotos, Karten und Diagrammen mit. Kirk schmunzelte unwillkürlich und deutete auf einen leeren Tisch.

»Das Material ist vollständig, Sir«, sagte Maybri. Sie streckte und schüttelte die Arme, nachdem sie und der Fähnrich ihre Last abgelegt hatten.

Greenberger pustete und blies sich eine blonde Strähne aus der Stirn. »Wir haben alles sortiert, so daß es Ihnen nicht weiter schwerfallen sollte, die Akkallaner zu überzeugen. Die Daten betreffen das Shuttle, den Ort der Landung beziehungsweise Wasserung, die Flugbahn ...«

»Und«, fügte Maybri hinzu, »alles über die neue Lebensform. Die Informationen genügen, um weitere Untersuchungen zu rechtfertigen und zu beweisen, daß in der Föderationsstation legitime Forschungsarbeit geleistet wurde.«

Kirk trachtete danach, ernst zu bleiben. »Gute Arbeit, Maybri, Greenberger. Irgendwann sollten Sie die wissenschaftliche Sektion eines Raumschiffs leiten.«

»Danke, Sir«, antworteten die beiden Frauen wie aus einem Mund. Sie drehten sich um und verließen das Quartier des Admirals.

Kirk lächelte und blätterte in den Unterlagen. Eins stand fest: Die beiden jungen wissenschaftlichen Offiziere waren sehr gründlich gewesen. Ihre Tüchtigkeit kam fast an die Spocks heran, und Jim stellte sich vor, es könnte nach der Rückkehr des Vulkaniers zu einer Auseinandersetzung darüber kommen, wer an der Wissenschaftsstation auf der Brücke arbeiten durfte. Der Umstand, daß er sich auf die beiden jungen Offiziere verlassen konnte, erfüllte ihn mit Zufriedenheit.

Der Admiral schaltete das Interkom ein. »Kirk an Brükke. Kommunikation: Stellen Sie eine Verbindung mit Publikan Ffaridor oder Brigadegeneral Vvox her.«

»Hier Lieutenant Lin, Sir.« Das Gesicht eines Chinesen erschien auf dem Monitor. Eine Strähne des glatten schwarzen Haars fiel Lin in die Stirn, als er das Kom-Modul zum Ohr hob. »Ich öffne einen Kanal und schalte ihn auf Ihren Kabinenmonitor, Sir.«

»Gut. Kirk Ende.« Er desaktivierte das Interkom, und daraufhin wurde der kleine Bildschirm wieder dunkel.

Dann beugte er sich vor, öffnete das Schrankfach unter dem Computer, holte eine lederne Aktentasche hervor und hielt sie an die von Maybri und Greenberger zurückgelassenen Datenkassetten und Ausdrucke. »Es paßt nicht alles hinein.«

»Lin an Admiral Kirk.«

Kirk drehte sich um und sah wieder das Gesicht des Kommunikationsoffiziers, der Uhura vertrat. »Tut mir leid, Sir, aber ich konnte weder den Publikan noch Vvox erreichen.«

Falten bildeten sich in Kirks Stirn. »Sie konnten sie... nicht... erreichen?« brachte er zwischen zusammengebissenen Zähnen hervor.

»Ich habe mit einem Wächter gesprochen, und er meinte, beide seien sehr beschäftigt und dürften nicht gestört werden. Soll ich es noch einmal ver...«

»Nein«, erwiderte der Admiral scharf. »Kirk Ende.« Er schlug mit der Faust auf die Taste, stopfte soviel Informationsmaterial wie möglich in die Tasche, schloß sie und ging zur Tür. Als das Schott beiseite glitt, stieß er gegen

McCoy. Der Arzt taumelte an die gegenüberliegende Wand des Korridors.

»Entschuldige, Pille.« Kirk stützte McCoy kurz und ging mit langen Schritten weiter. »Ich habe jetzt keine Zeit, um mit dir zu reden.«

»Warum hast du es so eilig?« rief ihm der Doktor nach. »Und wohin willst du?«

»Was die Eile betrifft: Ich habe genug davon, daß sich Vvox und Ffaridor dauernd verleugnen lassen...«

»Sie machen sich jetzt *beide* rar?«

»Ja. Und zum Wohin... Ich statte dem Behüteten Turm einen Besuch ab, um ihnen meine Meinung zu sagen und einen Haufen Daten aus unserem Computer zu übergeben.«

»Nun, zum Glück warten heute abend keine Verpflichtungen auf mich«, sagte McCoy.

»Ich habe dich nicht gebeten, mich zu begleiten.«

Der Arzt klopfte Kirk auf die Schulter. »Das ist das Schöne an guten Freunden, Jim. Sie können deine Gedanken lesen.«

Sie materialisierten auf der Treppe vor dem Turm. Scheinwerfer schufen helle Bereiche auf dem Platz, und ihre leuchtenden Balken ragten vor dem Gebäude in die Höhe. Kirk öffnete die Glastür und sah sich in der leeren Eingangshalle um. Nirgends zeigten sich Wächter.

»Seltsam.«

»Gehen wir hinein? Oder ist dies eine Falle? Vielleicht behauptet man, wir hätten uns unbefugten Zutritt verschafft – und wirft uns dann von der Klippe.«

»Komm«, sagte Kirk fest.

»Meinetwegen. Und wohin? Wie sollen wir den Publikan oder Vvox finden?«

»Keine Ahnung. Dort entlang. Den Weg kennen wir zumindest.« Er deutete in den Flur, der zur Audienzkammer führte, wo sie der Regierungschef empfangen hatte. McCoy zuckte fatalistisch mit den Achseln und folgte Kirk.

Der akkallanische Himmel war jetzt schwarz, und nur am fernen Horizont glühten verblassende Reste aus orangefarbenem Feuer. Ffaridor befand sich noch immer im Audienzzimmer, stand wie erstarrt am Fenster und bewunderte diesen Anblick. Von der Begegnung mit Mmord hatte er sich Versöhnung versprochen, keine Fortsetzung des Kampfes. In diesem Zusammenhang spielte es kaum eine Rolle, daß er gelogen hatte, indem er die gefangenen Starfleet-Offiziere als gefährliche Verschwörer präsentierte. Kleine Lügen ließen sich nicht vermeiden, wenn es um die Zukunft Akkallas ging. Wer würde deshalb Vorwürfe gegen ihn richten, wenn es ihm letztendlich gelang, diese Welt vor den Chorymi zu retten? Wer erfuhr überhaupt davon? Ffaridor spürte vage Gewissensbisse angesichts seiner Bereitschaft, die beiden Außenweltler auf dem Altar der Verzweiflung zu opfern, aber es herrschte Krieg. Wer aufs Schlachtfeld zog, riskierte den Tod. Er glaubte zu spüren, daß die Ereignisse seiner Kontrolle entglitten, wie Sand, der ihm durch die Finger rann: Je verbissener er versuchte, ihn festzuhalten, desto mehr rieselte davon.

Im Spiegelbild des dunklen Fensters bemerkte er eine Bewegung, und als er sich umdrehte, sah er eine Gestalt, die aus dem Schatten trat. Sie trug eine schlichte graue Kombination, eine Kapuze über dem Kopf und eine Maske vor Mund und Nase.

Nur die Augen waren zu sehen: Sie lagen tief in den Höhlen, und es funkelte in ihnen. Schwarzes Leder umhüllte die Hände, und ein Dolch kam nach oben, gehalten von entschlossenen Fingern. Die Gestalt bewegte sich schnell und geräuschlos, durchquerte den Raum mit geschmeidigen, mühelosen Schritten.

Ffaridor stand wie angewurzelt und bemühte sich vergeblich, die Lähmung abzustreifen. Er spürte Feuchtigkeit unter den Armen und am Rücken. Sein Gaumen war plötzlich trocken. »Was machen Sie hier?« krächzte er.

Die Antwort war ein Aufblitzen der Dolchklinge.

»Bist du sicher, daß dies der richtige Weg ist?« flüsterte McCoy.

»Ja, ich bin sicher.«

Auf leisen Sohlen schlich Kirk um eine Ecke. Irgend etwas schepperte laut am Ende des Flurs, und die beiden Männer verharrten abrupt. Es krachte noch einmal und dann ertönten Geräusche, die darauf hindeuteten, daß jemand schwere Möbelstücke über den Boden zog. Kirk und McCoy liefen los und näherten sich der Audienzkammer. Die Tür stand offen, und der Admiral sprang durch den Zugang.

Ffaridor kroch wie eine Krabbe umher und versuchte, einem maskierten Angreifer zu entkommen, der einen Dolch in der Hand hielt und mehrmals zustach. Der Publikan wehrte die Hiebe mit einem halb zerfetzten Kissen ab. Blut bildete dunkle Flecken auf den Teppichen; Stühle und Tische waren umgestürzt. Der akkallanische Regierungschef schrie, als ihn die Klinge traf. Aber er trug keine tödliche Verletzung davon, duckte sich hinter einen Lampentisch und schob ihn dem Angreifer in den Weg. Die Gestalt stolperte, verlor das Gleichgewicht und fiel der Länge nach zu Boden.

Kirk holte seinen kleinen Phaser hervor und hechtete über eine niedrige Couch hinweg, als der Angreifer versuchte, wieder auf die Beine zu kommen. Er rammte dem Admiral das Knie in die Magengrube, und Kirk keuchte, rollte sich zur Seite, hob den Strahler und zielte.

Inzwischen stand der Unbekannte wieder und trat zu — die Waffe flog davon. Er folgte ihr sofort, doch Kirk hielt ihn am Fuß fest, und der Angreifer stürzte zum zweitenmal. McCoy war an den benommenen Publikan herangetreten, griff rasch nach dem Phaser, legte an und drückte ab. Ein blasser Energiestrahl erfaßte den Attentäter und schickte ihn bewußtlos zu Boden. Der Arzt hielt die Waffe weiterhin schußbereit, während sich Kirk in die Höhe stemmte.

»Danke, Pille.«

»Ich *wußte*, daß du mich hier brauchst.«

Kirk streckte die Hand aus. McCoy wollte ihm den Phaser reichen, überlegte es sich dann aber anders. »Wenn ich genauer darüber nachdenke... Ich glaube, ich sollte das Ding behalten.«

Der Admiral winkte ungeduldig, und daraufhin überließ McCoy ihm die Waffe. Anschließend wandten sie sich beide dem Publikan zu, der am Kamin lag. McCoy kniete neben ihm und begann mit einer Untersuchung. Ffaridor war bei Bewußtsein, und als sie ihm in eine bequemere Position halfen, atmete er ruhiger und gleichmäßiger. Blut tropfte aus einer Schnittwunde im rechten Arm.

»Nun?« Kirk sah dem Arzt über die Schulter.

»Es scheint keine besonders ernste Verletzung zu sein. Wenn ich meine Medo-Tasche dabei hätte...«

»Warum hast du sie nicht mitgenommen?«

»Weil ich dachte, daß ich sie nicht brauche. Ich habe dies für einen diplomatischen Besuch gehalten...«

Ffaridor befeuchtete sich die Lippen. »Holen Sie Hilfe«, hauchte er und sah zur Wand hoch, in Richtung einer kleinen Interkom-Tafel, die nur zwei Tasten aufwies: eine schwarze und eine rote. »Drücken Sie den roten Knopf, Admiral.«

Kirk kam der Aufforderung nach, und Sirenen heulten. Wenige Sekunden später stürmten insgesamt sechs Grolianische Wächter ins Zimmer und richteten ihre Waffen auf die beiden Außenweltler.

»Sie nicht«, stöhnte Ffaridor und versuchte aufzustehen.

»Sie bleiben sitzen«, sagte McCoy scharf.

Kirk breitete die Hände aus und bemühte sich, einen harmlosen Eindruck zu erwecken, als er an den reglosen Angreifer herantrat. »Dies ist Ihr Mann.«

»Was geht hier vor?« Brigadegeneral Vvox marschierte ins Audienzzimmer und blickte sich um.

Die Arroganz verschwand kurz aus ihren Zügen, als sie das Blut an Ffaridor sah und erschrocken nach Luft schnappte. McCoy schnitt den Ärmel des Verletzten mit seinem Taschenmesser auf und legte einen improvisierten Verband an. »Jemand hat versucht, den Publikan umzubringen.«

»Was machen Sie hier?« fragte Vvox.

»Zufälligerweise haben wir Ihrem Regierungschef das Leben gerettet«, erwiderte Kirk. »Sie könnten uns wenigstens dafür danken.«

Die Kommandeuse stampfte mit dem Fuß auf. »Niemand hat Ihnen erlaubt hierherzukommen...«

Kirk unterbrach sie. »Wir haben einen Mord verhindert, unser Leben riskiert, einen Mörder gefaßt...«

»Dieser Mann braucht medizinische Hilfe«, warf McCoy ein und führte den Publikan zu einem Stuhl. »Ich bin gern bereit...«

»Unsere Ärzte kümmern sich um ihn.« Vvox deutete mit dem Daumen zur Tür. »Holen Sie den Doktor des Publikan!« befahl sie einem Wächter. *»Sofort!«* Der Soldat salutierte und eilte aus dem Zimmer. Vvox stützte die Hände in die Hüften und drehte sich wieder um. »Sie haben die akkallanischen Gesetze gebrochen, Admiral...«

»Schon gut, Jjenna«, sagte Ffaridor. »Ich danke Ihnen beiden.«

Vvox sah die Wächter an, die auf den Bewußtlosen herabstarrten. »Bringt ihn fort.«

»Einen Augenblick.« Ffaridor hob die Hand. »Zuerst möchte ich feststellen, wer mich angegriffen hat. Er ist hier eingedrungen, ohne einen Alarm auszulösen – und ohne von den Wächtern bemerkt zu werden.«

»Es waren überhaupt keine Wächter zugegen«, warf Kirk ein. »Jedenfalls nicht im vorderen Teil des Gebäudes. Auf dem Weg hierher sind wir niemandem begegnet.«

Ffaridors Pupillen weiteten sich. »Dann gehört er zum Personal des Turms. Nehmen Sie ihm die Maske ab.«

Vvox erbleichte und wirkte sonderbar nervös. Als sie sich nicht von der Stelle rührte, nickte Ffaridor einem Wächter zu. Der Uniformierte bückte sich und nahm dem

Attentäter die Maske ab. Darunter kam das Gesicht von Kommandeur Rrelin Hhayd zum Vorschein.

»Na, wenn das keine Überraschung ist...« murmelte McCoy.

Vvox ließ sich neben dem Reglosen auf ein Knie sinken. »Ist er... tot?«

»Nein, nur betäubt«, entgegnete Kirk. »In etwa einer Stunde kommt er wieder zu sich.«

»Unmittelbar darauf wird er hingerichtet«, knurrte Vvox und richtete sich wieder auf.

»Zuerst sollte er verhört werden«, sagte Ffaridor. »Es muß sich um eine Verschwörung handeln.«

»Vielleicht auch nicht«, widersprach Vvox. »Er ist Kommandeur der Grolianischen Wache. Er kann den Wächtern unter irgendeinem Vorwand den Befehl gegeben haben, den vorderen Teil des Gebäudes zu verlassen.«

»Ich möchte, daß er befragt wird«, betonte Ffaridor noch einmal. »Verhören Sie ihn, Jjenna.«

Die Kommandeuse hielt ein oder zwei Sekunden lang den Atem an. »Ja, Sir. Ich verspreche Ihnen, daß ich die Wahrheit herausfinden werde.« Und zu den Soldaten: »Bringen Sie ihn in die Zitadelle.«

Zwei Uniformierte ergriffen Hhayd an den Armen und zogen ihn in den Flur. Vvox wandte sich an zwei andere. »Begleiten Sie den Publikan zu seinem Quartier.«

»Nein, nein, Jjenna. Ich warte hier auf den Arzt.«

Sie schloß die Hand um seinen unverletzten Arm und schob ihn sanft zur Tür. »Sie sind verletzt, haben einen Schock erlitten und müssen sich unter einer warmen Decke ausruhen. Habe ich recht?« Sie richtete einen fragenden Blick auf den Bordarzt der *Enterprise.*

McCoy wußte, daß Vvox den Publikan fortbringen wollte, um ihn an einem Gespräch mit Kirk zu hindern, aber die medizinische Ethik verpflichtete ihn, ehrlich zu sein. »Ja, er sollte...«

»Danke für Ihre Hilfe, Dr. McCoy«, kam sie ihm zuvor und sorgte dafür, daß Ffaridor die Audienzkammer verließ, ohne ein weiteres Wort mit den Starfleet-Offizieren wechseln zu können. Als ihn die beiden Soldaten durch den Flur führten, wich die Besorgnis aus Vvox' Gesicht, und ihre Züge verhärteten sich. »Wenn es nach mir ginge, würde man Sie vor Gericht stellen, weil Sie ohne Genehmigung in den Turm gekommen sind. Doch der Publikan hat in diesem Fall großzügigerweise darauf verzichtet, dem Gesetz Genüge zu verschaffen. Trotzdem: Lassen Sie sich dies eine Warnung sein, Kirk. Wir versiegeln das Gebäude. Von jetzt an darf es niemand ohne meine ausdrückliche Erlaubnis betreten. Nun, ich kann Sie natürlich nicht daran hindern, unseren Sicherheitsschild mit Ihrem Transporter zu durchdringen, aber wenn ich Sie oder einen Ihrer Offiziere hier antreffe, so wird er sofort verhaftet und ins Gefängnis gesteckt. Kehren Sie *unverzüglich* zum Raumschiff zurück!«

Der Admiral klemmte sich die Aktentasche unter den Arm, klappte seinen Kommunikator auf und sagte mit gepreßt klingender Stimme: »Kirk an *Enterprise*. Beamen Sie mich und Dr. McCoy an Bord. Erfassen Sie unsere Koordinaten und leiten Sie unmittelbar darauf den Transfer ein.«

Er und der Arzt lösten sich in zwei schimmernden Energiesäulen auf.

Mit strenger Miene drehte sich Vvox zu den übrigen Wächtern um. »Wenn sich hier jemand aus dem Raumschiff zeigt, so stellen Sie die betreffende Person unter Arrest. Falls sie Widerstand leistet... Ergreifen Sie alle notwendigen Maßnahmen, um die Außenweltler in Gewahrsam zu nehmen. Erschießen Sie die Eindringlinge, wenn Ihnen keine Wahl bleibt.«

KAPITEL 8

Außerhalb der Zitadelle ließ das perlgraue Glühen der Morgendämmerung vage Schatten auf dem Hof entstehen. Doch tief unten im Kellergewölbe, in Rrelin Hhayds Zelle, gab es kein Fenster, das dem Gefangenen den Beginn eines neuen Tages verriet. Er lag auf einem steinharten Bett, zur Seite gedreht. Die nackte Glühbirne an der Decke leuchtete plötzlich auf und tauchte das kleine Zimmer in fast grelles Licht. Als sich ein Schlüssel im Schloß drehte, schüttelte Hhayd die Benommenheit von sich ab, schwang die Beine über den Rand der Liege und beobachtete, wie sich die Tür öffnete. Brigadegeneral Vvox kam herein.

Sie hakte den Fuß hinter ein Bein des nahen Stuhls, zog ihn mit einem leisen Kratzen über den unebenen steinernen Boden und nahm Platz. Die Zellentür blieb geöffnet, und Hhayd sah zwei bewaffnete Wächter im Korridor — Soldaten, die noch vor kurzer Zeit jeden seiner Befehle ausgeführt hätten.

»Ausgerechnet du willst mich verhören?« fragte er. »Komisch, nicht wahr?«

Vvox schüttelte verächtlich den Kopf. »Ich habe nur eine Frage«, sagte sie knapp. »Wie konntest du so dumm sein?«

Hhayd lachte bitter. »Dumm? Weil ich mich zum Handeln entschloß, um unser gemeinsames Ziel zu erreichen?« Das schiefe Lächeln verschwand von seinen Lippen. »Ich habe nur getan, was nötig ist.«

»Erstens: Es ist *nicht* nötig. Zweitens: Selbst wenn das der Fall wäre: Du hast den falschen Zeitpunkt gewählt. Und drittens: Du hattest keinen Erfolg.«

»Ich habe es wenigstens versucht. Immer noch besser als dein ewiges Planen, als auf jede kleine Brise Rücksicht zu nehmen und zu warten, um einen Kurs zu wählen, der allen Wellen und Stürmen ausweicht. Nun, einen solchen

Kurs gibt es nicht. Wer närrisch genug ist, etwas anderes zu glauben, bleibt immer im Hafen.«

»Du bist dir deiner Sache sehr sicher, Rrelin.«

»Du kennst mich ja — ich blicke nie zurück. Also gut: Verhöre mich.«

»Das Verhör hat bereits stattgefunden. Ich bekam keine nützlichen Antworten und ließ dich hinrichten.«

»So einfach ist das?«

»So einfach, ja.« Vvox stand auf, trat den Stuhl zur Wand und verließ die Zelle. Aber die Tür fiel nicht zu. Statt dessen kehrte Jjenna mit einer grolianischen Waffe zurück. Sie schraubte einen Schalldämpfer an den Lauf, zielte und drückte ab. Mit einem leisen Pochen entlud sich die Projektilschleuder, und das Geschoß bohrte sich in Hhayds Brust, schleuderte seinen Leichnam zur anderen Seite des Bettes. Dort blieb er mit hängenden Armen und Beinen liegen, wie eine fortgeworfene Puppe.

»Bitte schalten Sie den Schirm ein«, sagte Kirk. Das große Projektionsfeld an der einen Wand des Konferenzzimmers glühte, und die Lampen im Raum strahlten weniger hell. »In Ordnung, Llissa. Jetzt sind Sie dran.«

Llissa Kkayn ging um den Tisch herum, an dem der Admiral mit Scott, Sulu, McCoy, Maybri und Greenberger saß. »Danke, Jim. Ich wünschte, ich hätte vor der Besetzung des Kollegiums mehr Zeit gehabt, um verschiedene Dinge einzupacken oder sie an Bord der *Enterprise* beamen zu lassen, aber leider müssen wir uns hiermit begnügen.« Sie drückte eine Taste der Fernbedienung in ihrer Hand, und der Computer reagierte, indem er auf dem Bildschirm die detaillierte Darstellung eines Wesens aus dem Meer zeigte, das verblüffend humanoid wirkte. »Diese Illustration stammt aus einem etwa achthundert Jahre alten religiösen Test. Wir haben kaum Bücher, die aus noch früheren Epochen stammen, und deshalb ist dies eins der ältesten Bilder mit bemerkenswert vielen Einzelheiten.«

»Einzelheiten wovon, Llissa?« fragte McCoy.

»Von einem Exemplar der Spezies, die man Wwafida nennt. In vielen akkallanischen Legenden geht es um diese Zivilisation menschenähnlicher Geschöpfe in unseren Ozeanen.«

Maybris Ohren zitterten neugierig. »Eine Zivilisation? Es sind also keine Tiere?«

»Sie haben mich richtig verstanden. Ich spreche von einer Zivilisation mit allem, was dazugehört: Kommunikation, Kultur, eine hochentwickelte soziale Ordnung. Das behaupten jedenfalls die Legenden. Wir Akkallaner glauben, das Leben begann im Meer. Maybri hat mir berichtet, das gilt für viele — wenn nicht gar alle — Welten, die komplexe Organismen hervorgebracht haben. In unserem Fall dreht sich auch das moderne Leben ums Meer; eigentlich kein Wunder auf einem Planeten, dessen Oberfläche zum größten Teil aus Wasser besteht. Angeblich kamen die Wwafida auf dem Land zur Welt, und wenn sie dort ein gutes Leben verbrachten, wurden sie belohnt, indem sie in die Ozeane zurückkehren und dort den Rest ihrer Existenz verbringen durften, um anschließend in Frieden mit dem Muttermeer zu sterben. Der Vorgang wurde Seneszenz oder Heiligung genannt.«

»Wie weit reichen die Legenden zurück?« erkundigte sich Kirk.

»Nun, einige konkrete Hinweise auf unsere Geschichte — Skulpturen, Holzschnitte, steinerne Tafeln und Höhlenmalereien — sind zehntausend Jahre alt. Vorher gab es nur mündliche Überlieferungen. Zehn Jahrtausende lang haben die Akkallaner auf dem Land gelebt und sind auch dort gestorben, so wie heute.«

Greenberger hob die Hand. »Hat jemand Untersuchungen angestellt, um herauszufinden, ob die Wwafida tatsächlich existieren?«

Llissa nickte. »Einige Leute dachten über sie nach. Und andere unternahmen etwas, um Aufschluß zu gewinnen. Mein Vater, zum Beispiel. Als ich aufwuchs, arbeitete er im Kollegium. Er galt als eine Art Genie, dessen Talente sich nicht nur auf ein Fachgebiet beschränkten. Er war Biologe, Archäologe, Paläontologe und Historiker. Ich erinnere mich daran, daß er immer versuchte, ein einheitliches Bild zu schaffen. Er sah in der Wissenschaft ein Puzzle mit fehlenden Teilen und glaubte daran, daß man die Lücken schließen konnte, indem man die anderen Teile zurechtrückt — oder die fehlenden findet.«

McCoy nippte an seinem Kaffee und griff nach einem der Krapfen, die auf einem Tablett lagen. »Wo ist Ihr Vater?«

»Ich weiß es nicht«, erwiderte Llissa. »Nach dem Tod meiner Mutter — ich war damals noch ein Kind — verließ er das Kollegium, weil ihm die Arbeitsmethoden nicht gefielen. Er kam nie gut mit seinen Kollegen aus, spielte immer die Rolle des Außenseiters und Einzelgängers. Wir standen uns nicht sehr nahe, und deshalb verzichtete er darauf, mit mir in Kontakt zu bleiben. Doch er setzte seine Bemühungen fort und bemühte sich noch immer, die einzelnen Stücke des Puzzles zusammenzusetzen. Andere Leute erzählten mir von ihm, und ich las seine Artikel...«

Llissa schwieg einige Sekunden lang. »Wie dem auch sei: Vor fünf Jahren verschwand er plötzlich.«

Kirk neigte den Kopf zur Seite. »Er verschwand?«

»So hatte es jedenfalls den Anschein. Niemand kannte seinen Aufenthaltsort, und er schrieb nichts mehr.« Die Akkallanerin zuckte mit den Schultern. »Es hieß, er sei während eines Sturms mit einem kleinen Boot unterwegs gewesen und ertrunken, doch man fand weder Wrackteile noch seine Leiche. Vielleicht ist er wirklich tot — und vielleicht lebt er noch. Niemand weiß es. Bevor er verschwand... Wie ich hörte, versuchte er damals, die reale Existenz der Wwafida zu beweisen.«

McCoy kniff nachdenklich die Augen zusammen. »So begann das alles, nicht wahr? Die Aktionen gegen Ernteflüge der Chorymi, meine ich.«

»Ja. Mein Vater entdeckte ein bis dahin unbekanntes maritimes Gebirge. Er hatte nicht die notwendige Ausrüstung, um es allein zu erforschen; aus diesem Grund kehrte er zum Kollegium zurück und schloß lange genug Frieden mit uns, um mit einem gemeinsamen Projekt zu beginnen. Auf diese Weise fanden wir die fossilen Knochen, die denen aus der Föderationsstation sehr ähneln.«

»Konnten Sie nachweisen, daß sie von Wwafida stammen?« frage Maybri und beugte sich interessiert vor.

Llissa schüttelte den Kopf. »Die Antwort darauf ist kein direktes *Nein* — mein Vater hielt die Knochen für authentisch. Aber unsere Wissenschaftler konnten sich nicht dazu durchringen, diese Meinung zu teilen. Er verlangte den Fund zurück, und wir lehnten ab. Daraufhin sprach er nicht mehr mit Personen, die in irgendeiner Verbindung zum Kollegium standen.«

»Ich würde die Fossilien gern in unserem Laboratorium untersuchen«, sagte McCoy.

»Ich auch. Aber Hhayds Paladine haben das Kollegium wahrscheinlich auf den Kopf gestellt. Wenn sie die Knochen fanden, so bin ich sicher, daß inzwischen nur noch Staub oder Asche von ihnen übrig ist.«

Maybri hämmerte ihre Fäuste auf den Tisch. »Dann müssen wir uns eben andere besorgen.«

»Das halte ich für eine ausgezeichnete Idee«, kommentierte Kirk.

Llissa seufzte und entspannte sich zum erstenmal, seit sie mit dem Vortrag begonnen hatte. »Einen solchen Vorschlag habe ich mir erhofft.« Sie lächelte.

»Wie sollen wir vorgehen?« fragte Kirk. »Sind Sie in der Lage, das maritime Gebirge zu lokalisieren?«

»Dazu brauche ich genaue Karten.«

»Karten«, wiederholte der Admiral. »Von einem bestimmten Gebiet? Oder können Sie auch etwas mit der globalen Geographie des Meeresgrunds anfangen?«

»Wenn die entsprechende Übersicht auch Einzelheiten enthält...«

»Greenberger, das ist Ihr nächster Auftrag«, sagte Kirk. »Arbeiten Sie mit den kartographischen und geologischen

Spezialisten zusammen. Nehmen Sie eine vollständige Sondierung Akkallas vor.«

Llissa setzte sich an den Tisch und wirkte wieder niedergeschlagen. »Selbst wenn wir das Gebirge finden — es gibt da ein großes Problem.«

»Welches?« fragte Kirk.

»Wie erreichen wir das Massiv im Ozean? Die Untersee-Boote des Kollegiums befinden sich nicht an Bord der *Enterprise.* Haben Sie hier etwas, das sechstausend Meter tief tauchen und Passagiere vor dem Druck schützen kann?«

Maybri meldete sich als erste zur Wort. »Die *Cousteau* wäre dazu imstande gewesen.«

»Scotty...« Kirk wandte sich an den Chefingenieur. »Sie kennen den Schadensbericht in bezug auf die *Cousteau.*«

»Aye, Sir.«

»Halten Sie es für möglich, das Shuttle instandzusetzen?«

Scott versteifte sich, als beleidige ihn die Frage des Admirals. »Ich kann *alles* reparieren, Sir.«

Kirk unterdrückte ein Lächeln. »Wir verlassen uns auf Sie, Scotty. Machen wir uns jetzt an die Arbeit. Wenn wir beweisen, daß die Wwafida tatsächlich existieren... Vielleicht ist das unsere einzige Chance, Spock und Chekov — und auch die Föderationswissenschaftler — zu finden.«

Chekov stand auf den Zehenspitzen und spähte durch das kleine Guckloch in der Zellentür. »Sie kommen.«

Er trat rasch zurück, als das Schloß klickte und die Tür aufschwang. Vier kräftig gebaute Wächter kamen mit Ketten und Handfesseln herein, die offenbar für Chekov und Spock bestimmt waren.

»Akkallanischer Schmuck«, brummte der Russe. Ein Wächter bedrohte die Gefangenen mit seiner Waffe, und die anderen legten ihnen Hand- und Fußschellen an. Eine einzelne dicke Kette verband die beiden Starfleet-Offiziere miteinander, als man sie aus der Zelle führte. Die Soldaten schwiegen, gaben keine Auskunft darüber, wohin man sie brachte.

Sie gingen mehrere Treppen hinab, wobei sich die Fußfesseln als erhebliche Behinderung herausstellten. Schließlich gelangten sie nach draußen in den Nieselregen und blieben auf einem breiten Sims an der Klippe stehen. Spock neigte kurz den Kopf nach hinten und sah an den dunklen Mauern der Zitadelle empor. Dann bedeuteten die Wächter ihm und Chekov, den Weg über eine metallene Treppe fortzusetzen, die an der steilen Felswand in die Tiefe reichte. Unten näherten sie sich einem schmalen Pier, wo weitere Häftlinge warteten, ebenfalls in Ketten.

»Offenbar behandelt man Sie wie Akkallaner«, erklang eine volltönende Stimme.

Spock und Chekov drehte sich um und sahen das wettergegerbte Gesicht Zzevs, des Anführers der Kap-Allianz, der sie auf diesem Planeten ›begrüßt‹ hatte. Mit rasselnden Fußschellen trat er auf sie zu. »Ich habe nicht erwartet, Sie wiederzusehen.«

Spock antwortete in einem neutralen Tonfall. »Unsere hiesige Präsenz sollte als Beweis dafür genügen, daß weder wir noch die Föderationswissenschaftler mit der Regierung im Bund zu stehen.«

Zzev nickte langsam. »Ich schätze, wir haben uns geirrt, soweit es Sie betrifft«, sagte er bedauernd.

»Ihre Reue kommt zu spät«, zischte Chekov. »Wenn Sie uns gleich zu Anfang vertraut hätten, wäre wir in der Lage gewesen, zusammenzuarbeiten und dies zu vermeiden.« Er schüttelte die schweren Eisenringe an seinen Handgelenken.

»Geschehenes läßt sich nicht rückgängig machen, Chekov. Nachher ist man immer klüger. Mit meinen derzeitigen Informationen hätte ich mich bei unserer ersten Begegnung wahrscheinlich anders verhalten. Nun, vielleicht bekommen wir eine zweite Chance.«

»Glauben Sie?« erwiderte Spock. »Schlagen Sie uns eine Kooperation vor, sobald wir wieder frei sind?«

»Möglicherweise. Warten wir ab, bis wir keine Ketten mehr tragen.«

»Wer soll sie uns abnehmen?« fragte Chekov düster. »Die Wächter?«

»Man hat uns nicht darüber informiert, wohin wir gebracht werden sollen«, sagte Spock.

»Zu einem Gefängnis vor der Küste«, erklärte Zzev. »In der Zitadelle braucht man mehr Platz. Vermutlich sind viele Verhaftungen geplant. Auf Akkalla herrscht nun das Kriegsrecht des dritten Stadiums. Man muß damit rechnen, nur wegen der falschen Haarfarbe in den Kerker geworfen zu werden.«

Ein Patrouillenboot mit militärischen Hoheitszeichen glitt zum Pier, und zwei mit Helmen ausgestattete Soldaten banden die Vertäuungsleinen an Pfosten fest.

»Wo befindet sich das Gefängnis?« fragte Spock.

Zzev gab nicht sofort Antwort und richtete seine Aufmerksamkeit zunächst auf zwei uniformierte Nachzügler, die im Laufschritt näher kamen, um ihre beiden Kollegen bei den Gefangenen abzulösen. Die betreffenden Wächter schienen es nicht zu bedauern, auf die Reise verzichten zu müssen. Sie kehrten zur metallenen Treppe zurück, stiegen hoch und verschwanden in einem der vielen Tunnel in der Klippe.

»Oh, auf einer recht kleinen und unwirtlichen Insel. Sie ist so winzig, daß man ihr nicht einmal einen Namen gegeben hat.«

»Wer sind diese anderen Leute?« erkundigte sich Chekov, als sie das Boot betraten, das sanft auf den Wellen schaukelte.

»Einige gehören zur Kap-Allianz. Andere stehen nur in dem Verdacht, Regierungsfeinde zu sein.«

Fünf bewaffnete Soldaten gesellten sich den beiden Besatzungsmitgliedern des Bootes hinzu, während die Häftlinge auf kurzen Bänken im Heckbereich Platz nahmen. Dort sah es aus wie in einer römischen Sklavengaleere, in der die Ruder fehlten. Die beiden gerade eingetroffenen

Wächter gingen an den Gefangenen vorbei, befestigten Ketten an Verankerungssegmenten im Boden und kontrollierten die Schellen. Tief im Innern des Bootes ertönte ein turbinenartiges Summen, ohne daß man Vibrationen spürte.

»Welche Energiequelle wird für den Antrieb benutzt?« fragte Spock.

Zzev hob die Schultern. »Ein von Generatoren erzeugtes elektromagnetisches Kraftfeld wirkt auf Konduktormoleküle im Wasser. Keine beweglichen Teile. Ausgesprochen effizient.«

»In der Tat.«

Das Patrouillenboot beschleunigte weich, entfernte sich vom Ufer, wich Sandbänken aus und fuhr durch die schmale Öffnung zwischen den beiden hohen Klippen, die Havensbay vom Meer abschirmten. Anschließend erhöhte der Pilot – beziehungsweise Kapitän – die Geschwindigkeit, und das Boot sauste übers Meer. Zunächst schlug es immer wieder auf hohe Wellenkämme, aber dann klappten Tragflächen aus den Seiten und hoben den Rumpf aus dem Wasser. Die Küste blieb achtern zurück, und vorn erstreckte sich ein endloser Ozean.

Das Summen der Feldgeneratoren unter Deck, das Rauschen des Meers und die Wärme im Heckabteil sorgten dafür, daß Chekov die Augen zufielen. Als er zur Seite kippte, spannte sich eine Kette, übte unangenehmen Druck aus und brachte den Russen in die Wirklichkeit zurück. Er öffnete die Augen und stellte fest, daß er noch immer ein Gefangener war. Ein kurzer Blick über die Reling – kein Land in Sicht. Wie weit mochte die Gefängnisinsel entfernt sein?

Der neben Spock sitzende Zzev beugte sich vor und flüsterte aus dem Mundwinkel: »Ganz gleich, was auch geschieht: Mischen Sie sich nicht ein. Und ducken Sie sich.«

Zzev zog die rechte Hand aus der offenen Schelle, griff unauffällig unter die Sitzbank und holte eine kleine Waffe hervor. Er hielt sie zwischen den Beinen und erweckte den Anschein, weiterhin gefesselt zu sein. Spock blickte sich um: Drei andere Gefangene folgten dem Beispiel Zzevs und bewaffneten sich ebenfalls. Wenn er den Anführer der Kap-Allianz nicht beobachtete hätte, wäre ihm überhaupt nichts aufgefallen. Die fünf Wächter schöpften keinen Verdacht und standen nach wie vor an ihren Posten: drei vorn im Abteil, zwei hinten.

Der Soldat in der rechten vorderen Ecke drehte sich halb um und richtete seine Waffe nicht mehr auf die Häftlinge. »Jetzt!« rief er und schoß auf den nächsten Uniformierten. Zzev und die drei anderen bewaffneten Gefangenen reagierten sofort und zielten auf die völlig überraschten Wächter. Als Spock, Chekov und einige der übrigen Gefesselten zu Boden sanken, knallten Schüsse. Fünf Sekunden später war alles vorbei, und eine seltsame Stille folgte. Die beiden Starfleet-Offiziere richteten sich auf und versuchten, einen Eindruck von der neuen Situation zu gewinnen. Ein Wächter war verwundet und stellte keine Gefahr mehr dar. Zwei weitere und leider auch zwei Hälftlinge lagen tot auf dem Deck. Der fünfte Soldat und die beiden Piloten waren entwaffnet. Die blitzschnelle Revolte endete mit einem Erfolg.

»Wie ist es Ihnen gelungen, Ihre Leute in die Grolianische Wache einzuschleusen?« fragte Chekov, als Zzev ihm die Ketten löste. Um sie herum tauschten Häftlinge und Wächter die Plätze.

»Nicht alle sind mit der Regierungspolitik einverstanden. Wir haben eine kleine fünfte Kolonne, und sie wächst. Außerdem gab es heute morgen ziemlich viel Aufregung in der Zitadelle. Soweit ich weiß, hat Kommandeur Hhayd gestern abend versucht, Ffaridor zu ermorden. Kurz nach Sonnenaufgang wurde er von Brigadegeneral Vvox hingerichtet.«

Chekov rieb sich die Handgelenke. »Was passiert jetzt?«

»Nun, wir haben Gefangene und ein prächtiges neues Patrouillenboot für die Allianz.«

»Ich bin nicht immer daran interessiert, eine mögliche Zusammenarbeit mit Ihnen zu erörtern«, sagte Spock. »Wir könnten Ihnen mit dem Potential eines Raumschiffs helfen.«

Der Akkallaner deutete mit dem Daumen zum wolkenverhangenen Himmel. »Ihr Schiff ist dort oben, und wir brauchen hier unten Hilfe.«

»Vielleicht sind wir imstande, Ihren Wünschen zu entsprechen, wenn wir gemeinsam feststellen, was Sie benötigen.«

»Waffen. Der erste Punkt auf der Liste.«

Spock schüttelte den Kopf. »Wir können uns nicht in Kämpfe verwickeln lassen.«

»Was haben Sie sonst anzubieten?« Zzevs Stimme klang bitter.

»Wir sind zu einer Intervention bereit, um die gewaltsame Auseinandersetzung auf Akkalla zu beenden und Ihren Streit zu schlichten«, erwiderte der Vulkanier. »Wenn Sie uns erlauben ...«

»Zzev! Kommen Sie – schnell!«

Der Ruf stammte von einem der Rebellen im Cockpit. Spock und Chekov folgten Zzev, als er an den in Ketten gelegten Wächtern vorbeiging und sich dem vorderen Teil des Bootes näherte.

»Was ist Los, Ppeder?«

Der Mann namens Ppeder saß im Sessel des Ersten Piloten. Seine rechte Hand ruhte auf dem Steuerknauf, die linke am Schubregler. Er war untersetzt, hatte einen kurzen, muskulösen Hals und einen stoppeligen schwarzen Bart. »Wir empfangen eine Nachricht. Hören Sie ...« Er erhöhte die Lautstärke des Funkgeräts.

»... eine Ernteflotte gesichtet, die sich Ihrer Region nähert. Sie werden hiermit angewiesen, die Transportmission zu unterbrechen und zu den küstennahen Gewässern zurückzukehren. Erwarten Sie dort neue Befehle. Setzen Sie die Fahrt nicht fort! Ich wiederhole: Setzen Sie die Fahrt nicht fort! Die Koordinaten der Gefahrenzone lauten:

fünfundsiebzig Strich eins-vier-neun. Bitte bestätigen Sie...«

Zzev nickte dem Mann an den Kontrollen zu.

Ppeder schaltete auf Sendung um und sprach ins Mikrofon. »Wir bestätigen.«

»Gut, daß wir diese Mitteilung gehört haben.« Chekov lächelte erleichtert. »Wir hätten dem Ernteschiff direkt ins Maul fahren kön...«

»Volle Kraft voraus«, sagte Zzev. »Abfangkurs.«

Chekov starrte ihn groß an. »Sind Sie verrückt?«

Zzev schüttelte den Kopf. »Nein. Die Mitglieder der Allianz haben geschworen, jede Möglichkeit zu nutzen, um die Chorymi an der Ernte zu hindern — selbst wenn es uns das Leben kostet.«

»Ich verstehe durchaus, wie wichtig es ist, Prinzipien zu achten«, meinte Spock. »Aber manchmal erreicht man durch zu große Prinzipientreue das genaue Gegenteil von dem, was man anstrebt. Sie leiten eine bedeutsame Bewegung auf Akkalla. Ihre Präsenz wird gebraucht, um...«

Zzev schnitt ihm das Wort ab. »In der Allianz ist niemand unersetzlich.«

»Theoretischer Egalitarismus ist unter praktischen Bedingungen nur selten logisch. Wenn wir bei dieser Aktion ums Leben kommen, hat Ihre Gruppe nicht mehr die Chance, auf die Hilfe der *Enterprise* zurückzugreifen. Ich bitte Sie, das in Erwägung zu ziehen.«

»Diese Sache kommt zuerst. Uns bleibt gar keine Wahl. Glauben Sie mir: Unsere Absicht besteht nicht darin, Selbstmord zu begehen. Wir haben Methoden und Strategien gegen die Ernteflüge der Chorymi entwickelt. *Dabei* ist bisher noch niemand gestorben.«

»Es gibt immer ein erstes Mal«, murmelte Chekov.

»Darüber hinaus werden wir nicht allein sein«, fügte Ppeder hinzu, der noch immer im Sessel des Ersten Piloten saß. »Wir haben zwei andere Boote benachrichtigt, und sie sind bereits unterwegs.«

Zzev hob kurz die geballte Faust. »Gut!«

Chekov spürte, wie sich seine Nackenhaare aufrichteten. Ein prickelndes Grollen umgab das Patrouillenboot, schien die Luft erzittern zu lassen und vermischte sich mit der emporspritzenden Gischt. Die Vibration wurde immer heftiger.

»Dort drüben!« Einer der Rebellen — eine Frau mit lokkigem Haar — deutete zur Backbordseite. Alle hielten Ausschau und sahen... die Ernteflotte der Chorymi, ein riesiges Mutterschiff, begleitet von sechs Kampfgleitern, die es wie Mücken umschwirrten.

In der Ferne rasten die beiden anderen akkallanischen Boote übers Meer und näherten sich der Erntezone. Das Mutterschiff flog noch immer hoch am Himmel, aber das Wasser brodelte schon. Größere Wellen entstanden, klatschten an Rumpf und Bug, schleuderten Schaum an die Fenster des Cockpits.

Chekov musterte die akkallanischen Rebellen. Ob Selbstmörder oder nicht — sie meinten es ernst. Er legte den Kopf in den Nacken, schirmte die Augen ab und beobachtete die Flotte. In seiner Magengrube krampfte sich etwas zusammen. Es war keine Seekrankheit, obwohl das Deck unter ihm immer wieder von einer Seite zur anderen kippte. Nein, es lag am Anblick des gewaltigen Mutterschiffes, das nun den ›Rachen‹ öffnete und zum Meer herabglitt. Einige russische Worte kamen ihm über die Lippen.

»Was haben Sie gesagt, Lieutenant?« fragte Spock.

»Mag der Himmel unseren armen dummen Seelen gnädig sein...«

Von außen betrachtet schien das im offenen Hangar der *Enterprise* glänzende Licht einen warmen Platz in der kalten, endlosen Nacht des Weltraums zu verheißen. Chefingenieur Scott saß in einem kleinen Kontrollraum oberhalb des großen Hangardecks und steuerte den Traktorstrahl, der die *Cousteau* ins Dock lenkte, damit sie repariert werden konnte. Er beobachtete die Bewegungen des Shuttles auf zwei Bildschirmen über der Konsole: Einer zeigte eine grüne schematische Darstellung, der andere von Kameras übertragene Bilder.

»Und noch ein bißchen«, sagte Scott leise, als die *Cousteau* näher schwebte. Mit der freien Hand drückte er einige Tasten und änderte damit den Zoomfaktor einer Außenkamera, um sich einen ersten Eindruck von den Schäden zu verschaffen. »Einige Brandspuren am Heck, Beulen und Wasser an Bord, weiter nichts. Wir bringen dich bald wieder in Ordnung.«

Er aktivierte das Interkom. »Chefingenieur an Brücke.«

»Hier Kirk.«

»Das Shuttle ist an Bord, Sir.«

»Geschätzte Reparaturzeit, Mr. Scott?«

»Admiral, ich habe es mir noch nicht einmal angesehen«, protestierte Scott und gab sich empört. »Wir wär's mit heute abend, Sir?«

Es gelang Kirk, ernst zu bleiben, doch in seinen Augen funkelte es amüsiert. »Einverstanden. Sobald ich Zeit finde, komme ich zu einer Inspektion. Vergessen Sie nicht, Vorher- und Nachher-Bilder anzufertigen.«

Der Ingenieur erlaubte sich ein dünnes Lächeln. »Aye, Sir. Scott Ende.«

»Sir...« sagte Fähnrich Greenberger, die an der wissenschaftlichen Station saß. »Ich glaube, das sollten Sie sich ansehen.« Mehrere Tasten klickten unter ihren Fingern, und der kleine Bildschirm über der Konsole flackerte kurz, als er starke Interferenzen zu filtern versuchte. »Dort!«

Die Darstellung wurde deutlicher. Kirk bemerkte eine Ernteflotte der Chorymi, die sich dem akkallanischen Meer näherte.

»Woher kommen die Schiffe?«

»Ich habe gerade die Atmosphärensonde überprüft, um festzustellen, ob sie noch funktioniert — und plötzlich war die Flotte da.«

Kirk runzelte die Stirn. »Warum haben unsere Deflektoren nicht reagiert, Mr. Sulu? Eine Fehlfunktion?«

Sulu überprüfte sein Schaltpult. »Negativ, Sir. Keine Fehlfunktion. Die derzeitige Position der Flotte deutet darauf hin, daß sie mit Anflug begann, während wir auf der anderen Seite waren.«

»Die Chorymi haben den Planeten als Schild benutzt«, murmelte Kirk.

»Zum Glück befindet sich die Sonde noch immer dort draußen, Sir«, sagte Greenberger.

»Sehen wir uns die Sache aus der Nähe an, Fähnrich.«

»Aye, Sir.« Die junge Frau wählte eine höhere Vergrößerungsstufe, als der breite Ansaugteil des Mutterschiffes aufklappte. Die diamantförmigen Kampfgleiter sausten fort, als fürchteten sie, von dem riesigen Raumer verschlungen zu werden.

»Auf den Hauptschirm, Fähnrich. Und finden Sie heraus, ob sich auch in diesem Fall akkallanische Boote der Erntezone nähern.«

Als Greenberger auf den großen Wandschirm umschaltete, wandten die Brückenoffiziere den Blick von ihren Konsolen ab und beobachteten die Bilder vom Planeten. Die junge Frau an den Kontrollen der wissenschaftlichen Station veränderte die Übertragungswinkel der Sondenkameras, und kurz darauf bestätigten sich Kirks Befürchtungen: Drei kleine Boote sausten über die Wellen und näherten sich dem Konvoi der Chorymi.

Jetzt wiederholte sich das tödliche Ballett, das der Admiral schon einmal gesehen hatte. Als das riesige Raumschiff dem brodelnden Ozean entgegensank, rasten die Kampfgleiter hin und her, um die Boote zu vertreiben. Ohne Erfolg. Sie formierten sich erneut, zu einem zweiten und wahrscheinlich letzten Angriff — das Mutterschiff schwebte jetzt dicht über dem Meer, und die Wellen wurden immer höher, begannen bereits damit, einen Trichter zu formen, der dem weit aufgerissenen stählernen Maul entgegenwuchs. Diesmal setzten die diamantförmigen Gleiter ihre Bordkanonen ein. Blaues Feuer loderte den Booten entgegen und zischte warnend an ihnen vorbei, doch die Akkallaner wichen nicht zurück. Die kleinen Kampfeinheiten beschleunigten und stiegen auf, während das Ernteschiff noch tiefer sank. Ein schäumender Strudel aus Meerwasser ragte nach oben, und die akkallanischen Boote änderten den Kurs, hielten genau auf das Zentrum des Orkans zu.

Kirk schloß seine Hände so fest um die Armlehnen des Sessels, daß die Knöchel weiß hervortraten. »Dreht ab«, flüsterte er und versuchte, die Akkallaner allein mit der Kraft seines Willens in Sicherheit zu bringen.

Im letzten Augenblick nahmen zwei der Boote eine neuerliche Kursänderung vor und entfernten sich von dem Trichter, der das Meer mit dem Mutterschiff der Chorymi verband. Doch das dritte konnte oder wollte ihnen nicht folgen. Es drehte sich mehrmals um die eigene Achse und sprang ganz aus dem Wasser, wie ein flacher Stein, der über die Wellen tanzt. Immer mehr neigte es sich nach oben und begann auseinanderzubrechen. Als es mit dem Bug nach unten stand, platzte es wie ein fragiles Spielzeug. Die Zentrifugalkraft wirbelte einige Trümmerstücke fort, doch die meisten verschwanden in dem hungrigen Leviathan weiter oben.

Der entsetzliche Anblick verblüffte die Brückenoffiziere so sehr, daß niemand einen Ton von sich gab. Eine Zeitlang herrschte Stille, nur unterbrochen vom Summen der Konsolen und leisen Statusberichten aus verschiedenen Sektionen des Raumschiffs, aus Abteilungen, in denen man nicht wußte, was gerade auf Akkalla geschehen war.

Die Zeit schien stillzustehen — bis das Ernteschiff der Chorymi langsam sein Maul schloß und zu den niedrigen schiefergrauen Wolken flog, wo die Eskorte wartete. Die beiden übriggebliebenen Boote manövrierten im ruhiger werdenden Wasser wie verwirrte Tiere, die nach einem aus der Herde geraubten Artgenossen suchten. Ziellos fuhren sie hin und her, kehrten dann in die Richtung zurück, aus der sie gekommen waren.

Kirk ließ den angehaltenen Atem entweichen. Um ihn herum konzentrierten sich die Offiziere wieder auf ihre Arbeit und bemühten sich, mit dem fertig zu werden, was sie gerade gesehen hatten. Einige von ihnen wirkten benommen und wie in Trance. Doch Uhura hob plötzlich den Kopf und griff nach dem Kom-Modul an ihrem Ohr.

»Admiral!« brachte sie heiser und ungläubig hervor. Sie räusperte sich, bevor sie fortfuhr: »Eine Nachricht von... Mr. Spock!«

Kirk riß die Augen auf und holte zischend Luft. »Was?«

»Eine Nachricht von Mr. Spock«, wiederholte Uhura, und diesmal klang ihre Stimme wieder fast normal. Sie streckte eine schmale Hand aus und schaltete die Lautsprecher ein. »Audio-Verbindung, Sir. Wir hören Sie, Mr. Spock.«

»Admiral, wir leben und sind unverletzt«, sagte der Vulkanier so ruhig und gelassen wie immer.

Kirk lachte erleichtert und drückte schwungvoll die Interkom-Taste in der Armlehne des Kommandosessels. »Es freut uns sehr, das zu hören, Spock. Aber zum Teufel auch: Wo sind Sie in der vergangenen Woche gewesen? Und wo sind Sie jetzt?«

»Das ist eine lange und komplizierte Geschichte, die ich Ihnen nach unserer Rückkehr zu *Enterprise* gern erzählen werde«, erwiderte der Vulkanier.

»Sie hätten uns wenigstens eine Postkarte schicken können.«

»Wie bitte, Sir?«

»Schon gut, Spock. Uhura, haben Sie das Signal angepeilt?«

»Und die Koordinaten dem Transporter übermittelt, Sir.«

»Admiral.« Chekov klang überglücklich. »Möchten Sie, daß wir Ihnen Fische mitbringen?«

»Fische, Lieutenant?« fragte Kirk verwundert.

»Ja, Sir. Wir sind hier mitten auf dem Ozean.«

»Nein, besser nicht, Chekov. Sind Sie wirklich bereit, an Bord gebeamt zu werden?«

»Ja, Sir«, bestätigte Spock. »Aber der Transfer betrifft auch noch eine dritte Person.«

»Ich schätze, die Erklärung dafür bekommen wir, wenn Sie eintreffen.«

Kirk schaltete auf die interne Kommunikation um. »Transporterraum, richten Sie den Fokus auf Mr. Spocks Koordinaten und beamen Sie drei Personen an Bord. Sie sollen sich sofort in der Krankenstation melden.« Er wählte einen anderen Kanal. »Kirk an Krankenstation. Pille, ich habe Patienten für dich.«

»Wen meinst du?«

»Spock und Chekov.«

»Halleluja!«

»Sofort nach dem Retransfer kommen sie zu dir. Nimm eine gründliche Untersuchung vor. Und gib Llissa Bescheid. Ich möchte so schnell wie möglich den Bericht der beiden Vermißten entgegennehmen.«

»Ich bin schon hier bei Leonard, Jim«, sagte die Akkallanerin. »Und ich freue mich mit Ihnen. Wie haben Sie Ihre Offiziere gefunden?«

»Nun, ich glaube, es ist eher umgekehrt. Wie dem auch sei: Spock und Chekov erläutern uns bald die Einzelheiten. Ich bin unterwegs. Kirk Ende.«

Als er den Turbolift unweit der Krankenstation verließ, hörte er laute Stimmen aus McCoys Büro und fragte sich verwirrt, was dort geschah. Llissa stritt sich mit jemandem, aber warum? Und mit wem? Das Schott der Krankenstation glitt vor Kirk beiseite, und er sah McCoy und Chapel, die neben Spock und Chekov standen. Die beiden Offiziere wirkten ein wenig mitgenommen, aber ansonsten schien mit ihnen alles in Ordnung zu sein. Sie und die beiden Ärzte beobachteten Llissa und einen älteren Mann bei einem verbalen Gefecht, das mit immer zornigeren Stimmen geführt wurde. Der Mann sah aus wie jemand, der sich oft im Freien aufhielt; er hatte ein wettergegerbtes Gesicht und kurzgeschnittenes Haar in der Farbe von poliertem Stahl.

Der Zank konnte noch nicht sehr lange dauern — *um Himmels willen, wir haben sie gerade erst an Bord gebeamt!* —, aber er war längst über das Niveau gewöhnlicher Kommunikation hinausgewachsen und näherte sich einer handgreiflichen Auseinandersetzung. Kirk verstand kaum ein Wort und entschloß sich zum Eingreifen. Er trat ein, schob Llissa und den Mann auseinander und blieb zwischen ihnen stehen.

»Das genügt!« donnerte er, und von einem Augenblick zum anderen herrschte völlige Stille.

McCoy beugte sich zu Spock vor. »Ich wußte gar nicht, daß er so laut schreien kann.«

»Ruhe!« rief Kirk. McCoy lächelte und nahm spöttisch Haltung an. »Spock, Chekov — ich bin froh, daß Sie wieder hier sind. Und nun... Wer ist das?« Er deutete auf den Fremden.

»Das Oberhaupt der Kap-Allianz, Admiral«, antwortete Spock. »Wir hielten seine Präsenz für nützlich, um die Probleme auf Akkalla zu lösen.«

»Hm. Hat er auch einen Namen, Mr. Spock?«

»Ja, Sir. Zzev...«

»Kkayn«, fügte Llissa hinzu und verschränkte trotzig die Arme.

Kirk und McCoy starrten die Akkallanerin verblüfft an. Spock und Chekov runzelten die Stirn. »*Was?*« brachte der Admiral hervor.

»Zzev Kkayn«, wiederholte Llissa fast schrill. »Mein Vater.«

CAPTAINS LOGBUCH: STERNZEIT 7828.8

Dr. McCoy hat Lieutenant Chekov und den Ersten Offizier Spock für diensttauglich erklärt; sie nehmen nun wieder ihre Aufgaben wahr. Durch den Austausch unserer Informationen haben wir einen vollständigen Überblick in Hinsicht auf die akkallanische Situation gewonnen, obgleich noch immer nicht ge-

klärt ist, wie es um Dr. McPhillips und ihre Mitarbeiter steht. Chefingenieur Scott setzt die Reparaturarbeiten an der *Cousteau* fort: Wir brauchen das Shuttle in einem einwandfreien Zustand, wenn wir im Meer von Akkalla nach Hinweisen dafür suchen wollen, daß die legendären Wwafida tatsächlich existieren. An Bord der *Enterprise* befindet sich jetzt jener akkallanische Wissenschaftler, der sich bereits bemüht hat zu beweisen, daß die geheimnisvollen Geschöpfe im Ozean heute noch leben. Mit anderen Worten: Zzev Kkayn hilft uns mit seinem speziellen Wissen. Unglücklicherweise führt seine Anwesenheit auch zur Fortsetzung eines alten, bitteren Streits zwischen ihm und seiner Tochter Llissa.

Kirk verabscheute es, belehrende Vorträge zu halten, aber manchmal blieb ihm keine andere Wahl. Bei solchen Gelegenheiten hob er immer wieder den Zeigefinger, schob energisch das Kinn vor und ließ keinen Widerspruch zu. Zum Beispiel jetzt. Er sorgte dafür, daß Zzev und Llissa Kkayn nebeneinander auf nicht sehr bequemen Laborstühlen in der Krankenstation Platz nahmen. Er schickte McCoy, Chapel, Spock und Chekov aus dem medizinischen Büro. Mit einer besonders drohend klingenden Stimme warnte er Uhura, daß er auf keinen Fall gestört werden wollte – es sei denn, das Ende des Universums stand unmittelbar bevor. Falls dieser eher unwahrscheinliche Fall eintrat, konnte sie ihm einen Zettel unter der Tür durchschieben.

Eine halbe Stunde lang sprach er mit den Kkayns, informierte sie über die Regeln an Bord des Raumschiffs *Enterprise* und vergewisserte sich, daß sie verstanden, worum es ging. Er betonte, es sei ihm völlig gleich, welche familiär begründeten Feindseligkeiten es seit dreißig Jahren zwischen ihnen gab. Derzeit, so meinte er, verbinde sie eine gemeinsame Sache. Ob es ihnen gefiel oder nicht: Sie gehörten nun zum gleichen Team und brauchten Kirks Hilfe, um etwas zu bewerkstelligen. Jetzt war der Zeitpunkt gekommen, einen Kompromiß zu schließen — was sie bisher nie versucht hatten.

»Ich habe weder Zeit noch Kraft, um mit einem Familienberatungsdienst zu beginnen«, sagte Kirk scharf. »Arbeit wartet auf uns. Wir streben das gleiche Ziel an, und wenn Sie nicht bereit sind, sich voll und ganz dafür einzusetzen, überlasse ich Sie dem Publikan. Ist das kristallklar für Sie beide?«

Vater und Tochter schwiegen, senkten den Blick und wirkten wie zwei verlegene Schulkinder, nicht wie zwei angesehene Wissenschaftler.

Kirk bemerkte eine gewisse Ähnlichkeit der beiden Kkayns und mußte sich sehr beherrschen, um nicht zu lachen. Er ließ Zzev und Llissa zu ihren Quartieren eskortieren — sie wohnten in verschiedenen Kabinen auf verschiedenen Decks.

Als sie die Krankenstation verlassen hatten, ging er zu Spock und McCoy, die im Untersuchungszimmer auf ihn warteten.

»Ich bin beeindruckt, Jim«, sagte McCoy und grinste. »Hast du jemals daran gedacht, Psychologe oder ein Hölle-und-Verdammnis-Prediger zu werden?«

Kirk fühlte sich erschöpft. »Woher weißt du, was ich gesagt habe?«

»Oh, in diesem Zusammenhang erwies sich eine Anzapfung der Interkom-Leitung als recht nützlich. Dein Vortrag war außerordentlich interessant.«

Kirk schnitt eine verärgerte Grimasse. »Ich dachte, du bist Arzt und kein Kommunikationsingenieur.«

»Ich bin ein Mann mit vielen Talenten«, erwiderte McCoy bescheiden.

»Wieso haben Sie ihn nicht daran gehindert, Spock?«

»Ihm waren die Hände gebunden, Jim«, sagte McCoy. »Weil ich ihm damit drohte, mich auf meine Autorität als Erster Medo-Offizier zu berufen und seine nächste Untersuchung zu verlängern.«

Als Kirk das Besprechungszimmer betrat, fiel ihm sofort auf, daß die Kkayns an den gegenüberliegenden Enden des Tisches saßen. Spock, McCoy und Scott hatten auf der einen Seite Platz genommen, neben einem freien Sessel für den Admiral. Maybri und Greenberger warteten auf der anderen Seite. Kirk war so sehr mit den Leistungen der beiden jungen Offiziere zufrieden, daß er sie auch weiterhin an der Mission beteiligen wollte.

»Computer...«

»Bereitschaft.«

»Zeige uns die topographischen Karten von Akkalla.«

Auf dem Wandschirm erschien eine vom Computer elaborierte Reliefkarte des ganzen Planeten, und dazu gehörten natürlich auch Einzelheiten des Meeresgrundes. Das von Zzev entdeckte maritime Gebirge ragte sägezahnartig vom Boden des Borealmeers im Norden auf. Es war ein Drittel des Planetenumfangs vom Kontinent entfernt, und in der Nähe gab es nur einige kleine, unbedeutende Inseln. Vor den nördlichen Ausläufern stellte Kirk zwei Gruppen aus größeren Inseln fest, nicht weit vom akkallanischen Polarkreis entfernt.

»Was halten Sie von unserer Karte im Vergleich mit Ihren?« fragte der Admiral.

»Selbst die Einzelheiten scheinen übereinzustimmen«, entgegnete Llissa. »Alles befindet sich genau dort, wo es sein sollte.«

»Dort haben Sie Ihre Fossilien gefunden?«

»*Meine* Fossilien«, brummte Zzev.

Kirk überhörte die Provokation. »Na schön. Ist es sinnvoll, die Suche auf jenen Bereich zu konzentrieren?« Die beiden Kkayns nickten. »Zzev, bitte zeigen Sie uns, wo Sie damals gewesen sind.« Kirk griff nach einem kleinen Laserindikator, schaltete ihn ein und richtete den roten Lichtstrahl ins Projektionsfeld. Dann reichte er das Gerät dem akkallanischen Wissenschaftler. Zzev deutete auf die westliche Seite einer breiten Stelle des Massivs, etwa ein Viertel der Gesamtlänge vom nördlichen Ende entfernt.

»Genau da, Kirk.«

»Mr. Scott, ist die *Cousteau* repariert?«

»Aye, Sir. Meine Leute überprüfen gerade die Bordsysteme.«

»Computer«, sagte Kirk. »Rotationsansicht.«

Das Bild auf dem Wandschirm veränderte sich: Aus der Reliefkarte wurde ein überdimensionaler Globus, der Akkalla ohne den Wassermantel darstellte. Kirk beobachtete, wie der simulierte Planet zunächst die Kontinent-Seite zeigte und sich dann von Westen nach Osten drehte. Die westliche Küste mit Harensbay und der Hauptstadt Tyvol glitt vorbei und geriet außer Sicht. Eine Zeitlang waren nur die unregelmäßigen Strukturen der Meeresbecken zu sehen, und schließlich fiel Kirks Blick auf das lange Gebirge.

»Die Berge sind ziemlich weit vom Festland entfernt«, sagte er leise.

»Einer der Gründe dafür, warum bis vor einigen Jahren niemand etwas von ihnen wußte«, erklärte Zzev. »Es gab keinen Grund, danach Ausschau zu halten.«

Kirk faltete die Hände auf dem Tisch. »Nun gut. Wenn wir weitere Fossilien finden — was hat das zur Folge?«

»Dann haben wir einen Beweis dafür, daß die Wwafida existieren«, behauptete Zzev.

»Daß sie existier*ten*«, warf McCoy ein.

»Wenn neu entdeckte Fossilien ebenso beschaffen sind wie die nur zehn Jahre alten Knochen aus der Föderationsstation«, begann Llissa, »so können wir daraus schließen, daß die Wwafida noch immer leben — irgendwo.«

Kirk schüttelte den Kopf. »Wir brauchen genug Munition, um alle Barrikaden des Zweifels zu stürmen. Anders ausgedrückt: Wir müssen ein lebendes Exemplar finden.«

Maybris Ohren zuckten kurz. »Zuerst geht es darum, die Fossilien mit den Knochen aus der jüngsten Vergangenheit zu vergleichen, Sir. Anschließend wissen wir, daß wir nach realen Geschöpfen suchen.«

»Nach Geschöpfen, die vielleicht real *gewesen* sind«,

sagte McCoy. »Um es noch einmal zu betonen: Die Knochen sind zehn Jahre alt. Wenn sie wirklich von einem Wwafida stammen – woher sollen wir wissen, daß es nicht das letzte Individuum seiner Art war?«

»Leonard McCoy, Optimist«, spottete Llissa.

»Ich möchte nur eine wissenschaftliche Perspektive bewahren. Selbst die beste Hypothese taugt nichts ohne einen hieb- und stichfesten Beweis.«

Llissa zuckte mit den Schultern. »Ja, das stimmt. Wir sind zu aufgeregt angesichts der Möglichkeiten und Konsequenzen. Zum Glück denken Sie immer logisch, Leonard.«

Spock wölbte beide Brauen und sah Kirk an. »Hat bei Dr. McCoy während meiner Abwesenheit eine Metamorphose stattgefunden?«

»Nun...« Kirk deutete ein Lächeln an. »Immerhin sind Sie eine Woche lang fort gewesen.«

»Ich hätte bezweifelt, daß ein ganzes Leben genügt, um einen derart drastischen Wandel herbeizuführen.«

McCoy bedachte den Vulkanier mit einem ruhigen Blick. »Jemand mußte Sie vertreten, als Sie sich auf Akkalla herumtrieben, Spock. War eigentlich gar nicht so schwer, wenn Sie mir diese Bemerkung gestatten.«

Kirk lachte leise. »Nun, wir sollten uns Dr. Kkayns Gebirge aus der Nähe ansehen. Scotty, bereiten Sie das Shuttle auf den Start vor. Zzev, Llissa und Spock begleiten mich.«

Maybris Gesicht wurde dunkel und verriet ihre Enttäuschung. Bevor sie entscheiden konnte, ob sie Einwände erheben sollte, meldete sich Spock zu Wort.

»Admiral, Lieutenant Maybri kennt sich mit der maritimen Topographie Akkallas besser aus als ich. Ich schlage vor, daß Sie meinen Platz an Bord des Shuttles einnimmt. Um mein volles Leistungsvermögen wiederherzustellen, sollte ich an Bord der *Enterprise* bleiben und mich über die jüngsten Ereignisse informieren.«

Kirk runzelte die Stirn. »Ich habe noch nie ein Tauch-Shuttle geflogen.«

»Mr. Chekov hat sich als fähiger Pilot erwiesen.«

»Na schön, Spock. Ihr Vorschlag ist gebilligt. Maybri, packen Sie alles ein, was Sie brauchen.« Kirk aktivierte das Interkom. »Mr. Chekov, melden Sie sich in zwanzig Minuten auf dem Hangardeck.«

Kirk, Greenberger und Spock kehrten zur Brücke zurück.

»Gibt es seit dem letzten Ernteflug irgendwelche Anzeichen von Chorymi-Schiffen, Mr. Sulu?« fragte der Admiral.

»Negativ, Sir. Sie können sich nicht noch einmal unbemerkt nähern und dabei den Planeten als Schild benutzen: Unsere Fernbereichssensoren sondieren den interplanetaren Raum zwischen Akkalla und Chorym.«

Spock legte die Hände auf den Rücken. »Admiral, erlauben Sie mir einige Empfehlungen, die auf meiner Einschätzung der hiesigen Militärtechnologie basieren. Die Akkalaner verfügen über ein relativ gutes Ortungssystem für Raumschiffe. Zuerst diente es dazu, den Ernteflotten der Chorymi zu helfen und sie zu dirigieren, doch jetzt setzt man es gegen sie ein. Wir haben bereits festgestellt, daß die planetaren Streitkräfte mit Boden-Luft-Raketen ausgestattet sind. Sie werden ohne Eskorte unterwegs sein, Sir, und deshalb droht Ihnen eine größere Gefahr als den Chorymi-Schiffen. Ich rate Ihnen, den Flug in geringer Höhe auf ein Minimum zu beschränken.«

»Sollten wir das Tauchpotential der *Cousteau* nutzen?«

»Bestätigung. Wir können versuchen, Ihnen einen gewissen Schutz zu gewähren, indem wir unsere Sensoren auf die entsprechende Region richten: Dann werden die akkallanischen Scanner von unseren Sondierungssignalen gestört. Allerdings gilt das auch für die Ortungsmodule des Shuttles.«

»Was ist mit einem Kom-Kontakt, Spock? Sind die Akkallaner imstande, unsere Signale zu empfangen?«

Der Vulkanier nickte. »Ja. Unsere Kontakte müssen auf ein notwendiges Mindestmaß beschränkt werden, um das Risiko der Entdeckung zu reduzieren.«

»Na schön. Sie haben das Kommando, Mr. Spock.«

»Jim, falls es bei Ihrer Mission zu ernsten Zwischenfällen kommt...« begann der Erste Offizier.

»Ich weiß, was Sie meinen. Setzen Sie so wenig wie möglich Gewalt ein — ich möchte nicht, daß Akkallaner getötet werden. Bestimmt fallen Ihnen Alternativen ein, die nicht tödlich wirken. Was unseren Standpunkt betrifft: Mir liegt nichts daran, die *Cousteau* noch einmal zu verlieren. Sie ist unser wichtigstes Werkzeug, um alle erforderlichen Informationen zu gewinnen.« Der Admiral stand auf. »Treffen Sie die... logischen Entscheidungen.«

Die Doppeltür des Turbolifts glitt auseinander, und der Bordarzt betrat die Brücke.

»McCoy kann Ihnen dabei helfen«, sagte Kirk und schmunzelte.

Die *Cousteau* vibrierte leicht, als sie durch Akkallas dichter werdende Atmosphäre flog. Reibungshitze erhöhte die Temperatur der Außenhülle: Rosarotes Glühen umhüllte das Shuttle, schuf einen feurigen Schleier auf den Bildschirmen und jenseits der Fenster.

Kirk warf einen neugierigen Blick auf die Anzeigen — die Bordsysteme funktionierten normal. Chekov verringerte die Geschwindigkeit, und das kleine Raumschiff erzitterte kurz, als es die Wolkendecke durchdrang. Die Darstellungen auf den Schirmen wurden deutlicher. Der Ozean erstreckte sich fünf Kilometer unter ihnen, kam jedoch schnell näher.

»Nun, Mr. Chekov, wie taucht dieses Shuttle?«

»Theoretisch«, lautete die Antwort.

»Wie meinen Sie das?«

»Bisher haben wir noch kein derartiges Manöver durchgeführt, Sir.«

»Also gut«, räumte Kirk ein. »Theoretisch.«

»Es kann sofort tauchen oder erst landen.«

»Mir ist zunächst eine Landung lieber — beziehungsweise eine Wasserung.«

Chekov nickte. »Aye, Sir.« Er veränderte die Flugbahn

und reduzierte erneut die Geschwindigkeit. Kurze Zeit später setzte die *Cousteau* auf; die niedrigen Wellen eines ruhigen Meers schaukelten sie sanft hin und her.

Der Russe betätigte einige Schalter, und ein hydraulisches Summen erklang. Dann sank das Shuttle — Wasser spülte über die Fenster.

Kirk schluckte mehrmals, um sich an den höheren Innendruck zu gewöhnen und das Rauschen aus den Ohren zu vertreiben. Er sah auf den Bildschirm und beobachtete, wie der letzte Streifen Himmel verschwand. Eine sonderbare Ruhe schloß sich an. Die *Cousteau* war natürlich komplett versiegelt: Wenn im All keine Luft aus ihr entwich, so bedeutete das auch, daß jetzt kein Wasser in sie eindringen konnte. Dennoch empfand Kirk vages Unbehagen. Sein letzter Tauchgang lag schon einige Jahre zurück, und gemischte Gefühle regten sich in ihm: Furcht, weil er sich in einer völlig fremden Umgebung befand, die unbekannte Gefahren bereithielt; Isolation — und gleichzeitig Sicherheit, vergleichbar damit, in einer Gebärmutter zu schwimmen, von Wundern umgeben zu sein, eins mit neuem Leben.

Das rhythmische Piepen des Sonars holte den Admiral ins Hier und Heute zurück. »Kurs programmiert, Mr. Chekov?«

»Aye, Sir.«

»Volle Kraft voraus.«

Chekov betätigte den Geschwindigkeitsregler, und die *Cousteau* beschleunigte sofort. Kirk spürte, wie ihn jemand an der Schulter berührte, und als er sich umdrehte, sah er Maybri im Zugang zur Pilotenkanzel.

»Bitte um Erlaubnis, die Beobachtungsluken öffnen und mit dem Sammeln von Daten beginnen zu können, Sir.«

»Erlaubnis erteilt, Lieutenant.« Etwas leiser fragte der Admiral: »Bleiben die Kkayns friedlich?«

»Bisher ist es noch nicht zu einem neuen Streit gekommen, Sir.« Maybri kehrte ins Heckabteil zurück und trat dort an eine kleine, mit getöntem Plexiglas geschützte

Schalttafel heran. Auf einen Tastendruck hin glitt die Abdeckung beiseite. Die Erithianerin betätigte einige Kippschalter, und auf der Backbordseite hoben sich die stählernen Schilde, verwandelten einen großen Teil der Wand in ein Panoramafenster. Außerdem erhellten sich vier Videoschirme und zeigten Bilder, die von oben und unten am Shuttle angebrachten Kameras übertragen wurden. Auf diese Weise entstand ein Gesamteindruck von der Umgebung. Maybri reagierte mit fröhlicher Aufregung, eilte von einer Seite zur anderen, von Schirm zu Schirm – sie wollte alles auf einmal sehen. Im akkallanischen Meer wimmelte es von Leben, das in den Sonnenstrahlen tanzte, die durchs Wasser schimmerten. Zahllose Organismen schwammen dem Eindringling entgegen und drehten im letzten Augenblick ab.

Mikroskopisch kleine Geschöpfe bildeten diffuse Wolken, die in der Strömung trieben. Schwärme aus Tausenden von stromlinienförmigen Fischen bewegten sich, als seien sie miteinander verbunden, folgten den Planktonschwaden, von denen sie sich ernährten. Das von oben herabfilternde Sonnenlicht glitzerte auf ihren Schuppen, als sie durch ihren stummen Kosmos glitten.

Als die *Cousteau* tiefer sank, wurde es in der Welt des Meeres rasch dunkler. An mehreren Stellen des Rumpfes flammten leistungsstarke Scheinwerfer auf und verwandelten die ewige Nacht in hellen Tag. In ihrem Glanz sahen die Offiziere an Bord erstaunliche Dinge. Hier in den finsteren Bereichen schien es sogar noch mehr Leben zu geben als weiter oben...

Elegant gewundene Muscheln mit kleinen Wasserdüsen an den hinteren Öffnungen. Sie wirkten wie lebende gepanzerte Kriegsschiffe...

Gallertartige Beutel mit propellerartigen Erweiterungen an beiden Enden. Wenn sie nach Beute suchten, drehten sich die Sackgeschöpfe so schnell, daß ihre Konturen verschwammen...

Vibrierende Ranken, an Dingen befestigt, die man auf

den ersten Blick für Treibgut halten mochte. Wenn sich ein nichtsahnender Fisch näherte, um an den scheinbaren Pflanzensträngen zu knabbern, zuckte plötzlich eine Schere vor, schnappte den Fisch und schob ihn in ein bis dahin verborgenes Maul...

Blasenförmige Wesen mit langen Stoßzähnen, die aus ihren Unterkiefern ragten...

Ein Wesen sah aus wie zwei angeschwollene, bunt gestreifte Lippen. Als die Propeller eines Gallertsacks davor verharrten, spuckten die Lippen etwas Schwarzes und Klebriges, das den Beutel lähmte, saugten das Opfer dann an...

Und ein durchscheinendes Netz, das im Scheinwerferlicht des Shuttles silbrig funkelte.

Chekov ging tiefer und versuchte, die *Cousteau* unter dem Netz hindurchzusteuern, aber es schien kein Ende zu nehmen. Er neigte die Scheinwerfer und beobachtete, wie sich der Glanz des Netzes in dunkler Tiefe verlor.

»Lebt es?« wandte sich Kirk an die beiden Wissenschaftler im Heckabteil.

»Ja, Jim«, bestätigte Llissa. »Sie sollten einen Kontakt damit vermeiden.«

»Das ist vielleicht nicht möglich. Man könnte glauben, daß es sich bis zum Grund erstreckt. Ist es gefährlich?«

»Es verursacht starke elektromagnetische Entladungen. Ich weiß nicht, was es mit der *Cousteau* anstellen würde, wenn es uns einfängt.«

»Deflektoren, Chekov?«

»Unter Wasser funktionieren sie nicht, Admiral.«

»Dann gehen Sie auch weiterhin tiefer. Und stellen Sie die Vorwärtsbewegung ein. Ich möchte nicht noch näher heran.«

»Vorwärtsbewegung ist null, Sir. Das Netz kommt auf uns zu.«

Llissa sah auf einen der Bildschirme. »Offenbar hält es uns für einen Leckerbissen.«

»Sind wir das?« fragte Kirk.

»Nun, bestimmt lägen wir dem Wesen schwer im Magen. Aber es könnte das Shuttle beschädigen.«

»Läßt es sich irgendwie vertreiben?«

Bevor Llissa Gelegenheit hatte, die Frage zu beantworten, erreichte das Netz die *Cousteau* und faltete sich um den Bug. Kirk vernahm ein leises Kratzen, als Saugnäpfe nach dem Metall der Außenhülle tasteten. Er blickte aus dem Seitenfenster und sah, wie einige nach Halt suchten. Eine Sekunde später stotterte das Triebwerk, und sein bisher gleichmäßiges Summen verklang. Die Lampen erloschen, ebenso die Anzeigen der meisten Konsolen. Batteriestrom speiste das Lebenserhaltungssystem und die Notbeleuchtung. Im Halbdunkel des Cockpits glühten einige Skalen und Datenfelder.

»Halt jemand eine Idee?« erkundigte sich Kirk. »Was geschieht, wenn wir Elektrizität in den Rumpf leiten?«

»Hat keinen Sinn, Kirk«, erwiderte Zzev. »Das Netz mag Energie.«

»Und was mag es *nicht*?«

»Geringen Druck im Bereich der Wasseroberfläche. Wir müssen aufsteigen.«

Kirk drehte sich zu Chekov um. »Ist das möglich?«

»Uns fehlt Saft fürs Triebwerk.«

»Und die Batterien?«

»Ihre Ladung würde sich so schnell erschöpfen, daß wir mit einem Ausfall des Lebenserhaltungssystems rechnen müssen, bevor wir die Oberfläche erreichen. Die einzige Alternative besteht darin, Sauerstoff in unsere Ballasttanks zu pumpen – dadurch bekommen wir genug Auftrieb. Aber anschließend können wir sie nicht noch einmal füllen. Wenn es später erneut zu einem Zwischenfall kommt...«

»Mr. Chekov, wenn wir uns nicht schnellstens aus dem Netz befreien, brauchen wir uns um das Später keine Sorgen mehr zu machen. Setzen Sie die Ballasttanks unter Druck.«

Chekov suchte nach den Kontrollen für die Ventile, fand

sie und öffnete die Tanks. Das Shuttle stieg sofort auf, wand sich dabei wie ein geschickter Profiringer hin und her. Kirk wartete mit wachsender Besorgnis darauf, daß sich die Saugnäpfe vom Panoramafenster lösten. Sie boten den einzigen Hinweis, denn ohne die Scheinwerfer blieb das Shuttle von schwarzer Finsternis umhüllt.

»Inzwischen sind wir der Wasseroberfläche fünfhundert Meter näher«, meldete Chekov und beugte sich weit zum Tiefenmesser vor. »Klappt es?«

»Noch nicht«, erwiderte der Admiral. »Zzev, sind Sie sicher...« Ein Saugnapf verschwand, dann der nächste. »Das Netz läßt uns los!«

Das Wesen entließ die *Cousteau* so plötzlich aus seinem Griff, als würde es fortgerissen. An den Konsolen blinkten wieder die Kontrollampen, und Chekov prüfte die verschiedenen Anzeigen. »Wir haben volle Energie, Sir.«

»Schließen Sie die Ballasttanks«, sagte Kirk rasch. »Halten Sie unsere Position.«

»Aye, Sir.«

Das Shuttle stöhnte leise, als die schnelle Fahrt nach oben zu Ende ging, und Kirk warf einen Blick ins Heckabteil. »Sie hatten recht, Zzev. Das Wesen scheint nichts von geringerem Druck zu halten. Es ergriff ziemlich überstürzt die Flucht.«

»Äh, Jim...« sagte Llissa. »Es wurde fortgezerrt.«

»Wovon? Das Netz schien endlos zu sein. Was ist groß genug, um...« Kirk unterbrach sich, als er etwas Riesiges bemerkte, das am Panoramafenster vorbeischwamm. Die Scheinwerfer leuchteten nun wieder. Kirk trat langsam an die transparente Wand heran und fragte sich skeptisch, ob er eine weitere Lebensform des akkallanischen Ozeans kennenlernen wollte. Als er argwöhnisch nach draußen spähte, fehlte von dem gewaltigen Etwas jede Spur. »Habe ich ein großes Geschöpf gesehen oder nicht?«

»Und ob«, erwiderte Maybri leise. Sie wandte sich an die Kkayns. »Um was handelte es sich?«

»Um einen Triteera«, antwortete Zzev. »Vermutlich

sind es mehrere — darauf deutet die Art und Weise hin, in der das Netz fortgerissen wurde.«

Kirk kniff die Augen zusammen. »Was ist ein Triteera?«

Llissa zeigte zur anderen Wand. »*Das* dort.«

Kirk drehte sich um und sah eine fleckige, dunkelgraue Masse, die das ganze Fenster füllte, als sie kaum fünf Meter vom Shuttle entfernt vorbeiglitt. »Das Ding muß dreißig Meter lang sein.«

»Mindestens«, sagte Llissa. Sie blieb neben Kirk stehen, und er beobachtete die Gestalt des Triteeras, als er sich von der *Cousteau* entfernte. Das Profil ähnelte dem eines terranischen Wals, doch vorn hatte das gigantische Geschöpf einen knöchernen Schnabel und an der Seite vier Flossen. Der lange Schwanz war dreifach unterteilt und trieb das Wesen mühelos durchs Wasser.

»Beeindruckend, nicht wahr?« meinte Llissa.

Der Triteera, der das Shuttle in unmittelbarer Nähe passiert hatte, gesellte sich einer Herde hinzu, die aus mehr Exemplaren bestand, als Kirk zählen konnte. Sie erstreckte sich weit durch ihre tiefe Domäne, über die Grenzen des von der *Cousteau* erhellten Bereichs hinaus. »Sind sie gefährlich?«

Llissa schüttelte den Kopf. »Ganz im Gegenteil. Es sind sanfte Riesen. Sie geben sich große Mühe, kleinen Booten auszuweichen, und man erzählt sich viele Geschichten darüber, daß sie Akkallaner vor dem Ertrinken bewahrt haben, indem sie Schiffbrüchige zur Wasseroberfläche trugen. Wir wissen nicht viel über sie, denn normalerweise halten sie sich von den Küsten fern. Aber das Rettungsverhalten findet eine Parallele in der Hilfe, die sie Neugeborenen oder kranken Artgenossen gewähren.«

Maybris Ohren neigten sich nach vorn. »Warum haben sie das Netz fortgezogen?«

»Den Ganiphagen?« erwiderte Llissa. »Triteera fressen Ganiphagen und halten sie für eine Delikatesse. Wahrscheinlich hätten wir uns davon befreien können, wenn wir weiter aufgestiegen wären, aber so ging es viel schneller. Außerdem konnten wir dadurch einen Teil des Sauerstoffs sparen, den wir später vielleicht noch brauchen.«

»Nun, wir schulden den Triteera einen Gefallen«, sagte Kirk.

»Wahrscheinlich begegnen wir weiteren«, fügte Zzev hinzu. »Es ist Frühling, und sie ziehen nach Norden, zu ihren ›Weideplätzen‹. Sie befinden sich dort, wo die äquatorialen Strömungen auf die arktischen treffen. Der Temperaturunterschied holt viele Nährstoffe vom Grund nach oben und verursacht eine dichte Suppe aus Mikroorganismen, die wiederum andere Lebewesen anlocken. Außerdem ist das Meer an jener Stelle nicht sehr tief. Ein maritimes Plateau reicht weit genug bis zur Oberfläche, um Sonnenlicht zu empfangen. Dadurch wird jener Bereich noch fruchtbarer. Die Triteera brauchen praktisch nur mit offenem Schnabel zu schwimmen — sie schlemmen regelrecht.«

Eins der riesigen Geschöpfe glitt am Shuttle vorbei, und Kirk lächelte. »Klingt nach dem Triteera-Paradies.«

Llissa runzelte die Stirn. »Wie man's nimmt, Jim. Sie haben keine natürlichen Feinde, und deshalb leben sie in kilometerlangen Herden. Dadurch bieten sie leichte Ziele.«

»Aber wenn sie keine Angriffe natürlicher Feinde befürchten müssen...« begann Maybri.

»Sie genossen Sicherheit und Frieden — bis die Ernteschiffe kamen. Die Chorymi haben es in erster Linie darauf abgesehen. Wenn die Triteera mit dem ›Schlemmen‹ beginnen, achten sie auf nichts anderes mehr. Wenn sie merken, daß sich ein Ernteschiff nähert, ist es für viele von ihnen bereits zu spät.«

»Genau«, sagte Zzev. »Sie können nur entkommen, indem sie tauchen. Aber bei einem Ernteflug erwischen die Chorymi Hunderte. Viel Lohn für wenig Mühe.«

»Bedeutet das, wir begeben uns ebenfalls in eine Erntezone?«

»Wo sich Triteera befinden, muß man damit rechnen, daß die Chorymi erscheinen«, knurrte Zzev. »Aber uns droht keine Gefahr, wenn wir tief genug bleiben.«

Kirk drehte den Kopf und sah in die Pilotenkanzel. »Irgendwelche Schäden, Lieutenant?«

»Nein, Sir. Alle Systeme sind voll funktionsfähig. Nichts hindert uns daran, die Fahrt fortzusetzen.«

»Llissa, haben Sie Vorschläge dafür, wie wir anderen Ganiphagennetzen ausweichen können?«

Der Präzeptor nickte. »Tauchen Sie hier bis fast zum Grund. Die Netze sammeln sich in mittleren Tiefen. Sobald wir darunter sind, bleiben neuerliche Konfrontationen dieser Art aus.«

»Sie haben Llissa gehört, Chekov. Bringen Sie uns nach unten.«

»Aye, Sir.«

Als die *Cousteau* tiefer sank, lehnte sich der Admiral ans Panoramafenster und beobachtete, wie die Triteera spielten und sich aneinanderschmiegten. Er erinnerte sich an das Schicksal so vieler Walgattungen auf der Erde, die man gejagt hatte, bis sie im zwanzigsten und einundzwanzigsten Jahrhundert ausstarben. Er hoffte, daß diese akkallanischen Geschöpfe eine bessere Zukunft erwartete. Kirk und die anderen an Bord des Shuttles verdankten den Riesen des Meeres bereits ihr Leben. *Sie haben uns geholfen,* dachte er. *Und ich möchte ihnen helfen.*

KAPITEL 9

Als die *Cousteau* durch stille Tiefen schwebte, staunte Kirk darüber, wie sehr der Meeresboden dem Land ähnelte: Er sah Berge und Täler, Furchen und Rillen, Gräben und Krater, dazwischen Ebenen aus Schlamm und Schlick. Viele Berggipfel trugen eine weiße Patina. Sie wirkte wie Schnee, bestand jedoch aus den Skeletten kleiner Organismen, die nach ihrem Tod von oben herabsanken. Andere Berge in dem von Zzev entdeckten Massiv präsentierten sich als Kegel mit steilen Hängen, die keiner Erosion durch Frost oder dem langsamen Schleifen durch geduldige Flüsse unterlagen. Hier und dort zeigten sich große Dünen auf dem Grund, und sie wanderten wie ihre Schwestern in Wüsten, bewegt von starken Strömungen.

Selbst in dieser großen Tiefe existierte Leben — weniger zahlreich und bunt, aber noch seltsamer als weiter oben. Kirk sah viele lumineszierende Geschöpfe, deren Körper das einzige Licht in der immerwährenden Dunkelheit erzeugten. Andere verzichteten auf Augen, benutzten Tentakel, Flimmerhaare und ähnliche Organe, um ihre Umgebung zu erkennen.

Die *Cousteau* befand sich nun acht Kilometer unter der Wasseroberfläche, und hier näherte sich der enorme Druck den Belastungsgrenzen des Shuttles. Zzev hockte im Zugang der Pilotenkanzel, behielt sowohl die Bildschirme und Fenster im Auge als auch die vom Computer projizierte Navigationskarte. Kirk kannte Zzev Kkayn noch nicht lange, aber er wußte, daß der Akkallaner sofort seine Stimme erheben würde, wenn etwas nicht stimmte — eine Eigenschaft, die Vater und Tochter teilten, obwohl sie das nie zugegeben hätten. Zzev schwieg, während Chekov das Shuttle steuerte, und dieser Umstand genügte dem Admiral als Hinweis darauf, daß der Kurs stimmte.

Nach einer Weile empfand Kirk sogar die exotische

Szene draußen als eintönig. »Sind Sie sicher, daß Sie die Höhlen finden können, Zzev?«

»Ja, wir finden sie. Und dann erfahre ich endlich, was sie enthalten.«

»Soll das heißen, Sie haben sich damals nicht in ihnen umgesehen?«

»Beim letztenmal mußten wir unsere Forschungen vorzeitig beenden.« Er warf Llissa einen finsteren Blick zu, doch seine Tochter saß neben Maybri an einem Terminal und merkte nichts.

»Und woher stammen die Fossilien?«

»Von einem höheren Plateau. Ich glaube, wir nähern uns jetzt dem Ziel.«

Die Flankensensoren sondierten ständig den zerklüfteten Hang des Gebirges, und der Computer verarbeitete ihre Daten zu einem dreidimensionalen Bild. Wann immer die Sensoren eine Öffnung in der Flanke des Berges entdeckten, lösten sie einen Meßstrahl aus, um die Ausmaße des Risses festzustellen. Unmittelbar im Anschluß daran entstand eine räumliche Darstellung im Projektionsfeld, die nach allen Seiten gedreht werden konnte. Bisher hatten die Scanner nichts entdeckt, das die Bezeichnung Höhle verdiente.

In Fahrtrichtung kroch das Licht der *Cousteau* über einen flachen Vorsprung, der aus dem Fels ragte.

»Langsamer«, sagte Zzev. Er neigte die bugwärtigen Scheinwerfer nach unten, und in ihrem hellen Glanz erschienen die kantigen Konturen eines Plateaus, das sich zum Meeresgrund hinabneigte. Anschließend starrte er auf die Navigationskarte. »Hier sind wir richtig«, sagte der Akkallaner. Es klang überzeugt.

»Und Ihre Höhle?« fragte Kirk.

»Etwas weiter vorn. Verringern Sie die Geschwindigkeit, Chekov. Und gehen Sie tiefer.«

Der Russe kam dieser Aufforderung nach. Zzev und Kirk standen am Sensorschirm, auf dem nach wie vor die weite Ebene zu sehen war. Doch dann änderte sich das

Bild. Der Computer analysierte anomale Daten und zeigte dann die rotierende Innenansicht einer Öffnung, die breit genug wirkte, um eine Höhle zu sein.

»Das ist sie!« jubelte Zzev.

Kirk legte Chekov die Hand auf die Schulter. »Bringen Sie uns etwas näher heran.«

Chekov nickte, lenkte das Shuttle nach Steuerbord und untersuchte den dunklen Berghang mit umhertastenden Lichtstrahlen. Zzev und Spock blickten erwartungsvoll durch die Bugfenster.

»Nicht so schnell«, warnte der Akkallaner. »Lassen Sie mich an die Kontrollen.« Er löste Chekov am Regler für die Scheinwerfer ab und richtete sie behutsam neu aus. Kurz darauf fand er, was er suchte: eine Spalte im Hang.

»Sie ist nicht breit genug für das Shuttle.«

»Maybri hat mir gesagt, daß Sie zwei Taucheranzüge an Bord haben, die dem Druck in dieser Tiefe standhalten können.« Zzev hob den Kopf. »Ich melde mich freiwillig für den Einsatz außerhalb dieses Schiffes.«

»Ich suche nicht nach Freiwilligen«, entgegnete Kirk. »Wir weichen bis auf sichere Entfernung vom Berg zurück und schicken dann eine Sonde. Maybri.«

»Aye, Sir.« Die Erithianerin wandte sich dem Computer zu und startete das Kontrollprogramm für die Sonden.

Zzev wirkte enttäuscht, als er das Heckabteil betrat und Maybri bei der Arbeit zusah. Llissa verschränkte die Arme und musterte ihren Vater von der Seite.

»Verärgere Jim nicht«, tadelte sie. »Du bekommst jetzt, was du dir schon seit Jahren wünschst.«

»Etwas mehr Hilfsbereitschaft seinerseits wäre nicht schlecht.«

»Du irrst dich gründlich, wenn du glaubst, er müsse dir zu Diensten sein. Und denk daran: Es geht hier nicht um dich, sondern um den ganzen Planeten.«

Die *Cousteau* vibrierte, als die Sonde ihr Bereitschaftssegment verließ und davonschwebte. Ein Monitor an Maybris Konsole zeigte die von der Kamera übertragenen

Bilder, während auf einem anderen die Sonde selbst zu sehen war: ein dicker Torpedo mit drei Armen, die in vierfingerigen Greifern endeten. Zzev stand dicht hinter Maybri, blickte ihr über die Schulter und gab sich kaum interessiert.

»Äh, wozu ist das Ding in der Lage?«

Maybri lächelte süffisant. »Zu allem, was wir von ihm verlangen. Sonde ausgeschleust und unterwegs, Admiral.« Die Fernbedienung wies einen einfachen Joystick auf, um die Richtung zu kontrollieren. Kleine Hebel steuerten Arme und Greifer.

Unterdessen lenkte Chekov die *Cousteau* zurück und ging auf sichere Distanz zum Berg. Kirk bückte sich durch die Luke, betrat das Heckabteil und beobachtete aus der Sondenperspektive, wie sich der mechanisch-elektronische Forscher dem Riß näherte. Mehrere Scheinwerferstrahlen gingen von dem stählernen Leib aus und strahlten in alle Richtungen. Maybri steuerte den Torpedo geschickt durch die Öffnung und schaltete die Linsen der Übertragungskamera dann auf eine möglichste breite Erfassung. Einige Sekunden lang glitt die Sonde durch einen schmalen Tunnel, der sich schließlich erweiterte und in eine Höhle führte. Ihre Wände bildeten ein Gewirr aus Wölbungen und Kanten, ließen die gewaltigen Naturkräfte vermuten, denen die Kaverne ihre Entstehung verdankte. Die Sonde spähte in entlegene Ecken und Winkel; ihr Licht schimmerte an einem Ort, der bisher nur Finsternis gekannt hatte.

Maybri bemerkte mehrere stengelartige Gebilde im Sand, die sich in der Strömung langsam von einer Seite zur anderen neigten. Sie hielt die Sonde an, schwenkte die Kamera, zoomte die Stengel heran und stellte fest, daß sie ein von fadenförmigen Fühlern gesäumtes Maul hatten. »Sind das Tiere?«

»Mhm«, bestätigte Zzev. »Canth-Aale.«

»Und sie leben in Höhlen?«

»Ja. Sie fressen Mikroorganismen, die von der Strömung hereingetrieben werden.«

»Keine sehr interessante Existenz«, meinte Maybri. »Einfach dort zu hocken und nur zu warten...«

»Wenn man sie richtig stimuliert, können sie weitaus aktiver werden«, sagte Zzev.

Der Lieutenant setzte die Sonde wieder in Bewegung. Ganz plötzlich zuckten die Canth-Aale aus dem Sand: Stengel verwandelten sich in Schlangen, die wie Peitschenriemen zuckten, als sie dem Eindringling entgegensausten. Der überraschende Angriff dauerte kaum eine Minute, und dann rangen sich die seltsamen Wesen zu der Erkenntnis durch, daß die Sonde weder eßbar noch gefährlich war. Anmutig gruben sie sich in den Sand und begnügten sich damit, wieder langsam hin und her zu schwingen. Maybri starrte mit offenem Mund auf den Schirm.

»Wie ich schon sagte...« ließ sich Zzev vernehmen und lächelte. »Wenn sie wollen, können Canth-Aale ziemlich viel Aktivität entfalten. Neunzig Prozent ihres Körpers verbergen sie im Sand. Wenn sie etwas wahrnehmen, das größer ist als Mikro-Leben, etwas, das sie entweder fressen wollen oder von dem sie sich bedroht fühlen... Dann verhalten sie sich so, wie wir es gerade beobachtet haben.«

»Wie gefährlich sind sie?« fragte Kirk.

Llissa überlegte. »Nun, die Natur hat sie mit winzigen rasiermesserscharfen Zähnen ausgestattet und ihnen außerdem starke Schließmuskeln gegeben.«

»Was ist mit ihrer Aggressivität?«

»Wenn man sich von ihnen fernhält, greifen sie nicht an«, sagte Zzev.

»Admiral...« Maybri hob die Stimme. »Ich glaube, wir haben etwas gefunden.«

Alle drehten sich zu dem Projektionsfeld um, das die von der Sondenkamera übermittelten Bilder zeigte. Ein Greifer strich behutsam über den Boden und wirbelte dadurch eine Schlickwolke auf, durch die man keine Einzelheiten mehr erkennen konnte. Maybri steuerte den Arm ganz nach Gefühl, schloß die stählernen Finger um ein festes Objekt und steuerte die Sonde dann zurück. Im klaren

Wasser hielt sie den Gegenstand vor die Linse: *ein fossiler Knochen.*

Zzev Kkayn klatschte triumphierend in die Hände. »Ich wußte, daß wir hier fündig werden.«

»Bisher ist es nur ein Knochen, und ein kleiner noch dazu«, schränkte Kirk ein.

»Da muß ich Ihnen widersprechen, Sir«, sagte Maybri. Sie drehte den Greifer, und daraufhin kamen zwei andere, größere Knochen zum Vorschein.

Auf Kirks Befehl hin wies sie den Roboter an, die Fossilien zu verstauen und zur *Cousteau* zurückzukehren. Als er sich wieder an Bord befand, brachten sie die Knochen zum Hauptdeck, um sie sich dort genauer anzusehen. Nach einer kurzen Untersuchung kamen sie zu dem Schluß, daß es nur in den Laboratorien der *Enterprise* möglich war, die Relikte zu datieren und zu analysieren. Kirk schlug vor, das Meer zu verlassen und ins All zurückzukehren.

»Dort drin liegt ein ganzer Schatz«, wandte Zzev ein. »Und wir sind bereits hier. Es wäre dumm, diese Möglichkeit nicht zu nutzen.«

»Wenn man seinen Willen durchsetzen will, sollte man darauf verzichten, den Leiter der Mission dumm zu nennen«, erwiderte Kirk trocken.

»Admiral...« sagte Maybri sanft. »Ich glaube, Dr. Kkayn hat recht.«

Kirk furchte die Stirn. »Ich höre, Lieutenant.«

»Die Sonde ist ein gutes Werkzeug, aber sie kann keine lebenden Hände, Augen und Gehirne ersetzen. Wenn ich nicht zufällig die richtige Einstellung für Kamera und Scheinwerfer gewählt hätte, wären diese Knochen unserer Aufmerksamkeit entgangen. Ich würde mich gern in der Höhle umsehen, wenn Sie mir die Erlaubnis dazu geben. Zwei Personen können sie doppelt so schnell erforschen wie die Sonde – und alle ihre Geheimnisse lüften.«

Kirk schürzte die Lippen. »Ein guter Hinweis, Lieutenant. Na schön. Zwei von uns begeben sich in die Kaverne...«

»Das klingt schon besser«, knurrte Zzev.

»Aber Sie bleiben hier«, fuhr der Admiral fort und ignorierte die zornige Empörung im Gesicht des Akkallaners. »Meiner Ansicht nach läßt Ihr Urteilsvermögen zu wünschen übrig, Dr. Kkayn. Forschung ist zwar wichtig, aber das gilt auch für Vorsicht, und ich fürchte, dieses Wort fehlt in Ihrem Vokabular. Llissa, Sie begleiten mich — wenn Sie wollen.«

»Einverstanden. Vor langer Zeit verglich mich mein Vater mit einer Treibhausblume, die nur in einer geschützten Umgebung blüht. Er warf mir vor, zuviel Zeit mit Büchern und Theorien zu verbringen und dabei die reale Welt zu vergessen.« Sie sah Zzev an. »Ich glaube, dies ist eine gute Gelegenheit, um direkte Erfahrungen zu sammeln.«

Kirk und Llissa bereiteten sich in der engen Luftschleuse auf ihren Ausflug vor. Sie kletterten in steife Taucheranzüge mit flexiblen Gelenken und transparenten Helmen, die einen ungehinderten Blick in alle Richtungen erlaubten. Auf dem Rücken beider Anzüge war eine rucksackähnliche Energie- und Antriebseinheit befestigt, und an den Armen hingen Lampen. Hinzu kam ein Drehfunkfeuer auf dem Helm.

»Diese Kleidung ist erstaunlich leicht, Jim. Brauchen wir keine Sauerstoffflaschen oder etwas in der Art?«

»Nein. Es handelt sich um sogenannte Kiemenanzüge. Sie gewinnen den Sauerstoff direkt aus dem Wasser. Das gleiche Prinzip versorgt uns im Shuttle mit atembarer Luft, solange es unter Wasser ist. Was die Einzelheiten betrifft...« Kirk zuckte mit den Achseln, deutete auf ein stielartiges Gebilde an der Seite des Anzugs und einen gewölbten Bügel vor dem Kinn. »Unsere Kommunikatoren. Man aktiviert sie mit der Stimme. Hiermit schaltet man sie auf Bereitschaft.« Er betätigte einen Kipphebel am linken Unterarm, reichte Llissa den Helm und vergewisserte sich, daß sie ihn richtig am Kragenring arretierte. Dann setzte er den eigenen Helm auf, überprüfte die Kommunikatoren und kontrollierte die Anzeige des Drucksiegels. »Wie fühlen Sie sich?«

»Ein wenig klaustrophobisch. Aber ansonsten habe ich es recht bequem.«

»Dann lassen Sie uns aufbrechen. Mr. Chekov?«

»Aye, Sir«, klang die Antwort aus den kleinen Lautsprechern im Helm.

»Wir verlassen jetzt das Shuttle.« Der Admiral griff nach einer Tasche aus flexiblen Maschen, die einige Werkzeuge zum Graben, Stochern und Filtern enthielt. Llissa nahm einen leeren Beutel mit, den sie mit Relikten füllen wollte.

»Viel Glück, Sir«, erwiderte Chekov. »Wir bleiben mit Ihnen in Verbindung. Falls die Sicht schlecht wird – der Leitstrahl ist auf Ihre Anzüge gerichtet.«

Kirk trat die kurze Leiter vom Ankleidesims herunter und vertraute sich dem Wasser im unteren Teil der Luftschleuse an. Llissa bewegte sich vorsichtig und folgte seinem Beispiel. Der Admiral öffnete das Außenschott, und sie glitten ins Meer, verbunden mit einer Sicherheitsleine von variabler Länge.

Zielstrebig schwammen sie zum Berg. Als sie die Blase aus künstlicher Helligkeit im Bereich der *Cousteau* verließen, verharrte Kirk, drehte den Kopf und beobachtete die Schwärze, die sich in allen Richtungen erstreckte. Seine Augen gewöhnten sich an die Dunkelheit, und daraufhin sah er das vorn aufragende Massiv. Er wußte, daß sich der Fuß des Berges einen Kilometer unter ihm befand und der Gipfel mehrere tausend Meter weiter oben, daß ihn weitere Kilometer von der Wasseroberfläche trennten... Plötzlich fühlte sich Kirk zwergenhaft und unwichtig.

»Was ist los, Jim?«

»Nur einige philosophische Gedanken, weiter nichts. Kommen Sie.« Die leistungsstarken Luftdüsen des Rucksackantriebs trugen sie dem Berg entgegen. Aus Spaß schlug Kirk einen Salto.

Llissa lachte. »Und ich dachte schon, Sie wollten zum Shuttle zurück.«

Kirk lächelte. »Mir war tatsächlich unbehaglich zumute, für einige Sekunden. Wissen Sie, ich hatte das Gefühl der Freiheit vergessen, wenn man schwebt.«

»Ist es auch im Weltraum so?«

»Fast. Bevor man die ersten Raumstationen baute, um die damaligen Astronauten auszubilden, simulierte man Schwerelosigkeit in Wassertanks. Den größten Teil meines Lebens als Erwachsener habe ich in Raumschiffen verbracht, aber ich bin praktisch immer *im* Schiff, nicht draußen im All. Deshalb gefällt mir dies so sehr.«

Ihre Lampen verliehen dem Berg einen gespenstischen Glanz, und nach einer Weile fanden sie den Höhlenzugang. Sie desaktivierten die kleinen Düsen, und Kirk schwamm zuerst in den Spalt. Llissa hielt sich so dicht hinter ihm, daß sie seine Schwimmflossen berühren konnte. Geisterhafte Schatten zitterten und tanzten, als die von den Armen der Anzüge ausgehenden Lichtstrahlen über Felswände huschten. Llissa zog an der Leine, dirigierte Kirk fort von den Köpfen der Canth-Aale und zu der Stelle, wo Maybris Sonde die ersten drei Knochen gefunden hatte. Sie nahm eins der Werkzeuge, stocherte damit behutsam im weichen Boden und achtete darauf, nicht zuviel Schlick und Sand aufzuwirbeln. Innerhalb weniger Sekunden entdeckte sie weitere Knochen.

»Jim, ich gebe das nicht gern zu, aber vielleicht hat mein Vater recht, was diesen Ort betrifft.«

Sie sammelte die einzelnen Relikte ein, während Kirk mit einem Sieb nach kleineren Fossilien suchte. Angesichts ihrer gemeinsamen Bemühungen füllte sich die leere Tasche schnell, und Llissa glitt zum Ende der Sicherheitsleine. »Sehen Sie nur, Jim!«

Er folgte dem Verlauf der Leine und sah die Akkallanerin unter einem scharfkantigen Überhang, wie eingekeilt in einem kleinen Loch. »Was haben Sie gefunden?«

Llissa kroch zurück, wirbelte dann herum und streckte

ihm ihre Hände entgegen, die ein großes, rundes Objekt hielten. Bevor Kirk noch bewußt feststellen konnte, worum es sich handelte, reagierte er aus einem Reflex heraus und wich erschrocken zurück. Das Licht fiel auf einen unbeschädigten, grinsenden Totenschädel.

Llissa lächelte in ihrem Helm. »Offenbar sind Sie sehr schreckhaft, Admiral Kirk.«

Er unterdrückte ein Schaudern. »Hier wird's ständig unheimlicher. Und ich kann mich nicht des Eindrucks erwehren, daß wir ein Grab schänden.«

»Zu einem guten Zweck.« Llissa schob den Schädel in ihre Tasche. »Mal sehen, was sich dort drüben befindet...« Anmutig und elegant schwang sie herum und näherte sich dem rückwärtigen Teil der Höhle, den die Sonde nicht erreicht hatte. Kirk beeilte sich, um zu vermeiden, daß der Abstand zwischen ihnen zu groß wurde. Die Wände der Kaverne strebten aufeinander zu und schufen einen kurvenreichen, schmalen Tunnel, der immer weniger Platz bot.

Jim hatte breitere Schultern als die Akkallanerin, und mehrmals schabte er damit über den Fels. Er erinnerte sich an die stabile Panzerung des Kiemenanzugs, aber das Geräusch weckte dennoch eine gewisse Nervosität in ihm. Llissa schob sich an einem Vorsprung vorbei.

»Oh, beim Muttermeer, sehen Sie sich das an!« hauchte sie aufgeregt.

Kirk streckte die Arme aus, um nicht mit dem Helm an Hindernisse zu stoßen, trat mit den Schwimmflossen und schloß zum Präzeptor auf. Der kleine Tunnel verbreiterte sich plötzlich und führte in eine gewölbte Grotte. In der Mitte erhob sich etwas, das wie ein Altar wirkte und aus Steinen bestand, die man wie Ziegel zusammengefügt hatte — Steine, die ganz offensichtlich bearbeitet worden waren. Kirk wedelte mit den Händen, drehte sich um die eigene Achse und bemerkte ein Dutzend Nischen in der Außenwand. Er hielt darauf zu, während Llissa in eine andere Richtung schwamm. Vor ihm, auf regalartigen Platten, die man aus dem Fels gemeißelt hatte, standen Fässer aus bizepsdicken Knochen. Jedes war verschlossen, etwa so groß wie Kirks Unterarm lang und mit seltsamen Zeichen geschmückt.

»Llissa, ich habe... einen Behälter entdeckt.«

»Und hier liegen weitere Knochen. Es sind vollständige Skelette und... Nun, Sie sollten es sich selbst ansehen.«

Kirk hatte ein Faß genommen, stellte es nun zurück und glitt zu Llissa. In der Nische vor ihr lagen fünf Skelette in einer rituellen Position, und an ihren Halsknochen glänzte metallener Schmuck. Der Admiral betrachtete sie eine Zeitlang, viel zu erstaunt, um etwas zu sagen. Schließlich fand er die Sprache wieder. »Chekov, schicken Sie uns die Sonde.«

»Stimmt was nicht, Admiral?« klang Maybris Stimme aus dem Helmlautsprecher.

»Ganz im Gegenteil, Lieutenant. Ich glaube, wir haben Zzevs ›Schatz‹ gefunden.«

Als Kommando-Offizier hatte sich Kirk daran gewöhnen müssen, Verantwortung zu delegieren: An Bord eines großen Raumschiffs konnte er natürlich nicht alle Pflichten selbst wahrnehmen. Er war nicht einmal imstande, alles zu kontrollieren und zu überwachen. Er hatte die beste Crew, die sich ein Kommandant wünschen konnte – talentierte Besatzungsmitglieder, intelligent und diensteifrig –, und hinzu kamen Senior-Offiziere, mit denen er seit mehr als zehn Jahren zusammenarbeitete, denen er vorbehaltslos vertraute. Trotzdem verspürte er manchmal den Wunsch, überall gleichzeitig zu sein, die meisten Dinge selbst zu erledigen oder den Personen über die Schulter zu blicken, denen er bestimmte Aufgaben überlassen mußte.

Auch jetzt fühlte er diese Art von Unruhe. Als er auf seiner Koje lag, dachte er voller Stolz an die Selbstbeherrschung, die er im Hangar demonstriert hatte. Als das Shuttle zur *Enterprise* zurückgekehrt war, drängte alles in ihm danach, bei den Knochen, Fässern und anderen Relikten zu bleiben, sie bei allen Analysen zu begleiten. Statt dessen ließ er zu, daß McCoy und Spock die Artefakte zu den medizinischen und wissenschaftlichen Laboratorien brachten. Er begnügte sich damit, sein Quartier aufzusuchen, um dort unter die Ultraschalldusche zu treten und sich auszuruhen.

Jetzt, zwei Stunden später, war Kirk sauber, aber nicht ausgeruht. Er überlegte, welche Folgen sich aus den Knochen, Steinen und Tricorderdaten ergeben mochten, die man ohne ihn untersuchte.

»Ich weiß, daß du uns am liebsten auf die Finger sehen und scharfsinnige Fragen stellen möchtest, weil du befürchtest, daß wir etwas vergessen«, hatte ihm McCoy gesagt. »Aber ich *weiß* über solche Dinge Bescheid, Jim. Und wenn ich etwas nicht weiß, so schließt Spock die Lücke. Also halt dich vom Laboratorium fern und fall uns nicht auf die Nerven. Wir benachrichtigen dich, sobald wir fertig sind.«

Das Interkom neben der Liege summte, und der Admiral drückte die Aktivierungstaste. »Hier Kirk.« Er setzte sich auf und sah McCoys Pokermiene auf dem kleinen Bildschirm. »Ah, Pille. Erlaubst du mir jetzt, mein Quartier zu verlassen?« fragte er ironisch.

Der Arzt kratzte sich am Hals. »Die Knochen haben uns eine recht interessante Geschichte erzählt, Jim. Ich glaube, wir kommen dadurch einen Schritt weiter.«

»Ich bin unterwegs.«

Vor der Tür von McCoys Büro begegnete Kirk Llissa und ihrem Vater. Sie traten gemeinsam ein und stellten fest, daß der Arzt weit zurückgelehnt und mit hochgelegten Füßen in seinem Sessel saß. Spock stand neben dem Schreibtisch, hatte die Arme verschränkt und zeigte ein ausdrucksloses Gesicht, doch in seinen Augen funkelte es erwartungsvoll. Wer den Vulkanier nicht gut kannte, übersah den Glanz der dunklen Pupillen vermutlich, aber Kirk bemerkte ihn sofort. Er konnte seine Ungeduld kaum mehr im Zaum halten, breitete die Arme aus und fragte: »Nun?«

McCoy stand auf und schlenderte zur Tür des Laboratoriums. »Hier entlang.«

Er führte die Gruppe zu einer flachen Wanne, die auf einem der Untersuchungstische stand, und darin lag ein vollständiges Skelett.

»Sieht humanoid aus«, meinte Kirk.

»Mhm.« McCoy schürzte unverbindlich die Lippen. »Sonst fällt Ihnen nichts auf, Dr. Kirk?«

»Entschuldige.« Der Admiral seufzte. »Dein Patient, Doktor.«

»Danke. Du hast recht: Diese Knochen stammen von einem Humanoiden, vergleichbar mit diesem Exemplar.« McCoy deutete kurz auf Llissa. »Aber in Hinblick auf die gewöhnliche akkallanische Körperstruktur und Muskulatur gibt es einige interessante Variationen.«

»Zum Beispiel?«

»Zum Beispiel die Verlängerung des Schenkelbeins während einer späten Lebensphase.«

»Wie ein Wachstumsschub bei einem Erwachsenen?« fragte Kirk.

»Ja.«

»Ist das normal?«

McCoy sah Llissa an, die den Kopf schüttelte. »Nicht bei Akkallanern.«

»Dachte ich mir«, murmelte McCoy. Er berührte den braunen Oberschenkelknochen auf dem Labortisch. »Aber bei diesem besonderen Akkallaner — wenn es einer war — ist das geschehen.« Er ging um das Skelett herum. »Andere Hinweise betreffen Schwimmhäute zwischen Fingern und Zehen — so etwas fehlt bei Llissa — und Veränderungen in Größe und Form der Muskeln.«

»Was sonst noch?«

»Nun, die Analyse der Knochen läßt vermuten, daß es bei diesem Individuum spät im Leben zu einem umfassenden physiologischen Strukturwandel kam.«

Zzev hob die Brauen. »Die Seneszenz!«

»Vielleicht. Aber mit den Knochen allein können wir es nicht beweisen.«

Kirk wanderte umher. »*Was* läßt sich beweisen? Ist dies das Skelett eines Akkallaners?«

»Es existieren ebenso viele Ähnlichkeiten wie Unterschiede zwischen diesem Burschen und einem modernen Akkallaner. Es scheinen Knochen zu sein, die von einem Wesen stammen, das im Meer lebte. Wo auch immer es starb — seit seinem Tod sind siebentausend Jahre vergangen.«

Kirk nickte nachdenklich. »Sind die Knochen ebenso beschaffen wie die zehn Jahre alten, die wir in McPhillips' Labor fanden?«

»Ich wußte, daß du diese Frage stellen würdest, Jim. Die Antwort lautet: ja. Haben wir es hier mit den Resten eines mythologischen Wwafida zu tun? Keine Ahnung. Aber wenn das der Fall ist, so stammen die anderen Knochen von einem Wwafida, der vor einem Jahrzehnt starb.«

»Ich wußte es!« entfuhr es Zzev. »Ich wußte, daß sie noch leben.«

McCoy hob den Zeigefinger. »In diesem Punkt können wir nicht sicher sein. Um Gewißheit zu erlangen, müssen wir ein lebendes Exemplar finden.«

»Wie stehen die Chancen dafür, daß es im akkallanischen Ozean nach wie vor Wwafida gibt, Spock?«

»Die Wahrscheinlichkeit dafür läßt sich nicht berechnen, Admiral. Mehrere vorstellbare Szenarios sprechen für und gegen diese Möglichkeit. Mit den wenigen Informationen, die uns bisher zur Verfügung stehen, können wir nicht die Entwicklung jener Geschöpfe während der vergangenen siebentausend Jahre extrapolieren. Nahm die Anzahl der Wwafida zu oder ab? Blieb sie stabil? Ohne weitere Fakten sind zuverlässige Schlußfolgerungen unmöglich.«

Zzev verzog das Gesicht. »Ach, kommen Sie, Spock. Wie wahrscheinlich ist es, daß McPhillips die Knochen des letzten Wwafida fand?«

»Unbekannt. Aber wenn eine Spezies ausstirbt, so ist ein Exemplar notwendigerweise das letzte. Je weniger Zeit seit dem Tod jenes letzten Exemplars verstreicht, desto größer wird die Wahrscheinlichkeit, daß seine Reste gefunden werden, bevor natürliche Kräfte Gelegenheit erhalten, sie zu verbergen oder zu zerstören.«

»Und selbst wenn die zehn Jahre alten Knochen nicht vom letzten Wwafida stammen...« warf McCoy ein. »Wenn die Bevölkerung zu jenem Zeitpunkt bereits stark geschrumpft war, so ist inzwischen vielleicht niemand mehr übriggeblieben.«

Kirk wollte keine Zeit mehr damit verlieren, über Spekulationen zu diskutieren. »Spock, was ist mit den anderen Dingen, die wir mitgebracht haben?«

»Eine faszinierende Sammlung. Wir haben eins der Fässer geöffnet, und es enthielt eine Schriftrolle aus einem Material, das den schädlichen Auswirkungen des Salzwassers widersteht.« Der Vulkanier schob einen kleinen, durchsichtigen Tank heran. Unten lag die Schriftrolle, flach in der Mitte, an den Ecken ein wenig nach oben gewölbt. »Wir haben die chemische Struktur des akkallanischen Meerwassers reproduziert, um die negativen Folgen einer ambientalen Veränderung zu vermeiden. Wie Sie sehen, befindet sich das Artefakt trotz seines hohen Alters in einem bemerkenswert guten Zustand.«

»Wie alt ist es?«

»Ungefähr siebentausend Jahre, so alt wie die Fossilien. Wir sind noch damit beschäftigt, die Tinte zu analysieren: Sie enthält eine Komponente, durch die sie extrem dauerhaft wird, sowohl in Hinsicht auf die Zeit als auch auf das Meerwasser.«

Zzev und Llissa beugten sich über den Tank, betrachteten die Schriftzeichen: kleine kantige Symbole, gefolgt von komplexen Schleifen und Schnörkeln. »Sieht wie Maic aus«, murmelte Llissa geistesabwesend.

»Maic?« wiederholte Kirk.

»Die erste echte Schriftsprache auf Akkalla. Ich kann sie

nicht lesen, aber eine Denkerin aus dem Rat des Kollegiums kennt sich gut damit aus.« Llissa richtete sich auf, und ihr Gesicht zeigte Melancholie. »Ich frage mich, was aus ihr geworden ist. Leben meine Kollegen überhaupt noch?«

Kirk versuchte, die Akkallanerin aufzumuntern. »Wir haben keinen Grund, etwas anderes anzunehmen. Könnte Ihre Expertin den Text übersetzen?«

»Das nehme ich an. Hoffen wir, daß sie die Chance bekommt, es zu versuchen.«

»Was ist mit den Gesteinsproben, Spock?«

»Die Berge sind vor einer Milliarde Jahre durch natürliche geologische Prozesse entstanden. Die von Ihnen mitgebrachten Steine deuten darauf hin, daß sich die Höhle seit zehntausend Jahren unter dem Meeresspiegel befindet.«

»Dann handelt es sich ganz offensichtlich um das Skelett eines Wesens aus dem Meer«, sagte Kirk. »Landbewohner konnten wohl kaum in einer Höhle leben, die damals schon seit drei Jahrtausenden unter Wasser stand. Logisch, Spock?«

»So hat es den Anschein, Admiral. Wobei wir allerdings besondere Umstände unberücksichtigt lassen, zum Beispiel den hypothetischen Brauch der Landbewohner, ihre Toten in maritimen Höhlen zu bestatten.«

»Wir haben also viele Indizien dafür, daß die Wwafida einst existierten, intelligent waren, eine echte Kultur entwickelt hatten und im Meer lebten. Weitere Anhaltspunkte lassen vermuten, daß die Seneszenz tatsächlich stattfand und Landbewohner in aquatische Wesen verwandelte.« Kirk sah McCoy an. »Stimmt's, Pille?«

»Das ist im großen und ganzen richtig, Jim. Um als Arzt zu sprechen: Die Untersuchung der Reste eines Individuums reicht nicht aus, um die Seneszenz zu bestätigen.«

Kirk setzte seine Wanderung fort. »Na schön. Welche Folgen hat das für unsere Situation? Wir könnten die bisherigen Daten der Regierung vorlegen...«

Llissa schüttelte den Kopf. »Sie reichen nicht aus, Jim.«

»Der Meinung bin ich auch, Kirk«, brummte Zzev.

»Es wäre auch möglich, daß wir uns an die Föderation wenden...«

»Ohne schlüssige Beweise kann die Föderation kaum etwas unternehmen«, sagte Spock. »Politiker und Diplomaten sind nicht gerade für ihre kühnen Aktionen bekannt.«

Zzev lachte über den Sarkasmus des Vulkaniers. »Sie gefallen mir, Spock.«

»Dann müssen wir eben einen lebenden Wwafida finden«, sagte Kirk.

McCoy verschränkte die Arme. »Guter Vorschlag«, erwiderte er spöttisch. »Er hat nur einen Haken: Der Ozean dort unten ist ziemlich groß. Seit Jahrtausenden hat kein Akkallaner einen Wwafida gesehen — wieso glaubst du, daß wir innerhalb kurzer Zeit einen entdecken? Es ist wie mit der Suche nach der Nadel im Heuhaufen. Aber ein Heuhaufen bietet nur beschränkten Platz, und die Nadel darin schwimmt nicht.«

»Guter Hinweis.« Für ein oder zwei Sekunden bildeten Kirks Lippen einen dünnen Strich. »Wenn jemand eine Idee hat — jetzt ist der richtige Zeitpunkt, sie zu nennen.«

»Ich habe eine«, sagte Zzev leise. »Können Sie uns hier eine Karte Akkallas zeigen?«

»Natürlich.« Kirk trat an das Terminal auf McCoys Labor-Schreibtisch heran. »Computer...«

»Bereitschaft.«

»Projiziere eine Oberflächenkarte Akkallas.«

Kontrollampen leuchteten und flackerten, als das Terminal auf die Speicherbänke zugriff, und dann erschien die gewünschte Darstellung auf dem Bildschirm. Zzev strich mit der Fingerkuppe über eine Linie, die von der westlichen Küste des Kontinents zu dem maritimen Gebirge reichte, sich dann nach Nordwesten fortsetzte. Sie endete an einigen Inseln, die sich auf der dem Festland gegenüberliegenden Seite des Planeten befanden, dicht unter dem Polarkreis.

»Dort«, brummte Zzev.

Llissa kniff skeptisch die Augen zusammen. »Was meinst du?«

»Nach der Einstellung des gemeinsamen Projekts begann ich wieder mit eigenen Forschungen.«

»Damals hast du alle Verbindungen zu den Gelehrten des Kollegiums abgebrochen und aufgehört, Artikel zu schreiben, nicht wahr?«

»Mir blieb keine Wahl.«

Llissa schüttelte den Kopf. »Viele deiner früheren Freunde hielten dich für tot. Ich ebenfalls.«

»Hat es dich betrübt?«

Die Akkallanerin überlegte kurz. »Nein, nicht besonders«, antwortete sie. »Ich mußte mich um wichtigere Dinge kümmern.«

»Und ich dachte in erster Linie an jene Inseln, Kirk.« Zzev deutete mit dem Zeigefinger darauf. »Ich hatte eine Theorie und wollte sie überprüfen. Ich versuchte, einige Helfer zu finden, aber meine *Kollegen*...« – er gab diesem Wort einen bitteren Klang – »...wollten nichts mit der Theorie zu tun haben. Die mir zugänglichen Aufzeichnungen behaupteten, daß noch nie jemand die Inseln besucht hatte. Sie waren so abgelegen und isoliert, daß ihnen sogar Namen fehlten. Ich bat die Regierung um Erlaubnis, sie zu erforschen.«

»Und bekamen negativen Bescheid«, vermutete Kirk.

»Ja. Man teilte mir mit, vor etwa hundert Jahren seien Techniker der Regierung auf den Inseln gewesen. Bevor uns die Chorymi Rhipelium lieferten, fanden viele Experimente statt. Dabei ging es darum, eine Methode für die Produktion gleichzeitig billiger und sauberer Energie zu finden.«

»Jeder industrialisierte Planet wird früher oder später mit diesem Problem konfrontiert«, sagte Kirk.

»Es hieß, auf den Inseln hätten entsprechende Tests stattgefunden und sie seien durch Chemikalien und Strahlung verseucht. Aus diesem Grund dürfe sie niemand betreten.«

»Davon höre ich jetzt zum erstenmal«, warf Llissa ein.

Zzev sah sie kurz an. »Ich habe bisher nichts darüber verlauten lassen, weil ich glaubte, im Kollegium schon genug Feinde zu haben.«

»Und wessen Schuld ist das?« erwiderte Llissa scharf.

Zzev ignorierte diesen Seitenhieb. »Ich trete erst dann mit irgend etwas an die Öffentlichkeit, wenn ich meinen Standpunkt mit unleugbaren Fakten untermauern kann. Ich stellte Ermittlungen an und nutzte jedes Hintertürchen, um mehr über die Inseln in Erfahrung zu bringen.«

»Welche Entdeckung erhofften Sie sich dort?« fragte Spock.

»In dieser Hinsicht hatte ich keine klaren Vorstellungen. Aber die Inseln sind alt und isoliert. Ich hielt es für lohnend, dort nach Hinweisen auf Dinge zu suchen, die aus der zivilisierten Welt verschwunden waren – wenn sie überhaupt jemals existierten.«

»Eine durchaus vernünftige Annahme«, lobte der Vulkanier.

Zzev lachte kurz. »Ich habe sogar versucht, ihnen einen heimlichen Besuch abzustatten, doch leider wurde ich dabei erwischt. Daraufhin entstand die Kap-Allianz. Ich hatte genug über die mögliche Existenz der Wwafida gesprochen und geschrieben – obgleich sich Llissa weigerte, mir meine Fossilien zu geben –, um das Interesse gewisser Personen zu wecken. Einige von ihnen waren Wissenschaftler, andere einfach nur Leute, die nicht alles glaubten, was die Regierung sagte.«

»*Wir* glaubten nicht allen ihren Verlautbarungen«, protestierte Llissa. »Aber wir vertraten die Ansicht, daß es bessere Möglichkeiten gibt, die allgemeine Situation zu verändern.«

»Nun, jetzt weißt du, daß ihr euch geirrt habt«, entgegnete Zzev müde und sah seiner Tochter tief in die Augen.

Sie wich dem Blick nicht aus. »Ich bin mir nicht sicher, ob ich dem zustimmen kann.«

»Wie dem auch sei, Kirk: Als die Allianz entstand, hatte

ich kaum Gelegenheit, meine Forschungen fortzusetzen. Wir wollten nur überleben und den Kampf weiterführen. Und wir hofften, daß sich uns eines Tages mehr Akkallaner anschließen würden.«

»Nun, jetzt haben Sie Verbündete gefunden«, sagte der Admiral. »Warum vermuten Sie, daß man auf der Insel etwas geheimhält?«

»Wenn Sie jetzt eindeutige Fakten wollen, muß ich Sie enttäuschen. Ich kann Ihnen einzig und allein eine Hypothese anbieten: Sie basiert nicht nur auf der Regierungsmitteilung, die mir verbot, die Inseln zu besuchen, sondern auch auf ihrer Formulierung. Ich bin völlig sicher, daß man dort etwas verbirgt.«

Llissa räusperte sich nervös. »Jim, zwischen meinem Vater und mir gibt es viele Meinungsverschiedenheiten. Aber selbst seine schärfsten Kritiker räumen ein, daß er die Fähigkeit hat, auf der Grundlage von wenigen vagen Indizien zu intuitiven Erkenntnissen zu gelangen.«

Der grauhaarige Wissenschaftler starrte seine Tochter verblüfft an.

»Wenn er davon überzeugt ist, daß wir auf jenen Inseln das Rätsel lösen können, so würde ich nicht dagegen wetten«, sagte Llissa.

»Na schön.« Kirk atmete tief durch. »Aber bevor wir uns dort umsehen, möchte ich einen Blick in die Unterlagen der Regierung werfen und feststellen, was es mit den angeblichen Energietests und der Kontaminierung auf sich hat.«

McCoy schnitt eine finstere Miene. »Glaubst du etwa, daß uns der Publikan die betreffenden Daten zur Verfügung stellt, wenn wir an seinen guten Willen appellieren? Weiß jemand, wo sich die Aufzeichnungen befinden?«

»Ja.« Llissa nickte. »In einem neuen Archiv, das vor zwei Jahren gebaut und mit modernen Computern ausgestattet wurde. Aber die Sicherheitsvorkehrungen sind sehr streng: Niemand kann dort einbrechen, erst recht nicht unter den gegenwärtigen Umständen.«

»Vielleicht kann niemand einbrechen«, erwiderte Kirk und lächelte. »Aber es ist sicher möglich, sich hineinzu*beamen.*«

Auf dem Planeten war es mitten in der Nacht, als Spock und Llissa in einem leeren Büro des akkallanischen Regierungsarchivs materialisierten. Zzevs Tochter meinte, hier werde auch nachts gearbeitet, und deshalb schöpfe niemand Verdacht, wenn jemand um diese Zeit ein Terminal benutzte. Jeder einzelne Computer des Archivs gewährte unbeschränkten Zugang zu den Datenbanken — es sollte also möglich sein, die notwendigen Informationen zu bekommen, ohne ein anderes Zimmer aufzusuchen.

»Welche Datei jetzt?« fragte die Akkallanerin und sah zu Spock auf, der dicht hinter ihr stand.

»Ich bin sehr neugierig, was die Energietests betrifft.«

»In Ordnung — Energietests.« Llissa gab die Codenummer ein, und der Bildschirm zeigte folgende Meldung: VERALTETE DATEI, ERSETZT DURCH EINTRÄGE 3-Z-403 UND 5-D-624. WIEDERHOLEN SIE IHRE ANFRAGE, WENN SIE TROTZDEM DIE URSPRÜNGLICHE DATEI EINSEHEN WOLLEN.

Spock hob eine Braue. »Veraltet?«

»Ich nehme an, die Daten der ursprünglichen Datei sind aufgeteilt und verschiedenen Kategorien zugewiesen worden. Der erste Bericht über die Tests ist hundert Jahre alt. Wie heißt es so schön? Bürokraten schützen sich und ihre Arbeit, indem sie die gleichen Informationen hin und her schieben.«

»Dieses Verhalten habe auch ich des öfteren beobachtet.«

»Versuchen wir's noch einmal. « Llissa gab erneut die Anfrage ein, und der Hinweis auf dem Schirm wich Buchstaben- und Zahlenkolonnen.

Spock zeichnete sie auf und kniff die Augen zusammen, als eine Karte erschien. »Ich bemerke eine Diskrepanz.«

»Wo?«

Bevor der Vulkanier antworten konnte, versteifte er sich plötzlich, neigte den Kopf und lauschte. »Wir müssen diesen Ort sofort verlassen.«

»Warum?«

»Jemand nähert sich.«

»Ich höre nichts.«

»Ich schon.« Spock hielt den Tricorder in der einen Hand und klappte mit der anderen den Kommunikator auf. »Spock an *Enterprise.* Beamen Sie mich und Dr. Kkayn an Bord. Energie!«

«Hier.« Der Vulkanier kopierte die Daten des Tricorders in den Computer und unterbrach den Übertragungsvorgang, als der Schirm die sieben Inseln der Quarantäne-Akte zeigte. »Nehmen Sie bitte zur Kenntnis, daß die Isolationsbestimmungen für alle Inseln gelten.«

Die Darstellung verharrte auf einem Monitor über der wissenschaftlichen Station, während Spock die Informationen der zweiten akkallanischen Datei auf den Schirm daneben rief. Als die nächste Karte erschien, hielt er sie in einem Standbild fest.

Kirk stützte die Ellenbogen auf die Rückenlehne von Spocks Sessel, betrachtete die beiden Projektionen und sah jeweils sieben Inseln mitten in einem endlosen Ozean. Die größte ragte im Norden aus dem Wasser und lag abseits der anderen. Ihre Form erinnerte an eine angeschwollene Niere. Fünf weitere, kaum größer als Sandbänke, reichten in einer geraden Linie zur siebten im Süden, deren Umrisse Assoziationen an einen Fisch weckten. »Ich kann keine Unterschiede erkennen.«

»Sie sind tatsächlich identisch. Die Diskrepanz betrifft den Datenkomplex.« Spock betätigte einige Tasten, und daraufhin blendete der Computer Details ein. »In der modernen Quarantäne-Datei wird behauptet, auf allen Inseln hätten Energietests stattgefunden, die zu umfassenden Kontaminationen führten. Doch die Angaben der ursprünglichen Datei lassen den Schluß zu, daß die Experimente nur die südliche Insel betrafen. Schadstoffe und Strahlung erfaßten anschließend auch die fünf nächsten Inseln, nicht aber das größte Eiland im Norden.«

Zzev fluchte leise. »Als man vor hundert Jahren mit den Tests begann... Ich wette, auf der nördlichen Insel entdeckte die Regierung etwas, von dem niemand etwas erfahren sollte.«

Kirk bewahrte sich seinen Zweifel. »Ist es möglich, daß man erst später eine Kontamination der siebten Insel feststellte und sie der Quarantäneliste hinzufügte?«

Spock drehte seinen Sessel und wandte sich der Gruppe zu, die vor der wissenschaftlichen Station stand. »Die am akkallanischen Polarkreis vorherrschenden Winde und Strömungen kommen aus dem Norden.«

»Mit anderen Worten: Schadstoffe würden dazu neigen, sich nach Süden auszubreiten. Aber es gibt ein Loch in Ihrer Logik, Spock. Eben sagten Sie, die Tests fanden auf der südlichsten Insel statt, doch die fünf anderen im Norden davon wurden trotzdem verseucht. Wie erklären Sie sich das?«

»Meine Logik weist keinen Fehler auf«, erwiderte der Vulkanier. »Sie haben mich unterbrochen, bevor ich meine Erläuterungen beenden konnte.«

»Oh.« Kirk schnitt eine Grimasse. »Ich hätte es wissen sollen.«

»Nun, es existiert eine lokale Strömung, die in unmittelbarer Nähe an den sechs Inseln vorbeiführt. Sie reicht jedoch nicht bis zu dem Eiland im Norden, das etwa achtzig Kilometer von den anderen entfernt ist. Vor unserem Transfer ins akkallanische Archiv habe ich eine Sensorerfassung der Inseln vorgenommen. Bei den sechs als gefährlich eingestuften wurden noch immer Reste von Strahlung und chemischer Verseuchung registriert, im Gegensatz zur siebten.«

»Lebensformen?« erkundigte sich Kirk.

»Jene Insel, auf der die Tests stattfanden, ist ohne tierisches Leben, aber einige Pflanzenspezies sind dorthin zurückgekehrt. Auf den fünf nahen Inseln fanden die Sensoren eine normale Flora und Fauna.«

Zzev beugte sich übers Brückengeländer. »Und die größere Insel im Norden?«

»Sie dient als Heimat für viele Lebensformen, unter ihnen auch humanoide.«

»Sind Sie jetzt überzeugt, Kirk?« knurrte Zzev.

»Ich bin der Ansicht, daß wir uns die Insel aus der Nähe ansehen sollten«, entgegnete der Admiral. »Aber es steht keineswegs fest, daß wir dort die Antwort auf alle unsere Fragen finden.«

»Warten wir's ab.«

Die Landegruppe versammelte sich im Transporterraum: Kirk, Spock, McCoy, Maybri, Zzev und Llissa. Alle erhielten weiße Kapuzenparkas aus dem Lager der *Enterprise*, und zur Ausrüstung der Offiziere gehörten auch Phaser und Tricorder.

»Wir gehen jetzt auf Nixen-Jagd«, sagte McCoy, als der Versorgungsfähnrich die benötigten Sachen brachte.

Spock wölbte spöttisch eine Braue. »Nixen, Doktor?«

»Mythische Wesen, halb Frau und halb Fisch.«

»Ich bin mit dem Begriff vertraut. Und ich möchte darauf hinweisen, daß unangemessene Romantik kaum einen konstruktiven Beitrag für unsere Suche nach nützlichen Daten leistet.«

»Woher soll ein Vulkanier wissen, wann Romantik angemessen ist oder nicht?« konterte McCoy.

»Man muß an Gefühlen nicht teilhaben, um etwas über sie zu wissen.«

»Meine Herren...« sagte Kirk und stellte sich auf die Plattform. »Ich unterbreche Sie nicht gern, aber wir haben etwas auf Akkalla zu erledigen.«

Llissa blieb auf dem Transferfeld neben ihm stehen. »Sind Leonard und Mr. Spock immer so?«

»Häufig«, erwiderte Kirk. Er nickte dem Transportertechniker zu. »Energie.«

Sie materialisierten am kalten Ufer eines Fjords. Kirk trat einen Schritt vor und hörte, wie eine Mischung aus Eis, Kies und Sand unter seinen Stiefeln knirschte. Die Sonne stand hoch am Himmel, und er beschattete die Augen, beobachtete die Umgebung. Der Fjord war nur etwa dreißig Meter breit und teilweise zugefroren. Dicke Eisschollen neigten sich wie träge hin und her, als sie von der Strömung erfaßt wurden.

Der große Einschnitt im Felsenleib der Insel schien von einer riesigen Axt zu stammen — die steilen, marmorierten Ränder wirkten völlig glatt. Doch wenn man genauer hinsah, offenbarten sich mit Schnee gefüllte Mulden in den zerklüfteten Klippen. Eiszapfen hingen von Vorsprüngen, auf denen die Sonne gelegentlich Temperaturen knapp über dem Gefrierpunkt entstehen ließ.

»Sie haben die Karte, Spock«, sagte Kirk. »Gibt es irgendwo einen leichten Weg aus dem Tal?«

McCoy starrte ihn groß an. »Soll das heißen, wir müssen die Felswände erklettern?«

»Ja.«

»Wäre es nicht besser gewesen, wenn wir uns gleich auf die Klippen gebeamt hätten, anstatt hier unten zu rematerialisieren?«

Spock hob den Blick vom kleinen Bildschirm des Tricorders. »Es war notwendig, zunächst einen abgelegenen und geschützten Ort aufzusuchen.«

»Nun, diesen Punkt können wir als erledigt abhaken«, brummte McCoy. »Was machen wir jetzt? Breiten wir unsere Schwingen aus und fliegen nach oben?«

»Ein entsprechender Versuch steht Ihnen frei, Doktor«, sagte Spock. »Ich hingegen ziehe es vor, den Weg dort drüben zu beschreiten.« Er deutete auf einen steinernen Pfad, der sich halb im Schatten des Tals verbarg.

Kirk ging voraus und fragte sich, ob der Weg natürlichen Ursprungs war oder ob ihn Bewohner der Insel aus dem Fels gemeißelt hatten — vielleicht traf sowohl das eine als auch das andere zu. Der Aufstieg erwies sich als recht schwierig, und die Landegruppe kam nur langsam voran: Immer wieder verharrten die Männer und Frauen, suchten mit Füßen und Händen nach Halt. Handschuhe und Stiefel glitten an Eis und lockeren Steinen ab.

McCoy kletterte als letzter über den Rand der Klippe und ließ sich dabei von Kirk helfen. Als der Arzt nach Luft schnappte, bemerkte er etwas, das bereits die Aufmerksamkeit seiner Begleiter geweckt hatte. Er riß die Augen auf. »So etwas ist gemeint, wenn man von einem kalten Tag in der Hölle spricht.«

Die Landschaft vor ihnen wurde McCoys Beschreibung gerecht: eine weite Ebene aus Eis und Schnee mit Tümpeln aus blubberndem Schlamm. Schweflige Dämpfe wehten aus Kratern und Rissen im Boden; hier und dort ertönte das Knistern erkaltender Lava. Von Moosen und Flechten gesäumte Sumpflöcher brodelten, und dicht daneben hatte sich in Mulden knietiefer Schnee angesammelt. Weiter vorn ragten die steilen Hänge eines Vulkans auf, der Gipfel von Nebel umhüllt.

»Faszinierende Geologie«, murmelte Spock, während er eine Sondierung mit dem Tricorder vornahm.

»Bitte sagen Sie mir, daß der Vulkan schläft und in absehbarer Zeit nicht erwacht«, brummte McCoy.

»Wie weit ist es bis zum Dorf?« fragte Kirk.

»Es steht keineswegs fest, daß es sich um ein Dorf handelt, Admiral. Unsere Scanner registrierten nur eine Konzentration von möglicherweise humanoiden Lebensformen, null Komma sieben neun Kilometer östlich von uns.«

Kirk orientierte sich und führte seine Gefährten in Richtung einiger runder Hügel; sie sahen aus wie die miteinander verbundenen Knöchel einer gefalteten Hand.

Unterwegs stellte sich heraus, daß es auf der Insel eine Fülle von Lebensformen gab. Niedrige grüne Büsche und Sträucher gediehen im Einflußbereich unterirdischer Wärmequellen, und kleine weiße Pelzkugeln sausten zwischen ihnen hin und her, als die Landegruppe vorbeikam – die kleinen Wesen schienen sich nicht entscheiden zu können, ob sie bleiben und die Pflanzen fressen sollten, oder ob es besser war, in ihre Schneelöcher zurückzukehren. An den Hügelhängen bemerkten Kirk und die anderen hohe Bäume mit schmalen Stämmen. Gedrungen wirkende Äste gingen davon aus, mit kurzen, farnwedelartigen Blättern und dicken Samenbeuteln. Llissa bezeichnete sie als Rikkekka-Bäume, die auch in den kalten Nordregionen des Kontinents wuchsen. Es handelte sich um eine primitive, aber sehr widerstandsfähige und robuste Flora, perfekt an ihre Umwelt angepaßt. Die Rikkekka-Wedel zeichneten sich durch eine wächserne, schwarzgrüne Tönung aus, um möglichst viel Wärme aus dem Licht der akkallanischen Sonne zu gewinnen.

Auf der Kuppe des nächsten Hügels blieb Kirk stehen und sah zum nahen Tal. Es enthielt große schneefreie Bereiche, und dort grasten Tiere mit langem Fell.

»Was sind das für Geschöpfe?« fragte McCoy. »Sie sehen aus wie Kreuzungen zwischen Pferden und Schafen.«

Zzev holte tief Luft. »Man nennt sie Moschusvinx.«

Llissa kniff die Augen zusammen. »Moschusvinx sind ausgestorben«, sagte sie.

»Auf dem Kontinent, ja. Aber hier existieren sie nicht nur in Form von Höhlenmalereien.«

Die Tiere waren stämmig, hatten einen tonnenförmigen Leib und Beine, die an kurze Säulen erinnerten. Ein dichtes weißes Vlies bedeckte ihren Körper, abgesehen vom nackten Hinterteil — Zzev erklärte, es diene zur Temperaturregulierung. Kleine Ohren ragten aus runden Köpfen mit großen, gefühlvoll blickenden Augen, und die langen Schnauzen endeten in einem kleinen Horn, das offenbar als Grabwerkzeug verwendet wurde: Die Moschusvinx rissen damit den vereisten Tundraboden auf, um Pflanzen, Wurzeln und kleine Tiere zu fressen, die sich in ihren Tunneln und Bauen sicher wähnten. Krallenhufe erlaubten es ihnen, auch auf schlüpfrigem Untergrund sicher laufen zu können. Diese Wesen schienen an das strenge Ambiente der Insel ebensogut angepaßt zu sein wie die Rikkekka-Bäume.

»Die mit den Geweihen sind vermutlich männlichen Geschlechts, nicht wahr?« McCoy beobachtete einige stattliche Exemplare mit stangenartigen Erweiterungen an den Schädeln.

Llissa lachte leise. »Das Gegenteil ist der Fall. Bei den akkallanischen Tierspezies kommt es häufig vor, daß die Weibchen größer und aggressiver sind. Sie spielen in der Herde eine dominierende Rolle. Die Männchen dienen nur zur Begattung und hüten den Nachwuchs.«

Maybri deutete zum Schneerand des Tals, wo sich etwas bewegte. »Und dort drüben?«

Zzev hob einen elektronischen Feldstecher aus dem Lager der *Enterprise* vor die Augen und sah vier kleinere Tiere mit muskulösen Sprungbeinen. Der hintere Teil des Körpers war schmal, doch vorn wölbte sich eine breite Brust, der massive Schultern folgten. Das grauweiße Fell wies am Halsansatz dicke Krausen auf. Die fächerförmigen Ohren drehten sich wie Antennen von einer Seite zur anderen; säbelzahnartige Hauer ragten aus Ober- und Unterkiefern; breite Nasen empfingen selbst vage Geruchsbotschaften. Die Wesen schlichen an der Peripherie der Vinxherde umher, preßten sich flach an den Boden und schnüffelten, während sie nach einem Opfer suchten, das zu jung, zu alt oder zu krank war, um sich zu wehren oder zu fliehen.

»Corotan«, sagte Zzev schließlich. Es klang fast ehrfürchtig. »Ebenfalls auf dem Kontinent ausgestorben. Es sind Raubtiere und hier vermutlich die einzigen natürlichen Feinde der Vinx.«

Zwei Weibchen wandten sich den Corotan zu, schnaubten und senkten warnend den Geweihkopf. Die Raubtiere näherten sich und knurrten, verharrten jedoch und wichen zurück, als die Vinx Hinterbacken an Hinterbacken Aufstellung bezogen, um die Angreifer abzuwehren. Die Corotan zögerten einige Sekunden lang und liefen dann fort;

ihre Jagd mußte warten, bis die weiblichen Vinx weniger wachsam waren.

»Diese Insel ist fabelhaft, Kirk!« platzte es aus Zzev heraus. »Wer weiß, was wir hier finden?«

»Zum Beispiel ein Dorf«, erwiderte der Admiral und blickte durch seinen eigenen Feldstecher nach Osten. »Sehen Sie nur.«

Die elektronischen Ferngläser zeigten ihnen eine Ansammlung von etwa fünfzig Zelten aus Tierhäuten, und zwischen ihnen schritten einige Humanoiden umher. Zzev konnte seine Aufregung kaum mehr unterdrücken.

»Wir haben einen bisher völlig unbekannten Stamm von Akkallanern entdeckt!« stieß er hervor, während die Landegruppe hinter einigen Rikkekka-Bäumen stand und das Dorf beobachtete. »Unglaublich!«

»Bevor wir zu der Siedlung gehen, sollten wir einige Dinge klarstellen«, sagte Kirk. »Wir wissen nichts von den Bewohnern und haben keine Ahnung, wie sie auf uns reagieren. Vermutlich haben sie noch nie zuvor Fremde gesehen. Uns fehlen Informationen darüber, wie primitiv sie sind und ob wir mit Feindseligkeit rechnen müssen. Zahlenmäßig sind wir ihnen natürlich unterlegen. Ich möchte vermeiden, daß jemand zu Schaden kommt — wir oder sie. Wir statten dem Dorf einen Besuch ab, aber wir bleiben zusammen. Justieren Sie die Phaser auf Betäubung. Behalten Sie die Waffe in der Tasche, doch seien Sie bereit, sie jederzeit hervorzuholen und Gebrauch davon zu machen. Wenn uns die Einheimischen mit einer negativen Einstellung begegnen, ziehen wir uns zurück. Verstanden?« Kirk sah Zzev an, der seinem Blick kurz begegnete, bevor er nickte. »In Ordnung. Also los.«

Die Landegruppe brachte den letzten Hügelhang hinter sich und hielt direkt auf das Dorf zu. Sie gab sich ganz offen zu erkennen, um den Eindruck zu vermeiden, daß sie sich heranschlich. Als die Männer und Frauen das erste Zelt am Rand des Dorfes erreichten, bückte sich Spock und sah durch den Zugang. Aus der Ferne hatten sie alle gleich ausgesehen: schlichte Unterkünfte, deren Form einem umgekehrten V entsprach und die aus Tierhäuten bestanden. Jetzt stellte sich heraus, daß sie weitaus komplexer waren. Schmale Baumstämme reichten schräg nach oben und dienten als Gerüst für Felle. Darüber hinaus unterschieden sich die Konstruktionen in Hinsicht auf ihre Größe: Alle boten genug Platz für die hochgewachsenen Eingeborenen, um im Innern aufrecht zu stehen.

»Faszinierend«, sagte Spock. »Diese Architektur weist auf ein hohes Maß an Genialität und Geschick hin.«

Auf der anderen Seite des Quartiers ertönte rhythmisches Pochen, gefolgt von Schaben und Kratzen — offenbar wurde dort Holz bearbeitet. Kirk und seine Begleiter spähten um die Ecke. Drei Einheimische sahen sie und lächelten, schienen angesichts der Fremden überhaupt keine Furcht zu empfinden. Es waren Männer, jung und hochgewachsen, blond und mit heller Haut. Ihre Mäntel und Hosen wiesen bunte Muster auf, die von Stickereien oder durch eine Färbung des Stoffes gebildet wurden. Sie arbeitete mit Äxten, Messern und anderen Werkzeugen aus Stein und Knochen. Zwei von ihnen höhlten einen Baumstamm der Länge nach aus. Der dritte Eingeborene — er war ein ganzes Stück kleiner und wesentlich jünger als die beiden anderen — schien eine Art Lehrling zu sein. Entweder sah er zu oder half den Erwachsenen, indem er ihnen andere Werkzeuge reichte und Späne einsammelte. Bereits ausgehöhlte Stämme bildeten einen sorgfältig geordneten Stapel auf der einen Seite des Arbeitsbereichs, und daneben lagen andere, die noch vorbereitet werden mußten. Hinter den drei Tischlern enthielt ein Behälter seltsam geformte Holzbrocken.

Einer der beiden großen Männer flüsterte dem Lehrling etwas ins Ohr, der sich daraufhin den Fremden näherte und freundlich lächelte. Er sprach einen Satz und wartete auf eine Antwort. Zzev und Llissa berieten sich kurz, sahen dann Kirk an.

»Die Sprache ist eine Mischung aus altem Akkallanisch und moderneren, etwa hundert Jahre alten Varianten«, sagte Llissa.

»Haben Sie den Jungen verstanden?«

»Zum Teil.«

Kirk preßte kurz die Lippen zusammen. »Das genügt nicht. Spock, aktivieren Sie den automatischen Translator.«

Der Vulkanier holte ein kleines, zylindrisches Gerät aus seiner Schultertasche und drehte einen Kontrollring, um es einzuschalten. Mehrere kleine Kontrollampen leuchteten. »Llissa, bitte verwickeln Sie den Einheimischen in ein Gespräch.«

Sie nickte, wandte sich wieder dem Lehrling zu und formulierte einige Worte, bei deren Klang er amüsiert schmunzelte. Als er antwortete, sprach er langsamer, als versuche er, sich einem kleinen Kind verständlich zu machen. Rote Flecken der Verlegenheit entstanden auf Llissas Wangen. Unterdessen behielt Spock die Indikatoren des Translators im Auge, drückte eine Taste und hielt das Gerät zwischen Zzevs Tochter und den Jungen. Während sie ihre Unterhaltung fortsetzten, übersetzte das Gerät die Worte des Lehrlings in Standard und Llissas Sätze in das auf der Insel gebräuchliche Akkallanisch.

Als der Knabe begriff, was geschah, starrte er verblüfft auf den Zylinder in Spocks Hand. »Erstaunlich ist!« sagte er. »Kann verstehen!«

Der Vulkanier hob die Schultern. »Die Syntax ist alles andere als perfekt, aber eine einfache Kommunikation sollte nun möglich sein.«

Der Translator übersetzte Spocks Bemerkung, und daraufhin lachte der Junge erfreut.

»Wir kommen aus weiter Ferne«, begann Kirk. »Wir möchten mit der Person sprechen, die in eurem Dorf alle wichtigen Entscheidungen trifft. Kannst du uns zu ihr führen?«

Der Junge nickte sofort, zögerte dann und drehte sich zu

den älteren Tischlern um. »Seid ihr damit einverstanden?«

Einer der beiden Erwachsenen vollführte eine zustimmende Geste. »Geh nur, Seif. Aber nimm dir nicht Zeit zuviel, denn auf dich wartet Arbeit hier.«

»Verbessert sich die Syntax bald?« flüsterte Kirk seinem Ersten Offizier zu.

»Je mehr Daten der Translator speichert, desto genauer wird die Übersetzung.«

Sie folgten dem Lehrling durch einen Bereich des Dorfes, in dem rege Betriebsamkeit herrschte, und dabei beobachteten sie die Bewohner bei verschiedenen Aktivitäten:

Ein Metzger zerschnitt einen Vinx-Kadaver, während Helfer einige Fleischbrocken kochten, pökelten oder in mit Eis gefüllte Holzkisten legten.

Ein Klingenmacher benutzte spezielle Werkzeuge, um geeigneten Steinen die Form von Äxten und Messern zu geben.

Weber sponnen Vinxfell-Büschel zu Garn, stellten Tücher, Decken und Kleidung her.

Das Dorf bildete zwei konzentrische Kreise, und die neueren Gebäude befanden sich an der Außenseite des inneren Kreises. Der ursprüngliche Ring bot kaum mehr Platz, aber in dem anderen gab es noch breite Lücken. Als der Junge die Besucher zu einer großen Unterkunft am Innenkreis führte, deutete Kirk auf Schornsteine, die aus allen zeltartigen Quartieren ragten.

»Für ihre Konstruktion hat man die ausgehöhlten Baumstämme verwendet, die wir bei den Tischlern gesehen haben«, sagte er. »Wenn man sie zusammenbindet, so bilden sie Röhren.«

Spock deutete auf andere Stämme, die Aquädukte formten. »Ein ausgesprochen kreativer Einsatz natürlicher Materialien, Admiral – Anzeichen für einen hohen präindustriellen Entwicklungsstand.«

Als sie das große Gebäude erreichten, griff Seif nach einem Stock, der an einem Lederriemen hing. »Dies der Ort, wo die Avi wohnt«, übersetzte der Translator seine

Worte. »Das Oberhaupt unserer Gemeinschaft.« Er klopfte zweimal an den Türpfosten, und jemand schob die dicke Zugangsplane beiseite. Eine beeindruckend große und würdevolle Frau trat nach draußen und richtete sich auf – sie überragte die Männer von der *Enterprise* um zwanzig Zentimeter.

»Hier schient niemand an Zwergenwuchs zu leiden«, murmelte McCoy.

Es überraschte Kirk ein wenig, daß die Avi nicht viel älter zu sein schien als die jungen Tischler. Sie sah auf Seif hinab und stellte eine komplex klingende Frage. Mitten im Satz bemerkte sie den glänzenden Zylinder in der Hand des Fremden mit den spitzen Ohren.

Langsam streckte sie den Arm aus und tastete mit einem zögernden Finger nach dem Translator. Der Vulkanier warf Kirk einen kurzen Blick zu, und der Admiral nickte.

»Schon gut, Spock. Soll sie das Gerät ruhig berühren.«

Der Translator übersetzte Kirks Worte ins alte Akkallanisch, und die Avi lächelte überrascht. »Hockt ein kleiner Magier im silbernen Stab?«

Kirk erwiderte das Lächeln. »Nein, er ist nur eins unserer Werkzeuge. Er ermöglicht uns eine Verständigung mit Leuten, von denen wir lernen möchten – selbst dann, wenn wir ihre Sprache nicht kennen.«

»Ein sehr nützliches Werkzeug«, entgegnete die Avi. »Aber ich glaube, ihr habt ein wenig gelogen. Bestimmt *gibt* es einen kleinen Magier in dem Stab.« In den Augen der Frau funkelte es humorvoll. »Ihr seid also gekommen, um von uns zu lernen?«

»Ja. Ich bin Admiral Kirk.«

»Und ich bin Keema, Avi der Galeaya, des Volkes. Willkommen auf Suberein.«

»Danke, Keema. Suberein ist der Name dieser Insel?«

»Das stimmt. Admiral – lautet so dein Name oder Titel?«

»Mein Titel, vergleichbar mit Avi. Er bedeutet, daß ich die Verantwortung für mein Volk trage.«

»Gut. Um voneinander zu lernen, sollten wir Freunde sein, und Freunde sprechen sich mit dem Namen an, nicht mit dem Titel. Ich werde dich Kirk nennen. Woher kommt ihr? Von dem großen Land auf der anderen Seite der Welt?«

Kirk wechselte einen raschen Blick mit Zzev und Llissa. »Du weißt von dem, äh, großen Land?«

»Ja. Vor vielen Zyklen, vor meiner Geburt, erhielten wir Besuch von dort. Die Geschichtenerzähler berichten darüber. Möchtest du ihnen zuhören?«

»Ja, gern.«

»Also *kommt* ihr von dem großen Land?«

»Nun, einige von uns. Andere haben einen noch längeren Weg hinter sich.«

Keema musterte den Admiral neugierig. »Tatsächlich? Gibt es ein weiteres großes Land? Damals brachten die Besucher keine kleinen Stäbe mit winzigen Magiern darin mit.«

»Ja, ein solches Land existiert«, bestätigte Kirk. »Und mehrere von uns kommen von dort. Was die damaligen Besucher betrifft... Ließen sie jemanden zurück, um mehr über Suberein zu erfahren?«

»Nein. Sie blieben nur eine Zeitlang und verließen uns dann wieder. Offenbar ist es in ihrer Heimat nicht so kalt wie hier.« Keema lachte leise. »Was möchtet ihr von uns lernen?«

»Alles über dein Volk und eure Lebensweise. Dürfen wir durch das Dorf wandern und uns umsehen?«

»Wenn das deinem Wunsch entspricht, Kirk...« Die Avi grinste breit. »Wir Galeaya sind sehr freundlich, aber manchmal reden wir zuviel. Wenn das geschieht, so braucht ihr nur ›Genug!‹ zu sagen und fortzugehen. Seht euch alles an und beobachtet, wie wir leben. Kehrt zu mir zurück, wenn ihr anschließend noch Fragen habt — ich beantworte sie euch.«

»Danke, Keema.«

Die Avi deutete eine Verbeugung an, drehte sich um und verschwand in ihrer Unterkunft.

Der Tischler-Lehrling Seif trat an der Tür unruhig von einem Bein aufs andere. »Ich muß jetzt wieder arbeiten.«

»Geh nur«, sagte Kirk. »Wir möchten nicht, daß du in Schwierigkeiten gerätst. Danke für deine Hilfe.«

Seif lächelte. »Es hat mir Spaß gemacht, mit dem Magier im glänzenden Stab zu sprechen.« Er winkte und eilte zum offenen Zentrum des Dorfes.

»Man könnte meinen, wir seien elftausend Jahre in die Vergangenheit gereist, in die culianische Eiszeit«, meinte Zzev. »So müssen die Akkallaner gelebt haben, als Gletscher den halben Kontinent bedeckten.«

»Die Frage lautet: Leben diese Einheimischen schon seit elftausend Jahren auf Suberein?« überlegte McCoy laut. »Und wenn das der Fall ist: Warum weiß niemand von ihrer Existenz?«

»Nun, einige Leute *wußten* davon«, sagte Kirk. »Wenn die Berichte von Besuchern aus dem ›großen Land‹ wahr sind und nicht von den Geschichtenerzählern erfunden wurden. Vermutlich kamen damals Repräsentanten der akkalanischen Regierung, als die Energietests stattfanden.«

Zzev löste die Parkaschlaufen am Kinn. »Worauf wollen Sie hinaus, Kirk? Glauben Sie, die Regierung hat dieses Volk vor hundert Jahren durch Zufall entdeckt?«

»Ja. Ich nehme an, damals fanden die Gesandten des Publikan etwas, das sie vor dem Rest des Planeten geheimhalten wollten. Das ist doch Ihre Hypothese, nicht wahr?«

»In der Tat. Es überrascht mich nur, daß auch Sie dieser Meinung sind.«

McCoy schnitt eine Grimasse. »Ich weiß nicht, Jim. Vielleicht hatten die Akkallaner damals keinen Grund, hierher zurückzukehren. Ich meine, diese Insel ist nicht gerade ein Urlaubsparadies.«

»Aber den nachfolgenden Anordnungen der Regierung fehlt es an Logik, Doktor«, wandte Spock ein. »Es sind zwei völlig verschiedene Dinge, nicht hierher zurückzukehren und gleichzeitig alle anderen von Suberein fernzuhalten.«

»Ich schlage vor, wir bilden zwei Gruppen«, sagte Kirk. »Wenn wir uns im Dorf umsehen, finden wir vielleicht Anhaltspunkte, die uns helfen, das Geheimnis zu entschleiern. Spock: Sie, Maybri und Llissa nehmen sich die eine Hälfte der Siedlung vor. Zzev, McCoy und ich erkunden die andere.«

»Jim...« Llissa schmunzelte. »Ich kenne die Sprache gut genug, um Mißverständnisse zu vermeiden. Daher können wir Ihnen den, äh, glänzenden Stab mit dem kleinen Magier überlassen.«

Die Galeaya — sie alle hatten rosarote Wangen und blondes Haar — erwiesen sich als sehr gastfreundlich und waren sofort bereit, ihnen Auskunft zu geben. Sie erklärten ihnen ihre Arbeit, zeigten ihnen die Läden und Unterkünfte. Das Dorf schien völlig unabhängig zu sein: Jeder leistete einen Beitrag für die Gemeinschaft; hier gab es keine Schmarotzer.

Die Besucher sahen eine Schule: ein großes Zelt, in dem eine junge Frau zwölf Kinder unterrichtete; die Schüler lasen in Büchern, die aus Tierhäuten bestanden, schrieben mit Holzkohlebrocken auf Tafeln aus dem Holz von Rikkekka-Bäumen und lernten auch Rechnen. Sie sahen Vinx-Hüter, die eine sehr wichtige Aufgabe wahrnahmen und sich um eine Herde aus tausend ruhigen, friedfertigen Tieren kümmerten. Die betreffenden Männer und Frauen vertrieben Corotan-Rudel, schoren die Vinx im Frühling und entleerten die Moschus-Säcke an den Hinterbeinen der Tiere, um aus ihrem Inhalt Gewürze und Parfüm herzustellen; McCoy schnupperte daran und meinte, das Zeug rieche abscheulich. Darüber hinaus melkten sie jene Weibchen, die keine eigenen Jungen hatten.

Die Landegruppe sah Jäger, die den Corotan nachstellten, damit die Gemeinschaft zusätzliches Fleisch und Felle bekam. Mit Fallen fingen sie kleine Tiere, die in Bäumen und auf den Feldern lebten. Fischer ruderten in Langbooten aus Rikkekka-Holz aufs Meer, brachten Netze aus und jagten Triteera, wenn die Riesen des Ozeans nach Norden kamen, um zu ›schlemmen‹.

Die sogenannten Gräber übten einen der interessantesten Berufe aus: Sie suchten unterirdische Wärmequellen. Häufig legten sie lange und tiefe Tunnel an, durch die warme Luft aufstieg und die Zelte heizte. Außerdem bauten sie Öfen für die Zubereitung von Speisen, indem sie ein Loch aushoben, es mit flachen Steinen auskleideten und eine genau passende Platte darauflegten, um die Wärme zu speichern. Am Boden eines Ofenschachtes maß Spock zweihundert Grad Celsius, und nach oben hin nahm die Temperatur ab. Diese Variationen erlaubten es, verschiedene Mahlzeiten in unterschiedlichen Abschnitten des Schachtes zu kochen.

Die vereinbarte Forschungsstunde verstrich schnell, und die beiden Gruppen trafen sich in der Nähe von Avi Keemas Quartier, um von ihren Beobachtungen zu berichten. Es entstand ein umfassender Eindruck von der Vitalität und dem Einfallsreichtum dieser kleinen Gemeinschaft. Doch Spock gelangte zu einem besorgniserregenden Schluß.

»Zwar ist die Kultur der Einheimischen ein Musterbeispiel für die kreative Verwendung von sozialen und physikalischen Ressourcen, aber vielleicht genügt die Größe des Volkes nicht für eine beständige Erneuerung.«

Kirk musterte den Vulkanier. »Soll das heißen, diese Leute sterben langsam aus?«

Spocks Augen verrieten fast so etwas wie Kummer. »Das könnte tatsächlich der Fall sein, Admiral. In diesem Zusammenhang geht es um die Gefahren der Inzucht. Angesichts einer Bevölkerung, die aus nicht einmal tausend Individuen besteht, unterliegt die Erbmasse starken Beschränkungen.«

»Was meinst du dazu, Pille?« fragte Kirk. »Hat Spock recht?«

»Vielleicht, Jim. Soweit ich das feststellen konnte, zeigen sich keine Hinweise auf die bedrohlichen Auswirkungen der Inzucht — ich habe niemanden gesehen, der an genetisch bedingten Krankheiten oder etwas in der Art leidet. Dieses Volk ist bemerkenswert gesund. Doch mir sind einige andere seltsame Dinge aufgefallen. Zum Beispiel fehlen Alte. Kaum jemand scheint wesentlich älter zu sein als Keema.«

»Wäre eine geringere Lebenserwartung denkbar?« erkundigte sich Kirk.

»Möglich ist alles. Aber die Einheimischen sind so gesund, daß ich nicht weiß, woran sie sterben sollten. Und noch etwas: Ich habe vergeblich nach einem Friedhof Ausschau gehalten. Wenn die Leute hier keinen Jungbrunnen entdeckt haben und irgendwann das Zeitliche segnen — was stellen sie dann mit ihren Toten an?«

»Hat jemand Anzeichen dafür bemerkt, daß Fremde hiergewesen sind?« fragte Llissa.

Alle schüttelten den Kopf. Es gab keine moderneren Werkzeuge oder Materialien als die Eiszeit-Artefakte, die von den Eingeborenen seit Jahrtausenden mit den gleichen Methoden hergestellt wurden.

»Nun, offenbar kamen die Repräsentanten der Regierung damals nicht hierher, um diesen Akkallanern zu helfen«, sagte Kirk.

»Vielleicht trifft das Gegenteil zu«, spekulierte Spock. »Wenn dieses Volk ein wichtiges Geheimnis hütet, so hat man es vielleicht in der Hoffnung isoliert, daß es irgendwann ausstirbt und sein geheimes Wissen in den Tod mitnimmt.«

»Bestimmt hat es etwas mit den Wwafida zu tun«, warf Zzev ein. »Ich schätze, es wird Zeit, einige direkte Fragen zu stellen, Kirk.«

»Ich teile diese Ansicht«, sagte der Vulkanier.

Der Admiral griff nach dem Stock und klopfte an Keemas Türpfosten. Die blonde Frau schob die Zugangsplane beiseite und bückte sich, um durch die Tür nach draußen zu treten. »Hast du jetzt Fragen, Kirk?« klang es aus dem kleinen Lautsprecher des Translators.

»Ja. Ich hoffe, wir stören dich nicht.«

»Ihr seid gekommen, um zu lernen, und deshalb bin ich gern bereit, euch zu lehren. Was möchtet ihr wissen?«

»Wir haben keine alten Leute im Dorf gesehen.«

Keema blinzelte verwirrt. »Ich bin alt.«

»Im Vergleich mit den Kindern. Aber niemand ist viel älter als du. Was geschieht, wenn Galeaya alt werden? Sterbt ihr dann?«

»Alles Lebende stirbt.«

McCoy räusperte sich. »Was macht ihr mit euren Toten? Begrabt ihr die Leichen?«

»Es gibt nur dann eine Leiche, wenn jemand durch ein Unglück ums Leben kommt oder von einem Corotan getötet wird.«

Der Arzt schüttelte den Kopf, um sich von seiner Verwunderung zu befreien. »Eben hast du gesagt, daß alles Lebende stirbt. Für gewöhnlich bleiben dabei Leichname zurück...« Er unterbrach sich kurz, als ihm etwas einfiel. »Es sei denn, die entsprechenden Personen suchen vorher einen besonderen Ort auf, um abseits des Dorfes zu sterben. Stimmt das?«

»In gewisser Weise«, räumte Keema ein. »Wenn wir die Sens erreichen, kehren wir ins Muttermeer zurück und werden Wafta. Wenn das Muttermeer bereit ist, holt sie die Wafta dorthin zurück, wo alles Leben begann.«

»Sens bedeutet Seneszenz!« entfuhr es Zzev. »Und mit Wafta sind Wwafida gemeint! Hier findet die Metamorphose statt. *Dieses* Geheimnis wollte die Regierung schützen!«

Kirk wandte sich an den Vulkanier. »Ist es möglich, daß der Translator bestimmte Begriffe falsch interpretiert, wodurch sie wie Seneszenz und Wwafida klingen?«

»Unwahrscheinlich. Es sind spezifische Substantive, und ihre kontextuelle Verwendung entspricht den modernen Worten. Ich halte es für plausibler, daß Keema gemäß dem hier gebräuchlichen Dialekt eine modifizierte Aussprache benutzt.«

»Jim«, drängte McCoy, »wenn wir Gelegenheit hätten, uns ein Exemplar anzusehen...«

Kirk rieb sich nachdenklich das Kinn. »Könntest du uns einen Wwafida zeigen, Keema?«

Die Avi schüttelte den Kopf. »Sie sind alle weit draußen im Muttermeer.«

»Kommen sie nie an Land?« fragte Zzev

»Nein. Nach der Verwandlung wird der Ozean zu ihrer Heimat. Nur unsere Fischer begegnen ihnen manchmal und empfangen ihren Segen. Dann sorgen die Wafta mit einem Zauber dafür, daß sich die Netze füllen.«

»Was passiert bei der Sens?« Diese Frage stammte von McCoy.

Keema dachte kurz nach. »Der Körper verändert sich. Die Sens-Person verbringt viele Stunden am Ufer und im Wasser.

Eines Tages dann wird sie zum Wafta und kommt nicht zurück. Es ist ein stiller, ruhiger Vorgang — wir haben keine Zeremonie dafür.«

»Wie lange dauert die Verwandlung?«

»Sechs Gezeitenzyklen.«

»Akkallanische Monate, Admiral«, erklärte Spock.

»Jetzt ist es soweit, Kirk«, triumphierte Zzev. »Jetzt haben wir die von Ihnen verlangten Beweise.«

»Ganz und gar nicht, Dr. Kkayn«, widersprach Spock. »Ohne einen lebenden Wwafida oder einen Galeaya, bei dem die Metamorphose begonnen hat, haben wir keine Beweise, sondern weiterhin nur Indizien.«

»Und Indizien genügen nicht, um die akkallanische Regierung an weiteren Angriffen auf Ihre Wissenschaftler zu hindern«, fügte Kirk hinzu.

»Hast du vergessen, daß du Wissenschaftler bist?« verspottete Llissa ihren Vater. »Diesmal gibt es niemanden, um die Löcher in deinen genialen intuitiven Theorien zu stopfen und die Arbeit zu erledigen, für die du keine Geduld aufbringst.«

»Keine Geduld?« ereiferte sich Zzev. »Wer hat denn die

Arbeit geleistet, die uns hierherführt? Wo wärst du jetzt, wenn...«

»Von Arbeit kann keine Rede sein«, sagte Llissa scharf. »Du hast nur deiner Neugier nachgegeben. Wenn du mich fragst, wo ich jetzt ohne dich wäre... Nun, ich weiß es nicht. Aber hättest du diese Insel ohne *sie* erreichen können?« Zzevs Tochter deutete auf die Offiziere der *Enterprise.* »Wir bilden ein Team und sind aufgrund einer bestimmten Folge von Ereignissen hier. Dadurch bekommen wir eine Chance, die wir unbedingt wahrnehmen müssen. Wenn wir sie ungenutzt verstreichen lassen, verlieren wir nicht nur eine einzigartige Gelegenheit, sondern vielleicht auch den ganzen Planeten.«

Kirk wählte diesen Augenblick, um die Auseinandersetzung zwischen Llissa und Zzev zu beenden. »Was auch immer wir hier entdeckt haben – wir müssen den Rest Akkallas davon überzeugen, und vielleicht auch die Föderation. Keema, befindet sich ein Angehöriger deines Volkes in der Verwandlungsphase?«

»Nein, Kirk. Es tut mir leid. Die Sens beginnt einfach. Den genauen Zeitpunkt weiß niemand. Seid ihr deswegen hier? Ist das der Hauptgrund für euren Besuch?«

»Ja.«

»Wir helfen euch, mehr zu lernen. Wir haben Geschichtenerzähler und Malereien in den Höhlen.«

»Admiral«, sagte Spock, »die Malereien böten uns einen guten Bezugspunkt. Erstens handelt es sich um visuelle Aufzeichnungen, die in keiner Verbindung mit bisher bekannten Darstellungen stehen, und zweitens geben sie uns zusätzliche chronologische Daten für einen Vergleich.«

»In Ordnung. Keema, könntest du uns die Malereien zeigen?«

»Ja. Bitte kommt mit.«

Die Höhlen waren einen halben Kilometer vom Dorf entfernt und erstreckten sich an der Küste, dicht oberhalb eines öden Uferstreifens aus grauem Sand. Hier regierte allein die Natur, mit Wind und Wellen. Im Dorf hatte Kirk vergessen, wie kalt es auf der Insel sein konnte — die Freundlichkeit der fleißigen Galeaya schuf eine gewisse Wärme. Doch hier auf dem Strand hörte er nur das rhythmische Donnern der Brandung, fühlte eisigen Wind und fröstelte trotz des dicken Parkas.

Keema führte ihre Begleiter über Steine, die im Verlauf von Jahrtausenden durch die Flut glattgeschliffen worden waren, und kurz darauf erreichten sie einen weiten Überhang, der den dunklen Höhlenzugang schützte. Nur die Avi mußte sich bücken, um die Öffnung in der Felswand zu passieren, und im Innern der Kaverne entzündete sie eine Fackel, die genug Licht spendete, um alle Ecken der ersten Höhle zu erhellen. Der flackernde Schein offenbarte eine gewölbte Decke, die ein natürliches Kuppeldach bildete. An den schräg nach oben führenden Wänden zeigten sich primitive, aber sehr detaillierte Bilder von Inselbewohnern, die den Wundern des geliebten Muttermeers begegneten: Fischer in Langbooten, die Netze ausbrachten und Speere warfen; majestätische Triteera mit dreigeteilten Schwanzflossen; und vor allem Wwafida — sie schwammen, sprangen über Wellen, umhüllt von einem himmlischen Glanz. In einer Darstellung tauchten mehrere von ihnen auf und blickten zu einem Felsen empor, auf dem Dutzende von Galeaya standen. Im großen und ganzen ähnelten sie den Wwafida, die viel später in der planetaren Geschichte nachhaltigen Einfluß auf Kunst, Literatur und Religion Akkallas ausübten.

Die meisten Angehörigen der Landegruppe wanderten stumm durch die Höhle und wahrten dabei jenes Schweigen, das an einem heiligen Ort angebracht war. Spock hingegen blieb an einer Wand stehen und nahm eine Sondierung mit dem Tricorder vor.

»Admiral...« Die Stimme des Vulkaniers hallte seltsam dumpf wider und beendete die Stille.

»Haben Sie etwas gefunden?«

Kirk kam näher, und der Vulkanier zeigte auf den kleinen Bildschirm des Tricorders. »Allem Anschein nach sind die Malereien etwa zehntausend Jahre alt. Dadurch vergrößert sich die Wahrscheinlichkeit, daß die Wwafida überhaupt kein Mythos sind, sondern einen festen Platz in der damaligen Wirklichkeit hatten.«

»Für die Maler müssen sie zweifellos real gewesen sein. Sehen Sie sich nur die vielen Einzelheiten an.«

»Ja. Und die Farben sind erstaunlich kräftig, wenn man das Alter der Pigmente berücksichtigt.«

Die beiden Starfleet-Offiziere standen vor einem Panoramabild, in dem Triteera, Wwafida und ein Langboot zu sehen waren – ein hervorragendes Bild, das Bewunderung verdiente. Der Künstler hatte Beschaffenheit und Konturen des Gesteins benutzt, um dem Waldgemälde eine dreidimensionale Qualität zu verleihen, und Kirk fühlte sich fast als Teil der Szene.

»Das ist mein Lieblingsbild«, übersetzte der Translator Keemas Worte, als sie an Kirk und Spock herantrat. »Ich kam zum erstenmal als Kind hierher – obgleich mir die Älteren verboten, diesen Ort aufzusuchen. Sie meinten, er sei zu gefährlich.«

Maybris Ohren zitterten, ein Zeichen ihrer Neugier. »Warum hast du nicht gehorcht?« fragte die Erithianerin und verzichtete ebenfalls auf das Sie.

Keema lächelte, als sie sich erinnerte. »Ich fand immer großen Gefallen an Abenteuern und ging gern dorthin, wo noch niemand vor mir gewesen war. Damals dachte ich daran, daß man Kinder schon immer aufgefordert hatte, sich von diesem Bereich der Küste fernzuhalten, daß sie ihm auch später als Erwachsene fernblieben. Häufig träumte ich davon, was ich hier finden würde.«

»Haben sich deine Erwartungen erfüllt?« erkundigte sich Maybri.

»Was ich hier fand, ging weit über meine Träume hinaus.« Die Avi lachte leise. »Seltsam: Als ich aufwuchs, forderte ich die Autorität heraus, und heute repräsentiere ich sie.«

»Sind deine Kinder gehorsam, oder setzen auch sie sich über Verbote hinweg?« fragte Maybri.

»Oh, ich habe keine eigenen Kinder. Wenn ein Galeaya zum Avi wird, muß er sich ganz auf seine Pflichten konzentrieren und darf sich von nichts ablenken lassen.« Keema seufzte. »Manchmal frage ich mich, ob es nicht besser gewesen wäre, Mutter zu werden.«

»Vielen Dank dafür, daß du uns die Höhle gezeigt hast«, sagte Kirk. »Wir sind froh, daß du damals ungehorsam gewesen bist — andernfalls hätten wir das hier nicht gesehen. Jetzt müssen wir zu unserem Schiff zurück, um in aller Ruhe nachzudenken.«

Keema führte die Besucher nach draußen, in den kalten Wind. Ein von acht kräftigen Galeaya gerudertes Fischerboot tanzte auf den Wellen und näherte sich dem Ufer. Zwei der Insassen warteten nicht ab, bis das Boot den Strand erreichte, sprangen über Bord und wateten durchs schäumende Wasser. Sie eilten Keema entgegen, riefen schon von weitem und gestikulierten aufgeregt. Der Translator konnte ihre Stimmen nicht auseinanderhalten, und deshalb war keine Übersetzung möglich. Als die Männer schließlich herankamen, schnappte einer nach Luft, und der andere stieß hervor:

»Avi, Avi, uns trifft keine Schuld! Als wir das Netz einholten... Wir haben versucht, ihn daraus zu befreien... Zu spät — er war bereits tot!«

Keema legte dem jungen Fischer die Hand auf die Schulter. »Beruhig dich, Frae. Und sprich langsamer. Wer ist bereits tot gewesen?«

»Der Wafta«, keuchte Frae, wirbelte herum und deutete mit einer zitternden Hand zum Langboot. Die anderen Fischer hoben einen netzumhüllten Körper.

»Admiral...« murmelte Spock. »Dieser Galeaya scheint völlig außer sich zu sein. Vielleicht wird durch derartige Kontakte mit Wwafida ein lokales Tabu verletzt. Ich rate zu großer Vorsicht, um Keema nicht zu verärgern oder gar ihren Zorn zu erregen.«

»Wir müssen uns die Leiche ansehen«, flüsterte Zzev.

Kirk bedachte ihn mit einem scharfen Blick. »Haben Sie nicht gehört, was Mr. Spock gesagt hat? Wir untersuchen den Toten, wenn man uns die Erlaubnis dazu gibt, doch jetzt ist nicht der geeignete Zeitpunkt, um danach zu fragen.« Er und die anderen Angehörigen der Landegruppe folgten Keema in einem respektvollen Abstand, als sie zum Boot ging.

Behutsam wie Sargträger brachten die Fischer den reglosen Körper an Land, ließen ihn auf den Sand sinken und lösten das Netz. Kirk beugte sich ein wenig vor und hielt Zzev am Parka fest. Keemas sanfte Hand strich die letzten dichten Maschen wie ein Leichentuch beiseite, und darunter kam ein Wesen zum Vorschein, das genau so aussah wie die Wwafida der Höhlenmalereien.

»Jim«, sagte McCoy leise, »ich komme mir wie einer jener Irren vor, die damals viele Jahre damit verbrachten, im Amazonasgebiet nach Einhörnern und Dinosauriern zu suchen.«

»Ihre Analogie stimmt nicht ganz, Doktor«, erwiderte Spock. »Jene Geschöpfe waren und blieben mythologischer Natur. Ein angemessenerer Vergleich beträfe die Plesiosaurier, die man schließlich in einigen Seen der schottischen Provinz von Großbritannien fand. Wenn ich mich recht entsinne, demonstrierten die Terraner damals ein hohes Maß an Phantasielosigkeit, als sie jene Wesen ›Loch Ness-Ungeheuer‹ nannten.«

»Keema«, begann Kirk langsam, »wir könnten viel lernen, wenn du uns gestattest, den Wwafida zu untersuchen — vorausgesetzt natürlich, eure Gesetze und religiösen Traditionen lassen so etwas zu.«

Die Avi deutete auf den Leichnam. »Ein sehr schlechtes Omen. Dieser Wafta wollte für immer ins Muttermeer zurückkehren, und die Fischer haben ihn daran gehindert. Wenn wir den Fehler nicht wiedergutmachen und dem Wafta helfen, sein vom Schicksal bestimmtes Ziel zu erreichen, müssen wir die Strafe des Muttermeers erwarten.«

»Was meinst du damit?« fragte Zzev.

Kirk hätte Llissas Vater am liebsten geknebelt.

»Schlechte Wellen. Keine Fische in den Netzen. Galeaya, die in ihren Booten sterben und nicht die Möglichkeit erhalten, sich in Wafta zu verwandeln...«

Kirk schob sich vor Zzev. »Wir möchten euch nicht bei euren Bräuchen stören, aber unser Arzt benötigt nur einige Minuten, um den Wwafida zu untersuchen.«

»Er wird ihn nicht verletzen?«

»Nein. Es ist nicht einmal nötig, daß er ihn berührt.«

»Wir müssen die Fischer sofort mit dem Leichnam ins Muttermeer zurückschicken«, betonte Keema. »Es darf nicht zu Verzögerungen kommen.«

»Keine Sorge«, erwiderte Kirk. »Die Untersuchung kann sofort stattfinden, hier und jetzt. Aber wenn du dagegen bist, so akzeptieren wir deine Entscheidung.«

Keema holte tief Luft. »Die Gesetze verbieten es nicht. Ich gebe dir die gewünschten Minuten, Kirk.«

»Danke«, sagte der Admiral erleichtert. »Pille...«

KAPITEL 10

CAPTAINS LOGBUCH: NACHTRAG

Im Anschluß an die von Dr. McCoy durchgeführte Untersuchung des toten Wwafida ist die Landegruppe zur *Enterprise* zurückgekehrt, um alle auf der Insel Suberein gesammelten Daten zu analysieren. Wenn mir Dr. McCoy und Wissenschaftsoffizier Spock ihre Schlußfolgerungen nennen, muß ich entscheiden, ob wir genug Material haben, um an die akkallanische Regierung heranzutreten — oder um der Föderation eine rasche Vermittlung auf dem Planeten zu empfehlen.

Kirk, Spock, Zzev, Llissa, Maybri und Greenberger saßen im halbdunklen Konferenzzimmer am Tisch, während McCoy einen ausführlichen Vortrag hielt. Er illustrierte ihn mit den vom Tricorder aufgezeichneten Untersuchungsbildern und wies den Computer an, erläuternde Diagramme und Schaubilder auf den Wandschirm zu projizieren.

»... und außerdem hat sich am Nackenansatz ein Atemloch gebildet«, sagte der Bordarzt und deutete mit dem Laserindikator auf die betreffende Stelle. »Also dort, wo sich der Rücken eines schwimmenden Wesens befindet. Hinzu kommt die Öffnung einer bereits vorhandenen Erweiterung der Trachea, die das Atemloch mit den Lungen verbindet. Zwischen den Fingern und Zehen sind dünne Membranen entstanden, und damit einher geht das Wachstum von Knorpeln an den entsprechenden Gliedmaßen. Dadurch werden Hände und Füße länger, bekommen zusätzliche Flexibilität — sie verwandeln sich praktisch in Flossen. Der größte Teil des Körperhaars ist ausgefallen, da es ohnehin nur aquadynamischen Widerstand schaffen würde. In der Muskulatur fällt ein ausgeprägter Strukturwandel auf, und hier sieht man deutlich eine dicke Speckschicht, die zur Isolierung dient.«

»Wie alt ist dieses Exemplar, Leonard?« erkundigte sich Llissa.

»Nun, unsere Gespräche im Dorf deuten darauf hin, daß die ältesten Galeaya um die vierzig sind. Ich schätze, der Wwafida hat weitere zwanzig oder fünfundzwanzig Lebensjahre hinter sich gebracht, bevor er starb.«

»Ist dies alles überhaupt möglich, Pille?« fragte Kirk gedehnt.

»Wenn du mir vor drei Tagen eine solche Frage gestellt hättest, wäre ich sofort bereit gewesen, mit einem klaren Nein zu antworten. Aber jetzt? Nun, du hast es mit eigenen Augen gesehen. Es läßt sich also kaum abstreiten.«

»Es gibt wissenschaftliche Präzedenzfälle für eine derartige Metamorphose«, sagte Spock. »Nach dem Standardmodell der Evolution entsteht das Leben zunächst in planetaren Meeren und wechselt dann zum Land, wobei erfolgreiche Mutationen den Übergang ermöglichen. Auf der Erde haben Wale und Delphine diesen Vorgang umgekehrt und sich nach Jahrmillionen auf dem Land wieder an die Existenz im Wasser angepaßt.«

»Elemantare Biologie, Jim«, brummte McCoy. »Während seiner pränatalen Entwicklung durchläuft der menschliche Fötus mehrere Stadien, in denen er primitiven Spezies ähnelt, bis er schließlich geboren wird — was beweist, daß sich ein Geschöpf während seines Lebens stark verändern kann.«

»Spock hat es selbst betont: Es dauerte Millionen von Jahren, bis die Wale ins Meer zurückkehrten. Aber nach dem, was wir auf Suberein gehört haben, brauchen die Galeaya nur einige *Monate*, um sich in aquatische Wesen zu verwandeln.«

McCoy zuckte mit den Achseln. »Nun, beim menschlichen Fötus reichen neun Monate für die Phase von der Empfängnis bis zur Geburt, und in diesem Fall entsteht ein völlig neues Individuum. Es steht nirgends geschrieben, daß die akkallanische Seneszenz *nicht* stattfinden kann. Sie ist außergewöhnlich, ja — aber keineswegs unmöglich.«

Kirk stützte die Ellenbogen auf den Tisch. »Was verursacht sie? Und warum betrifft sie nicht alle Akkallaner?«

»Computer«, sagte der Bordarzt. »Komparative Diagramme der akkallanischen und galeayanischen Physiologie.«

Neue Grafiken erschienen auf dem Bildschirm, und McCoy griff wieder nach dem Laserindikator, zeigte damit auf bestimmte Stellen. »Abgesehen von der Größe besteht der einzige Unterschied zwischen Keemas Volk und Llissa in dieser kleinen Drüse, die sich unter dem rechten Arm aller Galeaya auf Suberein befindet. Bei Llissa fehlt sie.«

»Ich hatte sie ebenfalls, wie alle anderen Akkallaner«, warf Zzevs Tochter ein. »Wir nennen sie Dgynt-Drüse, und sie wird unmittelbar nach der Geburt entfernt.«

McCoy sah sie erstaunt an. »Tatsächlich? Warum?«

»Ein Brauch. Wenige Tage nach der Geburt findet eine Zeremonie statt, bei der wir dem Kind einen Namen geben und die Drüse entfernen. Es handelt sich um eine einfache, völlig schmerzlose Operation — bis heute glaubten unsere Ärzte, die Drüse erfülle überhaupt keine Funktion.«

»Diese Tradition ist über dreitausend Jahre alt«, fügte Zzev hinzu. »Sie begann als religiöses Ritual. Die Drüse wird als eine Art symbolisches Opfer ins Meer geworfen, um das neue Leben zu weihen, indem es seine dem Muttermeer geltende Ergebenheit zeigt.«

»Und die Drüse wird bei *allen* Akkallanern entfernt?« vergewisserte sich Kirk.

Zzev nickte. »Die Religion war selbst damals unantastbar, als der Kontinent aus vielen verfeindeten Provinzen bestand. Nun, das Festland ist nicht besonders groß, und deshalb haben wir nur eine Religion. Die Zeremonie der Namensgebung stellte einen Aspekt der heiligen Schriften dar, der unmittelbaren Niederschlag in unseren weltlichen Traditionen fand.«

»Na schön.« Kirk sah sich am Tisch um. »Daraus ergibt sich die Frage: Wird die Seneszenz von der Dgynt-Drüse ausgelöst?«

»Ich habe einige der älteren Galeaya untersucht, und jetzt ergeben die Resultate weitaus mehr Sinn«, erwiderte McCoy. »Bei den Individuen im Fortpflanzungsalter ließen sich keine Dgynt-Hormone im Blut feststellen, doch nach der reproduktiven Phase entfaltet die Drüse erste Aktivität. In den folgenden Jahren wird die Hormonkonzentration im Blutkreislauf immer höher.«

»Faszinierend«, kommentierte Spock. »Das scheint eine medizinische Bestätigung unserer Hypothese zu sein.«

Kirk lehnte sich zurück. »Die Entfernung der Drüse verhindert also, daß sich Leute wie Llissa und Zzev Kkayn in Wwafida verwandeln?«

McCoy nickte. »Alles deutet darauf hin.«

»Ohne die zeremonielle Operation fände die Metamorphose auch bei den Akkallanern statt?« Kirk stellte eine rhetorische Frage, und niemand gab die offensichtliche Antwort. »Das bedeutet: In prähistorischer Zeit, bevor das religiöse Ritual der Namensgebung begann, müssen die Ozeane voller Wwafida gewesen sein.«

»Mindestens hunderttausend Jahre lang«, murmelte Llissa wie benommen.

»Aber warum hat man diese biologische Tatsache geändert?« frage McCoy. »Warum haben die damaligen Priester eine solche Entscheidung getroffen? Es muß einen Grund dafür geben.«

Llissa schüttelte den Kopf. »Wenn es einen gab, so ist er inzwischen in Vergessenheit geraten. Vielleicht kam man damals zu dem Schluß, es sei vorteilhaft für die Zivilisation, wenn wir unser ganzes Leben auf dem Land verbringen. Möglicherweise erfahren wir mehr, wenn wir die in der maritimen Höhle gefundenen Schriftrollen übersetzen.«

Maybri hob den Kopf. »Die einzigen Bewohner Akkallas, die sich heute noch in Wwafida verwandeln, leben auf einer abgelegenen Insel, in einer steinzeitähnlichen Entwicklungsepoche. Ich nehme an, die Gesandten des Publikan haben sie durch Zufall entdeckt, als man damals mit den Energietests begann.«

»Aber weshalb wurde die Existenz der Galeaya hundert Jahre lang geheimgehalten?« erklang nun Greenbergers Stimme.

»Wenn ich ein bis dahin völlig unbekanntes Volk fände, so hätte ich großes Interesse daran, mehr darüber zu erfahren.«

»Kommt drauf an«, entgegnete Kirk. »Stellen Sie sich vor, Sie wären ein Regierungschef, dem es in erster Linie darum geht, den Status quo zu bewahren. Welche kulturellen Konsequenzen ergeben sich, wenn bekannt wird, daß intelligente Wesen im Meer schwimmen? Hinzu kommt ein Abkommen mit dem Nachbarplaneten, das eine neue Energiequelle für die Industrialisierung zur Verfügung stellt – und den Chorymi erlaubt, unbegrenzt in den Ozeanen zu fischen.«

»Genau«, sagte McCoy. »Unter solchen Umständen verzichtet man darauf, der Öffentlichkeit folgendes mitzuteilen: ›Oh, übrigens – von den Ernteschiffen werden Leute gefangen, die sich in legendäre Wwafida verwandelt haben, deren Existenz wir bisher für absurd hielten‹. Die Bürger wären bestimmt nicht sehr erfreut.«

»Was unternehmen wir jetzt, Jim?« fragte Llissa. »Wenden wir uns an den Publikan?«

»Mit dem toten Wwafida könnten wir diese Möglichkeit wahrnehmen. Leider fehlt uns noch immer ein eindeutiger Beweis.«

»Unsere medizinischen Daten reichen aus«, protestierte McCoy. »Endlich haben wir etwas in der Hand – und du willst keinen Gebrauch davon machen?«

»Die Daten allein genügen *nicht*, Pille. Jedenfalls nicht für den Publikan und Vvox. Bei einer fairen Verhandlung vor Gericht kämen wir vielleicht damit durch, aber so etwas können wir hier wohl kaum erwarten. Wenn wir

Gelegenheit hätten, einen Galeaya während der Seneszenz zu zeigen...«

McCoy schüttelte den Kopf. »Nach meinen Schätzungen dauert es noch mindestens fünf Monate, bevor bei einem von ihnen die Metamorphose beginnt.«

»Es gibt noch ein anderes Problem, Kirk«, sagte Zzev. »Die Triteera ziehen nach Norden, und viele von ihnen haben bereits das Gebiet in der Nähe von Suberein erreicht.

Die Chorymi mißachten das Abkommen, und jetzt bietet sich ihnen die Chance, Tausende jener riesigen Geschöpfe zu fangen. Bestimmt schicken sie früher oder später Ernteflotten.«

»Haben ihre Raumschiffe noch nie zuvor den Polarkreis angeflogen?«

»Nein. Die Triteera ›schlemmen‹ dort nicht nur, sondern paaren sich auch. Um ihre Reproduktion zu gewährleisten, hat die Regierung Erntemissionen in jenem Bereich verboten. Aber jetzt halten sich die Chorymi nicht mehr an den Vertrag...«

»Admiral...« Spock wandte sich an Kirk. »Das beantwortet die Frage, warum die Galeaya nie Ernteschiffe sahen — das Abkommen erlaubte den Chorymi nur Einsätze in den südlichen Regionen. Nun, die Galeaya beginnen jetzt mit der Jagd auf Triteera, und sie geraten in erhebliche Gefahr, wenn tatsächlich eine Ernteflotte eintrifft. Dann verlieren sie nicht nur ihren jährlichen Fang: Im Chaos der Erntezone müßten selbst die besten galeayanischen Fischer mit dem Tod rechnen, und daraus ergäben sich fatale Folgen für die kleine Gemeinschaft.«

»Wir können nicht einfach abwarten, Jim«, drängte McCoy.

»Was schlagen Sie vor, Doktor?« fragte Spock.

»Die akkallanische Regierung ist mir völlig gleichgültig, aber meiner Ansicht nach sind wir verpflichtet, den Leuten auf der Insel zu helfen. Es geht darum, die Chorymi an ihrer Erntemission zu hindern.«

»Legen Sie eine militärische Konfrontation nahe, Dr. McCoy?« Spock musterte den Arzt ernst.

»Wenn sie sich nicht vermeiden läßt – ja, verdammt! Die Chorymi haben sicher nicht den Mumm, ein Starfleet-Raumschiff anzugreifen.«

»Was veranlaßt Sie zu dieser Annahme? Die Bewohner des Nachbarplaneten sind in einer verzweifelten Situation. Zwar halte ich es für unwahrscheinlich, daß sie wichtige Komponenten der *Enterprise* beschädigen können, aber ich sehe eine noch negativere Möglichkeit.«

»Und die wäre, Spock?«

»Vielleicht werden wir gezwungen, das Feuer auf die Chorymi zu eröffnen, um ihre Schiffe aufzuhalten. Und wenn dabei ein Raumer zerstört wird...«

»Dann hätte die Föderation keine Vermittlungschancen mehr, um eine friedliche Lösung für die Probleme in diesem Sonnensystem herbeizuführen«, sagte Kirk. »Sie haben recht, Spock: Eine militärische Auseinandersetzung muß vermieden werden.«

»Um jeden Preis?« ließ sich Zzev vernehmen. »Was nützt Macht, wenn man sie nie verwendet?«

»Nein, nicht um jeden Preis, Dr. Kkayn. Aber solange es möglich ist, dient die Macht der *Enterprise* als Abschreckungsmittel, mit dem wir unserem Standpunkt Nachdruck verleihen – wir setzen sie nicht als eine Art Knüppel ein.«

McCoy breitete verärgert die Arme aus. »Wie sollen wir uns dann verhalten, Jim? Schlägst du vor, daß wir einfach die Hände in den Schoß legen und die Galeaya ihrem Schicksal überlassen?«

»Wir benötigen unwiderlegbare Beweise, die von den Föderationsbehörden nicht ignoriert werden können«, sagte Spock ruhig.

»Mit anderen Worten: Wir brauchen einen lebenden Wwafida.« McCoy seufzte resigniert. »Aber vielleicht finden wir nie einen.«

Zzev schlug mit der Faust auf den Tisch. »Ein Akkallaner genügt uns.« Die übrigen Anwesenden sahen ihn fragend an, und er wich den Blicken nicht aus. »McCoy, Ihre Untersuchungen zeigen, daß der einzige physiologische Unterschied zwischen Akkallanern und Galeaya in der Dgynt-Drüse besteht. Können Sie das Hormon Synthetisieren?«

»Nun, ich glaube schon. Worauf wollen Sie hinaus?«

»Wenn wir nur deshalb Landbewohner bleiben, weil man bei uns die Drüse entfernt hat, so bin ich bereit, das Dgynt-Hormon in konzentrierten Dosen zu nehmen und mich in einen Wwafida zu verwandeln. Anschließend haben Sie einen lebenden Beweis. Dann können wir die verdammte Regierung stürzen und den Ernteflügen einen endgültigen Riegel vorschieben. Darüber hinaus wäre ich imstande, Kontakt mit den anderen Wwafida aufzunehmen und sie vor den Chorymi zu warnen.«

McCoy starrte Zzev groß an. »Lieber Himmel, sind Sie übergeschnappt?«

»Ich biete Ihnen einen Ausweg aus diesem Dilemma. Hat jemand einen besseren Vorschlag?«

»Kkayn...« sagte der Bordarzt langsam. »Sie haben nicht die geringste Ahnung, wie das Hormon auf Sie wirkt.«

»Ist doch ganz klar: Ich werde dadurch zu einem Wwafida.«

»Und wenn Ihr Körper nicht so reagiert, wie Sie es erwarten? Vielleicht entfaltet die Drüse auch während der Präseneszenz gewisse Aktivität. Der Umstand, daß die Bewohner der Insel größer sind, weist darauf hin, daß auch vor der Metamorphose etwas geschieht. Sie könnten sterben, wenn wir mit dem Hormon herumpfuschen.«

»Es ist mein Leben, und ich bin bereit, ein Risiko einzugehen. Anstatt mit einer Diskussion Zeit zu verlieren, sollten Sie Ihre medizinischen Daten analysieren und möglichst viel über den Umwandlungsprozeß herausfinden, um die Gefahren für mich auf ein Minimum zu reduzieren.«

»Pille«, sagte Kirk ernst. »Läßt sich das bewerkstelligen?«

McCoy richtete einen ungläubigen Blick auf den Admiral. »Jim, ich habe noch nie einen normalen, Luft atmenden Akkallaner behandelt – ganz zu schweigen von einem, der sich in einen Fisch verwandelt!«

»Keine falsche Bescheidenheit«, knurrte Zzev. »Ihr Vortrag beweist, daß Sie mit der allgemeinen akkallanischen Physiologie bereits gut vertraut sind. Kirk hält Sie ganz offensichtlich für einen kompetenten Arzt. Und meine Tochter kann Ihnen helfen.«

Es blitzte in Llissas Augen, als sie ihren Vater ansah. »Warum glaubst du, daß ich deine Idee für gut halte?«

»Na schön, Llissa«, sagte Kirk. »Wie lautet Ihre Meinung?«

»Ich stimme Leonard zu. Wahrscheinlich bringen wir Zzev um, wenn wir ihn mit dem Hormon behandeln.«

»Aber wenn Gefahren für Ihren Vater ausgeschlossen werden könnten – wären Sie dann bereit, unserem Bordarzt zu helfen?«

Llissa verzog skeptisch das Gesicht, doch schließlich nickte sie, wenn auch widerstrebend.

»In Ordnung.« Kirk wandte sich an McCoy. »Pille, ich möchte dir in diesem Zusammenhang keine direkten Befehle geben. Wenn du glaubst, die Sache sei zu gefährlich, müssen wir uns etwas anderes einfallen lassen. Ich bitte dich nur darum, Dr. Kkayns Idee objektiv zu prüfen und dann eine Empfehlung auszusprechen.«

»Die letztendliche Entscheidung liegt also bei mir?« brummte McCoy sarkastisch.

»Stimmt haargenau.« Kirk lächelte. »Hast du nicht einmal behauptet, sogar einen regnerischen Tag heilen zu können?«

Der Arzt schnaubte. »Du wählst einen lausigen Zeitpunkt, um das Gerede über mich zu zitieren...«

Eine Stunde später saß Kirk in seinem Quartier, aß einen Apfel und versuchte vergeblich, sich zu entspannen. Wenn McCoy zu dem Schluß gelangte, daß sich Zzevs Vorschlag nicht realisieren ließ — welche Möglichkeiten blieben ihnen dann? Praktisch keine. Und selbst wenn der Arzt grünes Licht gab ... Kam die Behandlung mit dem Hormon nicht medizinischem Wahnsinn gleich?

Kirks Türmelder summte. »Herein.«

Das Schott glitt beiseite, und ein verdrießlich wirkender McCoy betrat die Kabine. Er strich sich mit einer Hand übers Haar und nahm im Sessel auf der anderen Seite des Schreibtischs Platz.

»Ich habe alles überprüft, was mir in den Sinn kam. Korrelationen der physiologischen Daten, Computersimulationen und so weiter. Gott steh mir bei: Ich habe sogar Spock um Rat gefragt.«

»Und?«

»Es sieht so aus, als könnte die Hormonbehandlung wirklich klappen. Damit meine ich: Die Behandlung allein bringt Zzev vermutlich nicht um. Aber ob jenes Wesen, in das er sich verwandelt, ein voll angepaßter Wwafida sein wird... Keine Ahnung. Ich wünschte, wir hätten eine andere Wahl.«

»Ist das der Fall?«

McCoy zuckte mit den Schultern. »Nein. Trotzdem, Jim. Die Sache gefällt mir nicht. Ich fühle mich wie eine Art Dr. Frankenstein, der sich an der Natur vergeht.«

»Jetzt übertreibst du, Pille.« Kirk zögerte kurz. »Ich glaube, das Gegenteil trifft zu. Die Akkallaner haben ihren natürlichen Entwicklungsweg verlassen, als sie damit begannen, die Drüse zu entfernen. Du benutzt nur einige gentechnische Tricks, um das zu bewirken, was die Natur von Anfang an plante.«

McCoy dachte einige Sekunden lang darüber nach. »Hm. Vielleicht hast du recht. Dennoch ist mir nicht wohl dabei.«

»Darauf kommt es auch gar nicht an. Wichtig ist nur, daß die Behandlung zu einem Erfolg führt.«

»Mag sein. Nun, Dr. Chapel arbeitet bereits daran, die erforderliche Menge des Hormons herzustellen. Wir brauchen einen großen Wassertank in der Krankenstation – für Zzev Kkayn, sobald die Metamorphose beginnt. Er sollte sich in unmittelbarer Nähe von Wiederbelebungsgeräten befinden, falls etwas schiefgeht.«

»Ich habe volles Vertrauen zu dir, Pille.«

McCoy lächelte schief. »Freut mich. Hoffentlich enttäusche ich dich nicht.«

»Na schön. Ich besorge dir den Tank. Brauchst du sonst noch etwas?«

McCoy stand auf und ging zur Tür. »Ob ich sonst noch etwas brauche...« brummte er. »Ja. Ich brauche einen fähigen Arzt, der mir bescheinigt, daß ich nicht den Verstand verloren habe.«

Nach McCoys Schätzung dauerte es mindestens sieben Tage, bis sich Zzev Kkayn in ein Wesen mit minimalen Voraussetzungen fürs Überleben im Meer verwandelte – ein Zeitplan, mit dem Zzev alles andere als zufrieden war. Er beharrte auf höheren Dosen des Hormons und meinte, daß es vielleicht keine Woche mehr dauerte, bis die Chorymi eine Ernteflotte schickten und die Galeaya in Gefahr brachten.

McCoy lehnte ab, und Kirk pflichtete ihm bei. Der Arzt wollte den Bewohnern der Insel Suberein helfen, aber die Behandlung ging ihm entschieden gegen den Strich. Er wagte sich auf völlig unbekanntes medizinisches Terrain und war nicht bereit, seine instinktive Vorsicht aufzugeben, wenn ein Leben auf dem Spiel stand – obgleich es in diesem Fall um jemanden ging, der offenbar keinen Wert darauf legte, sympathisch zu sein.

Am Ende des ersten Tages verfluchte sich McCoy für seine ausgeprägte Ethik. Er hatte angeordnet, daß Zzev in der Krankenstation blieb, sobald die Behandlung begann. Der Arzt war in bezug auf das Experiment so nervös, daß er seine Abteilung kaum mehr verließ, und dadurch sah er sich den ständigen Nörgeleien des akkallanischen Gelehrten ausgesetzt. Als McCoy das Zimmer verließ und in sein

Büro floh, ›vergaß‹ Zzev, daß man ihm völlige Bettruhe verordnet hatte, bis sich die Auswirkungen des Hormons abschätzen ließen. Er folgte seinem Opfer und eröffnete einmal mehr das Feuer aus den Kanonen der Kritik.

Jetzt war es fast Zeit fürs Abendessen. Zzev schwieg schon seit zwanzig Minuten, und McCoy nutzte die gute Gelegenheit, um seine Stiefel auszuziehen und die Füße auf den Schreibtisch zu legen. Er hatte gerade die Augen geschlossen, als das Interkom summte. Ein oder zwei Sekunden lang dachte er daran, den Anruf zu ignorieren, doch dann überlegte er es sich anders. »Krankenstation.«

»Bist du das, Pille?« Kirks Gesicht erschien auf dem kleinen Bildschirm.

»Wer will das wissen?«

Der Admiral lächelte. »Hast du einen anstrengenden Tag hinter dir?«

»Er hätte gar nicht anstrengender sein können.«

»Erzähl mir die Einzelheiten beim Essen.«

»Danke, Jim. Lieber nicht.«

»Was soll das heißen?« erklang eine scharfe Stimme hinter McCoy.

Leonard setzte die Füße wieder auf den Boden, als er sich umdrehte. Christine Chapel bedachte ihn mit einem strengen Blick.

»Was das heißen soll? Kann ich nicht wenigstens einmal ein ungeselliger Griesgram sein? In meinem Alter ist das erlaubt.«

»Admiral...« Chapel sah über McCoys Schulter zum Interkom-Schirm. »Er kommt gleich.«

»Wer sagt das?« McCoy stand auf und stand so dicht vor der Ärztin, daß sich fast ihre Nasen berührten.

»*Ich* sage das. Den ganzen Tag über sind Sie hier bei dem... *Patienten* eingesperrt gewesen. Sie brauchen einen Tapetenwechsel. Gehen Sie mit dem Admiral essen.«

»Schon gut, schon gut«, brummte McCoy. »Aber verlangen Sie bloß nicht von mir, daß ich Jim angenehme Gesellschaft biete.«

Chapel schob ihn zur Tür. »Er kennt Sie zu lange, um Wunder zu erwarten, Leonard.«

Kirk und McCoy saßen in einer Ecke der Offiziersmesse, aßen ihr Dessert und tranken Kaffee.

»Eine tolle Leistung von mir, nicht wahr?« sagte McCoy mit vollem Mund. »Während der Mahlzeit habe ich nicht einmal über Du-weißt-schon-wen gesprochen.«

»Möchtest du das jetzt nachholen?«

»Na klar. Soll ich etwa allein leiden?«

»Schieß los, Doktor.«

McCoy holte tief Luft. »Zzev ist unmöglich. Nichts paßt ihm. Dauernd glaubt er, uns unterliefen irgendwelche Fehler, und er besteht noch immer darauf, daß wir die Behandlung beschleunigen.«

»Wie läuft es bisher, in medizinischer Hinsicht?«

»In medizinischer Hinsicht fällt er mir zunehmend auf die Nerven. Wie dem auch sei: Das Hormon scheint wie geplant zu wirken. Warum besuchst du uns nicht, um dir einen unmittelbaren Eindruck zu verschaffen?«

Kirk nickte, und nach dem Essen begleitete er McCoy zur medizinischen Sektion. Zzev Kkayn saß auf seiner Liege, hatte das Bibliotheksterminal eingeschaltet und las in einem elektronischen Buch. Der Diagnoseschirm an der Wand zeigte normale Biowerte.

»Wo ist der Wassertank?« fragte Kirk.

»Er wird morgen hier installiert«, antwortete McCoy. »Derzeit brauchen wir ihn noch nicht.«

Kirk musterte den Akkallaner von Kopf bis Fuß, konnte jedoch keine Veränderungen erkennen. »Wie fühlen Sie sich?«

»Wie ein Gefangener, Kirk.«

»Die Behandlung war ihre Idee«, sagte McCoy mürrisch. »Jetzt haben wir damit begonnen, und sie findet auf die von *mir* festgelegte Weise statt. Er fühlt sich gut, Jim.«

»Was geschieht mit ihm? Er sieht genauso aus wie vorher.«

»Ah, endlich pflichtet mir jemand bei!« stieß Zzev hervor.

»Seien Sie still. Die Modifikationen sind zum größten Teil nicht zu sehen.« McCoy zupfte an Zzevs Haar, und einige kleine Büschel lösten sich. »Das Körperhaar fällt ihm aus. Heben Sie die Hand, Dr. Kkayn. Sieh nur, Jim: Erste Membranen bilden sich zwischen den Fingern. Auch zwischen den Zehen. Die meisten Veränderungen finden im Innern statt. Eine isolierende Speckschicht wächst heran, und die Muskeln gewinnen eine andere Struktur. Der Vorgang braucht seine Zeit.«

Die Tür der Krankenstation öffnete sich. Llissa kam herein und blieb überrascht stehen, als sie nicht nur McCoy bemerkte, sondern auch den Admiral. »Ist alles in Ordnung mit meinem Vater?«

»Es geht mir gut.« Zzev wandte sich an Kirk und den Arzt. »Bitte gehen Sie. Ich möchte mit meiner Tochter allein sein.«

»Ach?« McCoy zog mißtrauisch die Brauen zusammen. »Seit wann?«

»Seit jetzt!« donnerte Zzev. »Verschwinden Sie!«

Die beiden Offiziere verließen den Raum. Llissa näherte sich der Liege und verschränkte die Arme. »Nun?«

Zzev senkte den Kopf. »Llissa... Ich weiß, daß unsere Beziehungen während der vergangenen Jahre zu wünschen übrigließen, aber vielleicht ist dies unsere letzte Chance. Weißt du, nach der Metamorphose bin ich kaum in der Lage, dich an Feiertagen zu besuchen.«

Llissa kniff die Augen zusammen. »Davon hast du ohnehin nie viel gehalten.«

»Damals hatte ich andere Dinge im Kopf. Vielleicht lag es auch an meiner Sturheit. Ein Mann hat das Recht, seine Fehler einzugestehen, nicht wahr?«

»Meinst du das im Ernst?«

»Zum Teil.«

Llissa schnaubte abfällig. »Und der Rest ist Heuchelei, wie?«

»Verdammt, warum müssen wir uns immer streiten?«

Die Akkallanerin sah, daß es ihrem Vater nicht leicht fiel, sich zu bewegen. Sie trat ans Bett heran. »Ist wirklich alles in Ordnung mit dir? Hast du Schmerzen?«

»Nun, es sind nicht direkt Schmerzen. Wenn ich eine Weile ganz still liege und mich dann wieder bewege, fühlt sich mein Körper irgendwie anders an. Es ist nicht leicht, sich daran zu gewöhnen.«

»Vielleicht geht alles zu schnell. Wenn du draußen im Meer bist, mußt du vollkommen angepaßt sein. Sonst gerätst du in Schwierigkeiten.«

»Sei unbesorgt.«

»Hast du es wirklich ernst gemeint?« wiederholte Llissa ihre Frage. »Bedauerst du jetzt, daß wir viele Jahre lang getrennt waren?«

Zzev antwortete nicht sofort. »Ja und nein.«

»Wie soll ich das denn verstehen?«

»Wenn wir darüber sprechen, was ich mit meinem Leben angestellt habe, so lautet die Antwort: Nein, ich bedauere nichts. Wenn ich sowohl das Kollegium als auch meine Familie und Freunde verlassen mußte, um gewisse Dinge zu erledigen – und zwar auf meine Weise –, so empfinde ich keine Reue.«

Llissa wäre am liebsten hinausgelaufen, aber sie widerstand der Versuchung, verharrte neben der Liege und sah ihrem Vater tief in die Augen. »Das klingt ziemlich endgültig«, sagte sie bitter. »Wann kommt jener Teil, der dir leid tut?« Ihr Tonfall wies darauf hin, daß sie sich nicht viel von der Antwort erhoffte.

»Es klingt endgültig, weil es in meinem Leben kaum etwas gibt, das ich bedauere. Wenn ich auf Freeland geblieben wäre, hätte ich einen meiner sogenannten Kollegen umgebracht – oder sie mich.«

»Bist du fertig?« Ärger quoll in Llissa empor.

»Nein, noch nicht. Etwas stimmt mich traurig, sehr sogar: Du bist zu der außerordentlich beeindruckenden Frau geworden, die ich heute vor mir sehe, ohne daß ich dir dabei geholfen habe — oder vielleicht gerade deshalb. Das bereue ich sehr. Du bist mein Fleisch und Blut, Llissa, aber mehr teilen wir leider nicht.«

»Während der ersten fünfzehn Jahre meines Lebens warst du bei mir. Das ist immerhin etwas.«

»Es waren keine besonders guten Jahre. Ich fürchte, ich bin dir damals kein richtiger Vater gewesen.«

»Oh, ich weiß nicht. Ich war ein recht aufmerksames Kind.«

»Willst du damit sagen, daß du mich beobachtet und dadurch gelernt hast, wie man sich *nicht* verhalten sollte?«

Llissa nickte. »Unter anderem. Ich habe auch einige positive Dinge gelernt. Beim Muttermeer, es verblüfft mich, daß ich so etwas zugebe...«

»Enthüllst du jetzt ein dunkles Geheimnis?«

Die Akkallanerin lachte. »Mhm. Ich habe dich verehrt, als ich aufwuchs.«

»Tatsächlich?« Zzev sah seine Tochter mit aufrichtigem Erstaunen an. »Warum?«

»Ich weiß nicht. Diese Frage habe ich mir selbst häufig gestellt. Vielleicht lag es daran, daß du ein zorniger Wirbelwind warst, vor dem sich alle anderen Leute fürchteten. Trotzdem zeigten sie die Bereitschaft, sich dir unterzuordnen.«

»Ich wollte gar nicht ihr Anführer sein. Man hat mir nie ein Übermaß an Kooperationsbereitschaft vorgeworfen.«

»Ich weiß. Vielleicht konnte ich durch dich lernen, daß ein Anführer nicht geliebt werden muß, um seine Verantwortung wahrzunehmen. Manchmal ist Zwang ebenso wichtig wie Zusammenarbeit.«

»Das klingt seltsam aus deinem Mund«, sagte Zzev in einem Tonfall, der gleichzeitig Spott und Bewunderung zum Ausdruck brachte. »Du hast doch immer so großen Wert auf Konsens gelegt.«

»Im Gegensatz zu dir fand ich schließlich heraus, wie man andere Personen dazu bringt, notwendigen Maßnahmen zuzustimmen — und sie davon zu überzeugen, daß die Idee von ihnen stammte. Wieso hast du diesen Trick nie benutzt?«

»So etwas liegt mir nicht.«

»Zu Anfang ging es mir ebenso. Aber manchmal muß man über seinen eigenen Schatten springen, um ein bestimmtes Ziel zu erreichen.«

»Nicht jeder ist dazu fähig. Du kannst von Glück sagen, daß du diese Fähigkeit hast.«

Unbehagliche Stille folgte, bis sich Zzev räusperte.

»Ich möchte dich um einen Gefallen bitten...«

Llissa furchte argwöhnisch die Stirn. »Ich verspreche dir nichts.«

»Bist du ebenfalls der Ansicht, daß wir etwas unternehmen müssen, um weitere Ernteflüge der Chorymi zu verhindern?«

»In dieser Hinsicht geschieht bereits etwas — weil du verrückt genug bist, dich mit dem Hormon behandeln zu lassen.«

»Es geht darum, die Wwafida und Keemas Volk auf Suberein zu retten.«

»Ja«, bestätigte Llissa. »Was willst du damit sagen?«

»Wenn die Chorymi zurückkehren und zum Borealmeer fliegen, bevor ich bereit bin, dann hat dies alles überhaupt keinen Sinn.

In dem Fall können wir niemanden mehr retten. Die Behandlung ist sicher. Ich erlebe nun die Seneszenz, durch die sich viele Jahrtausende lang Akkallaner in Wwafida verwandelten.«

»Und?«

»Ich möchte den Vorgang beschleunigen, aber McCoy ist dagegen.«

»Bestimmt hat er gute Gründe dafür.«

»Nein«, widersprach Zzev. »Ich würde die Sache selbst in die Hand nehmen, aber...«

»Ausgeschlossen«, erwiderte Llissa scharf. »Wenn es zu einer starken negativen Reaktion kommt, stirbst du vielleicht, bevor dir Leonard helfen kann.«

»Deshalb möchte ich, daß *du* mir eine konzentrierte Dosis verabreichst.«

»Kommt nicht in Frage!«

»Es ist die einzige Möglichkeit! Du hast dich bereit erklärt, am Kontrolldienst teilzunehmen, nicht wahr? Wenn du allein an den Diagnosemonitoren sitzt...«

»Zzev, ich werde auf keinen Fall...«

»Dann bietet sich eine günstige Gelegenheit. Bevor jemand kommt, um dich abzulösen, haben wir die Metamorphose beschleunigt und bewiesen, daß damit überhaupt keine Gefahren verbunden sind.«

»Du bittest mich, dich...«

»Ich bitte dich um etwas, das ich für richtig halte und das notwendig ist. Kirk und seine Offiziere befinden sich in einer ganz anderen Situation – Akkalla ist nicht ihre Heimat. Sie nehmen nur ihre Aufgaben als Starfleet-Offiziere wahr, und vielleicht helfen sie uns mehr, als es die Pflicht von ihnen verlangt, aber *es ist nicht ihr Planet*, Llissa. Er ist unsere Welt, und wir *müssen* etwas für sie tun. Wir *müssen* bereit sein, ein persönliches Opfer zu bringen.«

»Auch wenn wir dadurch riskieren, alle unsere Erfolgschancen zu ruinieren?«

»Ein derartiges Risiko besteht nicht.«

»Woher willst du das *wissen*? Es hat sich noch niemand mit den Hormonen behandeln lassen. Wenn du dich irrst...«

»Ich irre mich nicht«, sagte Zzev. Er klang völlig sicher und überzeugt.

»Ist das eine deiner berühmten Ahnungen?« fragte Llissa ironisch.

Ihr Vater nickte. »Genügt dir das?«

Die Akkallanerin breitete hilflos die Arme aus. »Ich... kann dir noch keine Antwort geben. Und *das* muß *dir* genügen, wenigstens für eine Weile.«

»Aber du schließt es nicht aus, mir zu helfen.«

»Nein.«

»Uns bleibt nur wenig Zeit, Llissa. Du mußt dich bald

entscheiden. Ohne eine Beschleunigung der Metamorphose sind unsere Bemühungen vielleicht zum Scheitern verurteilt – und das könnte großes Unheil für Akkalla bedeuten.«

Llissa drehte sich um und verließ die Krankenstation ohne ein weiteres Wort.

Kirk war überrascht, als er Zzev Kkayn am nächsten Morgen sah: Jetzt zeigten sich die Auswirkungen der künstlich herbeigeführten Seneszenz ganz deutlich. Selbst McCoy schüttelte verblüfft den Kopf, als er die Untersuchung des veränderten Akkallaners beendete.

»Es ist gespenstisch, Jim. So etwas habe ich noch nie zuvor gesehen.«

»Ach, komm schon. Du hast mehrmals genetische Modifikationen vorgenommen.«

»Das ist etwas ganz anderes. Bei solchen Eingriffen kennt man die Ergebnisse im voraus. Aber hier...«

»Ich weiß, was du meinst. Es erscheint mir ebenfalls... unheimlich, die Veränderungen direkt zu beobachten. Ich habe das Gefühl, in einen Kokon zu sehen.«

»Verpuppungen und dergleichen sind von der Natur vorherbestimmt«, sagte McCoy. »Aber für diese Metamorphose tragen *wir* die Verantwortung, und ich weiß noch immer nicht, ob wir es richtig machen.«

Kirk runzelte die Stirn, als er seinen alten Freund musterte und die Unruhe in ihm spürte. McCoy war auch sonst recht emotional, aber für gewöhnlich setzte er seine Emotionen zu einem bestimmten Zweck ein: Er verwendete sie als Werkzeuge für psychische Chirurgie. Trotz der häufig schwankenden Stimmungen und Launen hielt Kirk den Arzt für jemanden, der fest in sich selbst ruhte und über ein unerschütterliches Selbstbewußtsein verfügte. Der Anblick eines von Zweifeln geplagten McCoy besorgte ihn sehr, und als weiterer belastender Faktor kam hinzu, daß er ihm die Zustimmung für dieses Experiment abgerungen hatte.

»Tut mir leid, Pille. Ich weiß einfach nicht, was ich sagen soll.«

McCoy zuckte mit den Achseln. »Dann geht es dir ebenso wie mir.«

Später am Tag wurde Zzev in einen zwei Meter hohen Wassertank gelegt. Zur allgemeinen Erleichterung schien er sich dort sehr wohl zu fühlen und über den Abschied vom Bett froh zu sein. Der Behälter war zwar nicht besonders groß, aber er erlaubte es dem Akkallaner, ein wenig zu schwimmen und seine Muskeln zu lockern. Es gab keine feststellbaren Komplikationen, obgleich McCoy bei einem Gespräch mit Kirk meinte: »Er ist noch immer eine Art Kaulquappe.«

»Weder Fisch noch Fleisch?« fragte der Admiral.

McCoy schnitt eine Grimasse. »Du verhunzt meine Metapher.«

Llissa bot sich an, die Nachtschicht an den Monitoren zu übernehmen. Sie löste Dr. Chapel ab, die sich müde die Augen rieb und ihr den Platz an der medizinischen Konsole in McCoys Büro überließ.

»Keine Probleme«, sagte Chapel und lächelte.

Llissas Lippen zuckten kurz. »Was?« murmelte sie geistesabwesend.

»Keine Probleme. Ihrem Vater geht es gut.«

»Oh. Das... freut mich.«

»Ist alles in Ordnung mit Ihnen, Dr. Kkayn?«

Llissa versteifte sich, saß mit geradem Rücken vor dem Monitor. »Äh, ja, natürlich. Warum fragen Sie?«

»Sie wirken ein wenig... nervös.«

»Ich bin nur müde, Dr. Chapel.«

»Sie brauchen diese Schicht nicht zu übernehmen. Wenn Sie möchten, gebe ich einem Assistenten Bescheid.«

»Nein, das ist nicht nötig.« Llissa streckte die Arme über den Kopf. »Wissen Sie, ich bin nicht daran gewöhnt, soviel Zeit an Bord eines Raumschiffs zu verbringen.«

»Wie Sie meinen. Wenn Sie irgend etwas benötigen —

Sie wissen ja, wie das Interkom funktioniert. Dr. McCoy und ich können die Krankenstation innerhalb kurzer Zeit erreichen. Rufen Sie ruhig an.«

Llissa beobachtete, wie Chapel das Büro verließ und sich hinter ihr die Tür schloß.

Die matt leuchtende Anzeige der Digitaluhr bestätigte etwas, das McCoy bereits wußte. Seit Stunden wälzte er sich von einer Seite zur anderen, ohne Ruhe zu finden. Fast verzweifelt versuchte er, an etwas anderes zu denken, aber seine Gedanken kehrten immer wieder zu dem verrückten Experiment zurück, das in der Krankenstation stattfand. Vielleicht hatte er doch geschlafen: Vage erinnerte er sich an einen Alptraum, in dem Fischmänner mit Krallen und langen Reißzähnen sein Langboot angriffen.

»Ich bleibe besser wach«, brummte er. »So etwas möchte ich nicht noch einmal erleben.«

Das Interkom neben dem Bett summte, und er vernahm Chapels aufgeregte Stimme. »Dr. McCoy zur Krankenstation – Notfall!«

Er drückte die Taste. »Bin unterwegs.« Mit einem Satz war er auf den Beinen, legte den schweißfeuchten Schlafanzug ab, zog rasch eine Hose an, schob die Füße in Pantoffel, streifte sich einen Pulli über und stürmte zur medizinischen Sektion.

Die Tür öffnete sich, und McCoy eilte ins Behandlungszimmer. Chapel und ein Krankenpfleger hoben Zzev gerade aus dem Tank – der Akkallaner stöhnte leise. »Holt ihn da raus!

Ich kann einem Sterbenden nicht helfen, solange er in einem Aquarium herumschwimmt!« McCoy trat auf den Laufsteg, der um das Becken herumführte. »Wo steckt Llissa, zum Teufel?« Er drehte sich um und sah, wie die Akkallanerin das Büro verließ. »Kommen Sie, Llissa! Wir brauchen Ihre Hilfe!«

Sie eilte herbei – das Gesicht blaß, Furcht in den Augen.

»Was ist geschehen?« entfuhr es McCoy. »Sie saßen doch an der Konsole, oder?«

»Die Monitoren haben... nichts angezeigt«, flüsterte Llissa.

»Aber irgend etwas *ist* passiert. Verdammt, vielleicht geht es mit Ihrem Vater zu Ende. Ich brauche einen Hinweis.«

»Es... es hat nichts mit den Monitoren zu tun. Ich weiß, was geschehen ist. Zzev hat eine... doppelte Dosis des Hormons von mir erhalten.«

McCoy starrte die Frau wütend an. »Sind Sie verrückt?«

Llissa fand ihre Selbstbeherrschung wieder, und nach dem Eingeständnis schien ihr das Sprechen leichter zu fallen. »Er bat mich darum.«

»Und Sie waren einverstanden?« erwiderte McCoy ungläubig. Er konnte es einfach nicht fassen.

»Nicht sofort.«

»Großartig. Dann ist es vorsätzlicher Mord.«

»Bitte helfen Sie ihm, Leonard!«

»*Wie* denn?« Aus einem Reflex heraus griff McCoy nach dem nächsten Medo-Scanner – eigentlich wußte er gar nicht, was er damit anfangen sollte – und justierte ihn so, daß die ermittelten Daten auf dem Bildschirm am Bett erschienen. Er wandte sich Zzev zu, strich mit dem Gerät mehrmals über den zitternden Körper, betrachtete dann die Diagramme, Schaubilder und Zahlenkolonnen im großen Anzeigefeld.

»Dr. McCoy...« sagte Chapel überrascht. »Atmung und Herzschlag des Patienten kehren auf ein normales Niveau zurück. Vielleicht hat sein Metabolismus die zusätzliche Dosis verkraftet.«

Der Arzt blickte in Zzevs Gesicht hinab, das sich inzwischen stark verändert hatte. Die mittlere Phase der Seneszenz zog den Mund des Akkallaners in die Länge, verlieh Ober- und Unterlippe eine schnabelartige Form. Der Hals war jetzt wesentlich breiter, und dadurch erweckte der Kopf den Eindruck, direkt auf stromlinienförmig gewölbten Schultern zu sitzen, die dem Wasser nur wenig Widerstand boten. Der Schnabelmund öffnete sich mehrmals, als Zzev offenbar versuchte, sich McCoy mitzuteilen, aber es ertönte nur ein seltsames Zischen und Krächzen. Llissas Vater rollte sich zur Seite und legte dadurch das fast vollständig ausgeformte Atemloch am Nackenansatz frei. Die Öffnung pulsierte, als er sich noch einmal bemühte, verständliche Worte zu formulieren, diesmal mit mehr Erfolg.

»Nicht ihre Schuld... Sie hat auf... meine Bitte hin gehandelt... Die richtige Entscheidung... trocken... zurück in den Tank... bin jetzt ein... Geschöpf des Meeres...«

»Es besteht die Gefahr einer Dehydrierung des Körpergewebes, Dr. McCoy«, warnte Chapel. »Sehen Sie sich nur die Flecken auf der Haut an.«

»Hmm, allem Anschein ist die Metamorphore schon so weit fortgeschritten, daß es für Zzev erforderlich wird, sich die meiste Zeit im Wasser aufzuhalten. Das bedeutet: Wenn etwas schiefgeht, bleibt mir keine andere Wahl, als ihn direkt im Tank zu behandeln — oder wir müssen ihn irgendwie feucht halten. Bringen Sie ihn jetzt in den Behälter zurück, Christine. Lassen Sie sich von einigen Pflegern dabei helfen.«

McCoy schloß die Hand fest um Llissas Handgelenk und zog sie in sein Büro. »Das war verdammt dumm von Ihnen.«

Die Akkallanerin schob herausfordernd das Kinn vor, seufzte dann und ließ den Kopf hängen. »Vielleicht haben Sie recht«, sagte sie niedergeschlagen und zerknirscht. »Aber jetzt läßt sich nichts mehr daran ändern.«

»Was hat Sie dazu veranlaßt? Himmel, das Experiment ist auch so schon gefährlich genug. Sie wissen doch, daß höchste Vorsicht geboten ist, um Zzevs Leben zu schützen. Was haben Sie sich nur dabei gedacht?«

»Ich weiß es nicht, Leonard.«

»Hat er Sie dazu überredet?«

Llissa straffte die Schultern. »*Nein.* Er erwähnte nur einige Dinge, die mir bereits durch den Kopf gingen. Vielleicht komme ich mehr nach meinem Vater, als ich mir selbst eingestehe.«

Das Schott glitt auf, und ein zorniger Kirk marschierte mit langen, energischen Schritten ins Büro. Er trug seine Uniformhose und einen schwarzen Pulli, hatte sich nicht die Zeit genommen, das Haar zu kämmen.

»Chapel hat mich verständigt. Um Himmels willen, Llissa, was wollten Sie mit der zusätzlichen Hormondosis erreichen?«

»Ich versuche, meinen Heimatplaneten zu retten, Jim«, erwiderte Llissa und trachtete danach, ihrer Stimme einen würdevollen Klang zu geben.

»Indem Sie McCoys Behandlungsplan sabotieren?«

»Nein, natürlich nicht. Aber ich begann zu glauben, daß mein Vater vielleicht recht hat, daß wir uns beeilen müssen. Wenn wir uns zuviel Zeit nehmen, haben wir vielleicht gar keine Möglichkeit mehr, den Wwafida und Galeaya zu helfen. Es ist *unsere* Welt, und daher steht die Entscheidung uns zu.«

»Wie geht es Zzev, Pille?«

»Woher soll ich das wissen, verdammt? Im Augenblick scheint sein Zustand stabil zu sein, aber ich habe nicht die geringste Ahnung, welche langfristigen Auswirkungen sich durch die Überdosis ergeben.«

»Wir wußten von Anfang an, daß es bei diesem Experiment keine direkte Kontrolle gibt, kein genau festgelegtes Schema«, sagte Llissa. »Es ist das Leben meines Vaters, und er war bereit, ein Risiko einzugehen. Auf seine Bitte hin beschloß ich, ihm zu helfen.«

Kirk schüttelte den Kopf und verstand noch immer nicht ganz. »Nun, wir können es nicht rückgängig machen. Ganz gleich, was auch geschehen mag — wir müssen uns mit den Konsequenzen abfinden.«

»Kehrt ins Bett zurück«, wandte sich McCoy an die übrigen Anwesenden. »Ich habe ohnehin nicht geschlafen und verbringe den Rest der Nacht hier in der Krankenstation, nur für den Fall.«

»In Ordnung«, sagte Kirk. »Benachrichtige mich, wenn etwas passiert.« Er ging zur Tür, doch Llissa zögerte.

»Ich kann auch nicht schlafen, und außerdem sollte ich am Diagnosemonitor sitzen.«

Zzevs Tochter unterbrach sich kurz, als sie McCoys durchdringenden Blick bemerkte. Sie wartete auf Einwände, doch der Arzt schwieg.

»Wenn ich in der Krankenstation bleiben darf, leiste ich Ihnen Gesellschaft, einverstanden?«

McCoy starrte sie finster an. »Meinetwegen. Vorausgesetzt, Sie sind brav und geben mir keinen Grund, Sie zu erwürgen.«

»Ich verspreche es Ihnen.«

»Wodurch Sie sich zu nichts verpflichtet fühlen, oder?«

»Stimmt.«

Kirk rieb sich die blutunterlaufenen Augen. »Bis morgen früh bleiben uns nur wenige Stunden, und ich möchte, daß ihr dann noch lebt. Gute Nacht.«

Als das Interkom summte, zuckte Jim zusammen und zog sich die Decke über den Kopf. Mit der einen Hand tastete er nach dem Schalter des Audio-Terminals – er wollte sich nicht vom hellen Licht des Bildschirms stören lassen. »Hier Kirk«, murmelte er.

»Guten Morgen«, erklang McCoys Stimme. »Sitzt du im Schrank? Ich kann dich kaum hören.«

Kirk zog die Decke zurück. »Ist es jetzt besser?«

»Ja. Ich habe einige gute Neuigkeiten für dich. Die von Llissa verabreichte zusätzliche Dosis hat keine negativen Folgen. Ganz im Gegenteil: Die Seneszenz wurde dadurch beschleunigt. Ich glaube, morgen ist Zzev fürs Meer bereit.«

Der Admiral setzte sich auf. »Also drei Tage vor dem geplanten Zeitpunkt.«

»Ja. Woraus folgt: Wir müssen uns jetzt überlegen, wie wir vorgehen sollen.«

»In einer halben Stunde bin ich in der Krankenstation. Kirk Ende.«

»Das Glykoproteid-Niveau gefällt mir nicht«, sagte McCoy. Er, Kirk, Spock und Llissa saßen im Konferenzzimmer am Tisch.

»Das was?« fragte Kirk verwirrt.

»Solche Proteine wirken bei Tieren, die in einer kalten Umwelt leben, wie ein biologisches Frostschutzmittel: Sie bewahren die Zellen vor dem Gefrieren. Andernfalls würden die Eiskristalle das Gewebe schädigen. Nun, ich weiß nicht, wie stark die Konzentration derartiger Proteine bei einem Wwafida sein sollte, aber ich fürchte, daß Zzevs Körper sie nicht schnell genug produziert.«

»Uns bleibt noch etwas Zeit«, meinte Kirk.

»Darüber hinaus hat sich ein weiteres unerwartetes Problem ergeben, Jim«, sagte Llissa.

Ihrem Tonfall war nicht zu entnehmen, ob es sich um eine ernste Angelegenheit handelte, aber der Admiral bereitete sich innerlich auf das Schlimmste vor. »Worin besteht es?«

»Mein Vater hat die Fähigkeit zur verbalen Kommunikation verloren.«

»Es hängt mit dem Strukturwandel des Atmungssystems zusammen«, warf McCoy ein. »Zzev atmet jetzt in erster Linie durch die Öffnung im Nackenansatz, und dadurch strömt die Luft nicht mehr an den Stimmbändern vorbei. Deshalb hat er keine Möglichkeit, normal zu sprechen.«

»Was bedeutet das für uns? Wie verständigen wir uns mit ihm?«

»Bei den Wwafida wird der Verlust gewöhnlicher Sprache durch zwei neue Eigenschaften ausgeglichen«, erklärte Spock. »Erstens: Sie sind in der Lage, Pfeif- und Klick-Laute zu erzeugen, die unter Wasser weitaus größere Entfernungen zurücklegen als die Töne unserer Stimmbänder.«

»Und zweitens?« drängte Kirk ungeduldig.

»Der zweite Punkt betrifft telepathische Kommunikation«, fuhr Spock fort. »Es hat sich bereits herausgestellt, daß ich auch über eine gewisse Distanz hinweg Kontakt mit Dr. Kkayn aufnehmen kann.«

»Wir haben ein wenig experimentiert«, verriet McCoy.

Kirk hob die Brauen. »Offenbar seid ihr alle recht fleißig gewesen, bevor mein Interkom summte. Na schön, Spock. Erläutern Sie Ihren Plan.«

»Wir benutzen die *Cousteau*, um Zzev ins Meer unweit der Insel Suberein zu bringen. Dort wird er versuchen, die anderen Wwafida vor den Ernteflügen der Chorymi zu warnen.«

»Verdammt!« fluchte Kirk halblaut. »Warum will er unbedingt sein Leben riskieren, um auf eine Erntemission hinzuweisen, die bisher nur hypothetischer Natur ist? Vielleicht gelingt es ihm nicht einmal, andere Wwafida zu finden. Wenn ihm etwas zustößt, stehen wir wieder ganz an Anfang. Llissa, können Sie versuchen, ihm seine Idee auszureden?«

»Nein, Jim, das hat keinen Zweck. Er hat sich nicht dem Veränderungsprozeß unterzogen, um zu einem Ausstellungsstück zu werden. Er legt großen Wert darauf, sich mit anderen Wwafida in Verbindung zu setzen. Dies ist der Durchbruch, den er sich immer erhofft hat.« Llissa legte eine kurze Pause ein und fügte dann mit leisem Nachdruck hinzu: »Das gilt nicht nur für ihn.«

»Teilen Sie seine Ansicht? Obgleich Sie wissen, daß er sich auf etwas sehr Gefährliches einlassen will?«

»Ja. Es steht viel auf dem Spiel, Jim — die Leben der Wwafida sind ebenso wichtig wie die der Galeaya und meiner Freunde im Kollegium. Wenn wir helfen können, indem wir die Wwafida vor den Ernteflügen warnen, so sollten wir diese Möglichkeit nutzen. Was Ihre Sorge angeht, wieder ganz am Anfang zu stehen: Sie haben mich. Wenn mein Vater stirbt, bin ich bereit, ebenfalls das Hormon zu nehmen. Wir können in jedem Fall beweisen, daß die Seneszenz stattfindet und die Wwafida tatsächlich existieren.«

Kirk seufzte verärgert und sah den Vulkanier an. »Welche Besatzung empfehlen Sie für das Shuttle?«

»Dr. McCoy, Llissa, Chekov und ich. Während des Einsatzes kümmere ich mich um die Kommunikation mit Zzev.«

»Na schön«, brummte Kirk. »Aber geben Sie Zzev zu verstehen, daß er nicht im ganzen Ozean nach Wwafida suchen soll. Ich möchte vermeiden, daß Sie und das Shuttle in eine Erntezone geraten.«

»Ich werde ihn an die Notwendigkeit erinnern, vorsichtig zu sein, Admiral.«

»Wir nehmen ständige Sondierungen mit den Scannern und Sensoren vor, so daß wir Sie rechtzeitig auf eine Ernteflotte hinweisen können — aber das nützt Ihnen nichts, wenn Zzev Stunden braucht, um zur *Cousteau* zurückzukehren. Ihm muß klar sein, daß Sie Akkalla ohne ihn verlassen, wenn Ihnen keine andere Wahl bleibt, um die Besatzung und das Shuttle in Sicherheit zu bringen.«

Publikan Abben Ffaridor stand auf dem Balkon des Behüteten Turms und beobachtete eine Flotte aus dreißig militärischen Patrouillenbooten auf der anderen Seite des Hafens, vor der Zitadellenklippe. Die Abenddämmerung begann, und ein Schleier aus dunklen Wolken trübte den Himmel, gab ihm etwas Melancholisches. Die schwerbewaffneten Boote unterstanden dem Befehl von Brigadegeneral Jjenna Vvox und würden den Hafen bald mit nordwestlichem Kurs verlassen. Seit fast einer Woche fanden keine Ernteflüge mehr statt, und Vvox glaubte, daß die Chorymi warteten, bis die Triteera nach Norden gezogen waren, ins Paarungsgebiet. Sie hielt den Zeitpunkt für gekommen, die Entschlossenheit der Regierung zu demonstrieren: Wenn es ihrer Streitmacht gelang, den Erntekonvoi zu vertreiben, so zeigte sie den Chorymi damit, daß sie ihre vertragswidrigen Einsätze auf Akkalla nicht ungestraft fortsetzen konnten.

Ffaridor hatte leisen Zweifel daran geäußert, daß die Patrouillenboote Kampfgleiter und Raumschiffe in die Flucht schlagen konnten, aber Vvox wies darauf hin, bisher seien alle defensiven Aktionen aufgrund des Mangels an Feuerkraft gescheitert. Mit dieser Armada sähe das Ergebnis ganz anders aus. Nachdem sie den Chorymi eine Lektion erteilt hatten, versprach Jjenna, bekämen sie und Ffaridor eine dringend benötigte Atempause, um sich mit dem vom Kriegsrecht und der Verhaftung von Abgeordneten, Wissenschaftlern und Lehrern verursachten Chaos zu befassen. Die Unruhen und Aufstände griffen immer mehr um sich, wuchsen wie konzentrische Schockwellen, ausgelöst von den im Behüteten Turm getroffenen Entscheidungen.

Diese militärische Mission, so versicherte Vvox, würde den Alptraum beenden und einen neuen Morgen des Lichts und des Fortschritts bringen, indem sie den Schatten und die Gefahren weiterer Chroymi-Überfälle von Akkalla verbannte.

Hätte Ffaridor die Konsequenzen seiner Maßnahmen rechtzeitig genug vorausgesehen, so wäre er vielleicht nicht bereit gewesen, seinen großen Plan zu verwirklichen: Es ging ihm darum, die akkallanische Regierung der Vision anzupassen, die er mit Vvox teilte. Aber handelte es sich wirklich um eine *gemeinsame* Vision? Der Publikan fragte sich, ob ihn Jjenna manipuliert hatte. Er konnte nicht länger Tatsachen von subjektiver Wahrnehmung unterscheiden. Wer trug die Verantwortung für jene Strategien, die zunächst so vielversprechend anmuteten und seine Herrschaft nun an den Rand einer Klippe brachten, die ebenso steil und hoch aufragte wie das zerklüftete Felsmassiv, das unter dem Balkon den Hafen abschirmte?

Doch jetzt war es zu spät für Reue. Ffaridor hatte einen ganz bestimmten Weg in die Zukunft beschritten, und nun gab es kein Zurück mehr. *Ist es auch zu spät für Gebete?* dachte er. Als die Patrouillenboote still durch den Hafen glitten und das offene Meer erreichten, überlegte der Publikan, ob sich wirklich das Ende des Alptraums ankündigte — oder ob er gerade erst begann.

KAPITEL 11

Das wissenschaftliche Shuttle *Cousteau* schwebte aus dem Hangar der *Enterprise* und näherte sich Akkalla, umgeben von der Schwärze des Alls. In einen feurigen Kokon gehüllt, durchdrang es die Atmosphäre des Planeten und flog unter einem bleigrauen, wolkenverhangenen Morgenhimmel.

McCoy stand an einem der Fenster im Heckabteil. »Liebe Güte, was sind das für Biester?«

Llissa trat an seine Seite. Außer ihnen befand sich niemand in der Kabine: Chekov und Spock saßen im Cockpit, und Zzev schwamm in der mit Wasser gefüllten Luftschleuse. Selbst aus einer Höhe von mehr als drei Kilometern konnte man deutlich die gewölbten Rücken Tausender von Triteera sehen, die in einer endlosen Prozession durchs Meer pflügten. Es handelte sich nur um die Nachzügler, die noch immer auf dem Weg nach Norden waren.

»Triteera – die größten und prächtigsten Geschöpfe auf Akkalla. Sie sind vom Aussterben bedroht, wenn die Ernteflüge der Chorymi andauern. Noch besteht keine akute Gefahr, aber wenn es so weitergeht...«

McCoy nickte nachdenklich. »Das ist auch mit den Walen der Erde geschehen. Man jagte sie, bis nur noch wenige Exemplare übrigblieben. Als man den Fang schließlich verbot, vermehrten sich einige Gattungen, aber andere verschwanden für immer.«

»Vermutlich ist keine Spezies unentbehrlich, aber ich glaube, die Natur hat sie aus gutem Grund geschaffen«, murmelte Llissa. »Wenn eine ausstirbt, so stellt sich manchmal heraus, daß man gerade sie dringend braucht.«

Chekov steuerte das Shuttle mit sicherem Geschick tiefer und flog dicht über den Wellen, wodurch sie die Triteera aus der Nähe beobachten konnten. Die riesigen Wesen setzten ihre Reise nach Norden fort, verschlangen unterwegs Tonnen von Plankton.

»Sie beachten uns nicht einmal«, wunderte sich McCoy. »Nun, wenn ich so groß wäre, würde ich ein kleines Shuttle ebenfalls ignorieren. Sind die Triteera intelligent?«

»Wir wissen es nicht«, antwortete Llissa. »Wir hatten noch keine Gelegenheit, uns eingehender mit ihnen zu beschäftigen. Vielleicht bekommen wir eine Chance dazu, wenn mein Vater Kontakt zu den Wwafida herstellt und mit ihnen zusammenarbeitet.«

Im Cockpit betrachteten Spock und Chekov die Navigationskarten auf dem Computerschirm. Die Entfernung zur südöstlichen Küste der Insel Suberein betrug noch etwa vierzig Kilometer, die Distanz zum Rand der Triteera-Herde etwa tausend Meter. »Dieser Ort erscheint mir geeignet, Mr. Chekov.«

Der Russe reduzierte die Geschwindigkeit, und einige Sekunden später tauchte der Rumpf des Shuttles sanft ins Meer.

Die akkallanischen Patrouillenboote fuhren in einer keilförmigen Formation, mit Vvox an der Spitze. In Begleitung von drei Offizieren stand sie vor der Konsole des Scanners und starrte auf den kleinen Bildschirm, der Vektorlinien und ein Lokalisierungsgitter zeigte. Ein untersetzter Soldat namens Ttoom bediente die Kontrollen.

»Es befindet sich außerhalb des Gitters«, sagte er nach einer Weile. »Das bedeutet: Das Raumschiff ist entweder abgestürzt oder dort gelandet, wo es zum letztenmal geortet wurde.«

»Dann haben wir es sicher nicht mit einem Konvoi der Chorymi zu tun«, erwiderte Vvox. »Wenn es kein Ernteschiff ist, so kommt es von der *Enterprise.* Was auch immer die Außenweltler dort anstellen — ich möchte sie dabei erwischen. Pilot!« rief sie durch den Kontrollraum. »Ändern Sie den Kurs!«

Kirk stützte die Ellenbogen auf das Geländer vor dem Oberdeck der Brücke. Er stand jetzt unterhalb der wissenschaftlichen Station und sah zu Fähnrich Greenberger, die durch den Sichtschlitz des Scanners blickte. Ihre Finger huschten über die Tasten des Computers, und auf einem Bildschirm erschien das von den Sensoren erfaßte Bild. »Positive Identifizierung, Admiral. Dreißig akkallanische Schiffe. Größe und Konfiguration deuten auf militärische Patrouillenboote hin. Sie sind dorthin unterwegs, wo die *Cousteau* gelandet ist.«

»Verdammt!« Kirk ballte die Fäuste. »Was teilen uns die Raum-Scanner mit? Irgendwelche Aktivitäten zwischen Akkalla und Chorym?«

Grennberger strich eine Strähne ihres blonden Haars zurück und schaltete das Sondierungssystem um. In den Projektionsflächen der Monitore glänzten ferne Sterne auf schwarzem Samt. »Nein, Sir.«

Kirk wollte sich gerade zu Uhura an der Kommunikationsstation umdrehen, als der junge wissenschaftliche Offizier hinzufügte:

»Einen Augenblick, Sir. Eine Ernteflotte der Chorymi kommt gerade in Ortungsreichweise der Sensoren.« Greenberger blickte erneut in den Sichtschlitz und nannte die Daten. »Drei große Mutterschiffe, begleitet von zehn Kampfgleitern.«

Kirks Lippen bildeten einen dünnen Strich. »Volle Energie auf die Deflektoren, Sulu. Greenberger, wie weit sind die akkallanischen Patrouillenboote vom Shuttle entfernt?«

»Zehn Kilometer, Sir.«

»Gut. Sie stellen also keine unmittelbare Gefahr dar. Uhura, öffnen Sie einen Kom-Kanal zum Erntekonvoi der Chorymi.«

Spock und Llissa knieten am Rand der Luftschleusenplattform. Zzev Kkayn – beziehungsweise das Wesen, in das er sich während der vergangenen vier Tage verwandelt hatte – schwamm im Wasser und wartete darauf, daß sich die Außenluke öffnete. Dahinter erstreckte sich jene

Domäne, in der er den Rest seines Lebens verbringen würde. Spocks Hand verharrte am Schalter.

»Sind Sie bereit, Dr. Kkayn?« fragte der Vulkanier laut. Zzev konnte zwar nicht mehr sprechen, aber nach wie vor hören.

Ja, lautete die telepathische Antwort. *Bringen wir es hinter uns.*

»Warten Sie!« platzte es aus Llissa heraus. »Ich... möchte ihm noch etwas sagen.«

»Uns bleibt nur wenig Zeit«, gab Spock zu bedenken.

Llissa nickte kurz. »Zzev... Vater... Ich weiß nicht einmal, wie ich dich nennen soll. Vielleicht sehen wir uns nie wieder. Bis eben fehlten mir die richtigen Worte, um von dir Abschied zu nehmen, und jetzt reicht die Zeit nicht mehr aus, um dir alles zu sagen.«

Spock, erwiderte Zzev im mentalen Äther, *bitte teilen Sie meiner Tochter mit, daß sie mir nichts erklären muß. Ich verstehe sie auch so.*

»Ich kann ihn *hören*«, sagte Llissa überrascht. »Ich meine, ich *spüre* ihn, zumindest einige der Gedanken, die er an uns richtet. Wieso habe ich an Bord der *Enterprise* nichts dergleichen gefühlt?«

»Vielleicht hat sich seine telepathische Fähigkeit inzwischen verbessert. Faszinierend. Es bedeutet, daß eine Kommunkation zwischen den an Land lebenden Akkallanern und den Wwafida möglich ist. Bitte beeilen Sie sich jetzt. Wir müssen die Schleuse öffnen.«

Llissa, dachte Zzev, *bin froh über unsere Zusammenarbeit... war nicht perfekt... der alte Streit... in Zukunft vielleicht besser... wenn ich zurückkehre... Öffnet jetzt die verdammte Luke!*

»Den letzten Teil habe ich deutlich verstanden. Öffnen Sie das Außenschott, Mr. Spock.« Llissa bückte sich, und Zzev hob eine mit Schwimmhäuten versehene Hand aus dem Wasser, berührte kurz die Finger seiner Tochter.

Mit einem verhaltenen Summen glitt die Luke beiseite, und Zzev schwamm ins Meer.

Spock und Llissa kletterten die Leiter zum Heckabteil hoch, eilten dort zur wissenschaftlichen Konsole. Chekov und McCoy saßen bereits davor.

»Der Transponder funktioniert einwandfrei«, sagte der Russe und nickte.

Der Bildschirm zeigte die Daten der Telemetrie, die zum Shuttle gesendet wurden: Sie gaben Zzevs Tiefe, Richtung und Entfernung an. »Ausgezeichnet«, murmelte der Vulkanier. »Er ist vorsichtig und gewöhnt sich erst an seine neue Umgebung, bevor er versucht, größere Tiefen zu erreichen.«

»Hier spricht Admiral James T. Kirk vom Föderationsschiff *Enterprise*. Ich wiederhole: Halten Sie sich von Akkalla fern. Wenn Sie sich weiterhin nähern, sind wir zum Eingreifen gezwungen. Bitte bestätigen Sie.«

Uhura schüttelte den Kopf. »Keine Antwort, Sir.«

»Greenberger?«

»Der Konvoi hält den ursprünglichen Kurs und setzt die Geschwindigkeit nicht herab, Sir. Wenn uns die Chorymi gehört haben...«

»Daran zweifle ich nicht«, sagte Kirk.

»Dann ist ihnen die Warnung völlig gleichgültig, Sir.«

»*Enterprise* an *Cousteau*. Bitte melden Sie sich, Spock.«

»Hier Spock«, tönte es aus dem Lautsprecher der externen Kommunikation.

»Wir haben Probleme an zwei Fronten. Ein Erntekonvoi der Chorymi fliegt Akkalla an, und gleichzeitig sind dreißig akkallanische Patrouillenboote unterwegs. Die militärische Flotte brach vermutlich mit der Absicht auf, etwas gegen die bevorstehende Erntemission zu unternehmen, aber sie hat das Shuttle geortet und nähert sich Ihnen.«

»Das sind besorgniserregende Entwicklungen«, entgegnete der Vulkanier.

»Ja. Wir haben hier oben alle Hände voll zu tun, und vielleicht können wir Ihnen keinen vollständigen Schutz gewähren. Ich schlage vor, Sie behalten Zzev an Bord und verlassen den Planeten.«

»Zzev befindet sich schon im Meer.«

»Dann nehmen Sie ihn wieder auf, und zwar so schnell wie möglich.«

»Ich versuche, ihn zurückzurufen.«

»Beeilen Sie sich, Spock. Geben Sie uns Bescheid, sobald Zzev an Bord ist. Wir bemühen uns unterdessen, unangenehme Überraschungen von Ihnen fernzuhalten. Kirk Ende.«

Spock schaltete das Kommunikationssystem aus und wandte sich dann in die Richtung, in der Zzev schwamm. Er schloß die Augen und konzentrierte sein beträchtliches mentales Potential auf eine Überbrückung der Distanz, die ihn von dem verwandelten Akkallaner trennte. Chekov, McCoy und Llissa beobachteten ihn mit wachsender Unruhe.

Zzev, dachte Spock und verlieh seinen telepathischen Signalen einen möglichst eindringlichen ›Klang‹. *Bitte kehren Sie unverzüglich zum Shuttle zurück. Wir müssen Akkalla sofort verlassen. Uns droht doppelte Gefahr: von einem Erntekonvoi der Chorymi und von einer Flotte akkallanischer Patrouillenboote.*

Der Vulkanier wartete. Nichts geschah.

Hören Sie mich, Zzev?

Keine Antwort.

Dann...

Spock riß die Augen auf, als er einen Schwall euphorischer mentaler Energie empfing.

Es ist einzigartig und wundervoll! Freies Schwimmen habe ich mir immer ganz anders vorgestellt! Dies kommt einer religiösen Offenbarung gleich: Zum erstenmal in meinem Leben sehe ich das wahre Gesicht des Muttermeers. Die Farben... Das Gefühl, Teil eines großen Ganzen zu sein...

Zzev. Spock trachtete danach, den fremden Gedankenstrom zu unterbrechen. *Kehren Sie zurück.*

Aber entweder verstand Zzev ihn nicht, oder er hörte

gar nicht zu, während er durch den Ozean glitt und wie in einem glücklichen Tanz Pirouetten drehte. *Soviel Freiheit,* frohlockte er. *Sie läßt sich mit nichts vergleichen, das auf dem Land existiert. Vielleicht fühlt man sich so, wenn man fliegt: keine Grenzen, völlig ungebunden. Ich versuche jetzt, tiefer zu tauchen. Einige Triteera sind nicht weit von mir entfernt. Was sie wohl von mir halten? Bisher spüre ich keine Wwafida in der Nähe.*

Nein, Zzev! rief Spocks geistige Stimme. *Kommen Sie zurück...*

Die schnittigen akkallanischen Patrouillenboote hatten ihre Tragflächen ausgefahren und sausten über die Wellen. Im ersten Boot griff Soldat Ttoom nach dem Ohrhörer und lauschte.

»Brigadegeneral Vvox, die Verteidigungszentrale meldet einige Chorymi-Schiffe, die sich dem Planeten nähern. Es ist ein ziemlich großer Konvoi.«

Vvox durchquerte den kleinen Kontrollraum und beugte sich zur Konsole vor. »Wie groß?«

»Drei Mutterschiffe und zehn Kampfgleiter.«

Die Kommandeuse bedachte den Soldaten mit einem kühlen Blick. »Haben sie bereits die Atmosphäre erreicht?«

Ttoom schüttelte den Kopf.

»Dann kümmern wir uns zuerst um die Starfleet-Außenweltler. Wir haben jetzt Gelegenheit, einige offene Rechnungen zu begleichen, Ttoom. Bleiben Sie mit der Zentrale in Verbindung und halten Sie mich über die Position des Chorymi-Konvois auf dem laufenden.«

Fähnrich Greenberger drehte sich um. »Die akkallanischen Boote kommen dem Shuttle immer näher, Admiral.«

Kirk beugte sich im Kommandosessel vor. »Mr. Sulu, sind Sie zu präziser Phaser-Chirurgie fähig?«

Der Steuermann blickte zuversichtlich und selbstbewußt über die Schulter. »Aye, Sir.«

»Minimale Energiestärke. Drei Entladungen vor den Bug des ersten Schiffes in der keilförmigen Formation.«

»Damit sie den Kurs ändern und Spocks Gruppe in Ruhe lassen?«

»Genau. Ich hoffe, daß die Besatzung des Shuttles dadurch ein wenig Zeit gewinnt. Ich möchte keine Betäubungsstrahlen verwenden. In dem Fall gäbe es niemand mehr, der die Patrouillenboote steuert, und dadurch gerieten die Akkallaner an Bord in erhebliche Gefahr. Das sollten wir vermeiden.«

»Verstanden, Sir.« Sulu führte Kirks Befehl aus, drückte einige Tasten der Waffenkonsole und beschickte die Speicherbänke der Phaserkanonen mit Minimalenergie. Anschließend begann er mit der Zielerfassung. »Phaser geladen und ausgerichtet, Sir.«

»Taktische Darstellung auf den Hauptschirm«, sagte Kirk.

Das Bild des Planeten wich einem grünen Sensorgitter aus Linien und konzentrischen Kreisen. In der Mitte symbolisierte rotes Blinken das stationäre Shuttle. Dreißig gelbe Punkte – die akkallanischen Patrouillenboote – krochen aus der rechten unteren Ecke auf die *Cousteau* zu.

»Eröffnen Sie das Feuer, wenn Sie soweit sind, Mr. Sulu.«

»Aye, Sir.« Der Steuermann blickte durch den Zielpeiler, und als sich das elektronische Fadenkreuz stabilisierte, betätigte er den Auslöser.

Drei nadeldünne Strahlen rasten durch die Atmosphäre des Planeten und trafen die Meeresoberfläche genau zehn Meter vor dem Bug des Schiffes, mit dem Brigadegeneral Vvox unterwegs war. Trotz der geringen Energiestärke schufen sie eine Barriere aus heißem Wasserdampf. Es geschah so schnell, daß die Besatzung der Boote nur aus einem Reflex heraus reagieren konnte: Die Piloten rissen das Steuer herum, und durch einen plötzlichen Kurswechsel verloren viele Soldaten an Bord das Gleichgewicht. Das erste Schiff wandte sich nach rechts und zwang das nächste Boot zum Ausweichen – innerhalb weniger Sekunden brach die rechte Hälfte der Formation auseinander, wie ein schlecht geschliffener Edelstein, der in fünfzehn Fragmente zerfiel. Die andere Hälfte des Keils wurde ebenfalls ein Opfer des Durcheinanders, als die betreffenden Piloten herauszufinden versuchten, was vor sich ging.

Vvox zischte und fauchte, schob sich unter einigen zu Boden gestürzten Soldaten hervor, stieß Ttoom beiseite und stand auf. Dem Piloten war nichts anderes übriggeblieben, als die Geschwindigkeit zu reduzieren, wodurch die Tragflächen in den Rumpf zurückwichen. Das Boot schaukelte nun auf den Wellen und im schäumenden Kielwasser der anderen Schiffe.

Ttoom erhob sich. »Was ist passiert?«

»Die *Enterprise* hat auf uns geschossen«, knurrte Vvox. »Nehmen Sie Kontakt zu den anderen Booten auf. Sie sollen sich wieder formieren – *sofort*!«

Ttoom bestätigte hastig, eilte zum Funkgerät und wankte dabei über ein Deck, das sich immer wieder von einer Seite zur anderen neigte.

Die gelben Punkte bildeten einen ungeordneten Haufen auf dem Wandschirm, und ihre Entfernung zum Shuttle blieb jetzt konstant.

»Nicht schlecht, Mr. Sulu.«

»Danke Admiral. Wir sollten nicht zulassen, daß sich die Boote neu gruppieren.«

Kirk vollführte eine zustimmende Geste. »Nach Ihrem Ermessen, Commander.«

Sulu lächelte und wandte sich wieder dem Zielpeiler zu. »Wir haben sie aufgehalten«, murmelte er. »Jetzt treiben wir sie in den Pferch.« Mehrere Tasten klickten unter seinen Fingern...

...und sechs Säulen zischten auf allen Seiten der Flotte ins Meer, drängten die Boote noch weiter vom Kurs ab und schufen ein wirres Chaos.

Llissa saß im Heckabteil des Shuttles, faltete die Hände unterm Kinn und hielt in dem ausdruckslosen Gesicht des Vulkaniers nach Hinweisen dafür Ausschau, ob es ihm gelungen war, eine telepathische Verbindung mit Zzev herzustellen. Sie hoffte inständig, daß ihr Vater zurückkehrte, bevor sie Akkalla verlassen mußten.

»Chekov«, sagte Spock. »Treffen Sie die Startvorbereitungen.«

Erneut schloß er die Augen, neigte den Kopf und konzentrierte sich wieder auf die mentale Kommunikation. Llissa gab ihrer Nervosität nach, wanderte an den Panoramafenstern entlang, beobachtete das Meer und hoffte, irgendwo Zzev zu sehen.

Plötzlich erzitterte Spock, hob jedoch nicht die Lider. *Zzev! Wo sind Sie gewesen?*

Ich kann nicht zurückkehren, Spock, flüsterten die Gedanken des Metamorphierten. *Ich weiß, daß die Wwafida hier sind, ganz in der Nähe — ich fühle es. Ich muß sie warnen. Seien Sie unbesorgt. Starten Sie ruhig, wenn Sie nicht bleiben können. Bringen Sie sich in Sicherheit. Ich tauche tiefer, um dem Sog des Ernteschiffes zu entgehen. Mir droht keine Gefahr.*

Zzev, Zzev — für große Tiefen sind Sie noch nicht gut genug angepaßt. Kommen Sie zuerst an die Oberfläche, um Luft zu holen.

Es ist alles in Ordnung mit mir. Ich fühle mich, als hätte ich mein ganzes bisheriges Leben im Meer verbracht. Falls Llissa meine Gedanken nicht empfängt: Sagen Sie ihr, daß ich hier völlig sicher bin. Ich tauche jetzt... Seltsam: Schon nach einigen Metern wird es wesentlich dunkler. Und auch kälter. Teilen Sie McCoy mit, daß mein Körper offenbar genug Glykoproteide enthält.

Seien Sie vorsichtig, Zzev. Gehen Sie ganz langsam tiefer.

Jetzt kann ich oben kein Licht mehr sehen. Hier unten herrscht ewige Nacht. Es ist schwierig, die Orientierung zu wahren...

Während Sulu die akkallanischen Patrouillenboote im Auge behielt und gelegentlich eine Phasersalve abfeuerte, damit sie sich nicht dem Shuttle näherten, zeigte der Wandschirm wieder den Weltraum. Die Chorymi-Schiffe waren jetzt nahe genug, um als kleine Flecken in der Mitte des Projektionsfelds zu erscheinen.

»Irgendeine Reaktion, Uhura?« fragte Kirk.

»Negativ, Sir.«

»Na schön.« Jim holte tief Luft. »Eine neue Botschaft.«

Er drückte die Kom-Taste in der Armlehne des Kommandosessels. »Hier spricht Admiral Kirk von der U.S.S. *Enterprise.* Wenn Sie unseren Kurs kreuzen, haben wir keine andere Wahl, als das Feuer auf Sie zu eröffnen. Wir warnen Sie nicht noch einmal.«

Gerade in Atemnot... muß an die Oberfläche zurück... brauche Luft... Aber ich kann nicht mehr zwischen oben und unten unterscheiden...

Stille folgte, und Spock wartete.

Zzev? Antworten Sie...

Telepathisches Schweigen. Llissa wußte nicht genau, was geschah, aber die dünnen Falten in der Stirn des Vulkaniers bereiteten ihr Unbehagen.

Ich... ich weiß nicht, wo es nach oben geht. Ich schaffe es nicht... zur Oberfläche...

Spock öffnete die Augen und versuchte aufzustehen, sank jedoch erschöpft in den Sessel zurück. Llissa kniete vor ihm und rüttelte ihn an den Schultern. »Wo ist mein Vater?«

Die trockenen Lippen bebten kurz, doch es löste sich kein Laut von ihnen. Spock musterte die Akkallanerin aus trüben Augen. »Ich... habe den Kontakt zu ihm verloren«, hauchte er schließlich.

Chekov sah durch die Tür des Cockpits. »Der Transponder funktioniert nach wie vor.«

»Was jedoch nicht bedeutet, daß Zzev noch lebt«, sagte Llissa kummervoll.

»Unternehmen Sie etwas!« forderte McCoy den Vulkanier auf. »Es ist mir völlig gleich, ob Sie sich dabei von Logik leiten lassen — es muß nur schnell gehen.«

»Ich versuche auch weiterhin, mich mit Zzev in Verbindung zu setzen«, erwiderte Spock. Seine Stimme klang nun wieder fester. »Er ist jetzt ein maritimes Geschöpf. Vielleicht hat er Fähigkeiten, von denen wir nichts wissen.«

»Mehr haben Sie uns nicht anzubieten?«

Der wissenschaftliche Offizier wölbte bedauernd eine Braue. »Nein.«

In kritischen Situationen galt die Aufmerksamkeit der Brückenoffiziere einzig und allein ihrer Arbeit. Unter solchen Umständen führten sie keine Gespräche mehr und tauschten nur notwendige Informationen aus; dabei erklang kaum mehr als ein leises Murmeln an den Stationen des Außenrings. Die relative Stille weckte Unruhe in Kirk, da er zur Untätigkeit gezwungen war. Erleichterung durchströmte ihn, als er Greenbergers laute Stimme hörte.

»Admiral, einige Chorymi-Schiffe ändern den Kurs.«

Jim blickte zur wissenschaftlichen Station. »Welche?«

»Vier Kampfgleiter, Sir.«

»Wohin fliegen sie?«

»Zur *Enterprise.*«

Kirk lehnte sich zurück und verschränkte die Arme. »Allem Anschein nach genügt in diesem Fall kein Appell an die Vernunft. Sulu, Status der akkallanischen Patrouillenboote.«

Der Steuermann lächelte. »Die Flotte darf nicht damit rechnen, einen Preis für Choreographie zu bekommen, Sir.«

»Gut. Halten Sie zwei Phaserbatterien auf den Planeten gerichtet. Zielerfassung für den Rest: die Kampfgleiter.«

»Energiestärke, Sir?«

»Fünfundzwanzig Prozent, Sulu. Das sollte genügen, um die Chorymi ordentlich durchzuschütteln.«

Auf dem Wandschirm wurden die diamantförmigen Einheiten erst jetzt sichtbar, und sie schwollen an, als sie sich der *Enterprise* näherten. Von einem Augenblick zum anderen feuerten alle vier ihre Bordkanonen ab: Blaues, hochenergetisches Feuer raste durchs All und zerstob an den Deflektoren, ohne mehr zu verursachen als nur eine geringfügige Vibration im Brückendeck. Unmittelbar nach dem Angriff drehten die kleinen Kampfschiffe ab. Zwei flogen nach rechts, die anderen beiden nach links, begannen dann mit einem neuen Vorstoß.

»Schilde stabil, Admiral«, berichtete Sulu. »Neue Zielerfassung.«

»Warten Sie noch, Mr. Sulu. Befindet sich eins der Mutterschiffe in Reichweite?«

»Ja, Sir.«

»Peilen Sie es an und feuern Sie vor den Bug, wenn ich den Befehl dazu gebe.«

»Aye, Sir.« Sulu justierte die Zielkontrollen, und anschließend verharrten seine Finger dicht über den Auslösetasten.

Unterdessen formierten sich die vier Kampfgleiter, beschleunigten und griffen erneut an.

Kirk beugte sich vor, stützte den einen Ellenbogen aufs Knie und das Kinn auf die entsprechende Hand. »Halten Sie sich in Bereitschaft, Sulu.« Er zögerte kurz. »Feuer!«

Der Steuermann reagierte sofort, und ein zorniger, orangefarbener Energiestrahl zuckte dickt am stumpfen Bug des Ernteschiffes vorbei.

»Noch einmal, Mr. Sulu.«

Die zweite Entladung verfehlte den riesigen Raumer nur um Haaresbreite.

Die vier Kampfeinheiten brachen den zweiten Angriff ab und kehrten rasch zum Konvoi zurück.

»Admiral...« Greenberger sah auf. »Die Chorymi haben ihre Triebwerke desaktiviert und halten die Position.«

»Eine Nachricht vom Kommandeur der Ernteflotte«, meldete Uhura. Sie schaltete die Brückenlautsprecher ein, und es erklang eine Stimme, in der eine seltsame Mischung aus Zorn und Furcht vibrierte. »...empört über diese völlig ungerechtfertigte Feindseligkeit. Wir verlangen eine Erklärung und sicheres Geleit zu unserem Ziel. Geben Sie sofort Antwort!«

Kirk drückte die Kom-Taste in der Armlehne des Sessels. »Hier spricht Admiral Kirk von der *Enterprise.* Sie haben zuerst das Feuer auf uns eröffnet und unsere Aufforderung ignoriert, dem Planeten fernzubleiben, Kommandeur. Sie befinden sich ohne Erlaubnis in akkallanischem Raumgebiet. Für unsere defensiven Maßnahmen dürfen Sie keine Entschuldigung erwarten. Was sicheres Geleit zu Ihrem Ziel betrifft... Ihre Reise ist bereits zu Ende. Sie werden die gegenwärtige Position halten, bis ich Ihnen gestatte, nach Chorym zurückzukehren. Wenn Sie meine Anweisungen mißachten, verfolgen wir Sie und machen Ihre Schiffe kampfunfähig. Ist das klar, Kommandeur...« Kirks Tonfall wies darauf hin, daß er keine Frage stellte.

»Ja«, knurrte der Chorymi.

»Gut. *Enterprise* Ende.«

Alle Blicke blieben auf Spock gerichtet. Chekov beobachtete ihn vom Cockpit aus; Llissa und McCoy saßen auf der anderen Seite des kleinen Heckabteils. Die Augen des Vulkaniers waren geschlossen, während er nach telepathischen Signalen von Zzev Kkayn horchte. Die Daten der vom Transponder übermittelten Telemetrie wanderten noch immer über den Computerschirm.

»Himmel, es ist schon eine halbe Ewigkeit vergangen!« entfuhr es McCoy schließlich.

Spock hob die Lider. »Da irren Sie sich, Doktor. Es sind genau zwei Minuten und dreiundfünfzig Sekunden verstrichen.«

»Wir können nicht länger warten, Spock. Wir müssen Zzev helfen!«

»Da haben Sie recht. Mr. Chekov, bereiten Sie das Tauchmanöver vor.«

»Sie wollen tauchen?« fragte McCoy erstaunt. »Warum?«

»Wir folgen dem Transponder-Signal und stellen fest, wie es um Zzev steht.«

»Aber, Sir...« wandte Chekov ein. »Admiral Kirk hat befohlen...«

»Ich kenne die Order des Admirals, Lieutenant«, unterbrach Spock den Russen.

»Leiten Sie sofort ein Tauchmanöver ein und steuern Sie in Richtung des Transponders.«

»Ja, Mr. Spock«, bestätigte Chekov.

Das Shuttle sank unter die Wasseroberfläche und glitt durchs Meer. Als es dunkler wurde, sah Llissa auf den Richtungsindikator und schnappte verblüfft nach Luft. »Mein Vater kehrt aus der Tiefe zurück!«

»Halten Sie Kurs und Geschwindigkeit, Mr. Chekov«, sagte Spock. Er und McCoy drehten sich zum Bildschirm um.

»Könnten die Angaben falsch sein?« fragte der Arzt besorgt.

Spock führte einen raschen Systemtest durch. »Das Gerät scheint in Ordnung zu sein.«

»Dann ist Zzev am Leben!«

»Nicht unbedingt, Doktor. Es gibt viele mögliche Erklärungen dafür, warum der Transponder aufsteigt, zum Beispiel...«

»Verdammt, Spock! Verschonen Sie uns mit...«

»Er hat recht, Leonard«, warf Llissa ein. »Warten wir ab. Es wird sich gleich herausstellen, was diese Anzeigen hier bedeuten.«

»Mr. Spock, sehen Sie nur!« rief Chekov aus dem Cockpit und drehte das Shuttle ein wenig, so daß seine Gefährten einen guten Blick aus dem Panoramafenster auf der Steuerbordseite hatten. Die Zone des Tageslichts lag inzwischen ein ganzes Stück über ihnen. Hier unten herrschte immerwährende Dämmerung — eine Welt der Schatten und dahinhuschenden Schemen, die dem menschlichen Auge Streiche spielten. Doch es konnte kein Zweifel an der gewaltigen Masse bestehen, die aus der dunklen Tiefe emporstieg: Es handelte sich um den riesigen Leib eines ausgewachsenen Triteeras.

Während der ersten Sekunden gewann Spock einen unlogischen Eindruck, von dem er wußte, daß er sich nicht beweisen ließ: Einerseits bewegte sich das kolossale Lebewesen sanft und vorsichtig, doch andererseits deutete irgend etwas auf Eile hin. Der Vulkanier schaltete die beiden Steuerbord-Scheinwerfer ein. Als heller Glanz die Finsternis verdrängte, verharrte die breite Schwanzflosse kurz, und einige Sekunden lang zitterte sie unschlüssig.

Spock dirigierte die Lichtkegel zum Kopf des Tiers und fand dort Bestätigung für seine Wahrnehmung sanfter, zielstrebiger Eile. Der Triteera balancierte etwas auf dem schnabelartigen Maul, schob es vorsichtig der Wasseroberfläche entgegen. Als sich die Entfernung verringerte, nahm das Objekt Konturen an: Es schien ein Wwafida zu sein.

McCoy beugte sich über die Schulter des Vulkaniers und spähte durchs Fenster. »Zzev?«

»Möglich. Mr. Chekov, wir sollten dem Triteera nicht noch näher kommen. Steuern Sie das Shuttle zur Oberfläche.«

»Halten Sie das für eine gute Idee, Spock?« fragte McCoy.

Llissa antwortete zuerst. »Wenn das mein Vater ist und er noch lebt, so hat er durch den Triteera die beste Chance.«

Das Deck kippte nach achtern, als Chekov die *Cousteau* so schnell wie möglich aufsteigen ließ. Kurz darauf strömte das Wasser von den Flanken des Shuttles, und jenseits der Panoramafenster wölbte sich wieder der Himmel über ihnen. Knapp fünfzig Meter entfernt tauchte der Triteera auf und blies eine dunstige, im Wind zerfasernde Atemwolke durchs Rückenloch. Nur der kantige Kopf und ein Teil des Rückens ragten aus dem Wasser. Das gewaltige Wesen neigte sich ein wenig zur Seite, hob eine Seitenflosse – sie war vier Meter lang und bestand aus fleckiger Haut – und hielt den Wwafida so, daß er atmen konnte.

Spock schloß die Augen und schickte mentale Signale zu

den beiden so unterschiedlichen Geschöpfen. *Sind Sie das, Zzev? Hören Sie mich?*

»Nun?« drängte McCoy. »Empfangen Sie etwas?«

Der Vulkanier öffnete den Mund, doch bevor er Antwort geben konnte...

Spock? Ich dachte... der Tod sei mir sicher...

»Es ist Zzev«, sagte der wissenschaftliche Offizier ruhig.

Llissa und McCoy verschlug es die Sprache. Der Arzt erholte sich als erster von der Überraschung, als die Anspannung großer Erleichterung wich.

»Wirklich? Und er lebt?«

»Selbstverständlich«, erwiderte Spock und wölbte kritisch eine Braue. »Ich hole ihn mit einem Rettungsboot. Mr. Chekov, bitte bringen Sie uns etwas näher heran, während ich das Boot vorbereite — aber seien Sie vorsichtig. Wir dürfen den Triteera nicht beunruhigen.«

»Aye, Sir.« Chekov lächelte. »Langsam, ganz langsam.« Er schaltete das Triebwerk ein, und die *Cousteau* glitt Zzev und dem fürsorglichen Wesen entgegen, dem er sein Leben verdankte.

Mit McCoys Hilfe holte Spock ein Kunststoffpaket aus dem Vorratsfach in der Decke. Dann öffnete er die Seitenluke — frische, nach Salz riechende Meeresluft wehte herein —, aktivierte das Druckventil und ließ das Bündel ins Wasser fallen, wo es sich selbst aufblies und die Form eines kleinen Bootes gewann. Anschließend reichte er dem Arzt das Vertäuungsseil und kletterte die Leiter hinab.

»Spock!« rief ihm Llissa nach. »Sehen Sie dort!«

Der Vulkanier blieb auf der untersten Sprosse stehen und blickte sich um. In der Nähe des Triteeras tauchten andere Meereswesen auf, insgesamt mehr als zwanzig. Erst als zwei von ihnen spielerisch hochsprangen, konnte Spock die Geschöpfe sicher identifizieren. Jetzt gab es keinen Zweifel mehr, und das galt für viele Dinge.

»Ich fasse es nicht!« stieß McCoy hervor. »Es sind Wwafida!«

»In der Tat, Doktor«, entgegnete der Vulkanier und

nahm im schaukelnden Boot Platz. »Lassen Sie jetzt die Leine los, damit ich unseren Wwafida holen kann.«

McCoy warf das Seil. Spock fing es auf, griff nach dem Kontrollmodul, startete den Heckmotor und lenkte das kleine Boot dem Triteera entgegen.

Der Arzt und Llissa grinsten noch immer, als sie in der offenen Luke standen und sich am Rand des Zugangs festhielten — die Wellen hoben und senkten das Shuttle.

»Dr. McCoy«, erklang Chekovs Stimme im Cockpit, »die *Enterprise* meldet sich.«

Leonard betrat das Heckabteil und betätigte die Kom-Taste an der Computerkonsole. »Jim?«

»Was ist bei euch los?«

»Um diese Frage zu beantworten, müßte ich dir eigentlich eine lange Geschichte erzählen. Zzev geht es gut. Spock hat das Shuttle gerade verlassen, um ihn zu holen. Und wir haben Wwafida gefunden — einen ganzen Haufen!«

Kirk schlug fröhlich mit der Hand auf die Armlehne. »Großartig, Pille. Sag Spock, daß er so schnell wie möglich hierher zurückkehren soll.«

»Was ist mit dem Erntekonvoi der Chorymi und den akkallanischen Patrouillenbooten?« klang es aus den Lautsprechern.

»Matt gesetzt«, erwiderte der Admiral knapp. »Ich muß jetzt noch eine bestimmte Sache erledigen. Wir sehen uns bald. Kirk Ende.«

Er wandte sich an die Kommunikationsstation. »Uhura, stellen Sie einen Kontakt mit dem Publikan her. Und diesmal sollte er sich besser nicht verleugnen lassen.«

Abben Ffaridor trat einen halben Schritt zurück und betrachtete das Gemälde kritisch. In direktem Widerspruch zu seiner Stimmung hatte er eine heitere Landschaft geschaffen: ein Hügelhang mit vielen Blumen, darüber ein kristallblauer Himmel — nirgends eine Wolke, kein einziger Regentropfen. Nach der Fertigstellung des Bilds spürte der Publikan eine seltsame Ruhe, begleitet von der fatalistischen Bereitschaft, die Welt außerhalb seiner idealisierenden Kunst als Realität zu akzeptieren. Seit Brigadegeneral Vvox mit der aus dreißig Patrouillenbooten bestehenden Flotte aufgebrochen war, befand er sich in seiner Suite und dachte über die Entscheidungen der letzten Wochen nach. Er hielt sie noch immer für notwendig, aber die von ihnen ausgelösten Ereignisse entsprachen nicht dem ursprünglichen Plan.

Erstaunlicherweise brachte ihn das Ende seines Wunschreiches nicht um den Verstand. Was auch immer geschehen mochte: Tief in seinem Herzen glaubte Ffaridor, daß die Bürger Akkallas jene außergewöhnlichen Umstände verstehen würden, die ihn gezwungen hatten, nach radikalen Lösungen für ernste Probleme zu suchen. Nein, bestimmt erhoben sie keine Vorwürfe gegen ihn. Wenn alles bekannt wurde — und das war nur noch eine Frage der Zeit —, gelangten sie sicher zu dem Schluß, daß er es gut gemeint hatte.

Doch guter Wille genügte nicht, wie sich jetzt herausstellte. *Ich habe mir große Mühe gegeben,* dachte Abben. *Man wird mir verzeihen.*

Die alte Maxime fiel ihm ein:

Was nützt Ordnung ohne Freiheit, und Freiheit ohne Wahrheit?

Schon seit Stunden beherrschte dieses Prinzip Ffaridors Überlegungen. Freiheit und Wahrheit waren zweifellos wichtig. Während seiner ganzen Amtszeit hatte er sich dafür eingesetzt, Freiheit und Wahrheit zu bewahren, mit unermüdlichem Engagement. Aber ohne Ordnung konnte weder das eine noch das andere von Dauer sein. *Das wissen die Bürger, nicht wahr? Ja, sie werden verstehen und mir verzeihen...*

Er hörte, wie jemand an die Tür klopfte. »Herein.«

Eine junge Soldatin mit großen Augen und kurzem Haar kam ins Zimmer. Sie schien kaum älter als ein Kind zu sein

— Ffaridor erinnerte sich daran, daß der größte Teil seiner Truppen damit beschäftigt war, Demonstranten zu vertreiben und Aufstände niederzuschlagen.

»Bitte entschuldigen Sie die Störung, Sir.«

»Schon gut, schon gut. Um was geht es?«

»Admiral Kirk vom Raumschiff *Enterprise* möchte Sie sprechen. Soll ich ihm sagen, daß Sie zu beschäftigt sind...«

»Nein, nein. Ich rede mit ihm.« Ffaridor ging langsam zu seinem Schreibtisch und schaltete die Kommunikationskonsole ein. Er nahm Platz und beobachtete, wie sich der Bildschirm erhellte und Kirks Gesicht erschien. »Admiral...«

»Wir haben Beweise für die Existenz einer großen Anzahl von Wwafida, Publikan. Sie genügen, um den Föderationsrat zu überzeugen und eine Untersuchung in Hinsicht auf die Maßnahmen Ihrer Regierung zu veranlassen. Die wahrscheinlichen Konsequenzen kennen Sie ebensogut wie ich.«

»Ja.« Ffaridor zögerte. »Was erwarten Sie von mir?«

Überraschung verdrängte einen Teil des strengen Ernstes aus Kirks Zügen, und er schwieg einige Sekunden lang, während er eine andere Taktik wählte. Offenbar kam es gar nicht zu einer Konfrontation. »Rufen Sie die militärische Flotte aus dem nördlichen Borealmeer zurück.«

»Das kann ich leider nicht, Admiral. Die Entfernung ist zu groß, um einen Funkkontakt herzustellen.«

»Darum kümmern wir uns. Uhura, leiten Sie die Signale weiter.«

Mit ihrem üblichen Geschick nahm sie die Schaltungen innerhalb weniger Sekunden vor. »Alles bereit, Sir. Publikan, Sie können jetzt zu der Flotte sprechen.«

»Danke. Brigadegeneral Vvox, hier spricht der Publikan. Die *Enterprise* hat mir geholfen, mich mit Ihnen in Verbindung zu setzen.«

»Die *Enterprise*?« Die Stimme ertönte auf der Brücke und klang auch aus dem Lautsprecher von Ffaridors Kom-

Konsole. »Was soll das heißen? Das Raumschiff behindert unsere Mission. Es...«

»Kehr nach Havensbay zurück, Jjenna«, sagte Abben niedergeschlagen, und diesmal verzichtete er auf das Sie. »Es ist vorbei.«

»Nein! Der Admiral und seine Leute haben nicht das Recht...«

»Aber die Macht. Gerade du solltest das verstehen.«

»Wir müssen den Erntekonvoi der Chorymi vertreiben«, beharrte Vvox.

»Es wird kein Ernteflug stattfinden«, sagte Kirk. »Wir haben den Konvoi im Weltraum aufgehalten. Ihre Waffen nützen Ihnen jetzt nichts mehr.«

»Das muß sich erst noch herausstellen.«

»Bist du so versessen darauf, akkallanisches Blut zu vergießen?« fragte Ffaridor und schüttelte kummervoll den Kopf.

»Was ist los mit dir?« entfuhr es Vvox. Zorn brodelte in ihr, und sie schlug mit den Fäusten auf das Kontrollpult des Bootes. »Wir *herrschen* über Akkalla. Wir nehmen keine Befehle von verdammten Außenweltlern entgegen!« Aus blitzenden Augen starrte sie auf das Funkgerät, als hoffte sie, bis zu Ffaridor sehen und ihn zwingen zu können, Kirk die Stirn zu bieten, ihm nicht nachzugeben.

»Wenn Sie wollen, lassen wir den Konvoi der Chorymi passieren«, sagte Kirk ruhig. »Wir holen das Föderationspersonal von Akkalla ab, nehmen alle Bewohner des Planeten auf, die um politisches Asyl bitten, und überlassen Ihnen den Rest.«

»Wir werden kämpfen, Kirk. Und ich zweifle nicht daran, daß wir den Sieg erringen. Dies ist unsere Welt — wir geben sie nicht auf.« Vvox wirbelte herum, musterte ihre Offiziere und suchte in ihren Gesichtern nach fanatischer Unterstützung. Doch in den trüben Augen sah sie die gleiche Niederlage, die auch aus Ffaridors Stimme sprach.

»Brigadegeneral«, begann Kirk, »ich stelle folgende Bedingungen: Lassen Sie umgehend die Abgeordneten der Synode sowie alle politischen Gefangenen frei; stellen Sie die Aktionen gegen Ihre Wissenschaftler ein; vereinbaren Sie einen Waffenstillstand mit den Chorymi, unter der Voraussetzung, daß keine Ernteflotten mehr hierhergeschickt werden. Die Föderation ist bereit, bei dem Konflikt zu vermitteln — immerhin gehört Akkalla zum interstellaren Völkerbund. Die Entscheidung liegt bei Ihnen, Publikan Ffaridor.«

»Nein!« zischte Vvox und drehte sich wieder zum Funkgerät um. »Bleib stark, Abben. Laß uns für das kämpfen, was uns das Muttermeer anzubieten hat, für die Macht über einen ganzen Planeten ...«

Ttoom rammte den Griff seiner Pistole gegen Vvox' Hinterkopf, und die Kommandeuse sank bewußtlos zu Boden. »Ich erkläre hiermit eine Meuterei«, verkündete er ohne große Begeisterung. »Hat jemand Einwände?« Die Offiziere im kleinen Kontrollraum gaben keinen Laut von sich. »Dachte ich mir. Publikan Ffaridor, wir erwarten Ihre Befehle.«

Abben Ffaridor saß an seiner Kommunikationsstation und faltete würdevoll die Hände. »Wir akzeptieren Ihre Bedingungen, Admiral Kirk.«

KAPITEL 12

CAPTAINS LOGBUCH: STERNZEIT 7835.8

Ein Vermittler-Team der Föderation ist eingetroffen, und es haben bereits Gespräche zwischen Akkalla und Chorym begonnen. Auf Akkalla wurde inzwischen die Ordnung wiederhergestellt, nachdem eine Zeitlang Auseinandersetzungen innerhalb des Militärs drohten: Auf der einen Seite standen Brigadegeneral Vvox treu ergebene Einheiten, auf der anderen Truppenteile, deren Kommandeure die verfassungsmäßige Autorität der Kontinentalen Synode anerkannten. Das Parlament tagt nun wieder. Lordmagister Ddenazay Mmord nimmt die Aufgaben des Publikan wahr, bis Neuwahlen stattfinden können. Ffaridor und Vvox befinden sich in Haft und werden wegen Hochverrats vor Gericht gestellt. Dr. McPhillips und ihre beiden Mitarbeiter sind frei und unverletzt.

Die Akkallaner haben ihre Vergangenheit wiederentdeckt, und die dadurch entstehenden Folgen lassen sich noch nicht überblicken. Llissa Kkayn setzt ihre Arbeit als Präzeptor des Kollegiums fort und hat die McPhillips-Gruppe gebeten, auf Akkalla zu bleiben und ihr bei einem neuen Forschungsprogramm zu helfen. Darüber hinaus genießt Llissa zusätzliche Unterstützung. Ihr Vater, jetzt ein voll angepaßter Wwafida, wird als Berater für das Kollegium tätig sein und gleichzeitig die Verbindung zu den übrigen Wwafida im Meer halten.

Auf Mr. Spocks Vorschlag hin hat die Föderation mit einem Projekt begonnen, um Akkallas energetische Unabhängigkeit zu gewährleisten: Man verwendet dabei die verschiedenen thermischen Schichten des Ozeans, um unbegrenzte und saubere Energie zu

produzieren. Chorym hat das Angebot der Föderation angenommen, die Wüsten mit Terraforming-Techniken in fruchtbares Land zu verwandeln.

Jim Kirk saß allein in seinem Quartier und sprach per Interkom mit Llissa. »Klingt ganz so, als hätten Sie viel zu tun.«

»Das kann man wohl sagen.« Sie lächelte. »Ich bin fest entschlossen, auch direkt an den Forschungen teilzunehmen. Während der letzten beiden Wochen hat mich die Zusammenarbeit mit Ihnen davon überzeugt, daß man eine Menge verpaßt, wenn man nur an die Verwaltung denkt.«

»Ich glaube, das ist eine gute Entscheidung. Wie gefällt Ihnen die Kooperation mit Ihrem Vater?«

»Ich weiß nicht recht. Es gibt noch immer viele Meinungsverschiedenheiten zwischen uns, und manchmal kann er unausstehlich sein. Aber ich bin kein Kind mehr, und es existieren auch Dinge, die uns verbinden.«

»Zum Beispiel?«

»Wir wollen beide möglichst viel über Akkalla lernen. Es ist seltsam: Jahrtausendelang lebten auf unserem Planeten zwei verschiedene Völker in unterschiedlichen Welten. Vielleicht können wir jetzt zu einer gemeinsamen Kultur finden. Oh, fast hätte ich es vergessen: Wir haben einen Plan.«

»Was für einen?« fragte Kirk.

»Wenn wieder Ruhe eingekehrt ist, wollen wir vorschlagen, die Dgynt-Drüse bei akkallanischen Neugeborenen nicht mehr zu entfernen. Dann beginnt für die nächste Generation der Lebenszyklus, den die Natur für uns bestimmt hat. Möglicherweise erreichen wir dadurch eine echte Einheit.«

»Ich hoffe es.«

»Danke für Ihre Hilfe, Jim. Sie haben mehr getan als nur Ihre Pflicht.«

»Man bezahlt uns dafür.« Kirk lächelte.

»Dann verdienen Sie eine Zulage. Auf Wiedersehen.«

»Auf Wiedersehen, Llissa.« Der Admiral betätigte eine

Taste, und das Gesicht der Akkallanerin verschwand vom Schirm. Er öffnete einen Kom-Kanal zur Brücke. »Mr. Sulu, steuern Sie uns aus dem Orbit, sobald wir bereit sind.«

Das kleine Projektionsfeld zeigte asiatische Züge. »Kurs, Sir?«

Kirk zögerte kurz. »Nach Hause.«

»Nach Hause, Sir? Meinen Sie damit die Erde?«

»Ja. Warp fünf.« Jim bemerkte Sulus Verwirrung. »Ich erkläre es später, Sulu. Ehrenwort.«

Es dauerte nicht lange, bis sich an Bord herumsprach, welchen Kurs Kirk befohlen hatte. Zwanzig Minuten später klopfte McCoy an die Tür des Admirals. »Darf ich hereinkommen?«

»Machst du einen Hausbesuch?«

»Sei unbesorgt — dir entstehen dadurch keine zusätzlichen Kosten. Ich wußte gar nicht, daß wir die Anweisung bekommen haben, zur Erde zu fliegen.« Der Arzt nahm an Kirks Schreibtisch Platz.

»Das ist auch nicht der Fall.«

»Warum kehren wir dann zurück?«

»Brandy?«

»Wir fliegen zur Erde, um Brandy zu holen?« McCoy deutete auf die Karaffe im Regal. »Ist dein Vorrat bis zur letzten Flasche geschrumpft? Verschwenden wir nicht wertvolle Antimaterie, indem wir einen langen Warptransfer durchführen, nur um neue Spirituosen aufzunehmen?«

Kirks Lippen deuteten ein dünnes, süffisantes Lächeln an. »Ich meine: Möchtest du einen Brandy?«

»Solange er medizinischen Zwecken dient, Jim.« Kirk schenkte ein, und der Arzt griff nach dem Glas. »Würdest du jetzt bitte meine Frage beantworten? Oder hoffst du, daß ich sie im Rausch vergesse?«

»Wie lautete die Frage?« Kirk gab sich völlig unschuldig.

McCoy kniff die Augen zusammen und zog eine strenge

Miene, wirkte wie ein Vater, der mit seinem aufsässigen Sohn sprach. »Warum kehren wir heim?«

»Ich bin müde.«

»Weshalb habe ich den Eindruck, daß du nicht nur ein wenig ausspannen möchtest?«

»Weil du sehr aufmerksam bist«, erwiderte Kirk humorvoll und wurde wieder ernst. »Ich halte den Zeitpunkt für gekommen, in einem Bett zu erwachen, das sich nicht mit Warpgeschwindigkeit bewegt.«

»Du willst die *Enterprise* aufgeben?« vergewisserte sich McCoy und zog jedes Wort in die Länge.

»Ja.«

»Das glaube ich nicht.«

»Ich bin fest entschlossen.«

»He, einen Augenblick. Wie wird Starfleet darauf reagieren?«

Kirk nippte an seinem Brandy. »Starfleet weiß schon Bescheid. Ich habe letzten Monat mit Admiral Morrow gesprochen, und er überließ die Entscheidung mir. Nach dieser Mission war ohnehin Landurlaub geplant — wir bringen also nicht die Einsatzpläne der Flotte durcheinander.« Die Türmelder summte. »Herein.«

Das Schott glitt beiseite, und Spock betrat die Kabine. »Sie wollten mich sprechen, Admiral?«

»Bitte setzen Sie sich, Spock.«

McCoy musterte die beiden Männer. »Ist er informiert, Jim?«

»Noch nicht. Möchtest du es ihm sagen?«

»O nein. Aber es dürfte interessant sein zu beobachten, wie du es ihm beibringst.«

»Was sollen Sie mir ›beibringen‹, Admiral?«

»Du kannst dich nicht damit herauswinden, indem du *ihm* Brandy anbietest«, brummte McCoy.

»Eigentlich hätte ich nichts gegen einen Drink«, meinte der Vulkanier.

Der Arzt blinzelte verwirrt. »Spock trinkt? Und du gibst die *Enterprise* auf? Gerät die ganze Welt aus den Fugen?«

Kirk lachte leise.

»Habe ich Dr. McCoy richtig verstanden, Admiral?« fragte Spock.

»Ja«, bestätigte Jim.

»Offenbar befriedigt es ihn nicht mehr, Kommandant eines Raumschiffs zu sein«, verkündete McCoy in einem mißbilligenden Tonfall.

»Interessant.« Spocks Gesicht verriet echte Überraschung – wenn man vulkanische Maßstäbe anlegte. »Darf ich mich nach dem Grund dafür erkundigen?«

»Viele Dinge gaben den Ausschlag. Kennen Sie den Sisyphus-Mythos?«

»Ein König von Korinth, zu einer Ewigkeit in der Hölle verurteilt«, sagte Spock. »Er mußte einen großen Felsen am Hang eines Berges hinaufwälzen, doch kurz vor Erreichen des Gipfels rollte er immer wieder nach unten.«

»So fühle ich mich.«

»Aber wir haben gerade zwei Planeten davor bewahrt, sich gegenseitig zu vernichten«, wandte McCoy ein.

»Wie viele Fehlschläge kommen auf jeden Erfolg, Pille?« hielt ihm Kirk entgegen. »Wie oft ist niemand da, der das Feuer der Gewalt löscht?«

»Das ist doch Unsinn, Jim! Wir brauchen *mehr* Leute wie dich, nicht *weniger*.«

Kirk trank einen Schluck und genoß den Geschmack. »Du hast recht. Deshalb habe ich beschlossen, an der Starfleet-Akademie zu lehren. Um mein Wissen an die nächste Generation weiterzugeben, um dafür zu sorgen, daß sie mehr leistet als wir.«

»Mehr als wir?« wiederholte McCoy spöttisch. »Dazu ist kein Lehrer notwendig, sondern ein Wunder.«

»Hinzu kommt die Herausforderung«, sagte Kirk fest.

»Jim, weißt du nicht mehr, was beim letztenmal geschah, als du planetare Aufgaben wahrgenommen hast?«

»Diesmal ist alles anders. Ich werde kein Stabschef sein, sondern junge Kadetten ausbilden. Dabei kann ich mich bestimmt nicht über einen Mangel an Aktivität beklagen.«

McCoy schüttelte den Kopf. »Vielleicht bist du anderer Ansicht, wenn *sie* mit der *Enterprise* aufbrechen und du sie nicht begleiten kannst.«

»Ich glaube, da irrst du dich, Pille. Schon seit einer ganzen Weile denke ich darüber nach. Vielleicht ist mir durch den Besuch im Kollegium alles klargeworden. Morrow hat mir Sondereinsätze in Aussicht gestellt — ich sitze mir also nicht den Hintern wund.« Kirk legte McCoy die Hand auf die Schulter. »Ich weiß deine Hinweise zu schätzen...«

»Aber du hast dich bereits entschieden. Spock, schweigen Sie nicht dauernd. Reden Sie es ihm aus.«

»Das steht weder mir noch Ihnen zu, Doktor.«

McCoy leerte sein Glas. »Von wegen! So einfach gebe ich nicht auf, Jim. Ich bin Arzt und werde versuchen, dich von dem Wahnsinn zu befreien, bis wir die Erde erreichen.« Er stellte das Glas auf den Tisch und verließ die Kabine.

Spock stand auf. »Wenn das alles ist...«

»Nein, nicht ganz.« Kirk wartete, bis der Vulkanier wieder Platz genommen hatte. »Es geht um das Schiff.« Er richtete einen ernsten Blick auf seinen Ersten Offizier. »Sie können es haben, wenn Sie möchten.«

»Jim... Sie wissen, daß ich mich nicht mit den Pflichten des Kommandanten belasten möchte.«

»Außer Ihnen gibt es niemanden, dem ich die *Enterprise* anvertrauen würde. Kann ich Sie nicht irgendwie... überreden?«

Spock überlegte einige Sekunden lang. »Wenn das Schiff für die Ausbildung von Kadetten eingesetzt wird, wäre ich bereit, vorübergehend das Kommando zu übernehmen. Aber nur als Instruktor.«

»Nach einer Weile ändern Sie vielleicht Ihre Meinung und möchten ein reguläres Kommando. Man gewöhnt sich daran.«

Spock schüttelte den Kopf. »Meine Hoffnung besteht darin, daß *Sie* früher oder später Ihre Meinung ändern und als Kommandant zur *Enterprise* zurückkehren. In dem Fall würde ich Ihnen gern den Befehlsstand überlassen.«

Kirk breitete klagend die Arme aus. »Warum kann ich nicht einfach ein Lehrer sein?«

»Weil Sie dazu bestimmt sind, an der Spitze zu stehen und zu führen, Jim. Ich bezweifle, ob Sie sich längere Zeit mit der Tätigkeit eines Lehrers zufriedengeben. Soll ich die Wahrscheinlichkeit berechnen...?« Die Andeutung eines Lächelns umspielte die Lippen des Vulkaniers.

»Sie sind ein schwieriger Verhandlungspartner, Spock. Aber wenn Sie diese Bedingung stellen, bin ich bereit, im Hauptquartier von Starfleet die Verwendung der *Enterprise* als Ausbildungsschiff durchzusetzen.« Kirk füllte sein Glas und hob es. »Abgemacht?«

Der Erste Offizier wölbte eine Braue. »Es ist ein sonderbarer menschlicher Brauch, eine Übereinkunft zu besiegeln, indem man gemeinsam etwas trinkt. Ich nehme an, die richtige Antwort lautet: Abgemacht.«

Zwei Gläser stießen aneinander.

Das Starfleet-Raumdock befand sich in einer hohen Umlaufbahn über der Erde, und an der vom Planeten abgewandten Seite glänzte reflektierter Mondschein. Die *Enterprise* schwebte in einem großen Hangar; Gravitationsanker verbanden sie mit den keilförmigen Wartungsstutzen, die von der zentralen Kernstruktur ausgingen.

Die meisten Besatzungsmitglieder hatten einige Wochen Landurlaub, bevor neue Missionen für sie begannen. Nur einige Techniker blieben an Bord, zusammen mit den Senior-Offizieren, die noch verschiedene Dinge zu erledigen hatten. Dazu gehörte auch ein Abschiedsessen in einer privaten Ecke der Messe. Als Kirk die Einladungen herausgab, wies er darauf hin, daß er Freizeitkleidung für angebracht hielt. Dennoch überraschte es ihn nicht, als eine besonders elegant und feierlich gekleidete Brückencrew erschien.

Während des ersten Gangs herrschte eine recht gedrückte Atmosphäre, aber es dauerte nicht lange, bis Getränke und Kameradschaft die Stimmung verbesserten. Kirk wollte nicht, daß Trauer dieses Treffen mit seinen Freunden bestimmte, und es freute ihn, lächelnde Gesichter zu sehen und ausgelassene Stimmen zu hören, als man das Dessert brachte: eine große Torte in Form der *Enterprise.* Kirk stand auf, um den Kuchen anzuschneiden, und die Offiziere richteten erwartungsvolle Blicke auf ihn.

»Eigentlich solltest du das übernehmen, Pille«, sagte der Admiral. »Als Arzt und Chirurg.«

»Aber ich bin nicht im Dienst — und außerdem habe ich zuviel getrunken.«

Kirk lachte, setzte das Messer im Bereich der Brücke an und schnitt ein Stück aus der Torte. »Das ist für Sie, Mr. Spock«, sagte er und schmunzelte. »Übrigens: Ich danke Ihnen allen dafür, daß Sie bereit sind, sich seinem Ausbilderstab anzuschließen.«

»Jahrelang mußten wir Anweisungen befolgen«, erwiderte Uhura. »Jetzt bekommen wir Gelegenheit, andere Leute herumzukommandieren. Das macht bestimmt Spaß — zumindest für eine Weile.«

»Außerdem halten wir das Schiff in einem guten Zustand«, versprach Scotty. »Damit Sie keinen Grund zur Klage haben, wenn Sie zurückkehren und wieder das Kommando übernehmen.«

Kirk hob das Messer mit gespieltem Ärger. »Niemand glaubt mir. Ich kehre nicht zurück. Jedenfalls nicht, um wieder im Kommandosessel Platz zu nehmen. Aber ich werde *Sie* beurteilen, während *Sie* die Leistungen der Kadetten einschätzen. Sie sollten also auf der Hut sein.«

»Vergessen Sie nicht etwas, Admiral?« warf Spock ein.

»Ob ich etwas vergesse? Oh, ja. Ich habe eine Mitteilung für Sie. Einer von Ihnen wird nicht unter dem Kommando von Mr. Spock an Bord der *Enterprise* bleiben.« Kirk legte eine kurze Pause ein. Die Offiziere am Tisch musterten sich gegenseitig und suchten nach Anhaltspunkten, aber niemand von ihnen wußte etwas. »Mr. Chekov, Sie werden als Erster Offizier zum Raumschiff *Reliant* versetzt. Starfleet gab mir zu verstehen, daß Captain Terrell nach einem tüchtigen jungen Offizier mit umfassenden Erfahrungen sucht. Ich habe Sie vorgeschlagen, und da Ihr Name bereits ganz oben auf Terrells Liste stand, ging er sofort auf meine Empfehlung ein. Herzlichen Glückwunsch.«

Die anderen klatschten. Chekov war so verblüfft, daß er wie erstarrt dasaß, die Gabel auf halbem Weg zum Mund.

Das Geräusch von Schritten hallte durch den leeren Korridor, und kurz darauf kamen Uhura, Sulu und Chekov um eine Ecke. Sie gingen zum Anlegemodul an der einen Seite des Raumschiffs: Dort wartete ein kleines Shuttle, das sie zum Raumdock bringen sollte.

»Ich will nicht allein los«, sagte Chekov. »Ich habe mich darauf gefreut, mit der Crew zusammenzusein.«

»Kopf hoch, Pavel«, erwiderte Uhura. »Freuen Sie sich über die Versetzung. Erster Offizier der *Reliant* — das ist doch was.«

»Nun, bestimmt kann ich neue Erfahrungen sammeln.« Sie erreichten eine Kreuzung, blieben dort stehen und sahen durch die stillen Korridore. »Es ist kaum zu glauben, daß so viele Jahre vergangen sind.«

»Seltsam, nicht wahr? Die Kadetten an der Starfleet-Akademie werden dauernd jünger, während wir um keinen Tag altern.« Einige Sekunden lang schaffte es Sulu, ernst zu bleiben, doch dann lachte er laut.

»Erinnern Sie sich daran, wie alt ich war, als ich zum erstenmal an Bord kam?« fragte Chekov.

»Zweiundzwanzig«, antwortete Uhura. »Und so grün wie Gras.«

Chekov grinste. »Ich war so nervös, daß ich kaum mit dem Admiral sprechen konnte. Von Mr. Spock ganz zu schweigen.«

»Wenn ich mich recht entsinne, hatten Sie in dieser Hinsicht auch mir gegenüber Schwierigkeiten«, meinte Uhura.

»Weil ich Sie für das entzückendste Geschöpf in der ganzen Galaxis hielt...«

»Was ist mit mir?« Sulu schmollte.

»Sie waren nicht einmal damals besonders entzückend.

Als ich Sie mit dem Degen sah, hielt ich Sie für das *seltsamste* Geschöpf in der ganzen Galaxis. Inzwischen weiß ich, daß ich mich nicht geirrt habe.«

Als sie sich dem Anlegemodul näherten, wich das Lächeln von Chekovs Lippen, und ein Schatten fiel auf sein Gesicht. »Ich werde Sie alle vermissen«, sagte er mit vibrierender Stimme und schluckte.

»Werden Sie jetzt nicht sentimental«, mahnte Uhura.

»Wie dem auch sei...« murmelte Sulu. »Ich habe das Gefühl, daß wir bald wieder zusammen sind.«

Chekov warf seinem Freund einen argwöhnischen Blick zu. »Versuchen Sie sich jetzt als Hellseher, Sulu?«

»Wie man's nimmt. Nennen Sie es Karma oder Schicksal: Der Dienst an Bord dieses Schiffes hat etwas... Besonderes. Ich weiß nicht, ob es ein Segen oder Fluch ist — vielleicht beides —, aber ich bin sicher, daß wir irgendwann alle zur *Enterprise* zurückkehren.«

Sie schoben ihre Taschen durch die offene Luke des kleinen Shuttles und umarmten sich.

»Geben Sie gut auf sich acht, Pavel«, sagte Sulu.

»Beherzigen Sie diesen Rat«, fügte Uhura hinzu. »Wir können jetzt nicht mehr auf Sie aufpassen.«

»Ich verspreche Ihnen, vorsichtig zu sein. Kümmern Sie sich um das Schiff. Wenn ich tatsächlich zurückkehre, möchte ich kein verrostetes Wrack sehen.«

»Keine Sorge.« Sulu winkte ab. »Das würde Admiral Kirk nie zulassen.«

Chekov lachte. »Mr. Scott auch nicht.«

Sie kletterten ins Shuttle, und hinter ihnen schloß sich die Luke mit einem hydraulischen Summen. Sulu aktivierte das Triebwerk, löste den Kupplungsstutzen und beschleunigte. Chekov stand am Fenster und sah noch einmal zur *Enterprise*, die friedlich am riesigen Hangar schwebte. Scheinwerferlicht glänzte an ihren gewölbten Flanken, wodurch sie lebendig und sinnlich wirkte.

»*Doswedanja, lubima*«, flüsterte der Russe. »Leb wohl, Lady...«